暗网 II

区块链战争

探索者　黄天威　著

電子工業出版社
Publishing House of Electronics Industry
北京 · BEIJING

图书在版编目（CIP）数据

暗网. Ⅱ，区块链战争 / 探索者，黄天威著. —北京：电子工业出版社，2021.9
ISBN 978-7-121-41744-3

Ⅰ. ①暗…　Ⅱ. ①探…　②黄…　Ⅲ. ①长篇小说－中国－当代
Ⅳ. ①I247.5

中国版本图书馆 CIP 数据核字（2021）第 158465 号

责任编辑：刘小琳
印　　刷：天津千鹤文化传播有限公司
装　　订：天津千鹤文化传播有限公司
出版发行：电子工业出版社
　　　　　北京市海淀区万寿路 173 信箱　邮编：100036
开　　本：900×1280　1/16　印张：23.25　字数：342 千字
版　　次：2021 年 9 月第 1 版
印　　次：2021 年 9 月第 1 次印刷
定　　价：78.00 元

凡所购买电子工业出版社图书有缺损问题，请向购买书店调换。若书店售缺，请与本社发行部联系，联系及邮购电话：（010）88254888，88258888。

质量投诉请发邮件至 zlts@phei.com.cn，盗版侵权举报请发邮件至 dbqq@phei.com.cn。

本书咨询联系方式：（010）88254760，mxh@phei.com.cn。

一个循环的手机号，关联到死亡三年的奥米伽，代号派的奇怪来信，牵扯神秘黑客组织。飞涨的比特币、疯狂的MMM、众筹歪楼、贪婪的 ICO、执行黑暗法则的暗网，还有跨国犯罪集团……

我只是一个喜欢推理的小写手，却在不经意间被卷入这个大时代。

自序

“唯一可以确定的是，明天会使我们所有人大吃一惊。”

——阿尔文·托夫勒

区块链行业正在不断地给予我惊喜。

2019 年 9 月，《暗网Ⅰ：揭秘数字货币骗局》（简称《暗网Ⅰ》）在多方努力下出版面世，作为一本区块链入门级畅想读物，希望以通俗易懂的方式，让更多人知道区块链，提升大众对区块链的认知，进而让读者看到更为长远的东西，比如，区块链技术在未来社会的可能性应用。

碰巧的是，在《暗网Ⅰ》出版一个多月后，2019 年 10 月 24 日，中共中央政治局就区块链技术发展现状和趋势进行第十八次集体学习，中共中央总书记习近平在主持学习时强调，区块链技术的集成应用在新的技术革新和产业变革中起着重要作用。我们要把区块链作为核心技术自主创新的重要突破口，明确主攻方向，加大投入力度，着力攻克一批关键核心技术，加快推动区块链技术和产业创新发展。一时间，“区块链”成为全国人民茶余饭后的讨论热词。而这仅是一个开始，进入 2020 年后，区块链更加频繁地出现在主流声音中。

突如其来的新冠肺炎疫情意外加快了人类向数字世界迁移的步伐，2020 年 4 月 20 日，国家发改委召开 4 月份例行新闻发布会。会议明确了近期被热议的新基建范围，“区块链”位列新型基础设施中的信息基础设施。这也意味着我国区块链技术标准化进程将会加速，区块链将在更多场景、行业和产业当中得到应用。与此同时，数字货币作为区块链已经落地的应用，吸引了各国央行竞速数字货币的研发与测试。国际清算银行的调查显示，在全球多家央行中，部分央行已经开始研究数字货币，而在推进 CBDC 进展方面，中国一直处于第一方阵。2020 年 10 月 18 日，我们率先在深圳测试了 DCEP（央行数字货币）红包。

我从 2013 年进入区块链行业，见证了区块链从鲜为人知到跻身为国家焦点，同时数字货币也不断完成自身的“去妖魔化”，当下区块链和数字货币已然成为各国新时代竞速发展的关键点。而在这个过程中，我有幸创办了比特时代集团，在深耕行业 7 年之久后，比特时代集团顺利成长为国内前五的区块链企业，目前旗下投资板块涵盖区块链技术企业服务、数字资产管理服务、资讯媒体、金融等数个板块，随着比特时代集团成长壮大，我对行业的认知也在成长。

时间拨回 2018 年，在比特时代旗下 AEX 安银社区，我第一次读到了探索者连载的科幻小说《暗网Ⅰ》，并深深被吸引。与其他区块链科普读物相比，《暗网Ⅰ》以社会事件改编创作，文字通俗易懂且更贴近生活，读者在潜移默化中就知道区块链是什么、比特币是什么、数字货币的投资风险等。这使我迅速意识到，蛮荒生长的区块链行业急需一本这样的科普读物，既为拨正行业乱象，也为初入行业者提供指路明灯。

《暗网Ⅰ》出版后，共经历了三次售罄四次加印，其线上阅读量也早已突破了 1600 万次，还成功入选了 CCTV6 电影频道全资子公司电影频道（上海）影业的优创计划二期，影视化改编团队也在创作剧本，期待能在不远的将来看到这部作品影视化成功。

在读者朋友们的支持与热爱下，《暗网Ⅱ：区块链战争》（简称《暗网Ⅱ》）终于和要大家见面了。《暗网Ⅱ》的故事情节将从个人经历上移至国际科技、金融竞争。

在区块链技术逐步落地的当下，去中心化金融体系正展现出巨大的野心与不确定性，被不少人视为历史前进的车轮。同时，区块链技术作为后互联网时代中的一个关键底层技术，拥有着制定行业标准的重要战略意义。从国家层面来看，它将推动新一代技术产业的发展，为经济社会转型升级提供技术支持，为社会管理水平的提升提供技术手段等。纵观信息时代，西方凭借技术上的优势，以及制定行业标准的优势，领先很多国家十几年，成为时代的受益者。当新的关键技术出现，新旧时代交替更迭，国际竞争会随之进入白热化吗？很多人仍不明白区块链技术为何在近两年迅速跻身为国家战略方向的关键，或许在《暗网 II》中的架空世界里能看到另一种解释。

谨以此书献给所有坚守在区块链行业的耕耘者。

黄天威

2020.12

目录

1 中秋

“月到中秋分外明，每逢佳节倍思亲。”我脑袋里总是冒出这般莫名其妙的句子，刚走出车站，看到远处站着的三个人，这才明白，我是想家人了。

才多久没见，小浩又长高了些，快跟他妈一样高了。

“爸爸!”果果笑着扑上来，我把她抱起来。小丫头沉甸甸的，抱在怀里实实在在的。

望着有些怯生的小浩，还有拎着箱子的小美，我迈开步说:“回家，过中秋!”

小美考了驾照，然后又买了一辆国产小车。我坐在车里，车开得很平稳。两个孩子在后座上笑闹，他们的童年充满欢乐。

小美忽然开口说:“我在新买的小区里盘下了一间小店，卖些烟酒百货，生意还不错，要不你回来帮我?”

望着小美的侧脸，我没想到柔弱的她还有女强人的一面，不等我开口，小美又自顾自地说着:“出门在外，终究是打工，不如在家做老板，再说孩子们也想爸爸……”

挖矿的事我没跟小美说过，我也不想让她知道我在做什么，见到小美满脸自信的样子，我不由低声问:“每个月能赚多少?”

小美骄傲地扬了扬下巴，低声说:“三千多!”

我鼓励她说:“厉害啊!加油多赚点，大老板以后可要多多关照小弟哦。”

小美喜滋滋地点了点头。

望着路边的花坛，听着两个孩子的笑声，我的心底升腾出无尽的满足，脑袋中又冒出一个念头，也许平淡的才是真实的，我只是个小写手，没想成为大人物，况且我打从心底渴望这份平淡。

回到家里，我打开箱子，给果果买了月饼，给小浩买了平板电脑，给小美的是一套写满外文、售价很高的化妆品，三个人喜滋滋的。

晚饭按照小美的意思是出去吃，小浩想要点外卖，果果只要有的吃就成。最后在我的坚持下，在家做晚饭，反正冰箱里摆着果蔬。

果果洗菜，小浩择菜，小美切菜，我是主厨。一家人忙忙碌碌，我拎着锅子，心情莫名地放松，原本就不清晰的念头现在非常清晰。

钱是赚不完的，够用就好。现在我的生活已经上了一个台阶，快快乐乐，开开心心地经营小家庭，何必去蹚 GOD 组织与奥米伽之间的浑水。

一轮圆月挂天空，举国上下，每个人脸上都挂着团圆过节的笑容。神猫矿业已经放假，厂房铁门紧锁，办公室里弥漫着浓郁的酒精味，双眼血红的二狗子坐在灯下，桌上摆着两个空瓶。

希里亚坐在另一边，反复核对三次，皱起眉头，缓慢地合上账本，对着虚空说："老大，我们没钱了！"

投影仪闪过一道亮光，派的身影被投射到墙壁上。派，曾经的技术天才，此时他的双眼中充斥着疯狂，恶声恶气地说："我也没钱。"

不过他忽然又对着二狗子说："我有个法子能弄到钱，但要你配合。"

二狗子干干地眨了眨眼睛，诧异地说："怎么能弄到钱？"

派笑着说："你只要这样……这样……就能弄到钱！"说到最后，派声音冰冷："这样做发财，不这样做，你会死。"

2 来者不善

因为是过节，所以小美的小店很忙碌，小浩跟果果也在店里帮忙。不大的店面里人来人往，生意还真不错。

小浩负责往货架上摆东西，果果负责找好吃的，发现没吃过的零食，都会打开尝一尝，肉嘟嘟的嘴巴鼓囊囊的，偶尔还会把吃不完的分给小浩与小美。

我坐在店里喝着去火茶，不知道怎么了，总是上火，鼻子总感觉不舒服。

一行人忽然从店外走来，二狗子未语先笑："顺大庄，好久不见，过节好。"

我眉头微皱，却也伸手与他相握，低声说："过节好。"顺着二狗子的脸往外望去，我看到了冷冰冰的希里亚，还有两个膘肥体壮的男人。

二狗了揽着我的肩膀说："这里不是说话的地方，不如找个地方谈正事。"

我推开二狗子的手臂说："大过节的，不谈工作，有什么事情节后再说。"

二狗子眉头微皱，从兜里拿出一根烟，深吸后喷出一道烟龙说："聊聊呗！大老远赶来，连节都不过，就是为跟你谈正事，这样不给面子，让我很难做。"

面子是人给的，但也要靠自己挣。望着有些无赖的二狗子，我很想让他滚，但看了看忙碌的小美，我揉了揉鼻子："隔壁有个茶楼，我们上去坐。"

幽静的茶室里，二狗子坐在我的对面，一壶碧螺春泡开后，我给每个人都倒了一杯。我端起一杯问：“什么事？”

二狗子冷冰冰地看着我，皮笑肉不笑地说：“明人不说暗话，这次找你是想把神猫卖给你。”

我拒绝说：“我已经有了辉煌，不需要神猫……”

不等我把话说完，二狗子便打断：“这不是你需要不需要的问题，而是你接受不接受。”二狗子露出有些褐黄的牙齿，恶狠狠地说：“六十万比特币，不二价。”

望着有些陌生的二狗子，我怒极反笑，慢慢把杯放在桌上：“出门就有银行，你抢他们比抢我容易。”

二狗子笑着对希里亚点了点头。

希里亚从腰间拉出一柄枪，指向我的眉心。

我本就有些冷的脸，现在变得更冷，坐在桌上盯着二狗子说：“什么意思？”

二狗子伸手把希里亚的枪往下压了压，然后说：“开个玩笑，活跃活跃气氛。”

希里亚把弹夹退出来，然后挤出四颗子弹，拍在桌上后叽里咕噜说了一通。二狗子狞笑着翻译说：“这里有四颗子弹，这一颗是你的，这一颗是你老婆的，这一颗是你儿子的，这一颗是你女儿的。”

二狗子把子弹往前一推：“大过节的，我们只求财，何必搞得这么紧张，这么不愉快。”

我的太阳穴突突跳着，默默把手伸进兜里：“我的性格你了解，我什么时候服过软？”

二狗子笑着说：“任何事情总会有第一次，别说得那么绝对……”

我吸了口气，手机已经打开了净土，就在我联系 Queen 的时候……

3 吃定了

吱呀呀！包厢的门被人推开了，壮硕的阿火从外面走进来，直接坐在我身边，大大咧咧地说："二狗子，路子这么野，搞到真枪了？"

阿火思维绝对简单，上次让他监视二狗子，他便监视到现在，然后带着人从神猫一直跟进茶楼。

二狗子没想到阿火会出现，眉头微皱，用手压了压胸口说："既然火大庄也来了，倒也省了我的工夫，神猫作价六十万比特币，我希望今天就能看到这笔转账。"

阿火冷笑着说："二狗子，脑袋有坑吗？那么大的人了还不学好，学别人强买强卖。这事我不答应，外面跟来的兄弟们也不答应。"

阿火说完，抓起桌上的茶壶，重重摔在地上。啪！房门再次被推开，一个个膘肥体壮的汉子从屋外挤进屋里。

阿火有些怜悯地看着二狗子说："兄弟们太多，就这几颗子弹恐怕不够分。"

二狗子没理会阿火，而是看向我："顺大庄，你什么意思？"

我揉了揉鼻子说："做人难啊！温谦如玉被人当成软弱可欺。既然大家撕破了脸，那也只能公事公办。"

我看向阿火说："报警！大家都遵纪守法，既然牵扯到枪，那就是必破的大案……"

不等阿火开口，二狗子说："真搞这么大对谁都不好，今天我既然敢来，就做了万全的准备。"

二狗子说着把手机拍在桌上："顺大庄，谁不羡慕你家庭和睦，儿女双全，你看看，多天真的小女孩……"

这是一段小视频，果果跟小浩坐在摩天轮里，一个妖里妖气的锥子脸正高声喊着："老铁双击666……"

我当时就急了，热血冲上了头，人都有逆鳞，更何况我宁折不弯。二狗子敢在孩子身上做文章，在我眼中他已经是死人了。

我手指重重地按下问我*，激活了 Queen，我寒声说："敢绑架我孩子，还敢给我看视频，二狗子，你可真是好胆子。"

这番话既是对二狗子说的，也是对 Queen 说的，点明了事件，也点明事件涉及的人，Queen 已经利用无线流量黑进了二狗子的手机。

二狗子嬉皮笑脸地说："感谢这个全民网红的大时代，孩子们以为是在拍小视频，所以都没防备。接下来看你怎么选，可以开心姐姐一日游，也可以是摩天轮惨案。"

二狗子把手机拿回去，冷幽幽地说："顺大庄，识时务者为俊杰，你是希望收到一个点赞过万的小视频，还是愿意收到两个冷冰冰的骨灰盒？"

阿火怒了，好似雄狮般炸了毛，拎起桌上的茶杯就要砸二狗子的脑袋。

二狗子不但没怕，反而脑袋前伸："有种往这儿砸，爷要是眨了眼，就是你孙子。"

我拉住了阿火，看着二狗子："你吃定我了？"

二狗子把手拍在桌上："今天就吃定你了，但我还是念旧情的，现在付款不给您涨价，等到我不耐烦的时候，那可就不是六十万比特币了。"

---

* "问我"指的是一个电脑桌面应用程序。

4 割袍断义

“好！好！好！”三个字从我嗓子里迸出来，话既然已经说到这了，二狗子不给我留情面，我也不给他活路。

手机摄像功能已经打开，我低声说：“按照现在四千的均价，六十万比特币那可是价值二十四亿华夏币的财富，光这个勒索的价码已经破了世界纪录，你可真敢开。”

二狗子悠悠地说：“没办法，谁让顺大庄财可通天。”

阿火双眼瞪圆，冷笑着说：“老子拿你当兄弟，你却把我当肥羊。”阿火说着拿起茶刀，狠狠地割在袖口上。滋啦！袖子被扯下半截。

阿火恨恨地说：“今天我与你割袍断义。从今往后，我走我的阳关道，你走你的独木桥。出了这个门别说我是你兄弟，我也没你这个兄弟。”

二狗子拍着巴掌说：“火大佬，你入戏太深！这都到了什么年代，还玩割袍断义那一套，你的江湖气太重。”

二狗子说着慢慢站起来，一字一顿地说：“由始至终，我都没拿你当兄弟。你也好，大顺也好，其他人也好，不过是我往上爬的阶梯，是我来钱的路子，是我成功的垫脚石！”

阿火气得浑身发抖。我没理会二狗子，算一算时间，Queen 应该行动了。

网络世界里，Queen 化为红色的流光，顺着我的手机黑进二狗子的手机，然后顺着微信对话记录确定对方的位置，入侵成功后开始危险评估。

作恶的有两个人，一个满脸胶原蛋白，下巴整成尖锥的小网红。她是二狗子花钱养的情人，二狗子让她以拍小视频的名义骗走了小浩与果果。另一个是面色黝黑的摄像师，他是小网红的崇拜者，是只想吃天鹅肉的癞蛤蟆。

Queen 已经切断了他们的通信设备，然后给了我两套方案。第一：报警，让警察出面解救。第二：假传二狗子的命令，让他们把孩子送回茶楼。

我对着手机冷声说："先把孩子送来，然后再报警。"

二狗子脸上先闪出一丝疑惑，而后嘲笑地说："唬谁呢！除了阿火，还有谁能帮你？"

在网络的世界上，Queen 模拟了二狗子的声音，给小网红发去语音："把孩子带来茶楼，让孩子见见爸爸。"

小网红没多想，笑着对小浩说："我们去茶楼，你爸在茶楼点了一桌好吃的。"

不等小浩开口，果果便笑着说："好啊！好啊！"

与此同时，神猫矿业内，一团绿色的数据流开始往境外逃窜。派是聪明的，自从 GOD 组织在华夏铩羽而归，派便开始思考自己的未来。笼罩在奥米伽的阴影下，能活多久全凭奥米伽的喜怒。这次让二狗子去威胁大顺，不过是一场代理人之间的战争。派想通过代理人较量来测试奥米伽的容忍度。如果大顺是无关紧要的小卒，那就狠狠咬下一口肉来，如果奥米伽出手了，派会立刻离开华夏。

现在为了保护大顺的家人，奥米伽已经动手了，派便立刻转移。神猫成了弃子，希里亚成了弃子，二狗子早就是弃子。

命运的齿轮随着 Queen 的出击而改变了方向。

5 局面翻转

也许因为我是个写小说的，所以特别喜欢一句话：我命由我，不由天。所有不安定的因素都已经扫除，只剩下希里亚手里的枪，那将是唯一的变数。

我在屏幕上打字：枪上膛了吗?

Queen 扫描后，给出回应：没有。

我胸口本就滚烫的热血，此刻又热了三分。我俯在阿火的耳边说："一会儿我抢洋妞的枪，你砸她脑袋。"

阿火的脑回路绝对与众不同，换个人都会担心枪械走火。阿火从不考虑是否有危险，把头一点说："行!"

我吸了一口气，双眼微微眯起，命都是搏出来的，不是等出来的。既然已经翻了脸，我不会退让，也不会给他们二次伤害我的机会。

我对着阿火使了个眼色，阿火心领神会。我站起来对二狗子说："如果你没抓我的孩子，我念旧情还能让你爬着出去……"

二狗子不耐烦了："我已经抓了你的孩子，痛快点给个准话……"

我前冲一步，伸手去抓希里亚手里的枪，同时大喝一声："动手!"

抓住枪了，冷冰冰的，非常坚硬，是真家伙！我用尽全力往下拉，手指张开，塞到扳机后面，让希里亚没机会开枪。

阿火蒲扇般的手掌前伸，抓住希里亚的头发，好似拽小鸡般把希里亚的脑袋砸向茶几。

噼里啪啦，玻璃碎了一地，我把枪夺过来。阿火怒喊着："都他妈是死人啊！打断二狗子的狗腿！"

搏斗开始了！搏斗结束了！大家站在屋子里，二狗子躺在地上，一面往外吐血沫子，一面口齿不清地说："大顺，你不要……孩子的命？"

"爸爸！"果果娇嫩的声音从门外响起，她的身后还站着万分惊诧的小网红。

我笑着把果果抱起来，然后拉着小浩往外走，轻声说："跟叔叔们排练中秋的节目呢……"

小浩恍然大悟："我还以为那位叔叔吐血了，原来是番茄汁。"

哇呜！哇呜！哇呜！警笛声响起，警察们涌进茶楼。人证物证、视频资料，以及微信聊天记录都在，铁证如山，至少能判二十年。

我跟阿火从派出所里走出来，阿火不解地问："我们明明是受害者，走正常手续就好，为什么还要向慈善部门捐献？"

我揉了揉鼻子说："虽然我们有钱，却没有势。二狗子给我敲响了警钟，我们要雇佣保镖，我们要造势，然后广结善缘，慢慢成为对社会有用的人。"

阿火呆呆地看着我问："成了对社会有用的人又能怎样？"

我低声说："现在我们是只肥猪，看似膘肥体壮，实则危险万分。钱能请来保镖，却挡不住疯子们的恶意。与其等祸事上门，倒不如早做应对。成了对社会有用的人，就有人帮我们抵挡恶意。"

阿火眨了眨眼："所以我们捐钱？"

我拍了拍阿火的后背："不是捐钱，而是行善。花钱扬善名，有了社会影响力后再谋求阶位提升，最终达到……"

我的思维一直都是发散的，活在华夏这个错综复杂的关系网社会，哪怕是为了孩子们，我也要谋个能安身、能立命的阶位。

6 死狗

希里亚被遣返，二狗子被判无期，除了绑架勒索，还有一条叛国罪。看着二狗子的供述，我不寒而栗。

原本以为二狗子只是穷困潦倒后想谋夺我的产业，没想到在他后面还站着黑手！来自金德兰的神秘人为什么要针对我?

经历多了，我的心态出现了变化。真不怕贼偷，就怕犯罪团伙惦记。

整个中秋节我过得心绪不宁，脑袋里只剩下一个念头，反击！等他们攻过来，我被动防御，倒不如主动一些，直接反击。

一个突如其来的电话打乱了我本就不平静的生活，坐在监狱的探视间里，我看到头发花白的二狗子，曾经意气风发的年轻人，现在至少苍老了十岁。

不同的身份有不同的气质，锒铛入狱的二狗子，又恢复了嬉皮笑脸的秉性，笑着说："有烟吗？来一根。"

我把烟盒丢过去，低声说："指名要见我，就是想抽烟？"

二狗子点了点头说："这几天我都在寻思，认识的人里也就你能来看我。"二狗子拆开烟，点燃后仿佛溺水的人抓住救命稻草一般，深深地吸了一口，然后吐出一道长长的烟龙说："没什么要问我的？"

我耸了耸肩膀："你是个利己主义者，所做的一切都是为了自己的利益。既然让我来，肯定有目的，即使我不问，你也会主动说。"

二狗子笑了，满脸的褶子，伸出大拇指对我说："光这份缜密至极的推理就已经超过很多俗人，活该你发财。"

二狗子看着我双眼放光，半晌后说："我背后站着人，你背后肯定也有人。我承认我是利己主义的小人，只要有机会就会往上爬，只要价格合适，我能出卖一切，只要能活下去……”

望着越来越激动的二狗子，我不得不打断他：“能出卖一切？也包括小芳肚子里没出世的孩子？”

刚刚还慷慨激昂、状若疯癫的二狗子，听到这句话后，立刻泄了气，神情复杂地看了我一眼，然后慢慢地解开胸前的衣襟，指着胸口上的一道疤说：“这里有个心脏起搏器，我后面的人随时能让这东西停了。跟你说这么多，不是求你原谅，更没想让你怜悯，而是想跟你做个交换。”

二狗子一字一顿地说：“我告诉你对方有多恐怖，你帮我看着小芳，让她把孩子生下来。”

小人物有小人物的好处，懂进退，知道用什么换什么，明码标价、童叟无欺，绝对公平地各取所需。

我没有拒绝二狗子的提议，因为他的要求很好满足，所以我点了点头。

二狗子死了，身躯蜷缩，双手捂着胸口，竭力喘息，像溺水的人，死得非常痛苦。死前说的情报没多少价值，唯一能确定有人监听他，并且可以取他的性命。

支离破碎中有个重要信息，操控二狗子的黑手隐身在黑鲸暗网上，当时我看到的追杀令也来自黑鲸暗网，难道幕后黑手是黑鲸的实际掌控人，有这个关键点，希望 Queen 能抽丝剥茧，查出真凶。

7 国际刑警

我坐在办公室里，呆呆地望着窗外，扪心自问，现在的生活是我想要的吗？得陇而望蜀，欲望总是无休无止。没钱的时候想有钱，真有了点钱后，又矫情地想要自由。没钱时天真地以为有钱才安逸，真有钱后才发现提心吊胆地过日子，还不如没钱时睡得踏实。

那么……

吱呀呀！房门被推开，阿火走了进来，面沉如水地说："在二狗子的胸腔里，真有一个已经停掉的起搏器。"

已经猜到会是这个结果，我长出了一口气，低声说："找个靠谱的人，先给小芳二十万，然后告诉小芳，孩子生下来后还有三十万。"

我能做的只有这么多，至于能不能给朱家留个根，听天由命！夫妻本是同林鸟……

阿火打了一个电话，吩咐了几句后挂上电话，然后看着我问："接下来怎么办？"

我随口说："该放假的放假，该上班的上班。"看着阿火冷冰冰的脸，我思索着该如何安慰他。

阿火点了点头，忽然说："那我想请个假，去外面散散心。"

望着阿火的欲言又止，他好像在隐瞒什么，我手指在键盘上输入：查阿火。Queen：半小时前阿火买了张去金德兰的机票。

这个傻小子！为了防止他做傻事，我连忙说："要去金德兰？你知道敌人是谁吗？到了金德兰你跟谁接头？"

连续三个问题，阿火一个都答不上来，脑袋里堆满肌肉的汉子，只是单纯地想去金德兰碰碰运气，至于到了之后做什么，他真没想过。

我吸了一口气，然后又揉了揉鼻子，轻声说："二狗子的事情，远远比你幻想的复杂，光一条叛国罪就超出了我们的圈子，还是交给国际刑警吧！"

阿火望着我说："国际刑警能行吗？"

我耸了耸肩膀说："如果国际刑警都不行，那我们更不行。"

被遣返的希里亚神秘失踪，二狗子的体内发现起搏器，小小的案件升级为跨国大案，案件的卷宗已经摆在国际刑警的办公桌上了。

复盘阿火与二狗子的金德兰之行，他们在 C 网开户时就被盯上了，从第一个枪手，到后来的三波人，所有线索都指向黑鲸暗网。事情闹成这样，完全超出了我与阿火能影响的范畴。

阿火默默回到屋子里，拿起两个酒杯开始喝闷酒，人生就是这样充满无奈。如果有的选，谁不想快意恩仇？

叮咚，电脑音箱震鸣，屏幕上渲染出两个选项：是被动防御？还是主动出击？

望着这行文字，我的身躯微微一抖，早就知道生活不会风平浪静，但没想到是这般狂风骤雨，这次又要向哪里出击？

我选了主动出击，因为我知道，我也没得选。

一行行的文字刷出来，望着上面的信息，我目瞪口呆。我是个写小说的，本以为自己的脑洞足够大，但现在跟 Queen 的计划一比，我心悦诚服，甘拜下风。

只是这个计划真的有可行性吗？这次的主动出击，我不再是旁观者，而是推动者，我真能做好吗？

8 现实出击

Queen 计算过直接入侵黑鲸的成功率近乎为零。因为黑鲸做过服务器转移，有些关键性数据丢失，直接入侵肯定会惊动幕后黑手，所以网络入侵行不通，只能用别的法子来得到黑鲸的原始数据。

在我的屏幕上有两份公函，一份是来自国际刑警的公函，金德兰警方希望华夏警方能提供案件的所有资料，期许线索多一点能早日破案，并且要求华夏警方派遣一位专家协助破案。另一份是华夏警方的委托函，不知道是不是经办人没有经验，还是对跨国大案不够重视，居然把派遣任务委任给了网络信息安全监督委员会。Queen监控到这个委托函，并且帮我接下了这份委托。

望着桌面上的简历，我眉头慢慢皱起：赵峰，网络信息安全监督委员会下属程序分会的临时会员……

Queen：一个月前，帮你申请程序分会的会员认证，经过半个月的考核，你已经成为程序分会的临时会员，具备外派资质。

我用力地揉着眉心，Queen 的计划很简单，我将以安全专家赵峰的身份，前去协助金德兰警方。

Queen 觉察到我的犹豫，刷出一行文字：进攻是最好的防守。

假如网络是利用信息交换的入侵，那么这次是角色扮演式的现实入侵，我将在 Queen 的指导下，帮助金德兰国内的穆卡思警方，完成对黑鲸暗网的取证。

而且 Queen 说的有道理，黑鲸暗网后面的黑手已经盯上我了，为了家人安全，我必须主动出击，于是我缓缓点头。

从现在开始，我就是安全专家赵峰，与穆卡思警方对接后，会对暗网黑鲸进行秘密调查，拿到原始数据后再揪出幕后黑手。

等等！计划里有个不严谨的地方，我忙问 Queen：既然是海外派遣，必然要讲一口流利的外语，而我只会说 YES 与 NO。

Queen：这不是问题，找个不用的手机，可以改造成在线同步翻译机。

因地域、历史、文化等原因，这个世界上存在非常多的语种，沟通成为障碍，如果没学过对方的语种，或者没找到靠谱的翻译，那么交流将会非常困难。

Queen 早就想到了这个问题，我找来一个手机，然后在 Queen 的帮助下，对手机进行改造，喇叭改造成大功率，麦克风降噪后增加收音的频率。

Queen 把软件写进去后，一个小型的同步翻译机改造完成。我只要带上这部翻译机，在 Queen 的帮助下，别人说的话会同步转化为汉语，我说的话会根据对方的语种进行翻译。

因为是在线实时翻译，所以需要抽调比特币矿机算力，每天三个比特币。

经过两天的测试，翻译机的功能非常强大，翻译得非常精准。华夏作为一个创新大国，翻译机将是这次任务的标配。

复仇的车轮开始转动，不管是对的还是错的，已经停不下来了。这是一个风险很高的计划，我愿意去试一试。

9 落地

为增加现实入侵的成功率，Queen 还组装了一款眼镜，类似谷歌眼镜，小小的黑框眼镜看似平淡无奇，戴上后我就被震惊了，原本以为黑科技只是传说，没想到我已经开始使用上了。

站在穆卡思机场，望着来来往往的老外，感受着异国他乡的空气，我的心底隐隐有些后悔，我摸着眼镜腿嘀咕着："冲动了，现在回头还来得及吗？"

镜片里给出 Queen 的回馈："派遣函已经确认，所以你没有退路。"然后给我规划了一条路，还有开始滚动的倒计时。

曾经有人说科技能让人更轻松，现在我有种科技让生活游戏化的错觉。原本还紧张的心情开始放松，加上 Queen 给出的上帝视角，紧张感慢慢消失。

顺着箭头的指引，我走出机场，坐进老外的出租车里："去穆卡思警署。"翻译机同步把这句话翻译出来了。

开车的是个四十多岁、特别肥胖的白人，听到翻译机的声音，左右望了望，诧异地问我："什么声音？"

镜片上刷新出租车司机的资料，姓名彼得，年龄 41 岁……

我笑着说："一台同步翻译机，能让我们无障碍交流。"

彼得对翻译机非常有兴趣，低声问："这东西很酷，你是推销员？"

我摇头说："不！我是安全专家，计算机方面的安全专家。"说完这一句后，我开始进入角色，摆脱心理障碍后发现，现实入侵没想象中那么难。就这样，我跟彼得攀谈一路，付了车费，我迈着坚定的步伐走进穆卡思警署。算一算时间，这里的警察们应该知晓华夏安全顾问要来协助办案的消息。

一切顺利得超乎想象，坐在署长办公室里，我把同步翻译机摆在桌上，新科技总是那么吸引眼球。眼镜上的瞳孔投影，让我知晓对方身份，穆卡思警察署长朱万，他只是简单地看了看派遣证，又稍稍打量了我，然后很自然地聊到翻译机上。

朱万围着小机器说："以后这东西能量产吗？如果都用它，大家无障碍沟通，一些高薪职业将不存在……"

翻译机逆天的功能威胁到了翻译这个职业。我耸了耸肩膀说："目前还不能，但五年后也许能行。"

朱万按动桌上的电话："让朱莉来我的办公室。"

不一会儿，二十四岁的朱莉出现在办公室中，她将是我的助手，帮我协调资源，一起追查黑鲸暗网。

坐在临时办公室里，看着远处忙碌的朱莉，我伸手揉了揉鼻子，同时悄然松了口气，愿接下来一切顺利。

10 寻找服务器

坐在电脑前，望着十八英寸的显示器，我坐直身躯，抚摸黑色的键盘，熟悉的感觉又回来了，要不要趁着这几天有时间写点小说？

这是什么鬼？我忙把脑袋摇晃，这么关键的时刻，我居然会想到写小说，是我太紧张，还是太放松？

屏幕上闪过一个又一个进度条，Queen 进入这台电脑，在里面构建工具阵地，不管是强大的防火墙系统，还是犀利的入侵工具，以及能够随时抽调的比特币算力，经过 Queen 的摆弄，这台计算机将成为这个世界上最强大的“肉鸡”。

肉鸡一般指黑客通过远程入侵控制的私人电脑，一般黑客会在肉鸡里种植木马，以此为跳板继续入侵，或者对外发送流量攻击。

一般黑客会掌握海量肉鸡，一个指令就可以让所有肉鸡同时访问指定的 IP 地址，这就是 DDoS 攻击的雏形。

因为有了比特币矿机提供的算力，所以 Queen 不需要像传统黑客一样去抓肉鸡，即使远程入侵也是以获取资料为主，大部分时间都是算力对碰。

朱莉看着电脑屏幕，奇怪地问：“这是做什么？”

我很轻松地回答说：“给这台电脑打一打补丁，同时安装一些办案工具。”

朱莉是个刚从警校毕业的小警察，满头金色的长发，一双湛蓝的眼睛里充满好奇：“你是黑客吗？”

“不!”我摇晃脑袋，无比认真地说：“我是安全专家，计算机方面的安全专家。”

小半天的工夫，我对自己的身份进行了三次强调，从出租车司机，到警察署长，再到对面的朱莉。经过连续的心理暗示后我彻底进入角色。从此刻开始，我就是来自华夏网络信息安全监督委员会下属程序分会的办事员赵峰，计算机方面的安全专家。

朱莉笑着说：“接下来我们应该怎么做?你知道我对电脑不懂。”

我打了一个响指，无比自信地说：“我负责找出黑鲸平台曾经使用过的服务器，你负责拿到服务器曾经使用过的硬盘……”

朱莉把头一点，然后用湛蓝色的眼睛看着我问：“你确定能找到那台服务器?”

最初的互联网是由网线与电脑组成的，后来随着使用者越来越多，一些网站的存储空间越来越大，开始使用服务器，于是服务器提供商应运而生。

暗网上的站点，为了安全，多是匿名购买的服务器，然后托管给服务商。为了安全，几个月转移一次，留在旧硬盘上的数据会被服务商格式化。如果运气好些，有些数据还能被恢复，如果时间跨度太久，被格式化几次后，那些数据可就真没了。

所以这将是个很难完成的任务，近乎大海捞针。但有 Queen 的支持，倒可以试一试。

在朱莉的注视下，我伸出双手飞快地敲击键盘，如果懂得拼音的人，一定能看出我正在写什么：挽弓当挽强，用箭当用长，射人先射马，擒贼先擒王……

好吧！我是个电脑小白，只能这样当安全专家，在朱莉这个外行的眼中，我手指飞快地敲击键盘，一个又一个窗口弹出，寻找服务器之旅开始了。

11 定位

如果互联网是个浩瀚的星空，那么服务器就是闪烁的繁星，而服务商掌握了大量星座，并且组成浩瀚的星云。

从阿火离开金德兰，到我来到金德兰，在这短短的时间内，黑鲸暗网已经更换了三次服务商，从最初服务器安置在高卢湾区，然后搬迁到童话国的穆苏里丝，再到金德兰的穆卡思，黑鲸绝对懂得什么是狡兔三窟。

我需要黑鲸硬盘上的原始数据，只有找到这个东西，才能追查出悬赏的元凶，继而确认幕后黑手，在我的思维里，悬赏的家伙已经跟幕后的黑手重叠在一起了。

Queen 一如既往强大，在别人眼中不可能完成的任务，在 Queen 的手中显得非常简单，不管如何匿名，只要最终访问了服务器，就有对应的 IP 地址，然后根据 IP 地址定位机房位置，再根据服务器独有的串号交叉锁定，最终确认是哪块硬盘。

忙碌了八小时，又抽调了两次算力，Queen 终于给出了确切的地址，西尔维大数据管理公司，办公地址在高卢湾区。

我把打印出的地址推到朱莉的面前，爽朗的外国大妞笑着问："你想怎么去？快的，还是慢的？"

我眉头微皱，诧异地看着朱莉。

朱莉笑着说："如果你想欣赏沿途的风景，我们可以坐火车。如果你想尽快办案，我们可以开汽车。"

我低声问："还有没有更快的方式？"

朱莉望着我问："你确定？"看我点头，朱莉打开柜子，拿出两个头盔，抛给我说："走!"

抱着头盔走进车库，看着充满"肌肉"的重型哈雷，我不由得吹了声口哨，由衷称赞说："酷!"

哈雷的引擎轰鸣，我坐在后座上抱紧朱莉的腰。不到两百千米的距离，按现在飞驰的速度很快就能到，我忽然发觉在欧洲出个国跟在家出个村一样方便。

穆卡思与高卢湾区同属欧元区，警察系统协调非常方便，等我跟朱莉赶到西尔维大数据管理公司的时候，高卢湾区的警察已经等在这里了。

查看公函无误，我与朱莉走进西尔维大数据管理公司的机房，望着一排排的刀片服务器，听着风扇的爆鸣声，我仿佛又回到了大西北的矿场。

按照 Queen 给出的定位标 6T9W4A，我开始在服务器中穿梭，"6T"应该是列数，"9W"是横数，"4A"是刀片服务器的竖数。

找到了！望着亮着绿灯的服务器，我伸出手打算把服务器拉出来。

"等等!"朱莉忽然说："如果我们忽然关闭服务器，会不会惊走控制黑鲸的罪犯？"

这个问题我不好回答，黑客是隐身在服务器后面的人，只能透过操作痕迹来窥测一鳞半爪，如果惊动对方，对方铁了心藏起来，这条线索真有可能会断掉。

朱莉低声说："能不能先观察，在不惊动对方的情况下收集证据。"

我没好气地说："还不如我帮你们控制黑鲸暗网，然后你们把欧洲暗网的用户都赶进黑鲸暗网，然后……"

我只是说了句气话，没想到朱莉的眼睛亮了。

12 联合办案

如果我知道仅仅因为一句气话，会改变整个办案过程，甚至不光让金德兰警方心动，高卢湾区的警方也会跟着心动，并且愿意参与进来，我发誓，绝对不会说那句话。

现在麻烦大了，本就复杂的事情，变得更加复杂，凭空多出很多不稳定的因素，以及不可控的东西。

高卢湾区警署办公室里，已经秃了脑袋的胡福对着我说："峰，来自东方的神秘力量，办案思路就是与我们不同，这些年我们集结大批的警力，却无法打绝暗网。直到听到你的构想，我才发现这是一个天才的创意!"

我用手揉了揉鼻子，只不过是鸠占鹊巢的钓鱼执法，在老外的脑袋里居然成了天才创意，如果他看到三十六计，岂不是要"惊为天书"。

暗网是什么？就是隐匿 IP 地址的黑暗系淘宝，人们可以在上面开网店，贩卖枪支弹药、人奴禁药，甚至可以雇佣杀手。

在暗网上使用的货币是数字货币，在暗网上购物的人们，全都相信暗网是个诚信的地方，只要付出对应的代价，就能得到应得的东西。

因为匿名而安全，因为匿名而诚信。这就是暗网生存的土壤，换言之，这就是公信力，这就是暗网用户作恶的根源。

假如警方控制一个暗网，或者警方直接运营一个暗网，然后开始钓鱼执法，原本隐匿的交易变成公开的记录，原本安全的访问成了犯罪证据的收集渠道。本该互信的买卖双方，变得相互猜疑，甚至还怀疑对方是不是警察。原本建立的诚信荡然无存，作恶的大鱼们全都被钓起来后执法，那时整个暗网将大地震，使用者与销售方惶恐不安，画面美得我不敢往下想。

就在我思索着该如何开口推掉这件事情的时候，会议室的大门被推开了，另一个脑袋上没毛、面若红枣的男人，笑着自我介绍说："我是穆苏里丝警署的警长休斯……"

穆卡思的朱莉，高卢湾区的胡福，穆苏里丝的休斯，再加上来自华夏的赵峰，这绝对是跨国联合办大案的节奏。

我不得不揉揉鼻子，站在会议室的中央，把翻译机的音量开到最大，同时按动了眼镜上的按钮。

Queen 给了我思路，我照本宣科地读着："根据我们现在掌握的情报，能够确认黑鲸暗网曾经移动过三次，原本我只想拿到黑鲸暗网的硬盘，但现在计划出现变动，我决定接管黑鲸暗网，谁同意？谁反对？"

朱莉高声补充说："按照最新掌握的情况，我们发现只要打掉一个暗网，不管买家还是卖家，都会寻找新的暗网交易，我建议我们在接管黑鲸暗网后，联合欧联区其他警署，针对黑鲸以外的暗网进行打击……"

不等朱莉把话说完，胡福便赞赏地说："我们要把黑鲸做成欧洲区最大、最安全的暗网，把所有的买家与卖家都赶进去，最终一网打尽。"

休斯把头一点："同意！"

歪了，彻底歪了！在三个人的注视下，我不得不点头说："同意！"

13 难度暴增

既然已经进入角色，那我就要扮演好这个角色。望着对面的三个警察，我低声说：“现在想要接管黑鲸暗网，我们需要挖出黑鲸所有人的真实身份，只有控制了它，才能够接管黑鲸。而锁定对方身份就需要拿到服务器硬盘里的原始数据。”

休斯直接点头说：“那就拿啊！”

我解释：“如果动了旧硬盘，会惊动掌控黑鲸的嫌疑人，如果他继续迁移服务器离开穆卡思，甚至改头换面，遮掩平台名，我们将无从追查。”

朱莉思索后说：“能不能以服务器维护的名义，停止运营一段时间，然后我们把服务器硬盘的内容拷贝出来？”

我摇头说：“不行！第一，不知道硬盘里有没有防止拷贝的蠕虫；第二，几个国家不同的服务商同时停止运行，这本身就很有问题。”

胡福摊开手掌问：“这样不行，那样也不行，那怎么办？”

我耸了耸肩膀说：“给我一点时间，我从技术上再想想办法。”

会议室里就剩下我一个人，我有些疲惫地坐在椅子上，原本就很危险的事情，开始往不可控的方向发展，说不害怕那是骗人的。

这时，眼镜中忽然闪出一行文字。

Queen：如果采用钓鱼执法，那么至少需要一个月，停留越久，你的危险就越大。

原本只是一次快进快出，追查幕后黑手的线下入侵，我预估的时间是五天，现在演变成联合钓鱼执法，保守估计需要三十天，时间成本增加六倍，我的风险直线上升。

我无奈地说：“已经这样了，倒不如想法子解决……”

Queen：你没意识到危险，这里不是华夏，是欧洲！是 GOD 组织的大本营。一旦他们知道你来了，他们有上千种的法子杀死你。

怎么办！脚边就是万丈深渊，不知不觉中我已经站在悬崖边上了。

我低声说：“在不惊动幕后黑手的情况下，能把服务器里的文件拷贝出来吗？”

Queen：难度很大。

一切仿佛被打上了死结，一共三块硬盘，存储在三个服务器中，黑鲸暗网还在使用穆卡思的机房，高卢湾区与穆苏里丝的机房黑鲸也有续费，想要揪出幕后黑手，就要查看原始文件。而且现在难度升级，欧洲警方想要接管黑鲸暗网，我没想到随口的一句话，能把困难模式升级成地狱模式。

就在我思索要不要现在就离开的时候，会议室的门被推开，朱莉满脸焦急地走进来，高声说：“五分钟前，黑鲸官网挂出公告，凌晨一点做数据转移，会维护三个小时……”

什么！我眼睛瞪圆，不管黑鲸这次迁到哪里，硬盘都升级为至少四个，获取的难度成倍提升，万一幕后黑手察觉，修改 IP 彻底隐藏起来，那可就真成了不可能完成的任务。

我眉头皱起，好似问朱莉，又像问自己：“真的没办法了吗？”

14 伸出你的大拇指

空旷的会议室里只剩下我一个人，朱莉跟胡福与休斯在隔壁探讨要不要现在就行动，虽然不知是什么原因造成黑鲸暗网维护迁移，但在 Queen 不出手的情况下，谁也无法完成无痕入侵，悄然接管。

而我只能眼睁睁地等着，我无可奈何地摸了摸眼镜腿：“是不是真的没办法？”

Queen：为什么非要接管黑鲸暗网？

这个问题让我微微一愣，我眨了眨眼睛，摸着自己的胸口，声音低沉而缓慢地说：“我讨厌一切罪恶的东西，如果接管黑鲸暗网，就有机会把整个欧洲的暗网摧毁……”

Queen：这和你有关系吗？

我低声地说：“当然有关系，既然做了就除恶务尽，斩草除根，我不希望忽然冒出一个犯罪分子，用我家人的安全来威胁我。”

Queen：但这样会让你有暴露的风险。

我吸了一口气，低声说：“走一步，看一步。风险虽然很高，但回报也很大。不把这帮人赶绝了，我心难安。”

好吧！我承认我想接管黑鲸暗网的动机并不是为了打击罪恶，而是为了防止幕后黑手的反扑，既然有机会把他们一锅端了，我自然要赶尽杀绝。

仿佛过了半分钟，又好像等了很久，就在我以为 Queen 会拒绝我的时候，镜片里忽然弹出行文字：伸出你的大拇指！

我的嘴角不由自主地浮现出一抹笑容，伸出拇指在虚空中比画：“按哪里？”

Queen：手机屏幕上。

我拿出兜里的手机，看到手机屏幕正中间，多了一团橘红色的光点，屏幕最上面还有一行白色的文字：按在上面。

我把大拇指按在屏幕上，低声说：“这样就能得到三块硬盘上的文件？”

Queen 回答得很直接：并不能，但能随着黑鲸暗网的数据一起转移。

我原本微眯的双眼顷刻间瞪圆，一瞬间明白了 Queen 话里的意思。Queen 无法做到在不惊动幕后黑手的情况下同时入侵两个服务器，拷贝旧硬盘里的东西。但 Queen 可以在黑鲸暗网数据转移的时候，入侵黑鲸的新服务器。举个不恰当的例子，如果黑鲸是一个防御力非常高的金库，那么 Queen 就是一只想要入侵的老鼠，在不惊动幕后黑手的情况下，在数据转移的时候，随着庞大的数据溜进金库中。

凌晨一点，黑鲸暗网开始数据转移，穆卡思服务器中的数据，被拷贝进新的服务器里，一段只有 30KB 的代码，也随着网线进入了新的服务器中。

因为谨慎，所以黑鲸的官网经常更换服务器，加上洋葱头隐匿的 IP，还有旧服务器里的蠕虫警铃，黑鲸把安全级别做到最高。

Queen 如果暴力入侵，幕后黑手立刻就会躲起来。谁也没想到，正是因为黑鲸暗网的小心，给了 Queen 随着数据转移入侵的机会。

悄无声息地完成入侵后，Queen 开始收集关键的数据，原本如登天般的难题，在绕开防火墙后被悄无声息地破译。

叮咚！眼镜里弹出一行字来，黑鲸暗网的幕后黑手，浮出了水面……

15 ELICEPO

肖恩是个三十三岁的西欧人，皮肤白皙，满脸金黄色的胡子，桥梁大学计算机系毕业，学历达到了硕士，表面上有份体面的工作，而且收入不菲。如此完美的人生赢家，却因为贪婪而走上歪路，利用洋葱头构建并且运营了黑鲸暗网。

我低声问：“他是 GOD 组织的成员吗？”

Queen：不是，肖恩虽然有不俗的技术，但比 GOD 组织成员的平均技术弱了很多，算是外围预备队里的中等水平。

我的思维被触动，哑然说："GOD 组织还有预备队？"

Queen：GOD 组织比你幻想的还要强大，24 个成员是这个世界上最精通计算机的人，而且每 5 年还会淘汰纳新一次，预备队里网罗了这个世界上最有天赋的人才……

Queen 说到这里，忽然住了口，没再往下说。

我知道 Queen 不再说的原因，24 个顶尖黑客，奥米伽逃了，派死了，眨眼间空出两个位置，不知道谁会补位。说不定肖恩就有补位机会，但现在我们要抓捕肖恩。

打印机吐出一张 A4 纸，上面密密麻麻写满了肖恩的资料。我拿着纸推开隔壁的房门，对着大家说："黑鲸暗网的黑手查到了，现在抓人吗？"

朱莉接过打印纸，看过后说："我这就联络萨伦警方，立刻实施抓捕。"

休斯说："抓到后一定要拷问出管理员账户与密码。"

胡福说："还有虚拟币账户与密码。"

随着科技发展，办案人员也开始与时俱进，以前赃款都是存在银行里的，或者变成了名表、豪车等不动产，现在赃款里有虚拟币，存储在数字账户中。

前几年条星国破获了丝路飘带暗网，缴获大量的数字货币，分拆成三次拍卖，拍出了几千万美元，所以各国警方也把数字货币纳入赃款范围。

等萨伦警方行动后接管黑鲸，天知道要多久才能拿到硬盘，我拿起桌上的头盔，对着朱莉说："别愣着，去萨伦！"

朱莉俏皮地眨了眨眼睛："去萨伦骑摩托可不行，需要坐飞机……"

我急不可耐地说："那就坐飞机。"

朱莉笑了笑，嘴角往上翘起，戴上头盔说："我们不去萨伦，现在回穆卡思。"

我诧异地问："为什么？"

休斯说："萨伦的警方会对肖恩进行抓捕，接管黑鲸暗网后，穆卡思警署将成为这次行动的总指挥部。"

我茫然地看着休斯问："究竟发生了什么？"

休斯笑着说："刚刚我们把接管黑鲸暗网的计划上报给ELICEPO，ELICEPO 同意了我们的计划，并把总部选在了穆卡思。"

ELICEPO 是国际警察欧洲办事处，是欧联下属的执法机构，总部设在金德兰海之蓝。目前包括 28 个欧联成员国，以及条星国等盟国的 150 名执法联络官 ELICEPO Liaison Officers，由各欧联成员国和盟国的执法机构指派。

听到这里，我莫名地松了一口气，这帮老外并非一无是处，至少他们还能申请 ELICEPO 支援，也算是来了一次神助攻。有了ELICEPO 的协助，时间应该会被大大地缩短。

16 接管黑鲸

回到穆卡思，朱莉的电话响起，接听时她对我比画了一个 OK 的手势。与此同时，我的镜片里弹出一个消息，黑鲸暗网管理员地址出现异常登录，肖恩被抓捕，并且交出了管理员密码。

进了办公室，朱莉挂上电话，对我说："萨伦警方抓捕肖恩，并且得到管理员账户与密码，我们将接管黑鲸，管理员账户与密码已经发送到邮箱中了。"

这也算是个好消息，认真起来的老外，效率还是蛮高的。从确认肖恩，到出手抓捕，才一个多小时。

朱莉继续说："代号鸟笼的计划开始，我是组长，负责统筹协调，你是副组长，负责网络取证。ELICEPO 将会全方位支持我们，并专门组成二十人跨国联合的行动组。"

我吸了一口气，默默扬起了头，轻声说："先接管黑鲸暗网，然后把高卢湾区与穆苏里丝的硬盘拿来。"

坐在电脑前，我开始忙碌，萨伦警方非常不专业，居然把黑鲸暗网管理员的账户与密码，以明文的方式通过电子邮件发送过来。

Queen 拿到账户密码后，接管了黑鲸暗网，第一件事就是修改管理员的账户与密码。因为确认抓到肖恩，所以 Queen 有些肆无忌惮。

屏幕上一个又一个进度条闪烁而出，我要做的就是盯着这些进度条，等着 Queen 从数据堆里找出我需要的东西。

咔咔咔！房门被转开，朱莉端着一杯咖啡走进来，放在我的桌上说："ELICEPO 希望我们尽快行动，争取在一个月内，打掉欧洲所有暗网……"

我揉了揉太阳穴，对朱莉说："一个月太久，我们可以试一试在两周内解决其他暗网。"

朱莉的双眼闪亮，望着我说："讲一讲你的计划。"

我指着电脑说："如果只是暴力入侵，我能在三十分钟内拿到普通暗网的权限，但会惊走暗网的掌控人。"

朱莉明白这番话里的意思，望着我说："你是想把大部分用户都赶到黑鲸里面？"

我点了点头："暗网之所以猖獗，是因为数字货币解决了买卖双方的互信问题，并且把这种互信上升为共识，只要打破这种共识，让买家与卖家之间无法达成信任，那么暗网建立的诚信体系将不复存在。"

如果暗网是老实人的诚信交易场所，那么我就要打破这种规则，鸟笼行动成功后，警方接管暗网的消息将会在全世界传播，那样会给买家与卖家形成心理暗示，让他们觉得自己是在跟警方交易。

虽然钓鱼执法令人不齿，但用在特殊的时间、特殊的人群里，会有意想不到的结果。

朱莉沉默了大概三秒，然后把头一点说：“那就开始攻击吧！虽然这样做会让一些人成为漏网之鱼，但我们能彻底摧毁暗网，挽救更多的普通人，我支持你。”

我的手指重重敲在回车键上，我相信 Queen 很快就能摧毁欧洲区大部分暗网，我也能早些离开。

原本就很多的进度条，还在往上增加，欧洲用户数量在 200 人以上的暗网，都是 Queen 攻击的目标。

17 代号鸟笼

暗网构架在洋葱头网络上，隐匿了访问者的 IP 地址，访客们以为自己是安全的，创办暗网的人也知道隐匿 IP 后自己是安全的。但架设暗网的服务器，没大家想的那么安全。

举个很简单的例子，假如把暗网比作黑市，不管是买家还是卖家，都穿着黑色的衣服，戴着黑色面巾，遮掩住相貌，买卖双方都不知道对方身份。在有限的时间里无法追查买卖双方的身份，但黑市所在的位置是能确认的。如果想抓捕买卖双方，难度会非常高，但如果摧毁营地，把这些卖家与买家驱赶进陷阱呢？

暗网虽然隐匿 IP 地址，但还是要用到网络。不管多高明的技术构架，只要有人访问，想要达成交易，就需要使用服务器。不抓黑手，转而袭击服务器，难度降低三个等级。

Queen 开始野蛮入侵，首先通过洋葱头访问暗网，然后开始追踪 IP 地址，确认 IP 地址后开始入侵，暴力破开防火墙后，封存一切数据。

随着 Queen 开始发力，整个欧洲区域，所有的暗网风声鹤唳。已经组成特别行动小组的 ELICEPO，按照名单出击，先收缴服务器中的计算机硬盘，只要购买商品总会有所交流，哪怕暗网两个月转移一次服务器，上面至少有两个月的聊天记录，即使文件被加了密，也有机会被破译，这些数据将会成为铁证。

ELICEPO 开始根据破译的聊天内容排查，还真抓到几个大拆家，代号“鸟笼行动”的消息不胫而走。

整个欧洲的暗网都遭受了不同程度的攻击，所有的暗网使用者，不管是买家，还是卖家，都感觉背后有一双眼睛，冷冷地盯着自己。

黑鲸暗网用过的三块硬盘，被我连接进机箱里。Queen 开始收集情报，我坐在电脑前，望着 Queen 汇总后的结果，这是一串加密字母，Queen 通过逆向解密的方式，翻译出访问 ID，一串毫无规律的字符——ASWJ*UIO7894。通过这串字符，我解密不出有价值的东西。

难道线索就这样断了?

我坐在电脑前开始梳理，来到金德兰是为了揪出黑鲸暗网幕后的黑手，现在肖恩已经被抓捕，黑鲸也被接管，但我没有找到有价值的东西。

究竟是谁要杀阿火?

推理需要方向，而我现在感觉方向没了，这是一种无力的迷茫。

叮咚！桌面上又弹出了另外三条信息。

ASWJ*UIO7894 这个 ID 不止有一单委托，还有另外三单，从购买禁药，到购买女郎的特殊服务，以及购买枪械。

看似不相关的三单生意，却存在一个很有趣的逻辑，禁药只买了一点点，女郎服务只点了一次，枪械没有买现今流行的枪械，而是买了一把毛瑟 M1932。

毛瑟 M1932 还有个名字叫驳壳枪，经常出现在华夏的抗日神剧里，是半个世纪前的枪械，杀伤力一般，性价比不划算，除非因为情怀，否则没道理购买。

望着这个暗网账户，我的脑海里勾勒出个大概，这是一个以体验为主，而且自制力很强的华人，新兴的财富阶层，有一定的外语基础与使用电脑的能力，来到海外后迫不及待地体验资本主义，顺道雇用了杀手……

他究竟是谁?

18 迁移黑鲸

哪怕是借调算力的 Queen，也无法在短期内追踪出黑手。所以追查计划必须推迟，因为有了方向，所以 Queen 建议使用云追踪运算，即把符合逻辑条件的嫌疑人都写入云计算中，然后冻结那个时间段的出行记录，再一步步地筛选出符合购买条件的人的数据，然后一点点进行行迹比对，最终计算出嫌疑最大的人，再论证他是不是幕后黑手。

在没有办法的情况下，这应该是最好的办法，只是耗费的时间久一些。

我摘下眼镜，揉了揉太阳穴，已经做到这一步，接下来该思考如何脱身了。黑鲸暗网在穆卡思警方的掌控中，鸟笼行动也震慑到了很多坏人。随着一个又一个暗网被摧毁，供求关系开始失衡，不管是买家还是卖家，都成了惊弓之鸟，接下来用户与大拆家们会选择黑鲸吗?

吱呀呀！办公室的房门被推开，朱莉急匆匆跑进来：“注册人数开始暴涨了，昨天增加了三千人，今天又增加了五千人，不管是买家还是卖家，都翻倍地往上增长。”

其他暗网都遭受攻击，只有黑鲸没有出问题，这是个用脚投票的年代，面对暴增的注册量，我思索后说：“黑鲸新用户注册功能，先关闭三天。”

朱莉诧异地问：“为什么？”

我双眼放光说：“既然这些卖家与买家已经来了，那就把他们一网打尽。在这个过程中不能出一点错。黑鲸服务器还托管在服务商那里，安全性并不高，如果别的黑客也用我的法子攻击，那我们将前功尽弃，所以我们需要三天的时间，完成安全构架与数据转移。”

望着思索的朱莉，我继续说：“假如黑鲸还在肖恩的手里，一边是全欧洲执行的鸟笼行动，另一边是忽然暴涨的注册量。从人性角度来分析，肖恩也会暂停新用户注册。”

这番话说得入情入理，朱莉把头一点说：“我同意黑鲸暗网暂停注册三天，但新服务器架设在哪里？”

我指了指会议室说：“这里怎么样？”

看着朱莉点头，我又说：“迁移服务器，大批量地转移数据，构架服务器安全策略，我一个人做起来很吃力，还需要至少五位助手。”

朱莉同意说：“我这就向 ELICEPO 申请，今晚你就能见到助手。”

一切就是这么顺利，一环套一环的说辞，表面上是为了黑鲸服务器的安全，实际上却是在做脱身的铺垫。

鸟笼计划非常成功，按部就班执行就好，摧毁欧洲暗网只是时间问题。所以迁移黑鲸服务器，扩充计算机团队，等人员到位后，随机提拔一个助手，我便可以功成身退。

成立专案组后，ELICEPO 非常有效率，朱莉报告上交十分钟后便被批复。晚上六点前，ELICEPO 最顶尖的六位安全专家来到穆卡思。黑鲸官网暂停新用户注册，服务器将构架新的安全策略，然后进行数据迁移。

19 服务升级

望着眼前高矮胖瘦的六个安全专家，我不等他们开口，便说："欢迎各位，在未来的日子里，我们将经营欧洲最大的暗网黑鲸，我们将向罪恶宣战，我们将取得最终的胜利。"

翻译机把这话精准地翻译了出来，震惊了所有的安全专家，他们没想到小小的翻译机真的能做到同步翻译。都是做网络安全、计算机硬件的，华夏不可思议的发展速度让他们震惊。

趁着老外们震惊，我在会议室墙上挂上思维导图，对着大家说："想要把黑鲸做到欧洲最大，首先要加强网络安全防护，我们将在这 6 点上进行强化。"

不管是进攻，还是防御，Queen 都是专家级，Queen 制定的安全策略，不说跨越时代，拿出来后直接震惊到这帮懂技术的安全专家是一点问题没有的。

技术只是一个方面，给这些安全专家提供大方向后，他们开始执行落地。我推开隔壁办公室的门，ELICEPO 的精英执法者都等在这里。

望着满屋子的警察，我把自动翻译机的音量开到最大："鸟笼行动将是一个非常庞大的计划，接管黑鲸只是第一步，接下来还要运营黑鲸，如何才能让黑鲸成为欧洲暗网的 NO.1? 这将是大家必须解决的难题，我觉得可以成立庞大的客服团队，解决买家与卖家之间的纠纷，同时提供完善的售后体系。"

这番话让人震惊，暗网本身就是以隐匿性著称的，在暗网上交易凭借的是买卖双方的诚信，即使彼此发生矛盾，也是私下里解决，暗网只是提供交易的平台，很少会介入买卖双方的纠纷，更不会提供什么所谓的售后服务。

望着满屋子里被震惊的警察，我自顾自地说："如果把暗网看作隐匿黑暗的虚拟世界，那么想要取证将会非常困难，如果我们以售后的名义介入，将会完成第一阶段的取证，同时树立黑鲸暗网的公信力，最终成功把黑鲸打造成欧洲乃至世界最大的暗网。"

一群警察换上黑西装，满欧洲地协调买卖双方纠纷，用淘宝小二的方式经营暗网，别说警察想不到，就连使用暗网的买家与卖家们都想不到。

黑鲸暗网完成迁移，布置的安全策略也完成升级。ELICEPO 的探员们换上黑西装，跨区域处理黑鲸暗网上的纠纷，同时加紧执行鸟笼计划，打击黑鲸以外的其他暗网。

不怕不识货，就怕货比货。一边是服务周到、无比安全，甚至还能处理售后的黑鲸暗网，全程的五星级微笑服务；另一边是随时可能被打击跑路关站，甚至被抓的其他暗网，不管是买家还是卖家，都知道该去哪里交易。

黑鲸的数据再次暴涨，原本只有三万注册用户的小数据库，一下暴增到注册用户十八万，并且往二十万迈进。

20 收集证据

随着黑鲸暗网注册人数暴增，其他暗网受到进一步打压。黑鲸暗网成为欧洲暗网的 NO.1 只是时间问题，如果继续推行鸟笼计划，黑鲸有可能成为欧洲唯一的暗网。

我开始计划如何抽身，首先修改黑鲸数据库的加密程序，不再保护所有登录用户的 ID 与密码，这就等于让加密编码变成明文。

然后修改加密的聊天记录，以前的聊天记录都被加密，并且只保存 15 天，现在全都以明文的方式把买卖双方的聊天记录保存在后台里。

紧接着我还在黑鲸上贴出服务升级公告：为了保证买卖双方的合法权益，不管是买家，还是卖家，都需要通过实名认证，不光要上传身份证，还要手持身份证拍照。

不知道是黑鲸售后做得太好，还是黑鲸在鸟笼行动中表现得足够优异，18 万注册用户，居然有 8 万进行了实名认证。

我给实名认证用户开通了更多的权限，同时推出数字货币在线存储业务，帮助他们保存数字货币。连环拳打出去后，所有人都看出了黑鲸的野心，这是要做暗网界的亚马逊啊。

原本就暴增的注册用户再一次暴增，实名认证的用户也逐渐多起来，毕竟黑鲸的用户体验非常棒，帮助了买家与卖家，实现了他们所能幻想的一切功能。

科技让生活更轻松，懒惰一直推动着科学的发展与科技升级。黑鲸用方便快捷、高效安全征服着欧洲的地下世界。在鸟笼行动的助攻下，黑鲸注册人数超过 23 万，实名认证的用户超过 16 万。

从忙碌的工作中抽离，相比别人的狂喜，我的眼中闪烁着冷漠。咔咔咔！高跟鞋踩在地上，发出清脆的声音，容光焕发的朱莉，笑靥如花地走来，手里还抱着一盒小面包，她对我说：“刚做了一些甜品，有兴趣尝一尝吗？”

我笑着说：“非常荣幸。”这是一根造型很奇特的法棍，我拿起来后轻轻地咬了一口，味道只能说还行。

朱莉望着我，期待地问：“味道怎样？”

我违心地说：“棒！非常棒！”

朱莉满意地点了点头，然后说：“非常感谢你，给了我这次机会，鸟笼行动非常成功。”

我耸了耸肩膀，阿火在穆卡思出事，黑鲸暗网的服务器托管在穆卡思，这一切只能说是天意。

朱莉低声问：“你觉得什么时候可以收网？”

我揉着太阳穴说：“随时都可以收网，毕竟百分之八十五的大拆家都在我们这里注册，并且完成了实名认证……”

这绝对是犯罪史上最大的笑话，警察开暗网，罪犯注册销售，还都完成手持身份证的实名认证，太匪夷所思了！

叮咚！眼镜里忽然弹出一行文字，Queen：发现恶意入侵。

与此同时，电脑前的安全专家喊：“有人在攻击我们的防火墙。”

计划被打乱了，我高声喊：“防御！”然后对着朱莉喊：“收网，开始抓捕行动。”

21 抓捕

经过这些天的努力，黑鲸已经成为欧洲最大的暗网，欧洲区地下世界里最权威的暗网。

因为采用小二式的客服，所以调解纠纷的黑西装非常有威信，甚至有些已经成为野心大拆家的座上宾。

特别是近期黑鲸暗网将开始进行流量排名，以及首页竞价系统，让一些有上进心，想要扩大规模的大拆家觉得属于自己的大时代即将到来，纷纷对黑西装抛出橄榄枝，甚至有些还进行商业贿赂。

在 ELICEPO 办公室里已经有了一份完整的名单，上面记录了这帮拆家的出货量，并且完成了证据链收集，现在抓人就能办成铁案。

原本 ELICEPO 还想再等等，多抓一些大鱼，但随着忽然的入侵，彻底打乱了计划，随着我的一声令下，ELICEPO 所有部门都行动起来了，黑西装换上警察制服开始收网抓捕。

这一夜不光警察部门在行动，为了防止出现意外，还联络了当地驻军。一辆辆的装甲车行驶在公路上，粗重的坦克旋转着炮台。面对如此的重火力，哪怕武装到牙齿的黑帮组织，也要乖乖放下武器。

外面开始抓人，我坐在电脑前，Queen 一分为二，一面在网络上追踪入侵者，一面与我交流。

Queen：不管多好的局面，都要做最坏的打算。入侵者非常狡猾，短期内无法锁定。

我在键盘上敲击：现在就走吗？

Queen：找到机会就脱身，表情自然一些，不用太刻意。

前些日子从华夏撤离，贝塔总是听到滴滴的声音，以前是因为派，现在呢？贝塔再一次检查电脑，本该摧毁的电脑硬盘居然被恢复了？

难道逻辑炸弹没效果？当贝塔检查到 KING3.0 损坏的文件时，

居然发现损坏的文件已经被修复，并且在硬盘里慢慢增长。

增长是个很神奇的词汇，比如原本占有 1G 的硬盘文件，现在变成 2G，甚至在慢慢地往 3G 膨胀，是什么造成了增长?

贝塔经过一番的研究后，发现 KING3.0 可以通过复制抓取它所感兴趣的一切，并且加以提炼、存储。

首先 KING3.0 是主动抓取，换言之，这是在学习、在进化！难道这就是自主生命意识形态?

有了这个发现后，贝塔没跟任何人说，悄悄地买了一批服务器，串联后给 KING3.0 使用。经过这段时间的培养，智能程序有了自主意识，并且有了名字，JACK！中文直译为黑杰克。

入侵黑鲸暗网，不过是贝塔与 JACK 的一次测试，发觉对方非常强大，JACK 开始躲避，同时在数据库里画出对方的技术范围。

JACK 诞生于偶然，继承了 KING3.0 的损坏文件，同时又承受了 Queen 的逻辑炸弹，如果 Queen 是第一代，KING 是第二代，那么 JACK 就是技术融合后的第三代。

贝塔望着 JACK 给出的技术范围，经过技术比对，慢慢地重叠后惊诧地发现，对方居然是 Queen，那么黑鲸暗网后面站着……

22 拉网

贝塔选择攻击黑鲸暗网，是因为最近黑鲸风头正劲。一个亚马逊式的暗网，爆发出惊人的力量，所有人都能预感到黑鲸暗网充满金钱味的未来。

有人对黑鲸进行背景调查，忽然冒出这么多战斗力强悍的黑西装，不可能没有根底。调查结果却让所有人吃惊，这些人就是忽然冒出来的过江龙，每个人都持有合法加密的外国护照。

一个掌管了黑鲸暗网的跨国犯罪组织，理所当然地神秘而强大。一些实力不够的人，自然不敢去招惹这个组织。正是因为出现了思维盲区，所有不合理的东西，都变得合情合理。

贝塔需要测试JACK，没想到窥测到黑鲸暗网后面居然站着奥米伽，他想做什么？开始入侵欧洲，想要掌控欧洲的地下势力？

在 GOD 组织的思维里，比特币是他们的金融货币，暗网是他们的土壤，明确来说，那就是自留地。忽然冒出来的奥米伽，让贝塔非常惊诧，继而有些惊恐，毕竟黑鲸暗网扩展得太快，已经开始挤压甚至威胁 GOD 组织的发展空间。

贝塔在 Teglamer 群里发消息：出事了！出事了！最近扩张的黑鲸暗网，使用了奥米伽的技术。

贝塔说完还贴了张交手图，根据程序分析，一个个的工具里的确包含了 Queen 的程序逻辑。

不同的程序员有着不同的逻辑，特别是在一些尖端的黑客工具使用上，总会留下细微的程序逻辑，这就是顶尖黑客独有的标记。

阿尔法诧异地说：黑鲸暗网使用奥米伽的技术？他想做什么？

西格玛：黑鲸暗网最近转型，要做暗网界的亚马逊，先是售后调解，然后实名认证，这是要把欧洲的地下势力统一纳入囊中吗？

伽玛：最新消息，黑鲸暗网后面站着 ELICEPO，他们开始抓人了。

伽玛也贴了张图，黑鲸暗网公告：所有暗网的使用者，你们访问的黑鲸暗网是 ELICEPO 创建的网站，ELICEPO 已经掌握了你们违法犯罪的证据，请到离家最近的警署自首……

画风转变得太快，所有人都猝不及防。说好的匿名访问呢？说好的安全购买呢？说好的不会被警察追查的共识呢？

暗网多年积累的声望，一瞬间被打得粉碎，不管是购买过违禁品的小买家，还是已经被抓的大卖家，以后该相信谁？这个市场还有暗网生存的土壤吗？

贝塔又贴出一张图：看看他是谁？奥米伽的白手套，那个叫赵大顺的写手，他是鸟笼行动的技术总指挥。

阿尔法被震惊了，比特币之所以能够达成全球的金融共识，就是因为暗网上的金融担保需求。每天全球比特币交易额度中，金融领域只有百分之六，投机领域占有百分之十三，剩下的百分之八十一，支撑着黑暗体系的交易。

现在奥米伽对暗网出手，这是要摧毁 GOD 组织的布局，断了比特币金融共识的根基。

阿尔法怒了，GOD 组织退出华夏，甚至避让开亚洲，奥米伽怎么还如此蛮横，现在打上门来，这是想赶尽杀绝吗？真以为 GOD 组织是泥捏的？

盛怒的阿尔法，在 Teglamer 群里吩咐：查一查赵大顺在哪里，如果还在欧洲，那就把他弄死！

GOD 组织剩下的黑客纷纷出动，欧洲天空上一张由电磁波组成的大网缓缓拉开。

23 风暴来袭

会议室里非常忙碌，忽然出现的入侵者，又忽然消失了。安全专家们没有继续追查，而是忙碌着归纳案犯资料。坐在凳子上的我，本就不安的心变得更加不安。

Queen 的能力我是知道的，在没借调算力的情况下，这个星球上百分之九十九的黑客都不是 Queen 的对手。现在入侵者居然逃脱了，那么对方属于百分之一，很有可能是达到 GOD 组织那种级别的超级黑客。

我在键盘上敲打：查出来入侵者是谁了吗?

Queen：没查到，是个全新的家伙，忽然间出现，又忽然间消失，我的数据库中无法匹配他的入侵手法，所以身份未知。

我皱着眉头，伸手托着脑袋，事情难办了！已知的敌人不可怕，未知的敌人才恐怖。

Queen：GOD 组织开始行动，拉网式排查后，他们知道鸟笼行动的总部在穆卡思。

我吸了一口气，该来的还是来了。既然已经查到鸟笼行动，那就说明危险近在咫尺，我已经嗅到了死亡的气息。

我打出一个字问：走?

Queen 给了我回应：走!

已经决定了离开，Queen 开始清理痕迹。我悄悄地推开会议室旁边的门，那里有一小张行军床，我把衣服塞进行李箱，刚转身就看到门边捧着甜品的朱莉。

“你在收拾行李？”朱莉望着我诧异地问，“要走吗？”

我点了点头说：“是的！鸟笼计划开始收网，我也要去执行其他的任务。”

朱莉把甜品放在旁边，斟酌词汇：“不参加庆功宴吗？”

我低声说：“不参加了，我虽然是安全专家，但我的身份属于高等机密，暂时还不能曝光。所以荣耀属于你们，我将继续在黑暗里跋涉前行。”

所有的衣服都已经装进了行李箱里，我拉着箱子往外走，朱莉什么都没说，默默地跟在我身后，走出穆卡思警署时，朱莉低声问：“如果我去华夏能找到你吗？”

我耸了耸肩膀说：“我也不知道，我总会前往不同的地方，执行不同的任务。”我觉察出朱莉对我有那么一点点的好感，我不得不把这份好感断了。

朱莉觉察出我冷冰的拒绝，什么都没说，默默地把甜品塞进我的手里，然后转身走向了穆卡思警署。

那是个乌云密布的午后，冷风萧瑟，几片白色的塑料袋在空中飞舞，身型娇小的朱莉，从步履坚定到步履蹒跚，肩头不断地耸动，即将推开警署玻璃门时，我看到她忽然转身，脸上挂着晶莹的泪珠。

再然后，一辆白色的雪佛兰忽然冲出来，撞碎了警署的玻璃门，冲进了警署的大堂。整个世界在那一瞬间仿佛被按了慢放键，一团橘红色的火焰，从警署大堂往外喷涌，直接吞噬了朱莉。警署在烟雾中化为了废墟。

朱莉死了！一个鲜活的人，就这样死了！

我的拳头紧握，甜品被握成了球。也许是因为愤怒，我的鼻子往外流着血，我努力克制住了内心的愤怒，默默转身，张开嘴巴，连着鼻血一口口吞咽着甜品。

24 逃

我默默地在街上走着，刚擦干净鼻子，镜片上忽然弹出一行字。

Queen：袭击穆卡思警署的是地狱天使，他们的身后站着恐怖极端组织。

明白了！极端组织以黑帮的形式在欧洲敛财，以前靠着线下现金交易，现在主要的收入来自暗网。ELICEPO 的鸟笼行动，一下摧毁了欧洲的暗网组织，甚至冻结了极端组织的数字货币，自然招惹来了地狱天使的报复。

这帮危险分子开始宣泄怒火，原本安宁祥和的穆卡思，忽然冒出一个又一个黑巾蒙脸、扎着红色头巾的暴徒。他们袭击路人，殴打警察，甚至还砸开了路边商店的橱窗。

火焰熊熊，黑烟四起，路上全是惶恐的路人与嚣张的暴徒，偶尔响起警笛声，却那么凄凉，整个穆卡思彻底乱了。

镜片中文字继续闪烁，Queen：ELICEPO 的鸟笼行动连根拔起欧洲暗网，对地下势力伤害很大，因为没有提前做好预估，更没有针对防范，所以整个欧洲的犯罪率开始飙升，在极端组织的推动下，暴乱开始蔓延，欧洲八国戒严，欧联区内所有机场将会临时关闭。

我的眉头皱起，这绝对不是个好消息！坏消息永远不止一个，只要出现必然接二连三。

Queen：GOD 曝光你的身份，ELICEPO 验证消息真伪，也就是说短期内欧洲警方不能给你任何帮助，甚至还有可能成为阻力。

这是个变幻莫测的世界，虽然幻想过 GOD 组织会反击，但没想到反击如此激烈。

我无奈地耸了耸肩膀，脑袋冷静地分析着，飞机已经不能坐，大使馆也不能去。面对如此糟糕的局面，我能做的只有自救。

Queen：金德兰不能待了，建议去德邦，然后找机会穿过罗德兰、白罗刹，再取道罗刹国后回华夏。

一条横跨欧联的路被 Queen 标记出来，我的嘴角浮现出一抹苦笑说：这条路可不好走。

Queen：先有个方向，然后再微调细化。

路边停着一辆黑色的奔驰，我走到车边，正想着找砖头砸开车窗时，哔哔！奔驰车忽然发出两声短鸣，车灯闪烁。

Queen：车辆已经解锁，记得找地方加油。

没想到 Queen 如此强大，我伸手拉开车门，发动机已经启动。望着不太多的油表，我轻声问：“哪里可以加油？”

镜片中出现世界地图，然后不断地被放大，从欧洲放大到金德兰，再放大到我现在的街区，七八个加油站被标记出来。

与此同时，Teglamer 群里阿尔法说：必须给奥米伽一个鲜血淋漓的警告，让他明白，他可以守护华夏，甚至守护亚洲，但欧洲必须是我们的。

西格玛：目前为止，我们损失了百分之七十五的业务，为此激活了六个极端组织，引导至少四万组织成员进行暴力活动。

阿尔法非常兴奋：一些外围组织可以继续激活，以集会游行，自由民主的方式把整个欧洲秩序搞乱，然后我们要找到赵大顺，把他干掉，让奥米伽明白，GOD 组织依然不可战胜。

欧洲所有的潜伏者与执行者被激活，较量从互联网上，开始延伸到现实生活中。

25 阿波罗开启

阿尔法动了杀心，激活潜伏者引导不明真相的民众只是第一步，接下来是要给奥米伽一个血淋淋的教训。

Teglamer 群里阿尔法说：西格玛，开启阿波罗，定位赵大顺。

欧洲崇尚人权与隐私，监控网络不够完善。想要从茫茫人海里找出一个人来，难度相当于大海捞针。

GOD 组织能调用的资源却非常多，虽然监控网络不行，但可以使用卫星定位。

西格玛手指飞快地在键盘上敲打，一组信号从计算机里往外发送，通过无线电传输进入亚太空轨道，13 颗近地卫星开始变轨，阿波罗系统被开启，全方位地对穆卡思进行扫描。

一幅幅照片被传回地面，阿尔法低声说：“让我看看你躲在哪里？”说完狠狠地敲击回车键，全球百分之三十一的比特币算力被征集，然后根据运行轨迹演算。

阿波罗系统是 GOD 组织掌握的王牌，由 13 颗卫星组成网络，负责数据传输与侦测，按照原定计划，近期还会安装一些重型武器，能在亚太空轨道上对地面实施打击。

随着算力演算，可疑的地方先被标记，然后逐一排查，从 6000 个疑似目标中筛选出嫌疑最大的目标，综合数据比对后进行确认。

叮咚！一条百分之百符合条件的数据被高亮显示。

阿尔法看到一辆开往德邦方向的奔驰，他拿出手机吩咐：“找到这台车，干掉车里的人。”

地狱天使，欧洲最大的黑帮组织，也是欧洲最大的飙车党。大部分成员都喜欢驾驶改装车，他们穿着黑色的皮衣，酗酒后飙车，有时也会打砸抢烧。因为成员人数众多，加上跨国流窜作案，一直都让欧联警方非常头疼。

一个穿着黑色皮衣，留着山羊胡子的男人，舞动肥粗的大手，发出一声高亢的怪叫，转动方向盘往东方开去，后面还跟着十多辆改装汽车。

夜黑得深邃，我有些疲惫，双眼微眯说：“Queen，你能自动驾驶吗？”

Queen 认真地思考了一会儿说：理论上可以，进行物理连接后，现在就能控制油门与刹车，配合视频捕捉与雷达系统后实现理论上的自动驾驶。只是没有转向配合系统，所以无法完成转向。

我生出兴趣，随口问：“加装这些需要多久？”

Queen：加装后要调试，还要进行行驶磨合，保守估计需要三个月。

我点了点头说：“好可惜，这次是用不到了！”

我的脑洞一如既往发散，忽然问：“Queen，你知道怎么开飞机吗？或者说你能帮我开飞机吗？开车太慢了，如果能开飞机……”说到最后，我自己都笑出声来了，这个脑洞的确一点儿都不靠谱。

Queen 运算一番后说：在眼镜系统的帮助下，你具备驾驶飞机的可能，只是这种可能只存在于理论上，成功率不超过百分之六十。

我耸了耸肩膀，成功率是很神奇的东西，只要做了一件事，要么成功，要么失败，换言之已经有百分之五十的概率，加上 Queen 的帮助才提高到百分之六十，风险还是蛮高的。

后面灯光闪烁，一辆改装过的道奇忽然加速冲了过来。

26 公路追逐

哐！明明很宽的路，后面的车不知怎么开的，居然追了尾。

我双手紧紧握着方向盘，抬起油门的脚刚想踩刹车，镜片中忽然弹出一行字。

Queen：不能停，他们是 GOD 组织的杀手。

在联网的情况下，Queen 非常强大，通过无线网络入侵对方手机里，读取对方的聊天记录，自然知晓对方的身份。

我心里一惊，一面把油门踩到底，一面低声说：“他们敢杀人？”这话说出口后，已经不用 Queen 来回答，我知道这帮无法无天的家伙，真的敢杀人。

Queen：加速开，不要停。

镜片开始放光，上面有导航路线，还有我现在的行驶车速，距道路边缘的距离，以及后车的车距。

画面加上数据让我有种玩赛车游戏的错觉，被追杀的惊恐一点点消散，已经上百迈的车速再一次提升。

道奇车里山羊胡脸上全都是狂躁，咆哮着说：“撞死你，撞死你。”脚掌把油门踩到底，本就呼啸的引擎开始轰鸣，速度又往上飙升，对着奔驰车的屁股再次怼上去。

轰！撞得有些猛烈，车子差点冲出路面，我连忙转动方向盘。奔驰没有改装过，后面的车改装过，哪怕我把油门踩到底，速度上也是吃亏的。

我把牙齿咬紧，油门已经踩到底，奔驰不像在路上跑，而是像贴着地飞。

Queen：一共十二辆车跟着我们，他们都是改装车，我们的速度最慢。

天已经黑了，路上有车，就这样跑下去，肯定会被他们撞散。我吸了一口气后低声问：“有解决的法子吗？”

Queen：有个计划但很冒险，你生还的概率只有百分之三十一。

我笑着说：“任何事情只要做了，就会有两个结果，要么成功，要么失败，所以成功率不是百分之三十一，而是百分之五十。”

Queen 足足运算了三十秒，才明白我表达的意思，概率学中数字是个约数，没有 Queen 数据库中的精确，跳过这个话题，Queen 说：前面有个岔路，按照我的计算，只要你这样，这样……

我以为我的脑洞足够大，没想到 Queen 比我的还大，难怪只有百分之三十一的成功率，把量化的成功率换成形容词，那就是九死一生。

做？还是不做？轰！就在我犹豫时，后面的道奇又撞上来，透过后视镜，我能看到山羊胡脸上的疯狂。

既然没了退路，那就做了！反正跑下去也是死，倒不如放手一搏。

打定主意后，我握紧方向盘，咬紧牙关说：“Queen，执行你的计划。”

镜片中多出一条泛着蓝光的曲线，与我们正在行驶的公路重叠，不远处有两条岔路，根据现在行驶的速度，以及离岔路的距离，Queen 给出了滚动的倒计时。

我要根据 Queen 给出的时间，完成规定的动作，成功地顺利逃出，不成功我将是黑暗里最亮的仔。

就是这里！镜片中的倒计时归零后，我一脚踩在刹车上，然后拉手刹，狂打方向盘，心里祈祷着，别翻车，千万别翻车。

27 围追堵截

这是一条人字路，一条往东，一条往东南。为了区分道路，两条岔路间不光有指示灯，还有混凝土浇筑的分离岛。

Queen 的计划简单而粗暴，让我对着分离岛加速，Queen 关闭了信号指示灯。当车距离分离岛还有一百米的时候，我刹车打方向拉手刹，漂移进东南方向的路口。

刹车踩到底后，轮胎一下抱死，悬停在地面上，随着惯性摩擦出刺耳的尖鸣。奔驰车漂移着往岔路冲去。也许是运气足够好，也许是上苍听到了我的祈祷。奔驰车没翻，过了分离岛进入东南路。

山羊胡可没那么好的运气，天太黑，两辆车又离得太近，我把速度提升到极致，山羊胡为追我也把油门踩到底。即使我提前做了预判，车头也是擦着安全岛才进入岔路的。山羊胡根本来不及反应，脸上的狰狞化为错愕，瞬间又变成惊恐，望着前面混凝土的分离岛，绝望地踩住刹车。

来不及了！改装后的道奇速度太快，离分离岛又太近，惯性那么大，不可能刹住，车头直接在分离岛上撞得粉碎。

轰！一声爆鸣后，轰轰轰！后面追来的车也没刹住，八辆改装车连环撞在一起，汽油喷涌，一个火星点燃了汽油，八辆车顷刻间被火焰吞噬，照亮了黝黑的夜空。

我继续踩着油门，瞄了眼后视镜，低声说：“他们没追来？”

Queen 沉默了一会儿说：两个消息，一好一坏，先听哪个？

我诧异地问：“情况已经糟糕成这样，还有好消息？”

Queen：好消息是后面没有车队追你。

我无语地说：“这算什么好消息？坏消息是什么？”

Queen：坏消息是前面有车队驶来，也是想杀你的。GOD 组织激活了大批的潜伏者，并且对所有的极端组织下达追杀令，不管谁遇到了你，就地击毙。

这可真是一个不能再坏的消息了，我一脚刹车把车停在路上，皱着眉头问：“前有敌人，后有追兵，车里难道有定位器？”

Queen 立刻进行运算扫描，然后说：车上有发射器，但天空中至少有八颗卫星锁定了你，熄灯，往路边的旷野上开。

我关上了车灯，转动方向盘上了路边，周围一片黑暗，像极了我此刻的心情，黑沉沉的，充满了压抑。

我是个认命的人，虽不豁达，却有种愿赌服输的干脆，面对 GOD 组织的天罗地网，我知道逃不掉了。

Queen 不说话，我也没开口，就这样闷闷地开了二十分钟，看了看不多的油表说：“这里是 GOD 组织的主场，恐怕插翅难飞……”

话还没说完，就被 Queen 打断：地面上的确没路了，但我们……

我的思路跳跃，Queen 的思维在我的影响下也有了穿透力。插翅难飞四个字给了 Queen 灵感，Queen 开始抽调比特币算力，疯狂地运算，去寻找那一线生机。

28 疯狂的计划

行驶在旷野上，车轮不断颠簸，我握紧方向盘，镜片里多出了一根进度条，当这根进度条走到百分之七十一的时候，另一根进度条又出现了。

我此时有些紧张，但也知道 Queen 已经尽力。按道理说，Queen 是奥米伽的朋友，我顶多算是与奥米伽有点渊源的普通朋友，面对无理取闹的我，奥米伽早就放弃了，只剩下 Queen 耐心地陪着我，满足我一个又一个极其无理的要求。

这次还能绝处逢生吗？我感觉机会渺茫。

心头有些燥热，我打开车窗，拿出一根烟，点燃后深深地吸了一口，吐出一道烟雾后，我双眼微眯，思索着该如何体面地离开这个世界。我考虑的东西总比别人多。

叮咚！第一个进度条走到百分之一百。

Queen：我调用算力资源分析方圆五百里的区域，发现东南方有一个牧场，牧场里有架小型的双翼农用机，加满油后能飞 550 千米。

我皱着眉头说："然后呢？550 千米飞不回国。"

不当家，不知柴米贵；不出门，不知万事难。到了国外面对异国风情时，真想不起国内的好，但当连续遭遇到挫折后，才开始怀念家里的温暖。

Queen：根据你的社交网络推演，发现了一条逃生路。

望着镜片中的社交网络，我在感受震撼的同时，感慨 Queen 的强大已经超出了我的认知范围。

曾经有人说过，两个陌生人之间，最多经过六轮筛选，能够发现共同认识的人，并且把这个称为蜂巢社交网。

现在 Queen 通过六轮筛选，帮我规划了逃生之路，只是这条路怎么看都感觉不靠谱。

穆卡思是个港口城市，还是欧洲最大的海港，19 世纪曾是世界上第一大港口，20 世纪下降到世界第九位。

改革开放后，华夏经济体系连年递增，成为货物出口大国，也是货物进口大国。此刻在离穆卡思两百海里的地方，有一艘名叫海鸥号的货轮，拉着满满的集装箱，正往华夏的方向驶去。

Queen 通过大数据匹配了上万种逃生方案，最终选择了海鸥号，然后开启了蜂巢社交运算，海鸥号是运通集团旗下的货船，船长名叫邹晓光，毕业于汉城大学。

运通集团的董事长孙建国，因为年事已高，这两年开始退居幕后，运通集团由少帅孙庆之负责。孙庆之也是汉城大学毕业，与邹晓光相交莫逆。

当然孙庆之还有一个身份，在数字货币的大户群里，因为波段做得好，钱赚得足够多，所以大家都喊他十亿郎。

而我也在这个虚拟币大户群里，还跟他语音聊过几次，虽然线下没见过，但能感觉到孙庆之是个稳重踏实的人。

Queen 的计划堪称天马行空，第一步去农场里偷洒农药的小飞机，然后往海鸥号行驶的方向飞，在海鸥号前方跳下去，然后联系孙庆之，通过他通知邹晓光为我放下救生艇，最终我登上海鸥号回国。

这只是理论计划，没开过飞机，没跳过飞机的我，只要一个环节出错，就等于自杀，反正都是个死，搏一搏万一成了呢？

29 潜伏者马克

如果非要把坏人分出三六九等，那么马克就是一个不入流的坏胚子。四肢发达，头脑简单，喜欢看血腥暴力的影片，总觉得自己是做大事的人，只要等到一鸣惊人的机会，就能干出一番大事业，飞黄腾达不过是转瞬的小事。

马克是个孤儿，从小就被 GOD 组织收养，最初被当作潜伏者培养，事实证明这个世界上不是谁都可以做潜伏者。

以马克的智商，以及有缺陷的性格，根本无法做到潜伏者最基本的守口如瓶。于是马克被送到 GOD 的外围组织地狱天使，成了个底层人员。

当地狱天使开始封路，所有极端组织追杀大顺的时候，马克觉得自己的机会来了，随便从路边撬开一辆摩托车，然后往封锁的区域冲去。

一辆黑色的川崎重型机车在公路上飞驰，马克简单的脑回路里只有一个念头，找到那个叫大顺的东方人，弄死他就能证明自己是一个能做大事的人物。

这是一个很神奇的世界，命运总能在不经意间孕育出各种巧合。当我在旷野里颠簸的时候，耳畔忽然听到机车轰鸣，一辆重型摩托从车边蹿过，然后横在我的车前。

借着灯光我看到一个男人摘去头盔，露出满脸横肉，粗壮的手臂上还拎着个扳手，遥指着我说："下车。"

"他是谁？"我刚想推车门，镜片里弹出一句话。

Queen：倒车，他叫马克，是 GOD 组织最外围的成员。

连接网络的 Queen 强大到全知全能。侵入对方的手机，进行大数据匹配，便知晓了对方的身份，继而推算出对方的目的，甚至还能深挖出一些不为人知的秘密。

挂上倒挡踩油门，奔驰车开始往后退。马克见车没停，便挥舞着扳手追了上来。

倒车车速有限，眼看着马克就要追上来了。Queen：撞上去。

我没多想，挂上前进挡，一脚油门踩到底，倒退的汽车呜呜着往前冲去。

哐！冲过来的马克被撞翻在地，翻着白眼昏了过去。

“撞人了，怎么办？”我惊恐地望着马克。

Queen：把他绑起来，塞进车里，我们骑摩托车走。

人在慌乱时茫然而无助，一旦有人给出解决方案，便会盲目执行。

在 Queen 的指引下，我把晕厥的马克绑起来塞进车里，然后再把车门锁好。骑上重型摩托，在 Queen 的导航下往农场方向驶去。

摸黑跑了半个钟头，狂乱的心才慢慢静下来，我忽然很奇怪：“这个马克究竟要做什么？大老远跑来，就是为了送我们一辆摩托？”

Queen 没有回答这个问题。我也没有深究，毕竟命运是个很奇妙的东西，我现在要做的是找到小飞机，然后离开这里。

30 小飞机

GOD 组织在地面上形成封锁，在他们的主场里，以我能动用的资源，以及本身具备的能力，根本无法与之抗衡。想要逃出生天，只能另辟蹊径。

从宏观上看，地面封锁只是平面封锁，只要我还留在地面上，不管躲到哪儿，早晚都会被 GOD 组织抓住。所以想逃脱平面封锁，就要使用立体思维，从平面世界到三维立体的世界，天空是最好的选择。

偷飞机只是第一步，成功地飞起来，并且达到指定位置后，才能进行第二步。一步又一步的计划，全都是小概率的侥幸，如果不是没得选，我不会跟 Queen 一起发疯。

当然在 Queen 的思维中，这是一次脑洞大开的逃亡。在我的思维里，这也许是最后的疯狂，即使最终不成功，也能走得体面。

如果真逃不走，死体面些是我最终的需求，在这个各取所需的世界，既然 Queen 觉得有机会逃出生天，那我就陪着 Queen 疯一把。

Teglamer 群里西格玛说：目标彻底消失了。

阿尔法说：先确认目标的活动区域，利用影响力让极端组织成员与潜伏者进行地毯式搜索，只要发现目标，就地击毙。

在西方世界里，东方的面孔一目了然。阿尔法并不着急，因为欧洲是 GOD 组织的主场，孤零零的赵大顺，没水没粮，只要在有人的地方出现，就会被认出来。

拥有主场优势的 GOD 组织，又派遣了大批的潜伏者，这些人或是拉着猎犬，或是佩戴热成像仪，开始地毯式搜索。

夜黑的深邃，借助点点星光，我站在草地上，眺望远处的篱笆墙，镜片一点点地高亮显示出远处的机库。

我揉了揉鼻子问：“飞机在机库里？”

Queen 没回答，而是直接在镜片中贴出监控画面，机库中的监控系统正对着双翼飞机，机翼上蓝色的涂装非常醒目。

我吸了口气说：“农场里有人吗？”

Queen：农场的主人去海滨度假了，但监控系统接入了警署，一旦出现异常，监控系统会自动报警。

科技让生活更便捷，也让人类更懒惰。有些东西能给生活带来方便，但也留下了安全漏洞，成为 Queen 可以操作的空间。

确认农场里没有人，更没有狗，再确认 Queen 成功入侵监控系统后，我推开机库大门。

蓝色的双翼农药机，最前面是冷色的桨叶。蓝色的机身上还喷涂着一条露出白色牙齿的大鲨鱼。斜长的机舱里只有一个座位，机腹上还挂着一排排喷头，是用来喷洒农药的。

我拍着机身问："这东西真能飞五百五十千米？"

Queen：理论上可以，但要加满油，再加装两个满油的副油箱，另外把飞机上的 GPS 拆掉……

Queen 把机舱内所有的零件投影在镜片上，并且高亮标红了需要拆除的部分，哪怕我的基础为零，也能根据投影找到正确位置，然后把 GPS 拆了。

接下来就简单多了，先给农药机加装副油箱，然后把三个油箱加满，再把飞机牵引出机库，在 Queen 的指导下，农药机真的飞了起来。

31 真给力

就这样晃晃悠悠地飞上天？我干干地眨了眨眼睛，然后又伸手掐了掐大腿，疼痛感很真实，这一切不是梦。

农药机没有自动驾驶系统，我手握着操纵杆，根据 Queen 给出的提示操控飞机，为了躲避雷达网的侦测，农药机以三十米左右的高度往海边飞。

星空闪烁，黑沉的海面上微风卷起一朵朵海浪。望着远处水天相接的地方，我已经分不清哪里是天，哪里是海。

第一步已经成功，接下来是第二步，镜片上多出了一个聊天窗口，Queen 没有打字，而是让我发语音消息。

我咳嗽一声，清了清喉咙后说："老孙，江湖救急，能不能从金德兰回家，就看你了。"

经过一路奔波，此时金德兰已经是凌晨四点，按照快六小时的时差，国内是早上十点。

运通集团总裁办公室里，戴着黑框眼镜的孙庆之，正在大班台上签署文件，此时他的手机里传来 QQ 新消息的滴滴声。

他打开一瞧，是大顺发来的语音信息，点击播放后，孙庆之的脸上露出笑容，按动语音说："大顺真会开玩笑，什么时候去的金德兰？"

因为都在一个群里聊，所以偶尔发过语音，彼此的声音还算熟悉。Queen 之所以让我用语音聊天，就是避免了发送文字会引发的盗号猜疑。

跟信得过的人我不需要隐瞒，直接说："老孙，我在穆卡思出了点小问题，正被极端组织追杀……"

镜片上闪烁出一行文字，Queen：前面就是海鸥号。

我连忙说："我开着小飞机在海面上晃悠，看到了你们家的海鸥号……"

孙庆之眉头微微皱起，轻声对着话筒说："大顺的意思是想上船？"

我回道："能让我上船吗？"

孙庆之沉默了三十秒后说："船可以上，但回国后我希望大家能见一面。"

这个要求合情合理，不管换成谁，面对网友不合理的请求，能先答应已经是帮了大忙。

我当然同意："应该当面表达谢意。"

孙庆之见我答应，便说："稍等，我给海鸥号打电话。"

凌晨四点，邹晓光被卫星电话吵醒，接过电话后还以为是孙庆之开玩笑，真听到了船舱外飞机马达的轰鸣声，才知道这一切不是开玩笑。

按照约定的信号，邹晓光打开船头的信号灯，让船员放下救生用的小艇，然后就看着小飞机在天空中倒悬着飞，一个人影从飞机上跳了出来。

邹晓光嘀咕着："有钱人真会找刺激。"然后指挥着船员把海里的飞行员拉上海鸥号。

湿漉漉的我双脚踩在甲板上，激动得身躯颤抖。完全不靠谱的计划居然就这样成功了，能活着谁也不愿意死。

镜片里闪烁着文字，Queen：是主动出击，还是主动出击?

我胸腔中热血燃烧，被 GOD 组织逼到跳飞机，怎可能放过他们，我低声说："主动出击!"

32 还击

在我的记忆中，Queen 睚眦必报。打不还手，骂不还口，吃闷亏的事，根本不可能发生在 Queen 身上。

从穆卡思警署被炸，到我身陷危局，Queen 一直隐忍，直到帮我脱困，站在华夏籍的货轮上，Queen 才开始反击。

这次金德兰之行本来只是想追查黑手，阴错阳差却帮 ELICEPO 捣毁了整个欧洲的暗网。结果引来 GOD 组织的追杀，这个仇肯定是要报的。

随着我选择主动出击，远在华夏大西北的腾飞矿业中，所有的矿机都开始疯狂地运转，虽然还在出块，虽然还有比特币收益，但算力已经被平移到另一个端口上了。

Queen 在算力的加持下战斗力飙升，好似一个大太阳般，往外发散着红色的光芒。这些光芒化为丝线，一条一缕地在网络上绽放。

殿堂市不光是艺术之都，在城市的角落里，还有一组默默运转的服务器。这是属于 GOD 组织的初级加密服务器，主要用于记录外围人员的薪酬发放情况，以及一些见不得光的资产处理。

互联网上万千红色的光芒闪烁，Queen 选择六十七个目标入侵，其中就包括殿堂市的服务器。

机房被入侵时，红色的警报灯闪烁，Teglamer 群里，阿尔法惊恐地说：奥米伽究竟要做什么，防守，全力防守。

二十二个黑客开始防守，奥米伽又强大了，必须给他们一个血的教训，但愿地狱天使的动作能再快一些。

得到算力加持的 Queen，好像一头愤怒的公牛，即使 GOD 组织全力防守，却挡不住 Queen 的攻击，防火墙被轻易碾碎了。

六十七个目标接连失守，Queen 用事实证明，在算力的加持下，同等阶的黑客中，Queen 无敌！

Teglamer 群里阿尔法无奈地说：启动服务器自毁程序，不能让奥米伽拷贝里面的数据。

六十七个服务器开始自毁，Queen 还是从里面拷贝出了一些资料。

一份名单被整理出来，然后挂在 ELICEPO 欧联总部官网上，紧接着往各国的官方网站蔓延，一时间欧联区内，主要的政府官网都被挂上了这份名单。

Queen 采取了温和入侵的方式，只破解官网防火墙，拿到网站维护权限后挂上名单，然后由攻转守，在服务器上开始进行防御。

不管是网站维护人员，还是 GOD 组织成员，都无法攻破 Queen 的防御，只能任由名单挂在主权政府的官网上。

阿尔法翻看主页上的名单，这是一份牵扯到一千七百五十六人的名单，其中潜伏者六百四十三人，执行者八百二十人，剩下的全都是多年来 GOD 组织通过威逼利诱控制的政府内线官员。

阿尔法幻想过奥米伽会反击，但没想到这般汹涌，这般激烈。一上手就往死里掐，直接斩断了 GOD 组织多年培养的触手。

33 欧联震惊

官员腐败一直都是难以解决的难题，很多时候想要深挖，却总遇到莫名的阻力。整个欧洲地下势力盘根错节，犯罪率居高不下，如果没有官员充当保护伞那才见鬼。

GOD 组织的贿赂名单，就这样堂而皇之地挂在欧联成员国政府官网上，Queen 很贴心地做成压缩包，提供下载服务。里面不光罗列出了每次转账的时间与金额，还有一些黑幕交易的细节。

如果 ELICEPO 捣毁欧联区的暗网是放了一颗卫星，那么 Queen 贴出 GOD 组织的名单，就是在欧联政界放了颗核弹。

看不到的腐败不可怕，看得到的腐败才恐怖。更何况是有名单、有职位、有举例、证据确凿的腐败，不管怎么看都让人触目惊心。

在 GOD 组织中，潜伏者危害相对来说要小些，他们在没激活的情况下与常人无异。执行者破坏力非常惊人，一般都是一些地下势力的骨干。这些执行者不光要为组织提供黑金，还拉了一些政府官员下水，然后编织出一顶保护伞。

不知不觉中，潜伏在水下的 GOD 组织，第一次以这种方式向全世界展露自己的能量，一下就震惊到了世人，也震惊了欧联区所有的主权国家。欧联区的黑帮们还继续搞着破坏，社会动荡不安。

时尚之都会展中心，欧联区外长会召开，来自各国的外长们，很快就达成了会议共识，代表欧联外长的发言人站在发言台上，对世界各地的记者们说："即日起，欧联所有成员国进入一级战备状态，任何黑恶势力、极端组织都将受到严惩。名单中涉及的所有人，都将受到欧联执法组织的调查，违法者将承受公开审判……"

利剑出鞘，雷霆扫穴。黑的之所以是黑的，是因为见不得光。一旦太阳升起，所有的黑暗都将烟消云散。

大势已去，真的是大势已去。GOD 组织即使再强大，也无法与整个欧联对抗，原本黑云压城，这一下就烟消云散了。

Teglamer 群里，阿尔法：执行 C 计划，所有成员就地隐藏，内外组织割离。

C 计划又叫潜伏计划，是 GOD 组织制定的多种预案之一，所有核心成员断绝一切与非核心成员的联系，进入冬眠般的潜伏状态。

GOD 组织的所有黑客，看到这个消息后，心中都不由得一惊。这就意味着 GOD 组织剥离掉对外延伸的部分，只保留核心的部门，等于放弃了这些年的扩张，一切都白忙活了。

贝塔：名单上暴露的可以舍弃，但还有一些是名单上没暴露的，也都要舍弃吗?

西格玛：我们在基莫托发展的武装组织，以及东亚的地下组织也要舍弃吗?

阿尔法揉了揉脑袋，知道是自己考虑不周，便又补充了一句：只剥离欧联区的外围组织，其他区域的组织保留。

聪明人都懂得舍得，得失之间彰显大智慧。阿尔法也不想做这样的选择，但不做不行。

风光一时的 GOD 组织，面对 Queen 的凶狠报复，核心成员不得不冬眠式收缩，欧联区所有的外围成员全都被放弃了。

34 奥米伽的身份

这一切说起来很快，实际上持续振荡了两周。GOD 组织在欧洲的成员，不管是潜伏者，还是执行者，都被抓了起来，至于那些被 GOD 组织拉拢下水的官员们，都将得到公正而且公开的审判。

原本还动荡的欧洲，逐渐安定了下来。随着暗网被摧毁，社会风气慢慢好转。

我待在海鸥号上，眺望蔚蓝色的海面，离祖国越来越近，心潮不由自主地起伏。没想到 Queen 能把事情办得如此圆满。这次金德兰之行也算错有错招，本想追查控制二狗子的幕后黑手，没想到会让 GOD 组织元气大伤。

我握了握眼镜腿，低声问："现在我安全吗？"

Queen：短期来看 GOD 组织不会伤害到你，但回国后还有一连串的小麻烦。

我知道 Queen 说的是什么意思，便揉了揉鼻子问：你有什么好建议？

Queen：解铃还须系铃人，只要得到网络信息安全监督委员会的谅解，那自然也就平安无事。

很多时候，很多人空有满腹经纶，当与人辩驳时无法把头脑中的知识综合在一起说出来，在辩论或争吵后，总感觉没发挥出全部实力。

Queen 不存在这种遗憾，借助比特币矿机提供的算力，Queen 的反应速度能够达到毫秒级，提取数据量超过 1T，遇到难题后，Queen 总是能结合出多种方案，继而优选出最佳的方案。

Queen：也许可以通过阐述的方式说服某个人，化解你这次的危机。

镜片上投射出一张照片，头发花白的老人双眼闪烁，坐在藤椅上，笑得慈祥。吕道林，工程院院士，网络信息安全监督委员会主任，国家安防级专家，也是华夏国宝级程序员，曾参与编写与制定华夏程序员守则……

我低声说："这么一尊大牛，不管是技术，还是威望，甚至社会责任感，都已经达到了一定境界，用什么方式才能影响到他？"

Queen：吕道林的关门弟子叫肖龙，肖龙曾经加入过 GOD 组织，代号是奥米伽。

蜂巢人脉网就是这点好，没关系也能想方设法地拉到关系。我说："你想让奥米伽出面，利用学生的身份，帮我向吕道林求情？"

Queen：奥米伽不能出面，但你可以利用这层关系。

陌生人相处时，想要化解陌生的局促，总要寻找一个共同的谈资，可以是某个明星，也可以是某本书或者某个电视剧，甚至可以是某个突发事件，当然如果能够找到一个双方都认识，并且认可的朋友，拉近关系的速度将会非常迅捷。

我小心翼翼地问："我应该以什么身份？奥米伽的朋友？"

Queen：YES!

我吸了口气，没开心三秒，脑中闪过一个炸雷。我干干地眨了眨眼睛，从去金德兰追查真相，到乘坐海鸥号回国，这里面如此多的巧合，难道就是为了让我见吕道林？

35 奥米伽的老师

安静的办公室里，吕道林看着显示器，他刚收到一封署名赵大顺的电子邮件，上面只说了两件事。第一件，这个叫赵大顺的孩子，跟肖龙是好朋友；第二件，赵大顺化名赵峰，以网络信息安全监督委员会程序分会的名义，在金德兰协助欧联警方摧毁了欧联区的暗网，并且打掉了 GOD 组织向外延伸的势力。

吕道林通过技术的手段，确认这封信的内容属实，便打印出来，然后敲响了局长办公室的房门。

六十多岁的李局长，五官坚毅，满是皱纹的脸上有着一双充满智慧的眼睛，他正坐在办公桌前喝茶。

李局长看到吕道林，便笑着说："老吕快来尝尝，我新泡的碧螺春。"

望着杯里的茶水，吕道林双手捧起，小小地喝了一口，称赞说："好茶！好茶！"

信件被推到李局长的面前，吕道林轻声说："有个叫赵大顺的人，发来一封邮件，说他是肖龙的朋友，也是他帮助欧联警方，捣毁了欧洲的暗网。"

李局长翻看信件后，望着吕道林问："你的意思是？"

吕道林没绕弯子："肖龙是我的弟子，五年前他被吸收进 GOD 组织，三年前他研究出 Queen 智能程序，然后失踪了。"

李局长喝了一口茶说："这个赵大顺既然是肖龙的朋友，又通过网络信息安全监督委员会下属程序分会的考核，不如你去见他一面，一来考查赵大顺的业务能力，二来也可以探一探肖龙的消息。"

奋斗在秘密阵线上的无名英雄非常多，肖龙的事李局长听说过，虽然已经失踪三年，但李局长相信肖龙是有苦衷的。

那个在国徽下宣誓，可以死亡，绝不会背叛的年轻人，一定还活着，还在用自己的方式守护着祖国，还在默默地奉献。

呜隆隆！洁白的海鸥号缓缓地驶进了港口……

36 我的朋友

望着越来越近的码头，我的心脏扑通扑通跳着，这次金德兰之行九死一生，如果没有 Queen 的大开脑洞，没有老孙家的海鸥号，没有 Queen 对 GOD 组织的攻击，恐怕我会永远躺在异国他乡。

一行人走向海鸥号，领头的男人戴着黑框眼镜，头发梳理得一丝不苟，离老远就伸出手来说："你是赵大顺？"

我听到他的声音，脑袋中灵光一闪："老孙，孙庆之？"

两手相握，一切尽在不言中，不是谁都能在不知情时选择相信我，并且伸手相助，面对老孙我满满的感激。

"里面聊，里面聊。"老孙往船上走，我跟在后面，其他人继续忙着卸货。

小会议室里，两杯咖啡摆在桌上。老孙端起一杯说："大顺，欧联那边的暗网被连根拔起，你可真是太厉害了！"

"机缘巧合，其实我也没做什么！"我连忙谦虚道。

在欧洲，狗仔队的战斗力是爆表的，随着 GOD 组织收缩隐匿，欧洲警方重拳出击，乱掉的欧洲恢复秩序。一些胆大包天的狗仔们，开始深挖这次动荡的缘由。结果鸟笼行动被挖出来了，然后所有人都知道，一个华夏技术员主导了鸟笼行动，连根拔起了欧联区的暗网。

老孙继续说：“我这个人喜欢把话挑明，为私我相信你，让你上海鸥号。但我毕竟是运通集团的总裁，为公要对整个集团负责，所以才与你见上一面。”

老孙说完展颜一笑：“希望你不会因这点曲折产生不必要的心结。”

我笑着说：“雪中送炭之恩，铭记在心。那时我已经穷途末路，一个人在海上飞，看到海鸥号想到咱们的交情，你能让我先上船，这恩情我记在心里。”

老孙不以为意地笑了笑，换了个话题：“大顺有什么打算？如果没事就在这里多玩几天，我找几个志趣相投的朋友，大家一起聚一聚，聊一聊。”

我本想点头，眼镜中忽然弹出一个定位，望着越来越近的距离，我苦笑着说：“还有些小事要办，等办好后再与庆之兄对酒当歌。”

轰隆隆，轰隆隆！螺旋桨叶震鸣的声音传进会议室中，老孙看了我一眼：“冲你来的？”

我点了点头说：“不是坏事，但也不一定是好事。”

我与老孙站在甲板上，看到一架墨绿色涂装的直-5 慢慢地落在停机坪上，机身上红色的五角星在阳光下熠熠生辉，舱门打开，苍老的吕道林从直升机上下来。

37 奥米伽的师父

能在港口调用军用直升机，来者身份非常显赫。老孙前踏一步问：“麻烦大吗？”

我说："是友非敌。"

吕道林晃悠悠地站在我面前，双眼温和，给人一种如沐春风的感觉。他嘴唇上翘，轻声说："你就是把欧联搞得天翻地覆的赵大顺？"

我笑着点头说："吕老师你好，我只是个普通的小写手，除了有一腔热血，其他的做不好，当不起天翻地覆的夸赞。"

吕道林双眼微眯，左右看了看说："找个清净的地方，这里人来人往不方便说话。"

我把手一伸，把吕道林恭请进会议室。

坐在会议桌前，我忙着斟茶倒水。毕竟是奥米伽的师父，还在国家高级部门工作，又为国家做出如此多的贡献，恭敬点是应该的。

吕道林没说什么，拿出了一个手机，然后又拿出一个好似充电宝的东西，点开之后充电宝居然弹出了一个好似卫星接收器的东西，滴滴滴地转了一圈，然后绿灯亮了。

这是什么黑科技？

镜片上闪出 Queen 断断续续的文字：无线……电……信号……干扰……接收器……

我坐在吕道林的对面，摘下眼镜，按摩了一下睛明穴，思索着该如何开口。

吕道林喝了口茶水，然后问："大顺，我看过你的资料，知道你是网络小说写手，写得很稚嫩，但爱国爱民族，这点很好！"

面对吃盐多过我吃米的吕道林，我知道该怎么做："一直以来我都爱着这个国家，爱这个民族，爱着这片土地。"

吕道林笑了笑，慈祥的目光仿佛能洞穿尘世，他慢条斯理地问："肖龙在哪里？"

我耸了耸肩膀说："我没见过肖龙，在阴差阳错的情况下，认识了一个代号奥米伽的黑客，但这段时间一直都是 Queen 与我联系，奥米伽消失了。”

吕道林没在这个话题上深究，而是换了个话题：“接下来打算怎么办？”

我如实地回答说：“在国内老老实实过日子，我相信国家会发展得越来越好，人民也会越来越健康富足。”

吕道林单刀直入：“有兴趣加入网络信息安全监督委员会吗？”

我说：“我有自己的公司，还有一帮指望我吃饭的兄弟，加入不太方便，但如果国家需要，我一定全力配合。”

得到我的承诺后，吕道林笑着说：“那就这样约定了，有事我喊你。”看着我点头，吕道林拿出一份文件，继续说：“这是网络信息安全监督委员会的临时聘书，签字后你的身份是临时工，代号是“赵峰”，享有高级工程师薪资，同时享受高级人才待遇，但以后出国需要提前向国家报备。”

面对这般安排，我笑着点头说：“应该的，劳您费心了！”

满天的云彩就这样散了，这个结果对我来说不算好，但也不算坏，毕竟高高举起的板子，终究没有落下来。

38 小龙虾

靠海的地方，能吃到新鲜的海鲜。一些经营很久的档口里，总会有那么一两道充满特色的菜肴。

白浪打在沙滩上，远处海天一色，点点星光闪烁。我坐在椅子上，拿着一瓶啤酒。老孙坐在对面，面前摆着一堆小龙虾壳。左边是一个体重超过两百斤的胖子，满脸肥肉，笑起来像一尊弥勒佛。

右边是一个很高的男人，手很大，剥小龙虾的时候，显得小龙虾特别小。

桌下散落着很多啤酒瓶，大家喝得有些微醺。老孙擦了擦手说："大顺，未来的行情你怎么看？"

我低声说："横久必跌，只有触底后才能反弹。就目前的情况来看，横了这么久，过些日子要过年，再杀出一波恐慌盘后应该能触底。"

胖子名叫麻吉，家里有个汽配厂，专做汽车配件，占全国汽配市场的半壁江山。听我说要变盘，低声问："能深度参与吗？"

我把空瓶放到桌下问："参与到何种程度？是坐顺风车，见好就收？还是当掌舵人，从浪尾开到浪头？"

高个子笑了笑："大家掌握的资金体量都不小，下了场哪能坐顺风车，肯定要兴风作浪。"

高个子名叫余恩培，地产大亨家的公子，全国一线城市都有他们家开发的楼盘，年少多金，一直想做一番事业，证明自己不是依靠家里才能发达的富二代。

我的眉头微皱，望向了老孙。老孙笑着说："大顺，你的思路跟我的预感一样，农历年前后，会杀出恐慌盘，所以我也打算做一票大的，彻底影响数字货币的格局。"

我低声说："资金量如果太大，就需要考察平台的兑付能力。要知道很多国家没有发放虚拟币交易所牌照，所以现阶段炒币相当于游走在刀锋上。"

我沉思后继续说："炒币本身就是零和游戏，我们赚的就是别人亏的。如果我们影响了数字货币的格局，必然会收割一代人的财富，到时如果造成恶劣的社会影响，国家不会放过我们。"

望着沉思的三人，我说："大家都不缺钱，拿出点闲钱埋伏，然后坐顺风车，获利离场就好，何必冒这么大的风险。"

老孙愣了愣后笑着说："大顺说得很对，我们坐顺风车就好，亲自下场是能赚到钱，但风险与收益不成正比。”

麻吉也点头说：“那就坐顺风车。”

余恩培摆弄酒瓶说：“不控盘也可以做主力。”

我把头一点说：“做主力也行，只要不是池子里最大的鱼，我们见好就收。”

39 论比特

冷风吹在身上，吹去了三分醉意，大家用舒服的姿势坐在椅子上，遥望远处的海岸线，偶尔还能听到浪拍礁石的声音。

余恩培灌下一瓶啤酒后，忽然问：“比特币究竟是什么？根据多空意愿涨跌的电子金融算力货币？”

“电子金融算力货币”，这八个字带有四种完全不同的属性，把本就神奇的东西，说得更加虚无缥缈。

老孙笑着说：“比特币自称电子加密货币，想要达成全球金融共识，继而超越主权国家发行的货币，成为新的金融标准。”

麻吉摇头说：“铸币权一直都属于主权国家，几个懂区块链技术的码农，用技术实现发币，让全民拥有发币权，那么这个世界就乱了。这要是放在古代，私铸货币是要诛三族的。”

老孙望着我说：“大顺，说说比特币究竟是什么？”

我揉了揉鼻子，思索着应该用什么方式才能把比特币说清楚：“你们听说过万塔计划吗？”

老孙皱眉问：“万塔？里欧万塔计划？”

野史记载，里欧万塔曾是条星国财政部、中情局、联邦调查局的高级官员。20 世纪万塔直接受命于总统府，从事颠覆罗刹国卢布的秘密金融战争。20 世纪 90 年代，万塔在萨伦黄金交易市场上大肆做空黄金两百吨，导致金价暴跌，直接推动了罗刹国的解体。罗刹国解体后，几年内万塔大肆洗劫罗刹国国家财富，从此条星国领跑全球。

我点头说："叶皇时代的罗联国，因万塔计划被洗劫了巨额的财富，最终解体成为罗刹国。经济自此一蹶不振，我觉得比特币与万塔计划异曲同工。"

我这个脑洞开得太大，一下震惊到了大家，也引起了大家的兴趣。

麻吉连忙说："详细说说。"余恩培倒是没说什么，拎起板凳往我这边凑了凑。

我笑着说："不管什么事情，有因就有果，我们不看诱因，直接看结果。纵观比特币的 K 线，只要你买了，不管买多高，在不断达成金融共识的诱因下早晚都能赚钱，这本身就是一种不正常的心理暗示。"按照 GOD 组织的布局，真有可能收割掉全球金融的果实！

我喝了一口啤酒，继续说："先看华夏特有的经济形态，低端商品出口，高精尖商品进口，因人口红利廉价，在全球范围内推广华夏制造产品，加上外汇限额管制……"

老孙听出了什么，颤声说："随着人口红利消散，制造业外迁，楼市价格虚高，华夏虽然有外汇管制政策，但比特币像水管般不断往外抽取华夏金融的血脉。"

麻吉嗅到了这里面的血腥味："因为比特币只涨不跌的心理暗示会吸引一大帮人购买待涨……"

余恩培笑着说："如果猜测是真的，那比特币就是某个超级大国搞出来剪全球羊毛顺道坑华夏的金融利刃。"

老孙双眼放光："刺激，真是太刺激了！"

我用手捂着脸，没想到大家理解成了这样，本该是 GOD 组织的阴谋，结果落在了某个超级大国的头上，反正大家都醉醺醺的，我也没多解释。

40 持币人

在大家的思维碰撞下，大约碰出了个朦胧的体系。因为华夏采用外汇管制，所以金融体系非常牢固。加上这些年享受人口红利，一头雄壮的狮子在东方发出嘹亮的怒吼。

这时主打无政府去中心化旗号的比特币出现了，大肆地高抛低吸，剪全球的羊毛。与此同时，华夏人口红利消散，经济降速，产业升级调整，会有不怀好意的组织趁机进行金融讹诈。

这样做只有一个目的，那就是想冲击华夏金融体系，让华夏货币体系崩塌，重演罗刹国、东瀛等国的悲剧。然后通过操控比特币，以物易物的形式，低价抄底华夏的房产、企业、矿藏，以及古玩字画。

售出资产的民众，以为可以在国外通过比特币兑付现金，那时完全可以破坏金融共识，让持币人一无所有。这个计划足以媲美万塔计划，执行好了能让华夏财富蒸发。

仔细想想，还真有可操作性。

麻吉笑着说：“这件事情有趣了，如果在金融领域真有一战，那我们必须要战，我可不想我的家成为阿亚克，成为拉叙汗，成为利富伊，让子孙后代生活在战乱中。”

老孙高声说：“这件事好办，只要我们不断地坐顺风车，把金本位变成币本位，然后在主升浪时做空，就能杀掉不怀好意的恶庄。”

余恩培明显喝高了，慢慢站起来，高声说："比特币没有国界，但持币人有国籍。既然我们知道这里面有阴谋，那么从今天开始执行币本位，通过币币交易的汇率炒作，让我们的币越来越多，在恶庄拉升比特币割羊毛时，我们狙击他们。"

这一刻，沐浴在月光中，我也慢慢地站起来高声说："那我们就做个巨人，杀掉恶庄。"

与 GOD 组织交手几次，我知道他们早晚会出手的，既然有一帮人要通过金融的方式狙击，那我也乐意"促成"此事。

夜风呜咽，大家都醉了，我望着海面上的月亮，心胸不由得舒畅了起来。

麻吉望着我问："大顺，狙击完恶庄后，你打算做什么？"

我笑着说："我会成立航天公司，先移民月球，再移民火星。到时候大家都是拓荒者，坐拥无穷的土地、无尽的资源……"

余恩培笑着说："我们的梦想是星辰大海……"

41 天猫成立

就在那个醉酒后的海边，天猫基金成立，总额度两个亿，其中一亿为现金，另一亿为数字货币，包括比特币、以太坊等十六个主流币种。

老孙出资七千万，我也出资七千万，麻吉与余恩培各自出资三千万，声明币本位后，私钥由老孙掌管。

操盘手也是老孙，大家平时可以有自己的操作，天猫基金每个季度公开一次财报，大家根据天猫的大方向有针对地布局。

从此刻开始，大家就是一个战壕的兄弟。麻吉和余恩培沉沉地睡去了，老孙却非常精神，眼睛发亮。

“大顺，你相信人能飞吗？”亢奋的老孙说完，不等我回答，便又说：“好多次，在梦里我都攀上了高高的山峰，然后一览群山小，再然后从山峰上一跃而上，直冲云霄，那感觉……”

我不得不打断：“那感觉会不会很不真实？”

老孙摇头说：“人生就是一条抛物线，我们从牙牙学语中开始聚力，在求学与社会实践中组织班底，然后挑选合适的机会一飞冲天。有的人飞得久一些，有的人一瞬即逝。不管怎么说，所有人都喜欢飞起来的感觉，而我也是如此。这次天猎将为我一飞冲天提供足够的契机。”

我低声地提醒说：“你已经在天上飞了。”

老孙再次摇头说：“你不懂，运通做得再好，别人只会说我有个好父亲，这对我不公平。父辈给了我背景，但我更想自己打下一片江山。”

我忽然间明白了老孙想要证明什么，低声说：“敌人远远比你幻想的还要强大，可能是质子基金，可能是黑水财团，还可能是足以撼动全球金融领域的巨头，这将是一场大仗。”

老孙自信满满地说：“即使他们是一架青铜战车，只要我们做那颗坚硬的石子，在关键时刻给他们一下，也能让他们人仰马翻。”

我点头说：“那就做吧！”望着自信满满的老孙，我思索着要做些什么。这次金德兰之行，让我见识到 GOD 组织的强大，当然也发现了 Queen 的可拓展性。

不管是翻译机，还是眼镜，处处都用到了黑科技。物联网与人工智能，将是未来的大方向，这就需要工程芯片的支持，辉煌矿业可以转型，或者再成立一个新的部门。

我在胡思乱想中沉沉睡去，然后又被急促的手机铃声吵醒，阿火：“你总算是接我电话了……”

这个开场白那么耳熟，特别像一些卖茶叶小妹的话术。我眨了眨眼睛，看了看号码，的确是阿火。

“大顺，这些天你去哪儿了？是不是在享受特殊服务？”隔着听筒能听出阿火的怨念，如果有个怨念表，阿火现在的怨念值一定是爆表的状态。

我笑着说：“哪有那个心思！我去了趟高山巅，让高僧们洗涤了我污秽的心灵。”

阿火急火火地说：“别扯犊子了，快回来，新一轮的矿机大战开始了！”

42 等内讧

回到大西北，我看着愁容满面的阿火，这还是那个没心没肺的糙汉子吗？一脸惆怅，像极了为情所困、惶惶不可终日的怨女。

阿火看到我时，绝对激动，他蹿过来拉着我的手，生怕我跑了：“大顺，你可算来了，再不来我真扛不住了！”

我有些不理解：“放轻松，原本我们就一无所有，现在拥有这么大的产业，况且还是现金流，怕什么？！真做不下去就结束，大不了做个大富翁。”

阿火郁闷地说：“司徒霸这次拉来强援，我们要不要自认倒霉？”

矿机市场最初三分天下，一开始蜘蛛独霸一方，然后神猫横空出世，两家平分天下后，辉煌矿业崛起，一番大战后蜘蛛低调冬眠，神猫退出华夏。辉煌成为巨无霸，占有矿机行业百分之七十五的份额，任由其发展下去，辉煌最终有可能垄断市场。

就在两周前，蜘蛛矿业召开股东扩大会议，股东名单上出现了三个大佬级的人物：白头翁、笑面佛、财神。

三人高调入股蜘蛛矿业，然后蜘蛛矿业开始主推三十纳米的 S 型矿机，而且主打集装箱水帘技术，不管性能还是能耗，都全方位地超过辉煌矿机。

矿机运行时散热是个大问题，一般都采用风冷，但这样会增加能耗。而蜘蛛矿机提出了集装箱水帘技术，首先把整个集装箱看作一个大机箱，然后通过风扇进行热循环，再通过水帘循环降低室温，达到物理降温，减少能耗的目的。

望着蜘蛛矿业打出的组合拳，我不由得咋舌："司徒霸还真厉害，先拉来白头翁与笑面佛这两个传统投资界的大佬，然后拉来虚拟币行业内的财神站台，摆出气吞山河的气势，再拿出集装箱的解决方案，实现模块化挖矿周转，不管是能耗还是迁移都非常方便。"

面对已经成了大势的司徒霸，我不得不劝慰阿火说："暂避锋芒吧！短期内我们不是蜘蛛的对手，如果我们贸然打价格战，或者贸然剽窃，必然会遭受蜘蛛的狙击。我相信他们已经申请了足够多的专利，形成了专利壁垒。"

阿火专程去专利网查了查，还真看到了蜘蛛矿业注册的专利，辉煌在短期内很难突破蜘蛛的专利封锁。

不甘心的阿火望着我问："接下来应该怎么办？"

我无所谓地耸了耸肩膀说："等着呗！司徒霸太年轻，不懂得请神容易送神难的道理。白头翁是出了名的投资恶客，虽然年过花甲，但心不老。看看他投过的项目，哪个不是一地鸡毛。笑面佛笑里藏刀，翻脸无情，吃人不吐骨头。财神虽然顶着首富的名头，但从未证明过首富的财力，不过是个精致的利己主义者，价码合适什么都能出卖。"

我斩钉截铁地说："司徒霸集齐四大恶人，要么带着他们去吃别人，要么他被四人分食。"

阿火的眼睛亮了，笑着说："你是说他们早晚会内讧？"

我点了点头："趁着现在把司徒信喊来，辉煌改组。"

43 选战场

“我不同意！”司徒信双眼瞪圆说：“既然早晚必有一战，为什么我们不战？为了跟蜘蛛打一场，辉煌的开发组已经连续加班三周。去他的 996，大家都把床垫搬进办公室，现在你跟我说不打，我想不通，兄弟们也想不通。”

这是一个多元化、多维度的世界，有时并不是利益最大化就是对的，我以为只是一次战略上的调整，却没想到还有士气上的积蓄。望着双眼血红的司徒信，我知道这一仗不打不行了。如果不打就认输，那人心可就散了，辉煌的团队也散了。

我揉了揉有些疼痛的太阳穴，低声说：“打可以，要打到什么程度？蜘蛛矿业的 S 型矿机已经流片生产，并且达到三十纳米，我们的矿机还在研发，天时上已经吃了大亏。再说地利，蜘蛛矿业主打集装箱水帘散热系统，并且申请了一串的专利，我们必须加倍努力，才能突破蜘蛛矿业的专利封锁。最后说人和，白头翁、财神、笑面佛，他们几个能带来多少的东风？打价格战我们稳输。”

逐条分析后，我继续低声说：“为了大家的士气，我同意在蜘蛛矿业的主场上打一次，但希望不管结果如何，大家都能换一个方向。不以一时成败论英雄，蜘蛛可以选个战场狙击我们，我们也能选个战场狙击蜘蛛。”

一直没开口的阿火忽然说：“大顺，你没弄明白司徒信的意思。现在辉煌上下齐心，跟蜘蛛可以是正面的价格战，也可以是局部的芯片战，只要能胜一局，让大家出口恶气，我向你保证，马上离场。”

司徒信点了点头，局面如此失衡，司徒信没想过全面胜利，只要能赢一场，让大家都有面子，自然见好就收。

一直以来，我都知道阿火的脑洞清丽脱俗，见他成竹在胸的样子，便说：“有什么想法说出来，别藏着。”

阿火绝对是蔫坏，拿出蜘蛛 S 型矿机说：“司徒霸的野心很大，这次要制定矿机行业标准，所以 S 型矿机的尺寸是定制的，专门用在水帘集装箱里，而且我看水帘集装箱的报价非常亲民，由此可见，司徒霸为了制定标准，在利润上做出了割舍。”

司徒信没听明白阿火的意思，我却懂了阿火想做什么，便对着司徒信说：“阿信，辉煌需要成立皮尺部，量出蜘蛛 S 型矿机的尺寸后量产。”

司徒信听明白了：“我们要在价位上冲击蜘蛛 S 型矿机？”

阿火笑着说：“不止如此，大国崛起少不了山寨，我们家大业大，不能山寨水帘集装箱，但买了我们矿机的人可以自己 DIY，只要我们出教程，让司徒霸举着专利大棒全国灭火去吧！”

水帘集装箱本身就没有多少高科技含量，一旦被批量山寨，等于帮别人做了嫁衣，希望司徒霸不会被气到吐血。

44 发散扩展

刚刚还满脸笑意的司徒信，面容慢慢地板了起来，低声说：“事情不对啊！一流的企业做标准，二流的企业做品牌，三流的企业做产品。现在蜘蛛想做一流的企业，所以他们开始做水帘集装箱，这是在制定行业的标准。我们却在根据他们的尺寸做产品，以后的差距会不会越来越大？”

阿火愣了，他也觉得司徒信说得对。司徒霸已经彰显出了野心，开始制定行业标准，这时候山寨等于在帮司徒霸推波助澜。

望着忐忑不安的两个人，我笑着说：“什么叫标准？高科技含量、全行业遵守的才是标准。仅仅改变一个尺寸，再套装上降温的水帘集装箱就是行业的标准？不过是一套降温与移动解决方案。这个东西科技含量低，即使属于行业标准，也只是基础标准。一旦被山寨，瞬间就能泛滥，司徒霸得不到丝毫利益，如果跟山寨厂商闹得太僵，还会失去声望，大家习惯了拿来就用，毕竟法不责众。”

这番话说出来后，阿火陷入了沉思，司徒信倒是听出了点干货，低声问：“高科技含量多的才能成为行业标准？”

我点了点头说：“就以矿机行业举例，矿机通过运算获取比特币，现阶段都是专机专用，矿机只能挖矿，这就是现阶段大家遵守的行业标准。但大家都知道，矿机芯片不仅能挖矿，还能进行极为复杂的运算，那么如果我们能够往 AI 或物联网等方向延伸扩展，就等于制定了新的矿机行业标准，甚至说率先完成落地拓展。”

阿火听明白了，笑着说：“司徒霸并不笨，他之所以制作水帘集装箱就是在投石问路，如果我们进行矿机大战，不但不能胜利，反而会助推他完成行业标准的制定。”

我低声说：“这有什么关系？不以一时成败论英雄，有些人不胜而胜，有些人不败而败。既然我们与蜘蛛早晚会有一战，那么我们就在水帘集装箱上战一场。最终我们能通过价格优势获胜，但司徒霸也制定了行业基础标准，成为业内霸主。而我们成功地误导司徒霸，让他在低端研发的道路上狂奔。皮毛研究得再华丽，终究还是皮毛。”

司徒信低声问：“司徒霸会不会也进入 AI 领域？”

阿火帮着解答：“不会！有句老话说得好，反客为主。司徒霸引入四大风投，就已经失去了对蜘蛛的绝对话语权，投资 AI 与物联网是一个长期不见回报的过程，一心想赚快钱的风投，不会做这件傻事。”

阿火总结说：“所以我们要与蜘蛛一战，让司徒霸不胜而胜，继而误导他。”

司徒信点了点头，看向我问：“接下来我们的研究方向是什么？”

我拿出早就准备好的计划，摆在桌上说：“接下来我们要做的是车载服务器，让汽车变得更加智能。”

既然 Queen 如此强大，那我就要做好硬件拓展，这样才能提高我的安全系数。如果当初在金德兰时有一辆超级汽车，我也不会那般狼狈。

45 不胜而胜

商场如战场，一旦明确竞争关系，一旦业务有摩擦，那将不再是竞争，而是战争。

蜘蛛 S 型矿机开始发售，搭配水帘集装箱的解决方案，很受矿工们的欢迎。为了追求低价的电源，矿工们如赶蜂人般，辛勤地逐水源而居。最大的困难就是迁徙，每次都要花费很多时间安装调试。

当车载集装箱出现后，一下解决了这个难题，甚至有些矿场主，开始幻想迁移矿场时也许可以享受 4G 时代的红利，车载无线挖矿，让矿机随时都热乎乎的。

蜘蛛 S 型矿机销售火爆，一体化水帘集装箱的销量也非常惊人。蜘蛛矿业的市场占有率从百分之十六直接飙升到百分之三十七，如果辉煌矿业不能做出有效的应对，那么蜘蛛矿业会蚕食掉辉煌矿业的市场份额，然后取而代之。

在万众瞩目下，辉煌矿业反击了，直接祭出价格战的屠刀，辉煌 S 型矿机上市，算力和尺寸都与蜘蛛矿业的相同，价格却足足便宜了百分之十。

与此同时，辉煌矿业开始在网络上营销，一些公众号图文并茂地拆解水帘集装箱，同时重点标记了水帘集装箱的关键技术。

只过了一夜，神州大地上销售水帘集装箱的厂家如雨后春笋般冒了出来。同样的尺寸，同样的布线，同样的用料与技术，售价却比蜘蛛矿业便宜百分之五。

价格是一条让人用脚投票的红线，面对触手可及的利益，谁都知道应该怎么选。前几日还风光的蜘蛛矿业，顷刻间门可罗雀。

司徒霸早就猜到辉煌矿业会反击，也做好了明刀明枪打一场的思想准备，结果却遇到这样的局面，卑鄙而下作。

屠兴东稳坐钓鱼台，喝着新采的龙井茶，笑盈盈地说："是不是很生气？既然如此，那就反击。"

司徒霸低声问："怎么反击？价格战？"

屠兴东悠悠地说："不仅是价格战，我们还要输出企业文化。毕竟是我们提出的水帘集装箱标准，这就是我们的招牌。所以我们要先降价让利，然后再控告这些山寨厂家，同时把我们营销成科技创新的良心企业。"

司徒霸诧异地问："这样做有用吗？"

屠兴东点头说："当然有用。要知道有些东西可以根据品牌溢价，现在要做的就是通过一次营销把蜘蛛推到更高的高处，甚至成为行业标准的制定者，这样我们就能立于不败之地！"

司徒霸的眼睛一点点亮起来，不败之地充满诱惑，行业标准那就是一柄神器。刚刚还不知所措的司徒霸，眯起眼睛说："我知道应该怎么做，既然辉煌使用了蜘蛛的尺寸，那以后就让他们继续做产品吧!”

蜘蛛矿业亮剑，控告十八家厂商侵权，一时间媒体连篇累牍，蜘蛛标准第一次被喊出来。

46 捧上神坛

有些东西，三分天注定，七分靠打拼。随着蜘蛛矿业发力，行业标准成为小区域内的热词，一些厂家承受不住蜘蛛矿业的压力，或成为代工厂，或关门歇业，或购买蜘蛛矿业的授权。

原本还岌岌可危的江山，居然稳固了下来。蜘蛛矿业已经成了大势，一些矿机厂商面对已经成为标配的水帘集装箱，不得不修改矿机尺寸。

蜘蛛矿业的会议室中，光头的财神叼着雪茄，吐出一团烟雾后说：“小题大做，真的是小题大做。原本我还准备充足的子弹想狙击辉煌矿业，结果没想到他们如此不堪一击。”

如果把矿机大战想成一场短跑比赛，蜘蛛矿业是参赛选手，辉煌矿业也是参赛选手，大家要用速度来分胜负。结果蜘蛛矿业不光比辉煌矿业跑得快，而且当上了比赛的裁判，从选手到裁判，实现了阶层压制。

司徒霸也有些惋惜地说：“本想来一场旗鼓相当的较量，结果辉煌如此不堪，失望，真是太失望了。”

笑面佛用沙哑的声音说：“小司徒，你也别太矫情。从今天开始，蜘蛛矿业登顶，你就是比特币矿机行业的霸主，下一步的计划是什么？”

司徒霸悠悠地说：“既然我们制定了蜘蛛行业标准，接下来我打算扩大研发投入，多制定几个行业标准，让后来者无法追赶。”

白头翁敲了敲桌子，见周围人都看向自己，便倚老卖老地说：“老朽有几句话不知当讲不当讲？”谁会反对，全都摆出洗耳恭听状。

白头翁微微咳嗽了一声后说：“既然蜘蛛矿业已经行业登顶，再投资研发也不能拔高地位。老朽倒是觉得可以把有限的资源往比特币黄金上倾斜，趁着这波声望拉一拉比特币黄金，说不定有机会取代比特币，如果能，我们就笑到最后，如果不能，那我们也笑得最好。”

司徒霸的眉头微皱，刚想出言反驳白头翁的急功近利，便听到财神说：“我也觉得老白说的有道理，研发要漫长的时间，还要持续的资金投入，如果能花别人的钱，就没必要花自己的钱。”

笑面佛看向屠兴东，低声问：“老屠，我觉得财神说的对，你呢？”

屠兴东的嘴角上浮现出一抹笑容，三家在逼自己表态，面对触手可及的利益，屠兴东把头一点说：“我觉得可以拉涨比特币黄金，看一看其他人的反应也是蛮好的。成功了取代比特币，不成功我们能获取研发资金。”

屠兴东望着司徒霸，意味深长地说：“很多时候，两条腿总好过一条腿，只要能奔向强大，过程不重要。”

四比一的投票，司徒霸说什么都没用了，毕竟这四个是投资人爸爸，司徒霸忽然有些后悔，现在已经是这个局面，以后的蜘蛛矿业还能由自己掌控吗?

47 逆市起航

比特币与比特币黄金的汇率是 1∶0.04，也就是说二十五个比特币黄金，才能换一个比特币。此时熊市漫漫，汇率非常稳定。

不知道怎么了，比特币黄金开始暴涨，从 0.04 涨到了 0.12，一下就暴涨到了百分之三百，成为漫漫熊市里唯一亮眼的币种。

就在大家不知所措的时候，利好消息接二连三地爆了出来，蜘蛛矿业的 S 型矿机，接受比特币黄金付款。蜘蛛矿业开启天使轮众筹，传统领域的投资三驾马车，屠兴东、白头翁、笑面佛领投，币圈财神跟投，此轮风投也接受比特币黄金。

熊市币价大幅回调时，曾经风光的分叉币团队全都偃旗息鼓，甚至迫不及待地撇清与分叉币的关系。分叉币是什么？分叉币是利用比特币共识，强行切割下来的畸形产物。

现在蜘蛛矿业旗帜鲜明地支持比特币黄金，把它当成亲儿子养，并且有四个大佬级的人物站台，市场立刻给出足够的回馈。原本就上涨的币价，再一次疯涨，从 0.12 飙升到 0.18。

阿火推开门对我说："司徒霸坐庄比特币黄金，已经拉升百分之四百五。"

我诧异地说："司徒霸疯了吗？这可是熊市！"

什么叫牛市？只要你买了，哪怕是个傻子，睡一觉醒来后就会发现账户里的余额噌噌地往上涨，每天最大的烦恼不是钱多了，而是筹码买少了。那是一场无关智商、直击贪婪的盛宴，总有些人会在火热的大环境下乱了方寸，继而做出悔憾终生的选择。

什么叫熊市？大浪退去，赚钱的人随着浪花离场，留下的都是加了杠杆、没穿底裤、想赢怕输的人，握着满手的筹码，在忐忐忑忑、犹犹豫豫中，体会一个又一个的腰斩。曾经幻想过财富自由后该多风光，现在就要承受财富缩水后的以泪洗面。

人不可逆天，司徒霸这时候逆势拉盘，他不是想派红包，而是要割韭菜。

别人也许不清楚，我对分叉币了若指掌，分叉币里最大的鳄鱼是 GOD 组织，在量化战争时他们不动如山，而且他们讨厌分叉币，他们一直都在推动比特币，希望达成全球金融共识，其他的币在他们眼中都是异端。

不用等到最后，我都能预见司徒霸的结局，不管他做出多美的盘面，最终不过是给 GOD 组织做了嫁衣。

阿火双眼放光："狙击司徒霸吗？我们先抢筹，然后做空砸给他。"

我摇头说："我们看看就好，不能下场。"

阿火有些惋惜，但也没说什么。辉煌矿业开始转型，阿火帮着改装汽车，如果能够实现自动驾驶，那么辉煌矿业就算转型成功。如果不能实现自动化驾驶，那就是个悲剧。

叮叮咚，叮叮咚。桌上的电话响起，我拿起来放在耳边，听到老孙爽朗的声音："蜘蛛矿业与辉煌大战时，为了风险对冲，我帮你在 0.035～0.04 埋伏了四十万比特币黄金，到时候可多可空……"

有些人的嗅觉总是那么敏锐，很多人把这个称为杀手的本能，我原本不想蹚浑水，却没想到自己已经具备了下场的资格。

48 下场

老孙埋伏了四十万比特币黄金，腾飞的账户上有三十万比特币黄金，辉煌的账户上还有二十万比特币黄金，还要加上 GOD 组织随时可能砸出来的一百万比特币黄金，加一起是一百九十万。

比特币黄金的流通量在一千五百万到一千六百万之间，也就是说至少有百分之十几的筹码不受司徒霸控制，根据市场盘面的测算，司徒霸能够控制的筹码，不超过百分之二十，也就是说他最多持有三百万比特币黄金。

按照坐庄需要持有百分之六十筹码以上，控盘需要百分之八十以上的逻辑，只持有了百分之二十就开始拉盘，莫非他们还有盘外招?

操控市场犹如刀口舔血，把价格拉上去花的是真金白银，至于能不能传给下家变现，靠的就是信仰培育，通俗点讲就是忽悠。

仔细盘算一番后，我决定火中取栗，暂时暗中不动，同时瞪圆了眼睛。Queen 在网络上布下一张大网，监控着比特币黄金的一举一动，不管是大额换手，还是大额转账，又或者是大额多空，全都被监控下来了。

我坐在电脑前，望着红绿交错的数据图，我在等一个机会，等一个适合的入场时机。

蜘蛛矿业会议室中，财神正在用布擦着眼镜，他对着镜片哈了口气，然后悠悠地说："我从 2010 年就开始炒币，算一算也有快七个年头了，什么样的韭菜没见过，哪次不是放出点消息，韭菜们就开始嗷嗷叫，这一批韭菜不行，没钱没野心，这才到 0.18 就冲不动了，真是一帮废物。"

笑面佛握着茶杯说："盘面不错，从放利好到拉盘，再到横在这个价位上，才几天就涨了近五倍，比股市里暴利多了，这是在抢钱。"

白头翁微笑着说："老朽多说两句，不能拿股市跟币市比。五倍算涨吗? 不拉个十倍百倍，那都不算涨。"

屠兴东揉了揉太阳穴："诸位，现在盘面可上可下，是接着喊单，帮着破价位？还是见好就收，割了这帮傻韭菜？”

财神说：“目前盘面还行，我想再挖一挖潜力，明天做个热点话题直播，看看能不能引爆行情。”

笑面佛想了想后说：“我会在朋友圈里喊一喊，让大家都关注一下区块链，关注一下比特币黄金，让大家知道这是个连猪都能吹起来的风口。”

白头翁笑着说：“老朽打算在海边搞个游艇派对，到时先找一些想出名的水嫩妹子，然后邀请一些有实力、有能力的成功人士，大家把酒言欢。”

屠兴东的眼睛亮起来了，他高声说：“那就这样运作，我亲自操盘，破了 0.4，我们就离场。”

财神皱眉说：“十倍太低了，十五倍吧！”

笑面佛也点头说：“我觉得 0.6 不错。”

白头翁拍板说：“那就 0.6！”

屠兴东想了想后缓缓点头说：“行！我们定在 0.6，十五倍离场。”

一心想发财的大资源者们，开始兴风作浪。本还暗流涌动的资本市场，顷刻间波涛汹涌。

49 站台

钱虽不是万能的，但没钱是万万不能的。当大家的利益都捆绑在一起，开始往一个方向使力，并且产生效益时，既得利益者们会不遗余力地站台表演。

财神顶着首富的头衔，经过这些年的自吹自擂，终于有了点影响力。当然在懂行的人眼中，财神是中看不中用的样子货。但在不知情人的眼里，那可是凌驾在九天之上，每天必须顶礼膜拜的真财神。

在这个世界上，真理总掌握在少数人的手里，大多数人都是盲从的。财神从未想过要征服所有人，只要大多数人愿意盲从自己，能在关键时刻用影响力变现那就行了。

这个世界上有三种人，一种是真聪明，另一种是自以为是的小聪明，还有一种是真笨的人。

真聪明的财神，忽悠着一帮自以为有小聪明的人，大家合起伙去赚真笨的人的钱。出发点是好的，愿景也是诱人的，问题的关键是，真笨的人能接下这口大锅吗?

财神可不管这么多，反正这是个传手雷的游戏，只要自己的第一棒传出去，才不管谁会被炸死。财神在小区域内利用自己的影响力，发了条微博:“比特币黄金，可以价值投资，长期持有。”

关注财神微博的人，全都动了起来。既然有发财的机会，那就要趁早，他们全都冲进交易所，开始大笔大笔地建仓。

有的人充值了一个月的工资，有的人充值了一年的积蓄，有的人把买车的首付拿出来了，还有的人直接把房子卖了，更有甚者挪用公款，生怕自己手慢了赶不上这一趟开往财富自由的列车。

思维存在盲区，特别是在心生贪婪的情况下。财神又不是你的爹妈，凭什么带你发财?即使你发了财，又能给财神多少利益上的回馈?本身就不存在成逻辑的利益关系。

笑面佛凌晨发了个朋友圈:“焦虑而无眠，区块链是互联网之后最好的风口，我要拥抱这个时代。”朋友圈下面还有一张截图，比特币黄金五个大字非常耀眼。

不同的人有不同的圈子，所谓谈笑有鸿儒，往来无白丁，所以不同的圈子，积蓄了不同的能量。

随着笑面佛公开站台，投资圈子立刻动起来了。

焦虑开始蔓延，仿佛投资圈里的人，不焦虑、不失眠，就不是一个成功的投资者。有些是真焦虑，有些开始往这个圈子靠拢，仿佛装得焦虑些、失眠点，就能显得自己很成功，就能让自己变得有钱。

在一个出租屋里，一个身材矮小、满脸络腮胡子的男人，看着别人发的焦虑鸡汤，脑袋中忽然灵光一闪，双手在微信上创建"今夜无眠群"……

50 海与天

科技时代，资讯大爆炸，信息聚合与发散达到峰值。太阳下面已经没有新鲜事了，只要有一点点风吹草动，就会有各种各样的解读。

焦虑是一种病，贩卖焦虑却是一门生意。一个完全不懂区块链的人，高举着今夜无眠的大旗，就能聚拢一帮想懂却不想动脑子的人。再闹出一些声势后，随着风口越来越大，今夜无眠群的声势也越来越大。身材矮小的男人，居然在一些人的眼中，成了能带领大家发家致富的小巨人。

海风吹拂在身上，凉凉的，海浪拍打在沙滩上，不远处插着一个个太阳伞。白头翁正在用有些嘶哑的声音对着一帮胖胖的人们诉说着："区块链这东西，别说你们不懂，老朽也不懂。赚钱需要懂原理吗？举个不恰当的例子，我们要吃牛排，必须要懂养牛吗？"

一个斯文儒雅的男人低声问："老翁，你的意思是？"

白头翁笑着说："买买买，炒炒炒，眼睛一闭再一睁，钱就赚到手了。"白头翁说着站了起来，指着不远处白色的游艇说："那是老夫赚的牛毛，别说老夫没义气，有赚钱的门路没喊你们。”

财神的直播如期而至，财神在直播中大谈理想，当然也少不了谈如何实现财富自由。其中就包括比特币黄金，不光有现阶段的利好，还有未来的景愿。甚至还许下海口，如果达不到景愿，就直播吃臭便便。

开始涨了，比特币黄金突破 0.18 压力位，然后开启了逆势暴涨的行情，一枝独秀般领涨整个大盘。

这是个买涨不买跌的时代，所有人都贪婪。成功人士看好的东西，大家自然要跟进持有，毕竟财富自由就在不远的地方羞答答地向自己挥手，这时候一定要主动，必须要主动。

比特币黄金一口气冲破了 0.3 的位置，并且开始向 0.4 发起冲击。

我坐在电脑前，双眼微眯。这是一次暗战，或者说这是在着火的房子里吃火锅，胆小的只能吃个半饱，胆大的能够吃个全饱，胆子特别大的，会被困在屋子里，跟火锅一同燃烧。

我不光要猜蜘蛛矿业的底价，还要猜 GOD 组织的价位，必须在他们动手前动手，如果能在恐慌情绪产生践踏前反手做空，那将会让利益最大化。

51 换岗

光喊盘是不行的，为了展露出大佬的影响力，在喊盘的同时还要配合着拉盘，维护价格往更高的位置上冲，这种操盘的手法，被大家称为换岗。

什么是价值共识？就是买家买了觉得划算，所以持有待涨。卖家卖得比较满意，开始获利离场，双方达成的交割价，就是价值共识。

什么是换岗？在价格攀升或下跌的过程中，离场的卖出筹码，进场的买进筹码。双方一出一进，一个得到钱，一个得到筹码。原本站岗的拿钱离场，新来的拿着筹码顶新岗。

喊盘类似于释放利好，给人一种价值期许暗示。所以为了证明大佬们慧眼独具，还要配合着拉盘，让币价涨起来，先买进然后再卖出，这样不光显得大佬们有眼光，还能把意志不坚定的换走。

比特币黄金的汇率，已经达到了 1∶0.46，正在往 1∶0.5 的价位上冲锋。如果冲上去并且站稳，那就是两个比特币黄金能换一个比特币。

这个价位非常诱人，要知道老孙的建仓价是 0.04，等于涨十二点五倍。腾飞与辉煌账户上的比特币黄金，都是做差价后的盈利，仓位属于零成本。

我不相信司徒霸的心胸和四大投资恶客的秉性，我知道比特币黄金无法颠覆比特币的地位，更不可能超越比特币的金融共识。

我拿起电话，拨给老孙说：“先下车，出光后跟我说一声，我来砸盘。”

老孙品出这番话的意思，便开始随着盘面增长悄悄出货。

四十万比特币黄金，悄然地挂在交易区内，十八个账户慢慢出货。当然老孙操盘很聪明，采用买一出三的策略，稍稍暂缓大盘的走势，没让大盘下行。

蜘蛛矿业的操作室里，屠兴东眯起眼睛：“谁在出货，交易放量了，我们要不要离场？”

财神低声问：“还有多少资金？”

币币交易时，比特币扮演锚定的角色，所以这里的资金泛指比特币。

屠兴东看着电脑上汇聚的总额说：“我们还有三十万个比特币。”

笑面佛琢磨："现在的汇率是 0.43，也就是说我们能购买六十多万的比特币黄金，我觉得可以再往上拉一拉。"

白头翁说："老朽有句话，不知当不当讲。"说完不等别人开口，便自顾自地说："炒币又不是炒股，况且炒股都有杠杆。既然是炒币，步子要迈大一些，不说一百倍杠杆，二十倍的杠杆总该用一下，不把分母放大，怎么能得到大号的分子？"

司徒霸有些担忧："用了杠杆万一爆了，我们将一无所有。"

白头翁轻蔑地看了司徒霸一眼后说："人有多大胆，地有多大产。想赚钱就不能怕风险，老朽都不怕，你个小年轻怕什么？"

财神说："想要大富大贵，就要铤而走险，我们都下场了，你们还不用杠杆？不涨起来，我们该如何下台？"

又是少数服从多数，不等司徒霸开口，屠兴东便拍板说："用二十倍杠杆做多，先破了 0.5，然后跟这帮傻韭菜换岗。"

52 暴涨

杠杆是什么？在有的人眼中，那是逆天神器，用好绝对改命，扩大战果。在有的人眼中，那是血本无归的阶梯，用上了分分钟归零重启。

此刻在屠兴东眼中，杠杆就是吹大泡泡的工具，直接用上二十倍杠杆，风险在可控的范围内，肯定没有问题。

随着杠杆的加持，一直横盘的比特币黄金继续上扬，在万众瞩目中破了 0.5 的压力位，开始往 0.6 的位置上发起冲击。

老孙已经出光了货，给我发信息：司徒霸疯了！用杠杆破了

0.5，还往 0.6 上冲，这样不计成本拉盘，他以为跟单的都是傻子吗？

有种东西叫当局者迷，还有种东西叫骑虎难下。在成年人的世界里，为达到一些目的，必然会妥协与退让，大多数时间都身不由己。

望着已经涨起来的比特币黄金，望着已经疯掉的司徒霸，我回道：天要让人灭亡，必先让人疯狂。比特币走到今天花了八年的时间，不是谁想颠覆就能颠覆的。失去了最基本的敬畏，活该蜘蛛矿业栽这个跟头。

既然蜘蛛矿业已经用杠杆做多，我也就没用杠杆做空，直接出货离场。金融博弈虽然是撑死胆大的，饿死胆小的，但我牢记一句话，不贪不贫，没有百分之百的把握，不能用杠杆扩大战果。

先出十万压盘，果然被扫了货。盘面到了 0.53，开始冲击 0.55，我一股脑儿把筹码都押在 0.549 的位置上。

新的压力位出现了，压力位后面可是一马平川。

屠兴东在操盘室里笑得张扬而得意："大家伙都来瞧一瞧，对手盘急了，直接大额重注压盘。再吃掉他这些筹码，对方就该没筹码了。"

财神笑着说："这样的波段党我也遇到过，想赢怕输，既想着赚钱，又想着多弄筹码，贪婪到过分，让他追涨去吧！"

操控币价的时候，会遇到方方面面的情况，有长期持有的价值党，有快进快出的羊毛党，还有频繁上车、可多可空的波段党。

笑面佛低声说："既然我们子弹充裕，对方又亮货压盘，那就别对他客气，一鼓作气。"

白头翁也气壮山河地把手一挥："吃掉他，拉爆比特币黄金。"

司徒霸不知道自己该说什么，默默点头，然后在心里暗暗祈祷，祈祷这次操盘顺利，如果不顺，蜘蛛矿业必然会元气大伤。

屠兴东输入一个数值，然后点击了购买。唰！上涨的购买力一口吃掉了压盘单，没了压力位，比特币黄金开始往 0.6 的位置上冲。

按照屠兴东的计划，会在这个位置上横盘，然后慢慢出货，最后一字断魂刀……

老孙出光了，平均价位是 0.48，我也出光了，平均价位是 0.54。望着比特币黄金气势如虹的盘面，我双眼微眯，GOD 组织会出手吗?

53 测试黑杰克

这段日子马克过得很糟糕，单人独骑去抓大顺，结果失手被后锁进了车里，成了一个笑话。整个欧联严厉打击犯罪，地狱天使烟消云散，马克也在惶恐中东躲西藏。

就在马克以为自己会被抓起来，在监牢中度过余生的时候，一个神秘人出现了，把他带到了一个奇怪的地方。

望着桌子对面那个面容苍白的男人，马克低声问：“你是？”

男人站起来，嘴角露出有些傲慢的微笑，低声说：“我叫贝塔，是 GOD 组织的二号人物，检索资料库时发现你对组织很忠心，现在有一项秘密的科研任务需要你……”

不等贝塔把话说完，马克便抢先说：“全力配合，保证完成任务。”

贝塔的嘴角浮现出一抹笑容，这段时间为了测试黑杰克，贝塔一直在物色合适的实验对象，经过大数据的筛选终于找到了忠诚度高、智商不高、身体却足够强壮的马克。

在洁白无尘的实验室里，有些小激动的马克坐在束缚椅上，望着眼前充满科幻色彩的实验器材，不由自主地问：“要我做什么？”

贝塔对着马克说：“放轻松，肌肉松弛下来，把你幻想成回归母体的感觉，你徜徉在羊水里，身躯蜷缩，大脑空白。这时候你是一个载体，也是提供能量的个体……”

一团蓝色电流在座椅顶端蔓延，然后化为两道光波进入马克的太阳穴中，马克的身躯抖了抖，脸上冒出一抹孩童般纯真的微笑。

贝塔在这段时间对黑杰克进行研究，忽然发现一段无法用编程翻译的乱码。因为派而诞生出不受控制的 KING3.0，加上奥米伽研究的 Queen，已经证明人工智能中有高端的数字生命形态。

贝塔的脑洞非常大，如果人类灵魂可以写进计算机，继而演化出数字生命，那么类似数字生命般的程序，能不能反向写进人类的大脑里?

贝塔用编程思维来操作这次实验，此刻马克的大脑是一个被写入程序的新硬盘。

电脑上一个进度栏缓慢地走着，百分之五，百分之十三，百分之二十一……

这是一项从未有过的实验，也是一项脑洞大开的实验，成功率非常渺茫，贝塔没想过成功，只是想通过不断实验不停地收集数据，至于马克，不过是第一只小白鼠。

两天多的时间，精确说是四十九小时五十一秒，进度条终于走到了百分之百，一排排数据刷在屏幕上，这是马克的各项生理指标。

贝塔仔细看了一番后，又看向马克，原本因呼吸而起伏的胸膛居然停止了起伏，肚子开始一起一伏，这是由鼻吸改为了肚脐呼吸。

贝塔开始进行测试，忽然发现黑杰克的运算能力提升了至少五倍，但马克丧失了一切成人该有的生理机能。

就在贝塔苦苦思索的时候，显示器闪烁红光……

54 全面做空

贝塔看到显示器冒红光，连忙进入 GOD 组织聊天室，阿尔法什么都没有说，先贴张比特币黄金暴涨走势图，然后用大数据分析，贴出背后的操盘手。

在华夏人眼中，欧美人的五官立体而深邃，皮肤白皙，仿佛长得都差不多。欧美人看华夏人时也是如此。

望着司徒霸的照片，贝塔奇怪地问：操盘是亚裔？难道是奥米伽的白手套？

西格玛做了充分的调查，然后说：这是蜘蛛矿业的司徒霸，蜘蛛矿业一直是辉煌矿业的竞争对手，比特币黄金就是蜘蛛矿业通过分叉比特币运行的项目。而这次比特币黄金暴涨，是司徒霸团队在操盘。

阿尔法说：比特币正在达成全球金融共识，如果分叉币的价值超过比特币，那将会伤害到比特币的全球金融共识。

宇普西龙说：比特币黄金不可能超过比特币的价值，要知道我们不光有比特币，还有大分叉时得到的分叉币，现在汇率已经达到 0.6，我建议出货。

纽：不能只出货，还要趁机做空。

西格玛贴出一份数据说：司徒霸在 G 网交易，账户额度达到四十五万比特币，还使用了二十倍的杠杆。蜘蛛矿业账户上有三十万比特币，司徒霸在 G 网上还有一些其他种类的数字货币，随时都能出光后追加保证金。如果我们做空，一百万比特币黄金，还不能让他爆仓。

伽马：这是一次金融屠杀，我们不光要用到金融的手段，还要用上技术的手段。首先我们可以袭击比特币网络，造成转账拥堵，让司徒霸无法转账补充保证金，然后我们再袭击 G 网，让司徒霸无法登录账户止损，最后我们把所有多单定向爆掉，一举收割所有财富。

网络时代，金融交易迅速便捷。多空交火的时候，不光要有金融层面的交锋，还要掌握舆论方向的风口，甚至还要注意政策方面的引导。

当然光注意这些还远远不够，GOD 组织下场，技术方面的因素也会成为影响胜负的重要因素。

阿尔法沉默三分钟后：按照伽马的方案执行，纽负责操盘，伽马负责拥堵比特币网络，贝塔负责对 G 网进行 DDoS 流量攻击。

GOD 组织开始行动，我听到叮的一声，然后看到 Queen 捕捉到的快讯：比特币黄金有笔 100 万的转账，从钱包到 G 网，GOD 组织终于动手了。

我连忙开始挂低单，从 0.01 挂到 0.03，如果这是一场多空互爆，那么蜘蛛矿业死定了，我挂在下面绝对能捡到便宜。

司徒霸心神不宁，总感觉要有大事发生，他也注意到了比特币黄金上的大额转账，连忙对着屠兴东说："快收割，有一百万比特币黄金进了 G 网，方向不明，风险正在加大。"

屠兴东终于慌了神，知道这里面的凶险，如果这一百万比特币黄金开杠杆砸下来，自己真的会爆仓。

该死！原本还顺滑的操作，居然出现了卡顿，不管怎么操作，网站页面都无法响应。

叮咚，手机提醒要追加保证金，司徒霸打开蜘蛛矿业的账户，本想转账却发现网络拥堵，这下全完了！

55 狙击

比特币网络拥堵，无法转账追加杠杆保证金。G 网正在被 DDoS 流量攻击，网页无法响应，自然也不能操作，做错方向的想要断尾求生，斩仓止损都不行。

GOD 组织利用技术手段，在 G 网按了暂停键。G 网上除了他们，其他人都不可以操作，也不能追加保证金，这时候他们可以任意收割。

我坐在电脑前，原本以为自己只是一个旁观者，猜测着 GOD 组织会把比特币黄金砸到什么位置，电脑屏幕上忽然弹出对话框：是主动出击，还是被动防御？

我就知道 Queen 不甘寂寞，如此巨额利益，如此热闹的大事，Queen 肯定会出击。

点击了主动出击，我的电脑屏幕上，开出一个又一个的进度条，有的走得很快，有的走得非常慢，半小时才走了百分之五。互联网上一团红色的风暴开始升起，沿着网络进入了 G 网的服务器内。

Teglamer 群里，红光闪烁，阿尔法发出一段话：预备队集合，奥米伽出现，准备战斗。

这个坏消息早在大家的预料中，除了攻击比特币网络与交易所，剩下的黑客与阿尔法组成预备队。

GOD 组织已经跟奥米伽交手多次，至今还没赢过。面对忽然冒出的搅局者，阿尔法感觉胜算不大，但又不得不战。

加上阿尔法一共十九个黑客，组成三个梯队的防御墙，阿尔法没想过击溃奥米伽，只是想暂缓奥米伽攻击的速度。只要打出时间差，让纽完成做空，把盘砸穿就是胜利。

三道米黄色的大坝，借助比特币矿机的算力，牢牢地卡在 G 网外面。

阿尔法仿佛给自己鼓气般在 Teglamer 群里说：加油，我们扛得住。

唰！唰！唰！三道防御墙在 Queen 的攻击下，只坚持了零点零一秒。阿尔法的脸上挂着绝望，其他人的脸都化为灰白。

每次都是这样！本以为能够收割胜利果实，最终却做了他人的嫁衣，难道从今以后，GOD 组织要一直活在奥米伽的阴影下？

就在所有 GOD 组织成员绝望时，贝塔脸上闪过一丝笑容，对电脑说：黑杰克启动攻击！

马克太阳穴两边蓝色的电流忽然间开始高亮，原本蜷曲在脑袋上的头发，一根根地竖了起来，显示器上的数值成倍地往上加载。

一团墨绿色的光流穿过一层层电脑网络，与 Queen 形成的红色光流撞在一起。仿佛过了一秒，仿佛又过了好久好久，互联网上所有的用户都感受到了卡顿与延迟。

红色的光流消失，Queen 发现未知的对手，立刻收缩防御，小心侦测。墨绿色的光流也消失了，贝塔虽然知道黑杰克强大，但不知道如何使用。

阿尔法呆了呆，不知道发生了什么，但见到奥米伽消失了，便在 Teglamer 群里吩咐：继续做空。

56 插针之后

耳畔手机铃声不断响起：你的仓位已经亏损百分之三十，系统向你发出风险警告……你的仓位已经亏损百分之五十，请立刻追加保证金……你的仓位已经亏损百分之八十，一些合约强制平仓……你的仓位亏损百分之一百，对不起，你已经爆仓……

这是一种深深的无力感，除了目瞪口呆，眼睁睁地看着财富化为乌有，任何补救的措施都没法做，这是一种毁灭灵魂般的无能为力。

G 网上随着 GOD 组织袭击网络，在别人无法操作的情况下，一百万比特币黄金，五十倍杠杆砸下去，原本厚实的挂单顷刻间被击穿。

G 网风控系统被触发，连环爆仓开始了。GOD 组织反手接盘，把爆仓的币接回来，还了杠杆借贷。K 线被砸出一个深深的大坑，还被拉出了一根长长的下探针。

屠兴东呆呆地望着电脑，嘀咕着："完了！全完了！"

司徒霸有些难以接受，手足无措地在屋子里走来走去，低声说："我早就告诉过你们，不要用杠杆，不要用杠杆，你们怎么就不听……"

财神的眉头微微皱起，嘴唇颤动，欲言又止。笑面佛与白头翁互望了一眼，白头翁高声说："爆了就爆了，这个世界上哪有百战百胜的将军，出了问题不可怕，发现了问题就要解决问题。"

屠兴东用干涩的声音说："我们亏掉了三十万比特币，一百万比特币黄金，其中有一部分是挪用客户的挖矿收益，下个月初就要兑付。"

财神听出屠兴东这番话里的意思，亏掉的是挪用客户的资金，也就是说不是大家筹集入股蜘蛛矿业的资金。大家筹集入股的蜘蛛矿业的比特币，还在账户上呢！

笑面佛也听出了弦外之音，故意说："既然是客户的资金，那我们是要补的，要不然蜘蛛矿业的口碑可就没了。"

白头翁说：“老夫愿意借给蜘蛛矿业一些比特币，用来堵这个窟窿。”

四个人联手给这件事定了性，或者说他们一开始的动机就不纯，早就想好赚了装口袋，亏了就让蜘蛛矿业埋单。

司徒霸听出了这里面的不对，立刻不乐意地说：“不能……”

财神拉着司徒霸的手：“事情已经发生，就不要逃避，想说什么想清楚后再开口。”望着面色阴沉的司徒霸，财神继续说：“先过眼下的难关，然后再想法子还借款。”

白头翁笑着说：“既然能分叉比特币黄金，那也能分叉比特币白金，到时我们搞个小众筹，你用发行的新币换比特币，窟窿也就堵上了。”

笑面佛把头一点说：“好主意，好主意。到时鄙人站台只收人情价……”

司徒霸后悔了，这是引狼入室！他想反抗但没了退路，此时泥足深陷，有些悔不当初。

57 另一个思路

做空结束了，GOD 组织偃旗息鼓，一举斩获巨额的财富，是本次行动最大的赢家。其次就是那些挂低单吃肉的人，做空插针时他们在下面接住长长的下影线，止住了连环爆仓，没让下探针刺穿大盘。

阿尔法非常好奇，究竟是谁拦住了奥米伽？从目前的情况来看，符合条件的人还真有，难道是被 GOD 组织放弃的派？

阿尔法思索着要不要在 Teglamer 群里根据是否缓和与派的关

系，发起一轮新的投票。但派没了身躯，僵硬的关系还能缓和吗?

这是一场虎狼相争，GOD 组织是虎，吃掉了大部分的利益，奥米伽是狼，吃掉了小部分的利益。派在一旁冷眼旁观，发现了很多很有趣的事情。

GOD 组织利用网络攻击加上金融手段，想要爆掉操盘比特币黄金的大庄，结果坐拥渔翁之利的奥米伽忽然出手，GOD 组织不堪一击，就在派也以为奥米伽赢了的时候，没想到还有反转。

忽然冒出来的墨绿色光流究竟是谁？居然与奥米伽斗得旗鼓相当?

经过缜密的分析，派忽然发现这些支离破碎的数据里有一段好似 KING 的编码，仔细辨识后，派惊喜地发现的确是自己编写的程序。

意外之喜让派非常兴奋，站在食物链顶端的黑客，在编写程序的时候，会留下一个或者两个自己知晓的后门漏洞，能够在关键的时候，完成情报收集与远程入侵。

确认这些是自己编写的程序，派开始 IP 追踪，同时利用嗅探器，诱发了程序中的后门漏洞。

一缕深绿色的数据流，好像游鱼般，悄悄地进入了一个奇特的世界，这里是?

无穷无尽的墨绿充斥着派的视线，这不是由数字编码构成的数字矩阵，而是由一条条双螺旋扭曲物质构成的链条，这是……

派开始颤抖，甚至出现了剧烈的情绪波动，原本还很平稳的过载系统，连续拉出了两个高高的峰值!

这里应该是人类的大脑，那些双螺旋扭曲物质难道是 DNA？!

派又想起曾经与奥米伽一起做研究的日子，在奥米伽的理论体系中，人类的灵魂与记忆可以写入计算机系统，经过硬件不断加持，依托服务器成为数字生命，人类能活在网络虚拟的世界里。

但数字生命并不是终点，而是一切的起点。在数字化的世界中，各种技能与知识数据可以反向写入人类的大脑中，通过基因强化的方式，让人类直接摆脱现有的认知体系，变相延长人类的生命。

要知道人类的大脑在人的一生中被开发的区域非常少，而且经过不断研究测试，人类的身躯也有很多可以被挖掘的潜力。

先写进去，强化后再写出来，然后进行肉体强化，原本只是设想，现在居然有了落地实例，派颤抖着，小心翼翼地收集着数据。

成为数字生命果然不是终点，而是一切的起点，人类的大脑是这个世界上最强的服务器，理论上能提供无尽的算力。

58 休战

作为 GOD 组织的二号人物，这段时间被两次入侵的贝塔变得谨小慎微。当派激活漏洞入侵黑杰克时，贝塔就有所察觉。

得到黑杰克后，贝塔立刻隐匿，把黑杰克写入马克的大脑，误打误撞居然能正面抗衡 Queen，贝塔以为自己拿到了这个世界的神器，接下来要大杀四方，至尊无上。

就在贝塔开始做美梦时，派成功入侵黑杰克，贝塔从狂喜中醒来，知道如果再不采取措施，目前所取得的一切都将成为他人的嫁衣。

怎么办？贝塔想得比较深远，个人能力终究有限，不管是精力，还是掌控的资源，都无法与组织抗衡，既然自己无法拥有黑杰克，那就把它交给 GOD 组织。

贝塔非常果决，下定主意后按动键盘上红色的按钮，同时在 Teglamer 群里说：我的研究有突破性进展，刚刚正面抗衡了奥米伽。但因为采用 KING 底层技术，所以正在被派入侵。

这段话的信息量很大，但也很好理解，阿尔法能成为 GOD 组织的领袖，自然懂得轻重，直接命令说：A 计划，把派揪出来，我要跟他谈一谈。

二十道光流冲向贝塔开出的端口，然后以矩阵拉网的方式往前推动，当派觉察到不对的时候，已经难以逃离。网络入侵虽然可以更换不同的跳板，但都需要一些时间，如果被抓住真身所在的服务器，那就等于死亡。

派比其他的黑客还要尴尬，其他黑客 IP 暴露后，还可以肉身逃亡。派的主程序都写在服务器中，一旦 IP 暴露了，这帮家伙摧毁服务器，自己可就不存在了。

一团紫色的光流，悬浮在双螺旋基因的世界里，阿尔法打出一行字：能休战吗?

这个要求让派微微一愣，一时半会儿不知道该如何回答。

贝塔主动站出来说：KING 残损程序与 Queen 的逻辑炸弹融合，诞生出新的智能生命，我把它称为黑杰克。我尝试把程序写入人类的大脑，目前这只是个半成品。

一切果然如派所料想的那样，或者说一切都如奥米伽猜测的那般，灵魂与记忆可以写入与写出，不管是二进制数的程序，还是十六进制数的程序，最终可以与双螺旋基因互通。

阿尔法觉察到派的犹豫，便又说：肉身死亡不是组织放弃你，而是奥米伽向奥尔蓝警方举报了你。敌人的敌人就是朋友，我希望大家能化干戈为玉帛。况且让 GOD 组织研究黑杰克，你也有机会重获身躯，所以我希望大家能先休战。

黑客不光能创造底层程序，还能破坏底层程序。阿尔法已经意识到黑杰克的价值，怕派损坏黑杰克，所以才这般低声下气。

派很犹豫，明白撕破脸对谁都不好。沉默半晌后终于开口说：休战可以，但我要求组织共享黑杰克所有的研究成果。

不等阿尔法开口，贝塔便抢先说：没问题。

派却没有理会这个承诺，而是继续望向阿尔法，阿尔法承诺说：可以。

59 吃相难看

就这样结束了？我坐在电脑前，慢慢地眨了眨眼睛，原本堆满桌面的进度条，全都消失了。对话框中闪过一行文字：休息三天，勿扰。

真是怪了！今天 Queen 的沟通方式跟以前不同，每次出击后，Queen 基本上会选择升级，或者分享战利品。而这次 Queen 不但没有战利品，反而要休息三天，刚刚究竟发生了什么？

没了 DDoS 攻击，G 网又可以访问了，我打开账户看买卖记录，0.03 的八十万买到了，0.02 的八十万也买到了，挂在 0.01 上的三百万，只成交了四十万，加在一起以极低的价格买到了两百万个，均价 0.022，我已经非常满意了。

我托着下巴根据盘面计算，蜘蛛矿业肯定是爆仓了。GOD 组织不光收割了蜘蛛矿业，还完成了比特币黄金的集筹，也就是说 GOD 组织已经控盘了比特币黄金。

那么……

房门被推开，阿火走进来满脸不忿地说："无耻！真的是太无耻了！司徒霸在官网上贴出公告，蜘蛛矿业发行蜘蛛币开始众筹。软顶二十万比特币，硬顶四十万比特币。蜘蛛币总量三十亿，早鸟期总量五亿，赠送百分之二十，众筹满就停，一周后总量 14 亿，认筹周期一个月，达到软顶二十万比特币项目启动，达到硬顶四十万比特币项目认购成功结束，蜘蛛矿业团队持有十亿蜘蛛币。”

软顶与硬顶是很有趣的词汇，如果非要具象比喻，软顶有点像出租车的起步价，只要项目方募集到满意的额度后，就可以起步发车，车上的所有人都默许游戏规则。

比如这次蜘蛛矿业的众筹，一共拿出二十亿蜘蛛币，前面 5 亿有赠送，后面 14 亿没有奖励，众筹池累积达到二十万比特币额度项目就可以发车。达到四十万比特币的额度，项目结束众筹然后启动交易。

至于项目如果达不到二十万比特币，会不会流产？按照司徒霸等人的吃相，哪怕自掏腰包也会把缺口堵上，只要参与众筹，谁也别想走。

听到这个消息，我已经不知道该如何形容自己的心情了，这吃相不是一般难看！

众筹发币不锚定公司股权，没有分红权，只是个可以交易的电子凭证，最多可以根据市价购买蜘蛛矿机。

用户们真金白银购买前途未知的蜘蛛币，团队还要预留三分之一，假设众筹了二十万比特币，那就是价值十亿华夏币的项目。同时蜘蛛矿业团队还掌握了三分之一的蜘蛛币，如果放在市场上流通，这些蜘蛛币至少价值五个亿。

什么叫空手套白狼，这就是了！

看来这次 GOD 组织把蜘蛛矿业弄得元气大伤，心高气傲的司徒霸也开始乱来。蜘蛛矿业既然走上这条充满原罪的路，曾经难缠的对手将不足为惧。

我对阿火笑着说：“好事啊！圈了这么多的黑心钱，你说那帮家伙会不会因为分赃不均打起来？”

阿火微微一愣，然后也坏笑着说：“肯定会打起来。”

我把头一点：“那我们看热闹就好。”

60 发春

正事谈完，阿火神情有些扭捏，坐在我的对面，欲言又止了几次。

我诧异地看着阿火问："怎么了？"阿火的秉性我是清楚的，脑回路奇特的家伙，一直都与众不同，在他的脸上居然能看到扭捏，绝对是太阳从西边出来了。

阿火缩了缩脑袋，然后说："我想我要结婚了！"

我望着阿火问："什么叫你想你要结婚了？对方是谁？她有没有答应？"

阿火不好意思地说："她叫毛毛，是个会计师，去年开始玩认购币，结果被反复收割。我跟她是在群里认识的，本着币灾无情人有情的仁慈，我跟她聊了聊，然后觉得脾气相投……"

这番话说得很绕，至少我就没弄明白，不得不打断："说人话大家还能做朋友。"

阿火索性竹筒倒豆子："我原本只想约个网友耍一耍，找机会做个短线，结果发现她人还不错，所以想把短线做成长线。"

望着扭捏如小男生般的阿火，我没缘由地叹了口气："你是认真的？"看着阿火点头，我又追问说："你知道她是认真的吗？"

这个问题让阿火茫然，一时半会儿不知道该如何回答。

这件事麻烦了！按照阿火的年龄，是该找个女人成家了。但阿火的脑回路与众不同，加上他又坐拥如此多的财富，万一对方心怀叵测……

我坐在凳子上思索了三分钟，然后才低声说："既然觉得找到了真爱，想要步入婚姻的殿堂，那我只能给你一个建议。”

阿火瞪圆眼睛问：“什么建议？”

我拿出支票本写了张一百万的支票，推给阿火说：“带着那姑娘去玩三个月，第一个月把一百万花光，让她与你共享繁华。剩下的两个月与她共患难，一起过穷日子。如果三个月后你们还开开心心地在一起，那就结婚吧！”

由俭入奢易，由奢入俭难。人心经过财富考验后，起落中总能看到一些真性情，什么是婚姻，不光要守得住繁华，更要耐得住寂寞。

望着阿火远去的背影，我默默地祈祷着，但愿阿火是认真的，但愿那个叫毛毛的姑娘也是认真的。

桌上的电话响起，我听到老孙的声音：“蜘蛛矿业众筹蜘蛛币，需要持有一些做风险对冲吗？”

风险对冲是个很有趣的东西，往大里说有些像华夏持有条星国的国债，这是战略级风险对冲，如果条星国金融方面收割得太狠，华夏可以用以反制。

我揉着脑袋说：“还是不要了吧！”

说着我打开电脑，看了看比特币黄金的价格，然后说：“回头埋伏一些比特币黄金，蜘蛛矿业出局了，新庄要比蜘蛛矿业更强大。”

老孙说：“晓得了。”

天猎基金是一步暗棋，这个阶段还弱小，必须隐藏在水下，闷声发大财就好，等天猎基金浮出水面时，必然会成长为一头能够影响胜负的巨龙。

61 驯龙计划

生活回归于平静，辉煌矿业开始转型，在市郊建了个汽配厂，拆装了几辆汽车，然后开始研究无人驾驶与车载智能。

蜘蛛矿业开始众筹，三天就达到软顶，十天完成硬顶。光从账面上看，蜘蛛币的前景非常好，不光有世界级矿机商背书，还有投资界的四大风云人物站台，绝对是含着金汤匙出生的金娃娃。

开盘后如我所料想的那般，先横在发行价上，然后下探百分之二十，然后再下探百分之八，所有参与众筹的用户们全都被收割。蜘蛛币半死不活地横在破发价上，给参与者们两个选择，要么头铁死拿等解套，要么直接割肉离场。很多人怀揣着会暴涨的信念，在熊市的寒风中瑟瑟发抖。

千里之外，阿尔法是兴奋的，派是亢奋的，贝塔是开心的。经过 GOD 组织上下协同，黑杰克得到完善，马克接受了眼部神经程序补丁的优化，终于睁开了眼睛。大家开始书写其他的补丁，并且找到了写入与写出的逻辑，记忆抽离与写入已经摸到门槛，阿尔法把这种技术称为天神降临。

Teglamer 里喜气洋洋，自从造神计划被提出后，大家往这个方向努力，现在终于看到了一缕曙光。

纽忽然说：再往下研究花费将非常大，欧洲的暗网被鸟笼计划摧毁，我们能动用的资金越来越少。

科研说穿了就是烧钱，暗网一直为 GOD 组织提供现金，现在少了暗网这头金牛，又赶上黑杰克需要大笔资金研发，一直宽裕的GOD组织，资金也有些捉襟见肘。

西格玛说：我们现在比特币多，但现金少，必须做出一波牛市，把币价拉升上去，换成现金用于黑杰克的后续开发。

伽马说：因为欧洲打击暗网，美洲对暗网也不友好，欠发达的第三帝国没能力接盘，所以我们必须缓和与西方世界的关系。

阿尔法说：必须转移世界的注意力，东方正在崛起，如果我们抛出东方威胁论，可以转移视线吗?

伽马说：应该可以，冷战时条星国与罗刹国争霸，华夏与条星国进入蜜月期，那时 GOD 组织的智者们以智库的名义帮助条星国制订驯龙计划，并且与军方合作执行。

驯龙计划是针对华夏民族推出的长远计划，计划中通过舆论引导，高度宣扬自由民主，加上影视明星引导等多种对比因素，在潜移默化中扭曲了华夏几代人的价值观，切断了古老文明的文化传承，经过百年迭代，实现文化大同。

纽说：驯龙计划最终失败了，一个建国不到三百年的国家，试图用文化征服一个传承上下五千年的民族，本身就是一件可笑的事情。不说中庸的儒家思想，光华夏民族打心底里的荣誉感，加上近乎全球四分之一的人口基数，精神殖民就不可能实现。

伽马说：驯龙计划还在执行中，并没有完全失败，只是进展没大家料想的那么神速。

纽不服：驯龙计划不足以转移注意力，我建议在猎龙计划上做文章。

阿尔法非常感兴趣：纽，说一说你的建议。

62 猎龙计划

GOD 组织传承几百年，底蕴深厚，在特殊的年代甚至还能够左右几个国家的政局。就拿近代举例，GOD 组织运作并执行了五月花计划，通过血腥的手段占领了美洲。

经过几百年的沉淀，GOD 不光有潜伏者与执行者，还有智者，这群智商超群的家伙在各国政界多是以智囊的身份活动，虽然不能直接左右政治，但可以参与制定一些国策。智者中有很多激进者，相对于温和派提出的驯龙计划，更倾向于猎龙计划。

通过科技封锁、商业禁运，以及宗教、军事、人权、思想争端、地域冲突，甚至不惜挑起社会各阶层矛盾，放大摩擦，造成不可调和的流血事件，再以自由、民主、人权为借口，给予一些势力、武器，造成流血冲突，让社会秩序崩溃，最终颠覆政权，把完整的国家分裂为五块到七块，远交近攻。

纽说：九个月后佛罗宁将举办世界贸易磋商大会，世商会的总裁拥有决策权，我们可以通过利益输出的方式推动 6737 号提案，通过 6737 号提案禁止对华夏出口高科技产品。遏制华夏崛起的同时，转移所有人的注意力，缓解欧洲给我们的压力。

世商会是一个非官方的跨国组织，组织成员多来自发达国家，每年都会召开一次世商大会，大会通过的提案对全球的经济有极为深远的影响。

6737 号提案属于猎龙计划的一部分，通过对华夏 13 个大行业、6737 项科技实施封锁禁运，遏制华夏崛起，最终分裂华夏。

纽所说的利益输出，是给予世商会总裁一定数额的比特币，再通过拉涨的方式让总裁得到利益。之所以大费周章，是因为直接送钱叫行贿，低买高卖是投资。在比特币没有确切的金融定义、没有纳入法律监管之前，可以操作的空间还非常大。毕竟总裁的位置非常敏感，谁也不敢直接行贿。

能够成为黑客的人，都是绝顶聪明的人，一琢磨就知道纽话里的意思。

西格玛说：这是个好主意，但很难执行，毕竟这不是游戏，而是险恶万分的政治。

纽说：世商会总裁的态度很重要，一种全球流通加密且无法追踪的货币，对掌权者有致命的吸引力，只要能影响他，再给条星国军方足够的幻想空间，就能带动比特币价格的上涨。

伽马说：这是个好主意，我们只要得到世商会总裁的支持，释放出这个消息，便足以完成对比特币的拉升。

阿尔法仔细思索，通过利益输出拉拢世商会总裁，然后推进6737 号提案帮助猎龙计划落地，继而建立与条星国军方的友谊，再然后利用军方的影响力缓解来自欧洲的压力，做到这一步就可以拉升比特币出货。

如果不是袭击金融系统太过惊世骇俗，而且不好收场，阿尔法真想洗劫几个银行。GOD 组织的资金有限，最多还能烧半年，也许可以抛出这个计划，半年内应该能有成效。

觉察出阿尔法的犹豫，纽继续说：政治的惯性需要人的推动，而我们现在已经掌握了天神降临的技术，必要的时候可以通过几个点连成一条线，然后影响整个政坛。

阿尔法说：我同意这个计划，谁去执行?

GOD 组织还剩下二十二个黑客，阿尔法统筹全局，贝塔负责研究黑杰克，为了取得军方的信任，同时还要游说世商会的总裁，GOD 组织需要派遣一位足够分量的人。

大家都以为会是伽马的时候，伽马却说：得尔塔很适合接触军方。

得尔塔挥动粗大的指头，在键盘上按下：好的。

生活在拉斯州农场的得尔塔，像牛仔多过像黑客，的确是最佳人选。

63 毛毛

本该旅行的阿火，消失一周后又出现了，我望着傻笑的阿火，还有他身后那个留着短发的说不上漂亮但看起来舒服的女孩子。

阿火局促地介绍说："她就是毛毛。"

我微微点头说："没去旅行？"

阿火还没开口，毛毛便说："不想去旅游，感觉没意思。"然后她围着我转了一圈，低声说："你就是顺大庄？"

阿火对我挤了挤眼睛，一副有口难言的样子。我无奈地耸了耸肩膀："只是一个运气好些的小韭菜，大庄不敢当。"

阿火带着毛毛参观腾飞矿业，我坐在办公室里悠闲地喝着茶，不大一会儿的工夫阿火跑回来，坐在我对面长长地叹息："大顺，你说这个世界上有不爱钱的女孩子吗？"

我没有回答这个问题，而是示意阿火接着往下说。

阿火拿起茶杯，自己倒了一杯："我带着毛毛出去旅行，第一天刚花了十万就被她叫停了，然后我们穷游了四天，剩下的九十万都捐给了希望工程……"

阿火说完望着我问："已经确认过眼神，我就是想结婚！"

望着满脸幸福的阿火，我已经不知道该说什么了。便顺着他的话，把头一点说："好啊！打算什么时候结婚？"

阿火指着手机上的日历说："十六天后就是黄道吉日。"

望着已经下定主意的阿火，我不得不提醒一句："婚姻是一辈子的大事，既然你做了决定，当兄弟的肯定要祝福你，打算在哪里举办婚礼？"

阿火老家在江南水乡，我本以为阿火会在老家举办婚礼，没想到阿火说："我跟毛毛商量过，先在腾飞举办婚礼，然后再回各自的老家，简单地举办一下。因为我家里的情况特殊，所以在腾飞的婚礼，我家人就不出席了。"

我的眼睛微微眯起："需要什么你尽管开口，我全力支持。"

阿火笑着说："我这个人你是了解的，反正一辈子就结一次婚，毛毛跟了我，我不想让她受委屈，所以想风光一些……"阿火的原生家庭矛盾很多，这也造成了他性格上的缺陷，之所以不让家里人来，就是想风光一些，老辈的人对年轻人多少有些看不惯，更何况阿火要的可不是一般的风光。

"了解，找婚庆公司布置婚礼现场，然后广撒请帖，大宴宾客。钱不是问题，我们不光要最好的，还要最贵的。"

阿火对着我挑起拇指说："还是大顺了解我。"

钱这个东西生不带来，死不带去，既然阿火想要风光，我自然不能吝啬。婚庆团队直接从魔都请，婚纱由尚都时装师设计，婚戒备选三款，最终挑了最大的鸽子蛋。

婚礼的主场就在腾飞矿业，没有用婚车，为了彰显富贵，直接给阿火找了直升机组成编队。而且知道毛毛喜欢浪漫，阿火把大西北能买到的玫瑰花都买过来了，结婚当天婚礼现场将会是鲜花的海洋。

阿火忙忙碌碌，把能想到的朋友都通知了。五大三粗的汉子，也有如此细腻的一面，说要给毛毛一个隆重盛大的婚礼，就全力以赴地给了。

时间不紧不慢地走着，离阿火婚礼的日期也越来越近。

64 吃吃喝喝

不管做什么都有各自的圈子，如果非要分门别类，并按照等级罗列，阿火虽然不是食物链顶端的大鳄，但也算超一线的强者。

而且阿火爱玩、爱闹、爱交朋友，在币圈是花花公子的代言人，特别是当年财富自由后浪荡的几个月，那可是一段传说。而今居然要结婚了！

腾飞矿业周围能租的高档宾馆都被阿火租了下来，天南地北的朋友纷至沓来。因为阿火是新郎，忙得好像陀螺，难免有招待不周的地方，我在一旁帮衬，尽量让每个人都满意。

阿火真不愧为社交火，光币圈就来了上千人，写手圈也来了六百人，帮忙的司仪都感觉压力山大，周围可没有能同时接待两千人的大饭店。

最后还是我出的主意，腾飞矿业中央搭建的钢结构建筑，不光能举办婚礼还能大宴宾客。

阿火很满意，天生喜欢热闹的主，做梦都想要大场面。毛毛也没意见，这个安静如迷的女子，幸福地站在阿火的身后。

再过一天就要举行婚礼，今晚要举行单身派对。

阿火穿着红西装，非常精神，站在穹顶下，拿着麦克风，高声说："诸位亲朋好友能够赏光，我非常荣幸，今天一定要吃好喝好，酒水管够，厨师不歇。"

"就光吃吃喝喝？"一个肥头大耳的胖子站起来高声喊："说好的面具派对呢？"

另一个人也站起来说："老子千里迢迢赶到，就是为了面具派对，怎么没了？”

阿火双手合十，向四周作揖，嘴里说着：“诸位的心情我理解，但明天就是我的大喜日子，今天是我失礼招待不周了，等过些日子我一定包个邮轮，从东海开往新马泰，让兄弟们天天戴着面具玩派对。”

这个饼很诱人，可信度也非常高，再仔细想想阿火说的也有道理，大喜的日子不能太出格。

65 老枪

酒是好东西，不管多陌生的人，只要两杯小酒下肚，热血上涌，再陌生的人也会勾肩搭背，称兄道弟。

没了面具派对，阿火心中也有愧疚，所以拿着酒杯一桌桌敬酒。

我跟在旁边，遇到熟悉的会替阿火打招呼，今晚一共开了一百八十八桌，肯定会有招待不周的地方，好在我跟阿火的社交圈重叠，认识他的基本上也都认识我，阿火疏忽的时候，我照顾一下。

我看到了司徒霸，多日不见，曾经风华正茂的少年，居然平添了些许沧桑。

阿火笑着说：“司徒老弟，你能来我真是太开心了。还有屠老哥……”

屠兴东笑着说：“听闻火弟大婚，大家都想来凑个热闹，这位是财神，这位是笑面佛，还有白头翁……”

这个世界上没有永恒的敌人，只有永恒的利益。特别是蜘蛛矿业被 GOD 组织收拾之后，所有人都明白和气生财的道理。

司徒霸带着四大投资恶人，出现在阿火的婚礼上，目的只有一个，缓和关系。

阿火有些激动，拍着司徒霸的肩膀说：“司徒老弟有心了，今晚一定要多喝几杯，不醉不归……”

我也跟在旁边打了个招呼，正要离开的时候，却被屠兴东拉住，币圈鼎鼎有名的血手人屠举着手机说：“顺大庄，你我神交已久，今日先加微信，回头找个机会好好聊一聊。”

“没问题！”我拿出手机与屠兴东互加微信，屠兴东的微信头像引起了我的兴趣：“屠总，这东西叫什么，抗日神剧里常有。”

“这叫驳壳枪，学名毛瑟 M1932，我在欧洲旅行时在靶场曾打过。”屠兴东点开自己的朋友圈，指着曾经射击的视频说：“大顺如果有兴趣，找个机会大家一起切磋。”

我连忙点头：“有时间一定切磋。”换到下一桌的时候，我举起手机对着麦克风说：“Queen，查一查屠兴东的出入境记录，我总觉得他有问题。”

Queen 回答得非常简单：“YES！”

单身派对还在继续，不出意料，阿火喝高了，当然我也喝断片儿了。

我睁开眼睛时，已经是凌晨五点，虽然很想睡，但不得不爬起来，摇醒还在沉睡的阿火。

双眼血红的阿火，睁开干涩的眼睛，迷迷糊糊地问：“干什么？”

我无奈地说：“今天你结婚，你说干什么？快起来化妆，娶媳妇了！”

阿火艰难地爬了起来，随意用冷水擦了把脸：“直升机到位了吗？”

我望着黑沉的天空说：“还没有，天亮后应该能赶来。”

阿火皱着眉头问：“这天不会有雾霾吧？”

我无奈地说：“今天你结婚，多想点好的，别总乌鸦嘴。”

66 雾霾

阿火的嘴绝对开过光。时间逐渐临近六点，能见度越来越低。

雾霾，绝对的雾霾!

麻烦大了！前些日子协调好的直升机编队，没法起飞了，就连公路上的车都被限速了，必须打双闪，以不超过四十千米每小时的速度前行。

“怎么办？怎么办？”阿火有些急了，今天可是他的大日子。为了做到万无一失，为了做到一鸣惊人，为了做到与众不同，阿火已经准备了能准备的一切，但千算万算漏算了天气，这么大的雾霾别说是直升机，就是婚车都没法跑快。

“别急，淡定。”我一面安慰阿火，一面把电话打到气象局，得知确切的天气预告后，我望着阿火说：“这次雾霾的范围并不大，乐观点中午十一点左右会散开。”

阿火眨了眨眼睛，低声说：“我定的吉时是十点，十一点太晚了。”

我指了指外面的天空说：“没办法，想用直升机就要等到雾霾散去。”

阿火有些着急，而后化为愤怒，一个人好似公牛般，在地上转着圈圈“我不甘心，我不甘心啊!”

我无语地看着阿火说：“这没什么甘心不甘心的……”

“不，你不懂!”阿火瞪圆了眼睛：“我们努力赚钱求的是什么，还不就是想活得随心所欲吗？有雾霾又怎样，如果我们捐献给气象局一笔钱，你说他们会不会安排一场降雨，冲散这满天的雾霾，不耽搁我的吉时……”

脑回路与众不同的人，想事情简单粗暴，人工降雨去雾霾还真是个思路，但这般乱搞，真不会出事吗？

阿火绝对是个行动派，拿出手机开始联系朋友，价码也不断往上加，从一百万喊到八百八十八万。

一枚枚火箭弹被打到天空上，干冰四溢，原本就湿润的天空开始下起小雨，随着火箭弹越来越多，豆大的雨珠降下，原本能见度很低的天空逐渐亮起来了。

我望着满脸狂喜的阿火说：“虽然有点钱，但不能为所欲为，一旦失去了敬畏之心，很容易摔进是非的泥潭。”

阿火点头说：“我就当这笔钱买了几个大炮仗。”

雨来得快，去得也快。九点钟天开始放晴，远处传来直升机的声音，十六架直升机依次停在腾飞矿业的草坪上，意气风发的阿火坐上直升机，赶吉时接亲去。

67 幸福的新娘

离腾飞矿业大概三十里远的地方，有这座小城里顶级的酒店。十二层高的小楼装修非常奢华，在总统套房里穿着婚纱的毛毛坐在床上，旁边还围着几个穿青绿色伴娘服的伴娘。

一个梳着丸子头的伴娘低声说：“毛毛，你男人可真厉害，为了驱散雾霾，让气象局干冰降雨！”

另一个梳着马尾辫的伴娘也惊诧地说：“就为了一个吉时，一下花了八百八十八万，‘壕’无人性！壕得丧心病狂！”

稍远一些的试衣镜旁，一个伴娘一面整理腿上的丝袜，一面说：“毛毛，你们家那位真找了十六架直升机接你？”看到毛毛点头，伴娘连忙说：“毛毛，你们还缺通房丫头不？我吃得少，干活勤。”

毛毛没好气地抛过来一个枕头：“不缺你这样的傻子！”

另一个伴娘抱着毛毛的肩膀说：“毛毛，你还没嫁入豪门就有了脾气。以后真成了阔太太，还会跟我们做朋友吗？”

所有人的目光都看向毛毛，毛毛笑着说：“姐妹们，你们觉得我是那样的人吗？”大家都点头，毛毛连忙说：“我家阿火是新富贵阶层，他的社交圈里有很多年少多金见识少的富豪，等我站稳脚跟一定给大家介绍那些钻石王老五。”

丸子头的伴娘望着毛毛问：“那现在呢？”

毛毛笑着说：“现在肯定是有男朋友的抓紧踹掉，有老公的抓紧离了。然后让我们一起嫁入豪门……”

“要死了！”伴娘们尖叫着，然后伸手去挠毛毛。毛毛一面躲避，一面笑着求饶。

就在大家笑闹的时候，天空中传来直升机轰鸣的声音，新娘与伴娘们都看向窗口，透过玻璃窗看到远处湛蓝色的天空上，十六架直升机排成“V”字形飞来。领头的直升机被涂装成红色，机身上还有玫瑰花瓣贴成的红心。

十五架直升机悬停在半空，阿火乘坐红色的玫瑰号降落在酒店的天台，阿火满脸的喜气，在伴娘们还没来得及堵门的时候，阿火走进总统套房，望着满身婚纱的毛毛问：“喜欢吗？”

毛毛被感动得热泪盈眶，连连点头。

阿火开始撒狗粮：“喜欢就跟我走吧！”说完在一帮伴娘的注视下，阿火抱起毛毛，旁若无人地走向天台。

68 大场面

到场的宾客真是太多了，估计已经超过了两千人。

司仪拿着麦克风说："所有服务员各就各位，根据早就划好的分区，协助前来观礼的宾朋们入座，迎亲的直升机编队正在往回赶，仪式即将开始，在仪式开始之前，先插播一条花絮。我们的新郎为了赶吉时，花了八百八十八万，用火箭弹降雨除雾霾……"

哇！这个消息绝对够震撼，早就知道阿火脑回路与众不同，没想到这般清丽脱俗。什么叫财大气粗？什么叫视金钱如粪土？看看阿火做事的手笔，原本一些还想说怪话、计划着闹伴娘的人们，全都消停了。

钱不是万能的，但有时展露财气后，会让一些人不由自主地摆正位置，明白应该在什么场合做什么事情。

原本乱糟糟的场面，逐渐得到控制。数字货币圈的，不管是炒币的还是做技术的，又或者是挖矿的，全都被安排在东侧。与之相对的是西侧，是写小说的圈子。

离观礼台最近的地方预留出了八桌，这是伴娘及新娘家人坐的位置。至于阿火的家人，因为各种难以调节的矛盾，所以就先瞒着他们了，等回家里办婚礼时再通知。

司徒霸坐在座位上有些闷闷不乐，同样做矿业，同样做矿机，阿火与大顺搭档，就有种如鱼得水的甜蜜，腾飞矿业做得那可是风生水起啊。

再看看自己的蜘蛛矿业，那边的四大投资恶人，全都是敲骨吸髓的高手。与他们合作，肉没吃到，锅全让自己背了！就拿最近破发的蜘蛛币来说，为什么会一地鸡毛，还不就是因为自己不能掌控蜘蛛矿业嘛。

心生不忿的司徒霸，眼珠一转，忽然有了主意，对着屠兴东说：“屠哥，看看阿火的场面，腾飞矿业坐拥大势已经腾飞，我发现除了公司上市，其他的法子无法抗衡腾飞矿业。”

“上市？”屠兴东与财神等人互换了眼色，忽然发现这是个好主意。币圈终究是个不成熟的资本市场，人少资金也少，不管怎么吹法螺，终究韭菜有限。如果把蜘蛛矿业包装上市，那么……

司徒霸的眼中也闪过一抹亮色，只要蜘蛛矿业上市，这几个家伙必然会套现离场，到时候自己又能重新拿回蜘蛛矿业的控制权了。

69 娘家人

吉时越来越近，服务员们都忙碌起来了，把四处走动的宾客引领到各自的位置上，给他们泡上茶水，摆上水果瓜子，再撒下烟卷与扑克牌，让他们或聊天，或打牌，或看暖场表演，刚刚还乱糟糟的场面逐渐得到控制。

留给女方家的桌上，已经坐了六桌人。男士全都西装革履，头发用发胶定了型，上了年纪的穿着唐装，脚下踩着一双布鞋。女士全都珠光宝气，手腕上戴着翡翠玉镯，手指上套着翡翠戒指，脖子上戴着珍珠项链，耳朵上还有白金的耳钉。

全都是贵气的打扮，坐在那里自有一股气势，只是沟通的方式有些奇怪，不像别人大声说话，他们都是凑在对方耳边，低声耳语。

一个戴着珍珠项链的中年贵妇说："阿火虽然有些钱，却是乍然暴富。没有底蕴，这可不好。"

穿唐装的一个男人挥了挥手说："出身草莽难免会有江湖习气，认识三教九流没什么不好。老话说得好，宁欺白发翁，莫笑少年穷。光从阿火的心胸来看，前途不可限量。"

旁边西装革履的男人，赞许地点头，伸手时恰好露出手腕上金黄色的劳力士，他用低沉有力的声音说："我不光看好阿火，还看好他现在做的行业。矿机挖矿，虚拟币跨国买进卖出，这个行业很朝阳。"

另一个穿着旗袍的女子说："等婚礼结束后，一定要让毛毛给我们引荐一下，以后大家都是亲戚，理所应当相互帮衬。"

一直没开口的黑脸男人，他是毛毛的父亲，见大家都看向自己，便缓缓把头一点说："阿火我见过，是个豪爽的人，今天为了赶吉时就直接砸出八百八十八万，这点能看出他的心胸。等婚礼结束后，我一定带着他跟大家多多走动。"

唐装老人说："这样做是对的，要知道社会发展很快，科技更是日新月异。前几年谁能想到手机会替代电脑？这几年谁又能想到手机能直接付款？我们都要与时俱进，不能被时代的浪潮淘汰。阿火从事的这个行业是朝阳产业，大家都看好是好事，但我希望大家都把握一个度，别热情到把新姑爷吓到了。"

所有的人都连忙点头，唐装老人可是整个家族的家主，他的话在小家族里就是法律。更何况老人家虽然老了，却一直与时俱进，观点虽不新颖，却一直高瞻远瞩，所以他的话大家还是愿意听的。

隆隆隆，外面传来直升机的声音，司仪开始用激昂的声音说："各位宾朋请安静，请在各自的座位上坐好，新人已经来了，仪式即将开始。"

婚礼进行曲响起，服务员开始往外铺红毯，两组十二个小花童，一面撒着玫瑰花瓣，一面迈着步子往外走。

宾客们全都往顶棚外望去，一架又一架直升机缓缓地落在草坪上，当阿火抱着毛毛走下直升机时，天空又下起了花瓣雨。

70 婚礼进行曲

司仪拿着麦克风，高声说：“让我们用热烈的掌声祝福这一对新人，愿他们以后的日子比蜜甜。”

掌声如同潮水般响起，人群里发出一声声尖叫。资本能量相同的两个人，彼此间也许会因为摩擦而产生羡慕嫉妒恨。但当两个人天差地远之后，不管是俯视还是仰视，所有的不爽都被距离感模糊，只剩下纯粹的祝福。

阿火挽着毛毛往里走，在花童们撒落的花瓣雨中，一身白色婚纱的毛毛，是这个世界上最幸福、最美的新娘。

阿火美滋滋地走在红毯上，每一步仿佛都踩在云端。此刻的幸福如梦一样，那么完美，那么不真实。

阿火的眼前忽然闪过一双泪眼，那是他在财富自由后遇到的第一个女孩，她曾经说过，渣男不配拥有爱情！

阿火的脑袋连续摇动，把那双流泪的眼睛赶出了脑海。最近太忙碌，幸福到缺氧，都出现了幻觉。

司仪站在舞台上，对着大家问：“新娘漂亮不漂亮？”

所有的人都回答：“漂亮！”

司仪继续问：“新郎帅不帅？”

大家都没有回答，而是看着阿火发出整齐的嘲笑声。

阿火抓了抓脑袋，一直厚脸皮的家伙，居然有点儿不好意思了。大家看到阿火脸上的羞涩，又都发出一阵阵笑声。

司仪故意说：“新郎仪表堂堂，前世不知道敲坏了多少个木鱼，今生才能娶到新娘，让我们把最热烈的掌声送给这一对新人，愿他们幸福美满。”

所有的宾客们都拍动手掌，掌声如潮水般响起，舞台的音响里传出张宇的《给你们》：他将是你的新郎，从今以后他就是你一生的伴，他的一切都将和你……

在司仪的要求下，毛毛的父亲挽着毛毛，阿火拿着一捧紫色的玫瑰花，还有一颗鸽子蛋大的戒指，在亲朋的见证下开始求婚。

为了彰显富贵，同时提升婚礼的格调，司仪从后台请出一位穿着红色袍子、拿着《圣经》的外国老人，传说他是教会里的红衣主教。阿火的婚礼将在主教的见证和上帝的祝福下进行。

十二个花童站在主教的两边，悠扬的钢琴声响起，花童张开嘴巴开始唱诗，原本就喜庆的婚礼上，居然多出了三分肃穆。

每个人都沉寂在这个氛围中，不由自主地闭紧了嘴巴，全神贯注地看着舞台中央的两个人。

阿火跪在地上，高举戒指对毛毛说：“你愿意嫁给我吗？”

毛毛幸福地连连点头，张开嘴巴正要喊愿意时，远处传来一声高喝：“婚礼暂停。”

71 婚宴抓人

一群穿着迷彩服，戴着钢盔，端着冲锋枪的武装警察，从外面涌进婚礼现场，每个人脸上都挂着冰冷，握枪的手非常稳，双眼坚毅。

这帮不速之客肯定不是来参加婚宴的，有些心中有鬼的人，已经开始瑟瑟发抖了。

我微微一愣，只错愕了零点一秒，然后拿起手机低声吩咐：“Queen，查一查究竟发生了什么事？”

这帮警察既然选择婚宴抓捕，那就说明已经掌握了确凿的证据。这些年来游走在刀锋边缘，也做好了最坏的打算，当这一天真来临的时候，我发现我比料想中还要冷静。

阿火的身躯有些颤抖，绝对不是激动的。毛毛跟毛毛的爸爸更是面色蜡白，嘴唇不自知地哆嗦。

事到临头需放胆，因为怕了也没有用。望着周围脸色大变的人们，我不得不站出来问：“你们找谁？”

领头的男人穿着黑西装，戴着蓝色的条纹领带，头发梳得一丝不苟，有些板正的脸上，挂着三分微笑，他并没有回答这个问题，而是对我微微点了点头。

黑西装从司仪的手中接过麦克风，高声说：“大家静一下，我是省厅 403 督察组的张扬，冒昧到此是因为这里有涉案人员，各位在位置上坐好，请不要妨碍我们执法。”

阿火终于回过神来，默默地望向张扬：“今天我结婚，为什么要在我的婚礼上抓人？”

张扬笑着说：“只有在这种情况下，才能把罪犯一网打尽。”

听到这个回答后，司徒霸的心当时就凉了。他这时候才想起，这个国家对数字货币并不友善。

白头翁凑到笑面佛的耳边问：“我们身上没脏水吧？”

笑面佛皱眉说：“我们只是站台，又不是发起方，也不是运营方，最多把代言费退掉，小事，小事！”笑面佛越说越不自信，思索着真有了事，该如何甩锅。

这时，从外面至少涌进来五千名荷枪实弹的警察，没有人敢轻举妄动。

抓捕行动开始了，两个武警抓捕一个犯罪嫌疑人，给他戴上黑色的头套后押了出去。

一开始还有几个人想反抗，随着辣椒水、电击棒用上后，所有人都非常配合，既然已经插翅难逃，没必要在抓捕前还受罪。

张扬一步步走向阿火，我怕阿火做事冲动，连忙站到阿火身边。

我有些纳闷这次执法的依据是什么，为什么之前没听到风声，是蓄谋已久？还是临时起意？又或者早就收集到了足够多的证据，就是为了等待阿火大婚时，一网打尽？

等等……

72 一网打尽

等等！事情不对！武警抓捕的区域怎么都在女宾桌？难道这帮警察是冲着女方家来的？

就在我思索的时候，张扬走到毛毛对面说："我是应该喊你胡丽，还是叫你毛毛？"

毛毛颤抖着身躯。

阿火回过了神，诧异地望着张扬问："你是来抓他们的？"阿火这时候也才发现，被抓走的全是女方的家人。

张扬高声说："在某个县有个村，村里的人以骗婚为生，一开始还只是骗取彩礼，后面越来越贪婪，不骗彩礼而是跟被害人真的结婚。婚后开始以赌博，合伙做生意，投资理财，借钱不还，谋夺被害人财产，手段激烈者甚至会买下巨额保单，然后制造意外，图财害命……"

阿火原本还赤红的脸颊，顷刻间被吓得冷白，望着毛毛颤声问："他说的都是真的？"

毛毛没回答，而是低下了头。

阿火并不蠢笨，稍加思索便思维通透："难怪你如此完美，处处与我情投意合，原来是处心积虑，我把你当真爱，你却把我当肥羊。"

毛毛缓缓抬起了头，脸上露出冷冷的笑："跟你在一起，不图钱我还能图什么？你长得不帅，人又特别渣，真以为我眼瞎了会看上你。"

毛毛绝对放开了，指着阿火的鼻子说："除了有钱，你一无是处。"

这姑娘还真什么都敢说！到了绝境，坦诚到让人想抽她！

我揽着阿火的肩膀，能感觉到他的颤抖。人生如同过山车，会有无数起起落落，今天本该是阿火人生的高峰，结果却成了人生的低谷。

阿火笑了，笑得非常冷："这么说我真是鸿运当头，如果警察不来，结婚后你会想方设法地掏空我的家底，然后帮我买份保险，再把我弄死？现在你被抓了，我还要感谢不杀之恩。"

这个脑回路果然很阿火！我的大脑已经疯狂旋转起来，孽缘从开始到结束，既然已经有了结果，那就不用再留恋，接下来要保住阿火的面子。

我附在阿火的耳边问："平日里有没有勾搭对你痴心的姑娘，快些喊出来救场。"

阿火无语地说："有是有，但远水解不了近渴。"

已经觉察被骗的阿火，这时跟我有了同样的念头，没有抱怨而是想方设法解决问题，只要不成为笑柄就好。

张扬把手一挥，武警把毛毛与毛毛的爸爸带走了。张扬深深地看了我一眼，拿着麦克风朗声说："我们国家法律严明，天网恢恢疏而不漏，千万不要抱有侥幸的心理，只要犯了罪，必将遭受法律的严惩。"

这番话好像是对骗婚那帮人说的，但大部分人都感觉像对自己说的。那种含沙射影真的无法用笔墨形容。

“新婚快乐！”张扬说完拍了拍阿火的肩膀，然后带队如潮水般散去。

完了！全完了！阿火没了反应，我拿起麦克风，知道自己必须做些什么，来挽救已经失控的一切。

73 李代桃僵

阿火懵了，周围的宾客们也懵了。而我知道，留给我的时间不多了，如果我能在短时间内转移大家的注意力，并且拿出足以翻转局面的东西，那么阿火将不是笑柄，否则阿火本该闪亮的人生，将会沦为大家的笑柄。

我拿出了手机对着 Queen 吩咐说：“帮我准备一份 PPT，内容是天猫基金正式成立……”

然后我举起麦克风，高声说：“惊喜不惊喜？意外不意外？神奇不神奇？”在所有人都看向我时，我吩咐司仪：“香槟呢？打开，给大家都倒上！”

救场如救火，转移大家的注意力需要时间，Queen 准备 PPT 也需要时间，而我现在最需要的就是时间。

司仪醒悟了，知道这时候必须无条件地配合东家，毕竟只拿了一部分预付款，如果事情办砸了，就别想拿到尾款了。

司仪连忙说：“领班带队，给大家斟酒。”

人在惶恐中必须有事情做，忙乱的时候，只要给他们一个点，吸引住大家的注意力，人就不会胡思乱想。

我大脑转得飞快，已经想好接下来的说辞，从司仪手中接过香槟，同时把手机交给司仪，吩咐他说："快点连上投影仪。"

思维从慌乱到淡定需要时间，从淡定到胡思乱想也需要时间。我现在要做的就是控制时间，既要让大家淡定，又不能让大家胡思乱想。

看到司仪比画了一个 OK 的手势后，我高声说："宾朋们，请端起杯中的美酒，希望大家满意今天的开场秀，现在我宣布，天猫基金启动仪式，正式开始。"

这话有两个意思，第一个意思是解释刚刚的意外，第二个意思是进入正题。

投影仪上出现天猫基金启动仪式的 PPT 页面，Queen 还是很给力的。

这张 PPT 果然吸引了大家的注意，接下来要做的就是我来帮大家完成脑补，让谎言变得更像真的。

我揽着阿火的肩膀说："阿火一开始就清楚遇到了骗婚集团，为了配合公安机关把罪犯一网打尽，所以才举办了盛大的婚礼，要不然光凭阿火的面子，也不能用火箭弹降雨。"

这话半真半假，仔细琢磨还真有点意思。阿火连续点头，试图留住最后一点面子。

我继续说："为了让骗婚集团入局，我们要广邀宾朋，恰好腾飞矿业旗下的天猫基金成立，索性借着这个场面办一个启动仪式。"

Queen 切出第二张 PPT，关于数字货币的展望，以及稳定货币的重要性。

我指着图说："以后为了能够跨国跨链交易，入金与出金成了行业的痛点，需要一个有担当的公司来解决行业的痛点。所以天猫基金决定发行天猫币，与欧元锚定，一天猫币等于一欧元，由腾飞矿业的资产进行背书……"

我进入了状态，越说思路越清晰，Queen 配合我的话语修改

PPT，被搅黄的婚礼，越来越像一场发布会。在阿火感激的眼神中，我撑下了全场。

74 舌绽莲花

人心一直都存有期许，加上心理暗示，会形成错误的预判。越聪明的人小心思越多，对任何事情总抱有阴谋论，所以他们不完全相信亲眼所见的事情。

阿火的婚礼变成了天猎基金的产品发布会，十二页的 PPT 说完之后，大家开始吃吃喝喝。有别于两小时前的高调，所有人安静地吃完午宴，匆匆离去，让整个发布会显得有些虎头蛇尾。

一辆加长的劳斯莱斯里面，财神长长出了口气，把腿伸直后说："总算要离开这个鬼地方了，国内我不想待了，我要出国去外面过几个月。"财神的语调很怪异，居然透着一股劫后余生的庆幸。

白头翁也把头一点说："老夫也觉得最近太忙太累，需要到国外度个假，顺道散散心。"

明人不说暗话，不管是白头翁还是财神，他们为什么急匆匆出国？是因为怕了，幸好今天是来抓婚骗的，如果……

笑面佛推了推鼻梁上的眼镜，用有些沙哑的声音说："操盘蜘蛛币的事情需要再议一议，我觉得投资是企业与企业之间的事情，以企业家个人的名义参与，甚至站台宣传，的确很不合适，所以……"

车里都是聪明人，笑面佛说这些的目的只有一个，那就是划清界限，规避风险。

不等司徒霸开口，屠兴东便说："企业家不能代表企业，的确需要区分开，这样以后都是公对公，真有问题可以交给公司法务，而不是公对私，有了问题还要私人律师出面纠缠不清。”

屠兴东的一番话给事情定了性，四人同意，剩下的那个自然不能反对，都是吃肉不吐骨头的大佬，跟他们说商业操守那是与虎谋皮。

已经上了贼船的司徒霸，干笑着接受这个现实。想上市的念头越发火热，只有上了市，才能摆脱这帮人的控制。

我的麻烦已经开始了，为了帮阿火过难关，我随口说了个谎言，为了圆这个谎言，我必须以腾飞矿业的资产作为标的物，发行可兑一欧元的天猎币。

就这样，天猎基金下面多了个稳定币办公室，经过一番的研究，我惊喜地发现，稳定币是比特币本位完美的补充，想要把天猎基金做大，就要把天猎币推出去。

75 政治游说

哪怕穿上西服，得尔塔的身板也透着一股子彪悍劲儿。拉斯州农场出身的农场主，喜欢直来直去，根据 GOD 组织掌握的情报，拉斯州的参议院格鲁是最佳的切入点。

得尔塔站在格鲁的面前，上下打量一番后，惊喜地说：“你也是农场主？”

格鲁骄傲地蜷起袖子，露出结实的肱二头肌说：“我可是地地道道的拉斯州牛仔。”

得尔塔开诚布公，望着格鲁说：“你知道东方越来越强大，而且还超越了东瀛，成为世界第二大的经济体。要知道他们的人口基数是我们的七倍，不管是发展潜力，还是战争潜力都超越了我们，若任由东方继续发展，我们将会失去霸主地位。”

格鲁双眼中透着愤怒：“国会里都是一帮见利忘义的小人，新任的总统是个胸无大志的笨蛋，除了在互联网上秀优越感，他一无是处……”

新选出来的总统，巴利弗是个口无遮拦且有些小孩子心性的怪人，所有政客都不看好巴利弗。但经过 GOD 组织的大数据分析，巴利弗执行猎龙计划的概率超过了百分之八十七，这也是 GOD 组织推动猎龙计划的底气。

得尔塔打断格鲁的吐槽，低声说：“你知道新经济货币比特币吗？我认识国际黑客 GOD 组织，可以利诱世商会的总裁通过 6737 号提案对华夏进行科技封锁，继而遏制东方崛起。”得尔塔见格鲁有了兴趣，便详细地介绍了整个计划，以及如何配合猎龙计划。

格鲁双眼微眯，上下打量得尔塔说：“你确定你说的是真的，不是小说的内容？”

得尔塔笑着伸出手来：“GOD 组织四号人物得尔塔，很乐意为您效劳。”

格鲁第二次眯起双眼，上下打量得尔塔：“如何证明你的身份？以及你的能力？还有这份计划的可行性？”

政客冷血而现实，不会听信三言两语，得尔塔的计划虽然很让格鲁动心，但得尔塔如果不能拿出一些干货，格鲁只会把得尔塔当成一个很有趣的人，而不是政治上的援手。

得尔塔早就有所准备，他从手提箱里拿出一份文件，交给格鲁说：“这是你的政治对手洗黑钱的证据……”

格鲁脸上带着狂喜，心底升腾着贪婪，看得尔塔就好像在看一个绝世神兵。

得尔塔笑着说：“最后一页是你这些年来的收入总和。”

格鲁面色一僵，翻看最后一页，本还赤红的脸颊顷刻间雪白：“我能帮你做些什么？”

“坚定地支持我，并且向秘密渠道提交这份提案。”得尔塔说完，给了格鲁另一份文件。

76 另辟蹊径

老孙坐在我对面，眉头皱成山峦，他敲着桌子说：“想让交易所接受稳定币这个概念，我们必须输出足够多的利益，但现在我们的利润不足以支撑利益输出。”

发行一个币只是开始，想要让这个币得到市场认同，继而达成经济共识，还需要进行推广，在国外举行一场场路演，买下新闻通稿进行宣传，最后当然是上交易所进行交易。

从宣传得到舆论认可，到上交易所交易得到价值认可，这是必不可少的过程。但一个新币想要上交易所交易，都要交上一笔价值不菲的上币费。

一般新币团队会通过众筹的方式来募集开发资金，比如一个项目募集一万枚比特币，按照现在四千一枚的价值，那就是四千万的种子轮，分发下去代币后，项目方拿出一千枚比特币，也就是四百万的利益输出到交易所，来换取上市交易的资格。

当然这一笔利益输出会被包裹上各种名目，如风险押金，假如项目方中途解散，这笔钱会补偿平台内的交易者。又或者其他名目，总而言之，上币需要交费，费用给了交易所，就已经成为交易所的盈利了。

项目方之所以愿意上币交费，是出于两个方面的考虑，第一是给认购者一个交代，上交易所等于是给整个众筹项目画上一个句号。第二是方便项目方在二级市场继续收割，毕竟他们不光众筹比特币，还要预留一些筹码，这样有钱有筹码，足以在二级市场继续兴风作浪。

所以对于无良的项目方来说，二级市场有利于炒作变现，花些代价上交易所，不但不会浪费开发资金，反而会通过控盘让财富倍增。

而天猎币是稳定币，一枚锚定一欧元，换言之就是没有炒作空间。如果再花钱上交易所，那可就是大写的尴尬，因为不能带来利益，所以无法输出利益。

我知道老孙话里的意思，也明白天猎币尴尬的处境，我低声说："既然上别的交易所有些得不偿失，那么我们能不能自己开一个交易所？"

老孙微微一愣后，眼睛瞬间就亮起来了，他低声说："好主意，绝对的好主意。去其他交易所接受他们的规则，倒不如我们自己开一个，创造我们自己的规则。"

老孙说完眉头又微微皱起说："只是千军易得，一将难求，交易所可是个是非地，经常被攻击，如果没有好的技术，做不到最安全的防御，我建议再等等。"

我笑着说："不用等了，人选已经有了。"这个星球上计算机知识最强的是 GOD 组织，而 Queen 能正面与 GOD 组织抗衡，实力不弱于他们。再说了，Queen 只负责底层技术的编写，关键技术采用人工验证，加入人工风险控制系统后，交易所一定非常安全。

老孙见我很认真，便把头一点："天猎基金下面再成立一个办公室，交易所做出来后，请安全专家测试，不安全不上线。"

我点头说："一个交易所能解决两个问题，小心些是应该的。"

77 寒风起

永远都不要低估野心家的能量，永远也不要试图改变阴谋论的猜想。格鲁提案交了上去，条星国隐藏在政治体系之下的秘密部门在第一时间获悉提案，然后格鲁被秘密抓捕，得尔塔也被秘密抓捕。

在审讯室内，得尔塔被束缚在凳子上，一个满头金发的女人居高临下地望着得尔塔说："我是秘密部门的雪莉，拥有执法杀人许可证，你是如何得知驯龙计划与猎龙计划的细节的？"

得尔塔早就想好了说辞："通过扫描国防系统下属秘密机构的端口，然后在数据交换中植入木马，以每分钟 40KB 的速度，利用数据交换的契机，大概九十八天后，就能完整地拷贝出秘密机构的服务器，继而破译里面的加密文件。"

得尔塔换了个舒服的坐姿，然后说："通过这种入侵方式，我们还入侵过条星国卫星系统，知道火星计划与星球大战计划，以及条星联储的货币绑架毒丸计划，当然 GOD 组织知晓条星国的政客们正在执行的所有计划。"

雪莉眉头微微皱起，原本以为需要耗费一些手段才能让得尔塔开口，但没想到得尔塔如此配合。

GOD 组织是个神秘的恐怖组织，前些日子刚刚袭击了奥尔蓝，让安宁的国家成为战区。曾经不起眼的黑客，为恶后破坏力如此惊人，各国纷纷调整黑客危险系数的评级，GOD 组织被评为极度危险。

面对一脸淡然的得尔塔，雪莉不得不换个问题："GOD 组织为什么要推动猎龙计划？”

得尔塔说：“为了遏制东方崛起，那是一个传承五千年文明，拥有十四亿勤劳人民的国度，如果任由他们发展下去，他们会威胁到GOD组织。”

雪莉有些难以置信地望着得尔塔说：“就这么简单？”

得尔塔点头说：“就这么简单。”望着还不相信自己的雪莉，得尔塔继续放出猛料：“华夏已经拥有强大的人工智能技术，能够阻挡GOD组织的网络入侵，如果任由华夏发展下去，很有可能进化出数字生命，那时在计算机领域GOD组织将会被取代，所以GOD组织非常希望联手条星国打压东方。”

所有的卷宗被汇总，放在了秘密部门领导的办公室里，面色枣红的领导翻阅后脸上露出极为不屑的笑容，他拿起签字笔正要做批示的时候，桌上的电话突然响起，拿起来放在耳边，先听到一股奇怪的声音，蓝色的电流顺着听筒进入太阳穴，领导迷迷糊糊地签下了“同意”。

政治本身就是万种风情、可随意打扮的“姑娘”。当签署同意的文件被下发后，利益诉求相同的双方，合作成为必然。

更何况GOD组织是民间组织，比特币是民间货币，条星国的秘密部门只要稍稍地把事情推动一下，能成功最好，不成功也没什么损失。

就这样得尔塔成为带有政治色彩的掮客，在秘密部门的推动下，得尔塔见到世商会总裁委派的特使，在一番比特币经济共识布道下，特使带走了装有1000枚比特币的U盘。

随着那个特殊的比特币钱包地址在世商会总部点亮，GOD组织开了瓶香槟，接下来就是等转账套现，计划已经成功第一步，静待生根，静待发芽。

78 交易所

Queen 是这个世界上顶级的黑客，也是这个世界上最强大的程序员，让他做交易所不过是分分钟的小事。根据现有交易所布局，Queen 拿出解决方案，从后台到前端，一键生成。

如果其他的工程师看到 Queen 的效率，绝对能被气死。当别人还是一个字母一个字母敲打的时候，Queen 已经开始利用数字矩阵生成底层源码，然后根据各种安全策略，直接造出了交易所。

老孙坐在电脑前，看着一夜做出来的交易所，眉头微皱："安全吗？"

我说："找几个程序员，或者黑客高手试一试呗！"

老孙打了个电话，挂上后说："我让一个朋友试一试，他是老牌黑客，铁娃，如果不是性子太懒散，能去特殊部门上班。"

我说："还是老孙的路子野，居然认识铁娃，这可是技术大牛。"

叮叮咚咚，电话铃声响起，老孙拿起来放在耳边，就听到铁娃的吐槽："老孙，你从哪里得到的源码？厉害，真的是太厉害了，比银行的安防策略还严谨，流畅度超越了股市交易系统，这是哪里冒出的大神，能介绍给我认识吗？"

老孙干干地眨了眨眼睛，没想到这个交易系统如此给力，便试探着问铁娃："如果让世界顶级的黑客入侵这个交易所，你觉得需要多久？"

铁娃沉吟后说："如果只是黑客的物理入侵，至少需要三天，但我们随时可以防御反击，所以最近两三年内，没有发现新的漏洞之前，这套系统非常安全。"

铁娃说完又觉得不够精准，便又补充说：“任何坚固的堡垒，都是从内部损毁的，很多入侵最终被证明不是黑客多厉害，而是运营方内部管理混乱或出现了内鬼。”

挂上电话后，老孙认真地看着我，端详半晌后才说：“大顺，隐藏的可真够深啊，难怪要开交易所，原来是早有谋划。”

我耸了耸肩膀说：“人无远虑，必有近忧。交易所是由一个不能暴露身份的人秘密开发的，他只提供远程网络服务，不能提供线下维护，所以你还需要组织一些技术班底。”

老孙点头说：“让铁娃出任技术执行总监，但要让技术大牛跟铁娃有技术交流。”

这个完全不是问题，Queen 的能力越来越强，找个人跟他聊聊也好。我的脑洞大开说：“反正一只羊也是赶，一群羊也是放，不如让铁娃邀请黑客来天猎上班，这样既能壮大交易所的技术班底，又能让他们跟超级黑客好好交流，一举两得。”

老孙点头，却没敢打包票：“我试试。交易所叫什么？”

我抓了抓眉头：“既然是币币交易，那就叫币交所。”我在电脑上搜了搜域名说：“要做就做国际化的交易所，不用 COM 的后缀，我们用 TOP 的后缀。”

“TOP？最高的，头等的，最大的！”老孙琢磨后，把头一点说：“bijiaosuo.top！就这样定了。”

79

公测

天猎基金下辖的币交所成立，天猎基金持有百分之三十的股份，腾飞矿业持有百分之三十的股份，Queen 是技术总监，持有百分之二十的股份，剩下的百分之二十作为员工奖励池，员工们获取奖励后只有分红权，没有交易权。

老孙邀请铁娃出任币交所的技术执行总监，持有百分之五的股份分红，每个月还可以跟 Queen 交流一次。

黑客与黑客之间的交流，跟二次元与漫宅之间的交流一样，都是专业词汇的碰撞，华夏老牌黑客跟 Queen 交流后彻底沦为 Queen 的迷弟，并且开始召集华夏黑客成员们组建天猎学院。

我不知道是什么催化了 Queen，原本隐身在幕后的家伙，一步步走到台前，并且通过铁娃开始组建自己的班底，就目前的情况来看，一切都在往好的方向发展，我静观其变。

天猎学院第一期招满十二个黑客后，Queen 开始实战培训，币交所的官网上挂出了一个红色的通栏。

悬赏 777 枚比特币，寻找最强的黑客。这是一次挑战赛，在币交所的后台热钱包中有一枚比特币，十天内挑战者入侵币交所后，只要把这一枚比特币转出来，将得到 777 枚比特币的奖励。

一石激起千层浪，bijiaosuo.top 的域名顷刻间在黑客圈广为流传，黑客们气势汹汹地涌过来，不光是因为 777 枚比特币的悬赏，还因为 bijiaosuo.top 的傲慢。

在黑客的眼中，这个世界上没有不会被攻破的防火墙，既然 bijiaosuo.top 如此高调，向所有的黑客宣战，那就战吧！

不知道因为什么，GOD 组织谨慎地选择观望，并没有出手。其他的黑客层出不穷，各种入侵手法纷纷出现。

天猎学院的学员们在 Queen 的协助下，开始了高强度的防御战，实战是成长最快的课堂。

新成立的办公室在总裁办的下面，老孙每天都能听到楼下奇怪的吼叫，知道这是一帮技术天才，不知道的还以为下面住着一帮疯子呢。

我坐在老孙的对面，喝着顶级的乌龙茶："我知道成大事不拘小节，但我没想到他们会这样疯。"

老孙低声说："我更关心他们能撑得住吗？毕竟这是在挑衅全世界的黑客。"

我对 Queen 的技术知根道底，所以没心没肺地笑着说："放心吧！我们的技术总监能抗衡半个世界的黑客。"

第一天币交所没有被攻破，第二天也没有，第三天，第四天，第五天，第六天，第七天，直到第八天，币交所成为全球黑客口中的热词，甚至开始往极客圈与影视圈蔓延，最后成功引爆舆论圈。

在后台能看到币交所成倍上涨的访问量，一个被全世界黑客攻击八天都没攻破的交易所，本身就充满话题性与传奇色彩。

第九天与第十天，币交所能被攻破吗？如果不能那就是最安全的交易所，如果能那就是个大笑话。

80 坚盾

入侵与防守本就是一场矛与盾的较量，虽然进攻是最好的防守，但有时只能被动防御，无法主动进攻，所以大部分安全策略的制定也就显得尤为重要。

币交所悬赏公测十天，今天已经来到第九天，创造奇迹的黑客依然没有出现。这个世界上没有绝对安全的防火墙，但有短期内安全的防火墙，著名的黑客聚集地黑帽会论坛上，有几个非常著名的黑客正在分享自己的入侵经历，试图通过合力来攻破币交所的防火墙。

夕立酱，一个带有东瀛背景的超级黑客，在论坛里说："币交所的防火墙是采用 A 型语言技术编写的，入侵的时候我就感受到了这种语言的不同。"

戈博，传说中的西维亚的天才黑客：“币交所的防火墙是用 B 语言编写的，我曾经截获过语言代码，截图在此。”

戈博发出实锤，让这件事情有图有真相。

华斯比利，爱兰国的天才黑客，同样贴出一张图说：“币交所的防火墙用的是 C 语言，我亲自验证过。”

眨眼间三个黑客有两个贴出了图，截然不同的防火墙编写语言，谁说的是真的？又或者他们说的都是真的？一时之间争论不休，三个黑客都在证明自己是真的。

迈克尔，黑帽会实力顶尖的黑客，发言说：“也许币交所采用新型的防火墙，可以根据不同的情况，制定不同的安全策略。”

这番话说出来后，所有人都一愣，仔细想想还真有些道理，但技术上能做到吗？

不同语言编写的防火墙，在运行的过程中会用到不同的系统资源，如果强行把几种防火墙装进一台主机中，不用别人入侵，光防火墙之间的不兼容，就足以把系统搞崩溃。

所以说把至少三种语言不同的防火墙完美地兼容在一起，这个难度已经超过了所有人的能力范围。

正所谓内行看门道，外行看热闹。人家都知道币交所的防火墙难以攻破，安全无比，但为什么难以攻破，就是因为采用不同语言编写却又完美兼容的防火墙。

怎么办？黑帽会的黑客们全都不知所措，不明白币交所强大的时候，他们还敢进行攻击，当搞明白币交所的防火墙是用至少三种语言编写时，他们都不知道该如何下手。

迈克尔也没有出手，而是默默地望向一个黑色的 ID，苏格！这是被誉为黑帽会最尖锐的利矛，很有可能进入 GOD 组织的准预备会员，如果由他出手，能攻破币交所的防火墙吗？

所有的黑帽会黑客成员全都安静下来，他们也跟迈克尔一样，默默地看向黑色的 ID，这一刻所有人都在等苏格出手，如果他也攻不破币交所的防火墙，那么……

夕阳中的西里马洛让人迷醉，一个亚裔男孩从床上爬了起来，打开电脑后原本慵懒的眼神一点点锐利起来了，他嘀咕着："三种语言编写的防火墙，真那么强大吗？"

81 利矛

这个世界上不存在完美的防火墙，更不可能有三种语言或者多种语言兼容的防火墙，那么这应该只是个障眼法。

真相只有一个！苏格输入 bijiaosuo.top 的域名，利用工具解析后，终于发现了问题。在域名后面有一个误导性的跳板，会根据不同的系统跳转到不同的蜜罐。由服务器伪装的蜜罐是由不同的程序编写的，苏格数了数，一共十二个。

这些天，所有的黑客是在不同的蜜罐里与防御者交手的，难怪一直都攻不破币交所的防火墙，因为在蜜罐中他们的攻击被削弱，即使战胜防御者，也只是在蜜罐的镜像中打转。

确认了币交所没有逆天的防火墙后，苏格开始对蜜罐进行扫描，假的，假的，假的，还是假的！不出所料，这十二个蜜罐全都是假的，是诱饵。

币交所还没有开始交易，所以无法获取对应数据，十二个蜜罐没有蛛丝马迹，想要入侵必须找到真正的服务器。

就在苏格开始重新扫描端口的时候，Queen 在大屏幕上开始投射出苏格的入侵，同时配上文字："一个聪明的入侵者，不会被眼前的假象所迷惑。"

加上铁娃，一共十三个黑客，全都聚精会神地看着屏幕，入侵需要知识，但在知识积累到一定的程度后，更需要广阔的思路，通过思维的跳跃，从不可能中找到入侵的路径，这就是超级黑客与普通黑客之间的差距。

Queen 并不是只给大家讲述计算机知识，他也在实战中开阔了大家的视野。

苏格是有天赋的，所以成就超越了一般人，但面对 Queen 这种级别的超级黑客，苏格同样感觉到吃力。

币交所的服务器究竟在哪里，十二个蜜罐……等等！苏格忽然间明白了什么，他回头再次审视十二个蜜罐，嘴角浮现出自信的笑容，然后手指飞快地在键盘上敲打。

十二个蜜罐其实就是币交所的服务器，假到真时真亦假！如果单独攻击一个蜜罐，其他的蜜罐会进行分流，这就造成了防火墙无法被攻破的假象。

十二个蜜罐合起来就是一个服务器，那么多的编程语言，全都是误导的条件，苏格把一切都看穿后，复杂的问题忽然变得简单了。

Queen 继续配上文字："这个黑客的思路是对的，但方法用错了。用错误的算法，永远得不到正确的结果，在攻击别人的时候，已经暴露了自己的地址，所以他注定出局！"

虽然有天赋，但太稚嫩，Queen 顺着攻击端口，发送了一份逻辑炸弹，直接炸掉了苏格的电脑。

自以为触碰到胜利之门的苏格，做梦都没想到自己居然被攻击了！听着硬盘发出吱吱的尖叫声，嗅到刺鼻的焦煳味，苏格知道完了！

被誉为黑帽会最强利矛的苏格，就这样败下阵来，在 GOD 组织不出手的情况下，币交所平稳运行十天，成为漫漫熊市中最闪亮的明星。

82 GOD组织纳新

Teglamer 里的气氛有些怪异，派前些日子已经暗下去的头像，今天亮了起来。

派现在的身份不好形容，一方面他被踢出 GOD 组织，另一方面他却在负责黑杰克的调试与开发，贝塔都只能算是派的副手，如果非要精准地定义派，可以说他和 GOD 组织是利益共同体。

派：我修改了天神降临的内容，不再只是控制五分钟，而是把控制时间提升到二十分钟，如果不考虑载体的承受度，可以提升到一小时。

大家都非常尴尬，不知道该如何接话，毕竟派的死亡，是大家一票一票投出来的，甚至前些日子还想把派打包压缩，现在想重修于好，大家都不知道该拿出何种态度。

贝塔终究跟派熟一些，见有些冷场便换了个话题：奥米伽做了币交所，十天内没有黑客攻破防御系统，现在币交所已经成为币圈最安全的交易所，我们需要出手吗?

阿尔法：暂时不用，短期内最好不要与奥米伽冲突。

伽马：只要我们能推动猎龙计划，华夏必然会因为制裁而失去稳定，没有了好的科研环境，奥米伽将不足为惧。

一直观察钱包地址的得尔塔，惊喜地说：那 1000 枚比特币被转走了，总裁对比特币产生了兴趣，只要我们一点点引导，让他认同比特币的金融共识，那我们将为猎龙行动打开一个缺口。

阿尔法也喜悦地说：那还等什么，拉涨啊！让总裁明白比特币拥有全球金融共识，还有只涨不跌的特殊属性。

西格玛有些担忧地说：但我们的资金有限，无法拉动整个大盘。

阿尔法明白西格玛的意思，便说：吸筹后我们做个小波段，想要推动下一步，就必须涨起来。

贝塔：这次拉涨比特币，GOD 组织目标只有一个，那就是波段变现，我们要获取研发资金，然后缓解与欧洲的关系，最终通过金融、政治、舆论等手段打压、遏制奥米伽。

纽：我们的人手不足，GOD 组织必须纳新。

这个问题无法回避，纳新后需要继承前面的代号，奥米伽肯定会有新人继承，派呢?

按照 GOD 组织的补位规则，当成员因老去、死亡、叛逃等原因而退出 GOD 组织，新加入的补位成员，会继承老成员的代号。毕竟黑客是一群见不得光的生物，一旦暴露身份会像派一样，先失去自由，再失去生命。

奥米伽没死，派也没死，这一次纳新需要补位几个？代号又该如何继承?

派知道纽在说什么，也知道阿尔法担忧什么，便说：我与奥米伽的代号保留，新加入的启用新的代号。

阿尔法不能与派撕破脸，便说：纳新两个，代号启用新奥、新派。

纽贴出了两个人选：苏格，亚裔，黑帽会顶尖黑客。宾夕法，美裔，曾攻破条星国卫星系统，成功入侵六颗卫星。

阿尔法拍板说：宾夕法代号新派，苏格代号新奥，让我们欢迎新的组织成员。

83 行情异动

十天的时间过去了，币交所并没有被攻破，世界上最安全的交易所的荣誉暂时属于币交所。币交所开始对外提供注册，为了拉拢人气，我在所有的媒体渠道上买了广告位，光这一项的支出就超过了百万。

然后开始买枪手写软文，每千字三千的价位能买到小有名气的枪手，再高些的千字过万，甚至一篇数十万。

一个行业火不火要看外围的从业者，如果每人都能赚到钱，并且拿到不理性溢价，那就是朝阳产业。熊市广告费如此夸张，由此可见区块链这个圈子真的很朝阳。

该花钱时手不能软，币交所是腾飞矿业与天猎基金布局中最为重要的一环，类似大本营般的存在，如果能成为世界排名前十的交易所，那么腾飞矿业将完成上下游产业链的完整布局。

而且币交所能被宣传的点也多，开创性的发行稳定货币，为跨国搬砖提供套利服务，而且同时公开向全球黑客宣战后，交易所并未被攻破。

币交所全球屠版，精准的广告投放让黑客、极客、暗网，以及一些职业搬砖党，都涌入了币交所。

注册人数开始噌噌地往上涨，为了提升交易体验，Queen 连续增加服务器组，确保交易平滑顺畅。

交易所究竟是什么？很多人简单地以为只是个买币卖币的地方，交易所赚的是交易中产生的手续费，无良的交易所可以让用户们开杠杆互割，然后有针对地定向爆破甚至插针。

实际上却并非如此，交易所是一个资金沉淀池，不管是买方还是卖方，资金进入交易所后，不会立刻离开，所以好口碑的交易所，都会吸引大批的长线玩家，这些天量资金沉淀在交易所里，这时交易所不再是交易所而是储备银行。

腾飞矿业布局矿业的上下游，现在开始跨行业研发，已经有了自成一派的生态。天猎基金在二级市场搏杀，做多做空，与腾飞矿业形成有效的互补。现在天猎稳定币与币交所一同推出，形成一个非常牢固的三角形。

如果以前腾飞只是一艘游艇，那么现在已经成为一艘航母，不说能披荆斩棘，遇上大风浪也不惧怕。

四天的时间，币交所的注册量超过百万，其中亚洲以外的单独IP达到六十四万，华夏国内的注册IP有十三万多。

老孙望着后台数据，诧异地说："事不对啊！不是说熊市吗？怎么这个熊市不熊呢？"

我耸了耸肩膀："注册用户不代表什么，关键还是要看留下的日活用户。"

老孙从桌上拿出一个文件夹，推给我说："分析师们发现，四大交易所最近资金流入增加，比特币价蠢蠢欲动，你有什么想法？"

我打开文件翻了翻，双眼微皱说："不应该啊！现在这个时候最正确的选择是横盘调整，把那些中短线的横到怀疑人生，主动割肉下车。这个时候想拉升，主力们究竟要做什么？"

老孙双眼中闪过一道冷光："我觉得他们在蓄力，应该会在最近搞事情，所以我想坐顺风车。"

我把头一点："那就坐。"

84 四大交易所

想要拉升比特币就需要万全的准备，毕竟比特币还没有达成全球金融共识，想要把它拉起来就需要全球联动，要不然会被搬砖套利做差价的搬砖党砸死。GOD 组织的外联部门被激活，开始接触全球排名前四的交易所。

经过这段时间的发展，全球交易所排位出现变化。C 网上升到排名第一，第二的还是 B 网，G 网排名第三，排第四的是东瀛交易所 J 网。

拉升牵扯到大资金运作，肯定是要开杠杆的，为了方便出金与入金，GOD 组织在四大交易所里都开设了交易席位，并且重新注册了交易账户。

一般大户交易都会重新注册账户，这样做能避免被针对监控。高度投机的市场，永远都是二八开，赚钱的总是一小撮人，亏钱的是大部分人。

有些聪明人开始监控那些赚钱离场的大玩家账户，一旦发现这些账户重新交易，他们便开始跟风建仓。

超级大户们为了不走漏风声，总会小心翼翼，必要时还会给出足够的暗示，让聪明人反被聪明误。

比如这次，GOD 组织先是用新的账户秘密建仓，等差不多之后才会激活那些曾经赚钱离场的账户，向聪明人释放超级大户回归建仓、行情重新开启的信号。

C 网的大户室被重新装修过，原来的玻璃幕墙上贴了防砸薄膜，每个玻璃门上都装有三道钢锁，大户室的门口还站着至少十个又高又壮的保安。

新派揉着光秃秃的脑门，用手指敲动键盘。看似笨拙的手指，居然敲出了一丝韵律。电脑上多出一个对话框，这个聊天群里面只有五个人，阿尔法、契科夫、新奥、新派与莱文。

新派与新奥已经被纳入 GOD 组织，这次操盘是第一次执行任务。契科夫与莱文是潜伏者，他们在社会上公开的身份都是金融操盘手，所以契科夫与莱文是操盘主力，新奥与新派跟着学经验。

阿尔法在群里说："这次我们采用点位利好论，不同的点位配合不同的消息，现阶段先吸筹，平稳吸，各平台之间的差价不能超过百分之六。"

契科夫："要不要开杠杆，爆掉空头？"

阿尔法说："暂时不用，我们先吸筹建底仓，出利好之前我会给你们半小时准备，那时候再爆掉空头。"

莱文："这次还要进行网络攻击吗？"

莱文的这个问题非常好，如果还用网络攻击，那就要用高倍杠杆往上插针。如果没有网络攻击，那就用低倍杠杆，获利后在空头反扑前交割获利。

阿尔法说："这次我们拿钱为主，所以不用技术手段干预市场，只会用舆论与金融的手段引导市场，希望各位操盘时小心一些。"

大家都明白，如果用技术手段，只能收割一点点挂单财富，无法收割场外那一颗颗躁动的观望的心，所以要给他们下场的机会，然后再把他们像割韭菜一样割掉。

85 下场

日子过得非常快，阿火飞到沿海城市，不知道用了什么法子，居然又重新勾搭上了已经对他失望的女孩子小朱。

他连夜带着小朱回家结婚，稀里糊涂地上缴财政大权，曾经的浪子褪去财富光环，就是想浪也没本钱，这下彻底收了心，老老实实地待在腾飞矿业里赚钱养家。

如果阿火是一头放荡不羁的野马，那么已经被伤过一次的小朱就是一个功法高明的驯兽师，两人结婚性格上也算互补。小朱能让阿火收心，对阿火来说也是件好事。

阿火坐镇腾飞，我便在天猎基金开设一个办公室。一切正如老孙观察的那样，比特币开始异动，四大交易所出现小幅度的溢价，却都控制在了百分之五以内，给了搬砖党套利的空间，但又会时不时平掉差价，逼他们搬砖砸脚。

究竟谁在吸筹，又会有怎样的利好？这一切都因为情报稀少而无从得知。

我揉了揉太阳穴，随着掌控的资金越来越多，每次入场搏杀都会引来各方注意，现在天猎和腾飞的资金池已经达到大象级别，想要悄无声息地入场，根本就不可能，这就好比一头肥硕的大象，不管如何努力，都无法藏在一棵小树后面。

既然不能暗着来，那就明着来！我对着 Queen 说："币交所出个公告，充值赠送千分之一，提现扣除万分之五，每个账户限额 20 个比特币，买卖零手续费，活动持续一个月。"

自己开交易所，想做什么活动就做什么活动。当然账目必须分得清楚，该充值就充值，备付金不能挪用，毕竟任何投资都有风险，谁也不能百分之百确定获利。如果单纯投资亏了，依靠交易所的手续费，以及资金沉淀池，早晚还能东山再起。如果亏光沉淀池，那可就真没了指望，永世不得翻身。

官网上挂出公告，我建立了十八个账户，依次往里面充值，给人一种羊毛党薅羊毛的既视感。

办公室的门被敲响，老孙走了进来，望着我的电脑说："你想把币交所当成了主战场？"

我点了点头："大资金操作去别的地方不放心，反正币交所要发展，倒不如趁着这波行情做宣传。"

老孙的手指无意识地敲着桌子，双眼微眯开始盘算，然后说："会不会太乐观了，如果币交所的挂单不够厚实，我们把筹码吃了进来，最终也无法成功变现。"

我指着屏幕说："现在各大交易所都通过银行转账到平台，然后用法币参与买卖，这就牵扯到资金的流入与流出。搬砖党想要套利，必须不断地跨平台转移法币，这种方式落后而低效，天猎币的出现恰好能够迎合搬砖党，到时不光解决出金入金，也解决了我们的入金与出金。"

老孙微微寻思后，双眼一亮："好个一箭三雕，用户倒逼交易所升级，厉害，真厉害！"

86 深远布局

现阶段各大交易所都是用法币结算比特币交易业务的，搬砖党把法币充值进交易所后购买比特币，然后搬到差价高的平台售出，再把平台内的法币提现，最后再充值进比特币价值低的交易所，如此周而复始。

这就是很多人在做的搬砖套利，从交易所提比特币时需要扣手续费，从交易所提法币时也要扣手续费，再算上从交易所往银行汇款的时间差，甚至有时牵扯到跨国换汇，搬砖党剩不了多少利润，赚的只是个辛苦钱。

而且行情一直都是波动的，在一小时前有差价，并不意味着差价一直存在，而且从交易所提币也不是及时到账，很多都需要人工审核。所以有些搬砖党时常会满心欢喜看到了差价，然后乐滋滋地转账搬砖，结果却因为提币时间长，差价不但没赚到，反而亏了，这个被大家称为搬砖砸脚。

天猎币锚定欧元，可以实现区块链转账，现阶段法币搬砖速度套利，在一切都顺利的情况下，搬一次最快也要八到十二个小时，慢了有的会达到七十二小时。如果使用天猎币，在交易所不卡币的情况下，搬一次砖最快只要一小时，即使慢点也就两小时。

所以借助这一波行情，我把币交所当成搬砖的主战场，然后再挑选几个盟友交易所，让搬砖党们体会到天猎币的迅捷，用脚投票，倒逼交易所开通天猎币交易。

在这个竞争白热化的年代，哪个交易所能给用户带来利益，带来便捷，哪个交易所就能突围而出。

如果一切顺利，要不了多久，我便会得到一个全球前十的币交所，天猎币也会成为全球知名的稳定币，至于这次小行情中坐顺风车的利益，不过是锦上添花的赠品。

老孙盘算着，忽然说："E 网怎么样？半岛新开的交易所，现在虽然名声不显，但我总觉得的它潜力巨大，要知道半岛的社会阶层固化，那里的人赌性都比较大。"

"E 网？"我仔细回忆关于 E 网的信息，这是半岛刚成立的交易所，传闻最有可能拿到交易牌照，技术一般般，如果满分一百分最多能给六十六分，人气也是一般般，日活用户不超过二十万，国际上排名在一百名左右。

如果不考虑国情，E 网就是个三流交易所。但考虑到半岛人的赌性，E 网的确潜力巨大。而且 E 网的价格一直都比华夏交易所的均价还高一点，是一片热土。

我缓缓点头说：“E 网可以考虑，同时也接触一下东瀛的 J 网，先完成亚太区的推广，然后再尝试走向欧美。”

老孙点头说：“那行，E 网与 J 网我来跑，你来负责操盘。”

我把头一点说：“在游说的过程中别忘了收集情报，我总觉得要有大事发生，却又总说不清会在哪里发生。”

老孙敲着桌子，云淡风轻地说：“我们现在有币有钱，还有交易所，只要把天猎币推出去，到时可多可空，甚至不操盘只收手续费都能稳赢，只要做好这个循环系统……”

我的嘴角跟老孙一样，浮出了灿烂的笑容。

87 继续吸筹

随着不断建仓，一直平稳的币价终于微微上扬，此时的价格已经比建仓前涨了百分之十，操盘手们唯一能做的就是保证四大交易所的溢价不会超过百分之六。

新派在群里说：“我发现一个问题，新成立的 bijiaosuo.top 溢价超过百分之六，一些本能吃到的挂单都被搬砖党转走了。”

阿尔法觉得这不是小事，毕竟币交所后面站着奥米伽，这个时候币交所给出高溢价，究竟是什么意思?

阿尔法苦苦地思索着，难道奥米伽知道比特币即将出现利好?又或者奥米伽知道 GOD 组织正在推动猎龙计划，这时候下场是为了搅局?

就在阿尔法胡思乱想的时候，一直在江户 J 网操盘的莱文说：“天猎基金的高级合伙人老孙来到 J 网，与执行总裁商谈开通 TLC 交易区的设想。”

“TLC 是什么？”阿尔法诧异后恍然，TLC 就是天猎币，原本还想不通的地方，顷刻间畅通了，奥米伽要做稳定货币，锚定欧元，这是要在比特币全球金融共识的范围上，开发出新的稳定货币的金融共识。

怎么办？阿尔法有些烦躁，是现在就狙击，还是再等一等?

新奥在群里嘲笑说：“币交所的合伙人是白痴吗？稳定货币没有炒作空间，还要负责全球兑付，想要达成金融共识，至少需要五年的培育期，这般耗费精力去赌一个不确定的未来，真是一帮充满浪漫主义的笨家伙。”

自从被 Queen 炸坏电脑之后，新奥对币交所，以及币交所的项目，全都采取抵制态度，有机会肯定要冷嘲热讽。

阿尔法脑袋中的疑惑被解开，比特币达成全球金融共识，一共花了七年多将近八年，奥米伽想推出稳定货币，被全球接受也至少需要八年。所以这件事情暂时不用管，先推行拉升计划，收割这一波后再对付奥米伽。

阿尔法说：“溢价微微上扬，控制在百分之八以内，尽可能多吃筹码，近期我们会释放利好。”

江户 J 网，老孙对矮壮的山本佑夫说：“大体的意向已经达成，回头我们各自组建一个商务小组，磋商合同细节，然后再办个签约仪式。”

山本佑夫伸出手来，用力与老孙握手：“没问题!”

为了让天猎币登录 J 网，天猎基金需要质押 1000 枚比特币，以及与 1000 枚比特币同等价值的天猎币作为兑付押金。按照现在比特币 5000 元的市价，这将是一笔价值 1000 万华夏币或 1.6 亿东瀛币的费用。

大家都心知肚明，这笔钱进了 J 网后，将成为 J 网的盈利，不会再退还给天猎基金，更不会补偿给可能存在损失的用户。

这个代价还在可接受的范围内，毕竟 J 网是全球四大交易所之一，占有全球比特币交易量的百分之十五左右，而且还专门开通了 TLC 交易区。

老孙盘算着签下 J 网后就要飞半岛，争取把 E 网也拿下，至于欧美的交易所，老孙还在接触中。

88 智能核心

司徒信这段时间心情很复杂，辉煌并入腾飞后，司徒信只负责开发，加上大顺与阿火的信任，司徒信感觉人生进入了快车道。

算力是充满美的，司徒信沉迷在设计矿机的世界里，在别人眼中枯燥的工作，在司徒信看来是一种享受。

前些日子这一切全变了，辉煌矿业转型，在阿火的领导下负责研究无人驾驶与车载智能。司徒信对阿火是感恩的，矿机赋能 AI 也是一个有挑战的且有未来的大课题。但让司徒信不爽的是，智能核心程序居然由一个代号 Queen 的负责，这是公司还是工作室？真能把智能核心程序研究好吗？

在司徒信的不爽中，智能核心平台完成开发，剩下的部分将由辉煌矿业进行拓展。核心平台就像一块被平整好的土地，在上面可以随意建造各种建筑物。

司徒信逐行检查这些代码，并在脑海里进行代码推演，原本的不爽一点点消失，只剩下惊艳，这种程序逻辑，这种编程手法，以及后续的可拓展性，真是太震撼了！

智能核心程序是智能化中最关键的程序，现阶段虽然只应用于汽车，但将来必然会应用于整个物联网。物联网不光是人工智能的基础，还能帮人类文明往上再提升一个时代。

以前人类因地域限制，数据在传输时无法及时响应，随着 5G 网络普及，响应速度提高，一个崭新的大时代将开幕。

以后人类不会受困于网络传输响应，等于打破了空间的墙，即使相隔千里，也能如同在现场一样。

所以智能核心平台非常重要，在矿机算力的加持下，能够拓展出无限可能，如果说在不远的将来算力代表智能化深度，那么智能核心代表能够拓展辐射的宽度。具象一些，矿机等于发号施令的大脑，物联网衔接的硬件是外联拓展的身躯，智能核心就是串联这一切的神经网络。

望着屏幕上一排排的代码，司徒信双眼微眯，仿佛已经透过屏幕，看到了那个并不遥远的未来。

89 自动驾驶

我站在路边望着远处的汽车，虽然早就幻想会有今天，但没想到这么迅捷。永远不要小瞧程序员的战斗力，更不能小瞧梦想家的野心。

司徒信的战斗力惊人，拿到智能核心程序后，只用一周的时间便完成了车载智能的映射，然后推开了无人驾驶的大门。

一辆普通的白色小轿车四周安装了八个摄像头，在模拟公路的两侧安装智能回馈程序，小轿车以四十迈的速度在道路上穿梭，躲避障碍物，自动刹车避让行人。

为了测试小轿车的智能化程度，阿火还故意向轿车抛掷垃圾桶。原本正常行驶的轿车，拍摄到飞起的垃圾桶，计算出垃圾桶的抛物线，加速避让。

这一切说起来简单，做起来一点都不简单，需要制动系统与运算系统完美结合，稍稍出现卡顿，都可能会造成交通事故。

司徒信得意地说："车载智能核心非常强大，通过不断收集数据，优化分析，假以时日智能核心会越来越智能，未来必然能……"

望着飘起来的司徒信，我打断他："路况千变万化，只有收集大数据才能完成大分析，现在四十迈无法上高速公路，即使在市区跑也太慢了，能把车速提一提吗？"

我以为无人驾驶跟有人驾驶应该是相同的，最终成为便捷的安全出行方式。比如晚上要出门的人睡在车子里，绑好安全带，早上一睁开眼，车子已经到达目的地。这种四十迈的速度，无法满足出行要求。

司徒信抓了抓脑袋后说："现阶段四十迈的速度已经是极限，如果在复杂的路况下，速度还要降低。"

一直没开口的阿火说："可以把车子做小一些，搭配机械手臂，先低速送快递，完成初步的大数据收集，也好为将来提速建模。"

司徒信眼睛一亮："还真适合送快递，我这就进行平台改造。"机械臂好驱动，不需要做得太拟人，穿梭在城市的大街小巷中，路况足够复杂，收集的信息足够完备，速度也不需要太快。而且只是按照设定路线行驶，与收件人进行低互式沟通，现阶段的 4G 网络足够用。

望着风风火火的司徒信，阿火低声说："车载智能是未来大势，但也太烧钱了，这才几天我们已经烧掉三千万，如果这样烧下去，我们的资金链将会非常紧张。"

我上下打量阿火，难怪人说男孩与男人是两种截然不同的生物，以前不当家不知柴米贵的阿火，不管做什么，不选对的，只选贵的，现在居然也开始精打细算。

我很欣慰地拍了拍阿火的肩膀说：“资金不是问题，我来想办法。”

90 启动的币价

经过老孙的推销，天猎币已经打通了八个交易所，加上主要阵地币交所，市场覆盖率达到百分之六十一，不说已经形成了全球共识，在一些发达的区域内，确实已有一些影响力了。

4G 时代手机已经具备视频通话的功能，我望着手机屏幕里有些憔悴的老孙说：“又要出差，又要盯盘，太辛苦了。”

老孙笑着说：“不辛苦，能打通的交易所都已经打通，剩下的是难啃的骨头，我们慢慢渗透。最近我看盘面开始平静，你有什么感觉？”

我瞄了眼电脑上的 K 线图说：“已经完成了阶段筑底，如果没猜错，操盘手应该吸足了筹码，不知道是蛮干还是巧干。”

拉盘也分为两种，一种是因势利导的巧干，拉盘之前会放出种种利好消息，诱导所有的参与者提高心理预期，然后配合利好消息拉盘。另一种是毫不讲理的蛮干，仗着钱多不计成本地往上扫货，不管谁砸多少，全都接下来，在盘面上画出他想要画的 K 线。

老孙眉头微皱：“如果对方资本雄厚，自然会选择蛮干，那样我们就可以提高心理预期的收益价格。如果对方是巧干，那么侧面也证明他们的实力不行，我们找机会下车。”

操盘与做人一样，从细节中能估算出操盘手的资金量，继而推算出对方的野心。举个很形象的例子，一只笑傲山林的老虎，发出一声威猛的虎啸后，肯定会啃下一头野猪。一只虚张声势、花里胡哨的狐狸，不管它弄出多大的声势，最终也不过是想抓一只兔子。

早就埋伏的猎人也会计算，不同的猎物代表不同的利益，野猪的一条后腿能顶三只兔子，更何况我跟老孙要猎的可不止一条后腿。

Teglamer 群里，四个操盘手有些焦躁，在一个价位区间不停洗盘吸筹，真把盘洗到一定程度后，该卖的都已经卖光，大家自然也就吸不到筹了。原本还有波动的 K 线慢慢平稳，大家都知道要开始选择突破方向了。

往上突破价格必然会走高，吸引持有筹码者下车变现，如果能扛住抛压，账面开始出现浮盈，拉升到新的价格区间再变现。往下突破如果没有对手盘，自然可以把价格砸到低位继续吸筹，怕就怕对手盘抢筹了。例如，现在下车的波段党，他们如果在低价把筹码买回去，那操盘的人可就亏大了。

这次拉盘不光为了利益，还有些阴谋色彩。阿尔法知道想要实现造神，GOD 组织不能没有暗网上的收益。

阿尔法在群里吩咐：拉盘计划正式启动，伽马激活一些深埋的关系网，对外释放利好消息。其他人分为两组，一组由纽负责，观察华夏方面动向。另一组由希负责，配合得尔塔推动猎龙计划。

整个 GOD 组织动了起来，一连串利好的消息被爆出来了，原本横着的 K 线开始上扬……

91 好消息

媒体是什么？就是舆论外放的大喇叭，在资本需要时会通过媒体对外发出有导向意图的声音，引导舆论的同时，对目标人群的思想进行驾驭。

仿佛只过了一夜，关于比特币的各种利好消息铺天盖地，首先是各大科技公司开始接受比特币付款。然后是传统的商业公司，不管是卖车的还是卖游艇的，又或者是卖房地产的都接受比特币付款。原本只是用来炒作的金融衍生品，居然被这些商业公司赋予金融属性，还真让很多人在吃惊之余感到措手不及。

商业层面的肯定只是计划的一部分，随着 GOD 组织不断发力，一些海岛国家紧随其后，也开始支持比特币。

在这颗蔚蓝色的星球上，众多岛屿星罗棋布，有的国土面积狭小，人口较少，但这些岛屿国家有自己的宪法，有自己的军队，在联合国还有席位，是领土完整、主权完整、宪法明确的国家。

这样的国家平时存在感很弱，大多都是与世无争的旅游胜地，那里的人热情好客，那里的人能歌善舞，那里科技并不发达，那里金融行业近乎蛮荒。但那些地方忽然公开发声，支持比特币在金融上的兑付功能，支持比特币科创公司。一个，两个，三个，很多个度假天堂开始拥抱比特币，拥抱区块链，成为数字货币金融改革的先锋。

麻雀虽小，五脏俱全，弹丸之地也是国家，当一个又一个政府站出来，承认比特币的合法性时，原本缓步上涨的币价开始加速。毕竟来自政治层面的肯定要大于来自金融层面的认可。

GOD 组织谋而后动，不出手则已，一出手便招式不断。

币价噌噌噌地往上涨，坐上顺风车的人感受到财富倍增，没上车的人拍肿大腿。

92 牛来了

随着一连串利好的刺激，全球数字货币交易所都进入忙碌状态，盘面刷新得越来越快，参与交易的人也越来越多。这是个买涨不买跌的世界，价格涨起来后，所有人都怕自己错过财富暴增的风口，纷纷出资下重注。

C 网的成交额全球第一，单日高达六十亿，捍卫了霸主的地位。东瀛的交易所 J 网单日成交额达到四十五亿，从第四跃升至第二。第三的还是 B 网，单日成交额三十八亿，第四的 G 网也开始加速，单日成交额攀升到二十六亿。

半岛的 E 网非常惊人，单日成交额虽然只有六亿，但比特币成交单价出现百分之三十的溢价，在比特币可以全球流通交易的情况下，E 网的成交价比全球成交平均价高百分之三十。

溢价的原因是求大于供，E 网流通的比特币不足以满足购买者，所以才会出现不理性的溢价。

比特币虽然全球流通，但不同的地区持有比特币的数量不同，出现差价时，一开始持币人还会搬砖进 E 网再卖掉来赚差价，但搬砖过程烦琐，搬砖党无法满足购买者的需求，差价不但没有被抹平，反而进一步加大。

随着舆论风暴不断被放大，币价上涨的速度越来越快，仿佛达成了全球金融共识。

阿尔法很满意这样的结果，E 网的溢价让 GOD 组织非常喜欢，在文明社会中不光传统的武器装备可以成为宣扬实力的象征，经济与文化也是实力的体现。

老孙的嗅觉真的很敏锐，比特币飞涨之前已经完成了建仓。我也满仓筹码，如同一只潜伏在水中的鳄鱼。

风声越大，实力越小，我与老孙好像举起猎枪的猎人。GOD 组织如果真有充足的财力，不会搞这么多小手段，直接往上吃筹拉出一个匪夷所思的上扬线，让没上车的人都后悔去吧！既然现在搞了这么多的小动作，那就证明 GOD 组织也没多少钱。

我坐在老孙的对面问："下车吗？"

老孙托着下巴看了一眼盘面说："再等等，按照现在的走势，应该还有个上扬线，我们在上扬时逐步挂单离场，反正是做波段，不怕踏空。"

我慢慢点头说："就按照这个思路操盘，一点点地把筹码变现。"

交易做久了，会有种近乎直觉般的嗅觉，能从众多的蛛丝马迹中勾勒出一个大体的走势。正如大家所幻想的那样，牛市刚来，这个阶段还非常安全，可以让价格再飞一会儿，等嗅到不对时，立刻变现离场。

93 收割忠诚

得尔塔知道自己的任务，也明白应该做什么。望着对面的特使，得尔塔竭力让自己笑得温和些，他用低沉地声音说："特使先生，比特币已经开始涨了，这将是下一代的金融工具，是全球兑付的新法币，没有人能冻结，更没人可以伪造，天生安全、便捷，而且足够私密。"

特使四十来岁，白白胖胖，微笑时满脸肥肉，嘴巴张开好像万圣节的惊悚南瓜，他用不太流利的英语说："经过我们的研究，特别是密码学家的分析，发觉比特币有成为新一代货币的潜力，便捷、私密，而且特别稀缺。"

得尔塔连忙点头说：“对的，在不远的将来，比特币必然能够替代一些国家的法定货币，成为新一代的主流货币，货通全球。”

特使伸出手指理了理头发说：“总量两千一百万，需要到 2140 年才能完全挖完，而全球现在就有六十多亿人口，每个人平均还分不到一个……”

得尔塔诧异地问：“您的意思是？”

特使慢悠悠地说：“我们觉得比特币如同黄金般稀有，可以稍稍储备一些。”

得尔塔有些懵，最初的计划可不是这样的，GOD 组织只是想让特使身后的总裁感受到比特币的魅力，然后利用比特币进行利益输出，继而影响他们的立场，通过 6737 号提案。

现在特使身后的总裁居然开始囤币了！难怪有些交易所出现不理性的溢价，原来是因为有大鳄下场，怎么办？

割还是不割？这个问题不光让得尔塔为难，也摆在阿尔法与 GOD 组织的面前。

Teglamer 群里非常安静，曾经纯技术的黑暗组织，现在变成了半金融的组织。

阿尔法仔细思量半晌后说：之所以出现不理性的溢价，是因为目标人物大笔买进，而我们拉升是为了拉拢他们，现在局面失控，我想听听大家的意见。

所有人都清楚，短暂的拉升并不是为了达成新的金融共识，让参与者们都认可现阶段的币价，而是为了变现，收割充足的资金好研究黑杰克。

贝塔一门心思地研究黑杰克，生怕出现其他的变故，见阿尔法征求意见，便连忙说：首先我们的资金不足以支撑现阶段的币价，其次想控制目标人物方法有很多，利益输出是一种方法，利益汲取也是一种方法。

贝塔说得半遮半掩，伽马却言简意赅：不把他们套牢，他们不会跟我们一条心。没玩过金融游戏的新手，就是一帮没受过难的羔羊，割得越狠越忠诚。

阿尔法沉默了一会儿，见没有人发表不同意见，便说：再拉一波，然后收割。

全球比特币交易市场风起云涌，本就上行的币价，开始往上猛冲，又让一大帮人产生了财务自由的错觉。

94 用脚投票

数字货币交易市场中，大部分人是投机者，他们不光想偷懒，还想着不劳而获。随着比特币走高，市场的热情被点燃，购买力开始释放，很多人红了眼睛，开始不计成本地追涨，妄想通过账面上的浮盈达到财务自由。

E 网本就拉开的溢价，开始进一步地拉开。还卡在提现流程的搬砖党们，着急万分，能看到却得不到的利益，真是太糟心了！

E 网的溢价不光吸引了半岛人，也吸引了很多外国人，但因为没有半岛的银行账户，比特币进了 E 网即使卖成钱也提不出来，这就进入了一个死循环，如果有一种价格稳定可以全球兑付的数字货币，那可就……

等等！这样的货币好像存在呀，天猎币可以一比一兑换欧元，而且几个稍大一些的交易网站已经开通了天猎币交易区，如果 E 网也开通天猎币交易区……天猎币可以跨区域转账，如果用天猎币搬砖，那么……

这种假设被有心人抛出来，然后蔓延而开，转账流程烦琐是耽搁大家发财的主要原因，如果能够解决这个问题，那么就能发财！

这是一种极为想当然的思路，仿佛开通天猎币就能发财一样。在半岛不光有 E 网，还有个叫 EY 的交易所。EY 交易所听到用户们的呼声后，立刻开通天猎币兑换比特币的交易区，原本冷清的 EY 交易所顷刻间热闹起来。

E 网虽然是半岛最大的交易平台，但不是半岛唯一的交易所。哪里能赚到钱，用户自然去哪里。原本还热火朝天的 E 网忽然冷冷清清，为了重新吸引客户，为了遏制同行做大，高高在上的 E 网火速地打开天猎币对比特币的交易区。

搬砖党们胜利了，天猎币持有的用户开始增多，比特币在半岛的溢价被一点点蚕食，一双双赤红的眼睛盯着电脑屏幕，他们从世界各地把比特币搬进半岛，然后提取天猎币离开，如此周而复始，比特币交易市场越来越火热。

相比别人的热血激昂，我与老孙都非常冷静，K 线代表资金意志，上扬到这个高度已经接近危险区间，按照早就拟定的交易策略，挂单离场。

95 利好冲顶

在金融博弈中，如果 GOD 组织是开始捕猎的猛虎，那么我与老孙就是端起猎枪的猎人，当然我们只想拿走一些猎物，没想过把老虎打死。因为资金体量小，所以我与老孙的打法更加高效也更加安全。

不管制订多么缜密的计划都要落地执行，账面上的财富能不能变成兜里的钞票，还要看执行效果。

随着 E 网的差价被扳平，原本上冲的比特币价暂缓上扬。金融交易本就是零和游戏，沉迷于赚钱效应的人一旦清醒，大多数人都会提现离场。

我与老孙开始挂单，把持有的仓位分成二十份，先按照市价卖掉百分之十五，降低持仓均价，同时规避交易风险，剩下的根据币价增幅挂单，每涨百分之二我们便挂百分之五，一直挂到现有溢价的百分之二十，剩下的筹码先抓在手里，等着冲顶时砸盘。

每条 K 线都是跌宕起伏的，仔细观察会发现 K 线的宿命就是冲顶后回落，只不过有的是阶段性调整，有的跌下去就再也起不来了。

在小群里，阿尔法对大家说：继续释放利好消息，助推市场热情，让比特币价登顶，我们逐步离场。

阿尔法也感觉到了危险，天猎币是奥米伽做的稳定币，忽然对接这么多的交易所，这里面有没有阴谋？反正已经决定收割世商会的总裁，阿尔法亮出锋利的屠刀。

新奥与新派掌握着交易密钥，往各大交易所转移一些筹码，同时激活一批上次比特币大涨时获利离场的账户。

契科夫开始在媒体上造势，人类是一种想当然的生物，只要给他们足够的心理暗示，他们就能幻想出足够丰满且充满景愿的未来。

原本已经火热的交易所，随着曾经获利离场的大户们重新回归，本就上扬的币价开始往上猛冲，本就已经被点燃的热情，再一次炽热起来。

莱文是个操控舆论的高手，想让人疯狂到迷失，就要给人足够疯狂的理由。炒币赚钱后炫富这个理由足够了！

在莱文的推波助澜下，一个又一个通过比特币实现财务自由的人物被挖出来，好似病毒般，通过报纸、网络、电视台、电台等方式向全世界传播。

当 K 线开始加速冲顶，老道的操盘手心里清楚，要和时间赛跑了，战胜心底的贪婪，享受山顶的红利，被贪婪吞噬只能留在山顶上吹冷风。选择决定未来，也决定以后是大富大贵，还是穷困潦倒。

96 多空交火

加速冲顶的过程真的很刺激，看着一个又一个挂单成交，账户里的筹码越来越少，可动用的资金却越来越多。就在我开始盘算砸盘后要不要布局抄底的时候，电脑上一个写字板忽然弹出来：是被动防御，还是主动出击？

Queen 一如既往的个性，总是在 GOD 组织兴风作浪的时候，给他们当头棒喝，这个时机挑得还真好。我隐隐猜到了 Queen 要做什么，不假思索地点主动出击。然后我的电脑上多出一排又一排密密麻麻的进度条。

我拿起手机打给老孙说："砸盘离场，然后挂低单等着插针。"

因为是坐顺风车，对手盘又是实力强大的 GOD 组织，我没敢用杠杆，老孙也没敢用。砸盘之前先按现有价格在十分之一与八分之一的位置挂好埋单。

我们在等币价崩塌后的恐慌盘，每次价格崩塌时，都会出现不理性的超跌，恐慌的人们会把价格砸到匪夷所思的低位，然后被市场修正，价格迅速回弹。那时候不管接多少货，只要能接到，肯定都是赚的。

挂好买单后出筹砸盘，因为在多个平台布局，所以需要统一行动。比特币交易越来越普及，各种搬砖套利工具也越来越多，如果某网站价格特别低，会触动搬砖机器人的套利程序，为了让利益最大化，必须使用交易软件。

挂单时可以手动，毕竟是盲猜 K 线点位，既有长期参与交易的经验，又要考虑玄学中的运气，如果挂单被吃光那自然是极好的，如果没吃到也没关系，把卖单撤下来也可以往下砸。出货必须同步，所有机器人都设定好了交易策略，砸盘开始了！嗅觉同样敏锐的跟风者也出现了。

横在高位的价格就是一个吹大的泡泡，通过技术手段与舆论手段，不断调整参与者的心理预期，达到捂盘惜售的共识。看似几万亿的市值，其实真正参与的资金并没有那么多。

砸盘就是插向大泡泡的针，能让一些人冷静，甚至还能把捂盘惜售的叫醒，当他们都清醒后，便会造成价格雪崩。

操盘的小群里，新奥惊恐地说："有人在砸盘，出现跟风者，我们怎么办？"

操盘时 K 线的趋势很像多米诺骨牌，正上行时忽然有人推倒下行的第一张骨牌，若不加以阻止，那么骨牌挨个倒下，上行的 K 线就会被修正为下行。

想要修正 K 线，就要真金白银。多空交火如同狭路相逢、短兵相接的两人，是资本与资本的较量，一点巧都取不得，而现在 GOD 组织最大的短板就是没钱。

是拉一波？还是顺势砸了？就在阿尔法犹豫时，GOD 组织的大群里，贝塔忽然说：发现 Queen 的代码，奥米伽正在入侵黑杰克!!!

这个时间太刁钻，一边是救场如救火的操盘，一边是关乎造神基石般的黑杰克，一个是现在，一个是未来，阿尔法两个都不想失去。

阿尔法犹豫后有了决断，在大群里吩咐：派，一直以来你都想跟奥米伽分个高低，现在机会来了，你敢一战吗？

所有人的心都悬起来了，派的选择关乎 GOD 组织的未来。

97 激将

藏在台面下的祸心叫阴谋，摆在台面上目的叫阳谋。奥米伽选的时机太刁钻，GOD 组织大部分成员都忙着操盘比特币，分不出多少人去应对 Queen 的攻击。

成为数字生命的派，早就不是那个容易冲动、头脑简单且嫉妒心重的少年了。面对阿尔法的激将法，派思索后说："敢战，但我要黑杰克的全部核心权限。"

危机是什么？是危险中的机遇！派回归 GOD 组织后一直在研究黑杰克，名义上是贝塔的副手，却处处受到贝塔的监视。一直都不能触碰核心的程序，这让派非常烦躁，这次奥米伽的攻击，对派来说也是一次获得全部核心权限的机遇。

压力又回到了阿尔法身上，虽然目前相处得很好，但派的死终究是阿尔法一手主导的，他们之间有刻骨铭心的仇恨，哪是说放下就能放下的。

就在场面陷入尴尬时，得尔塔忽然说：比特币价格波动，引发总裁对未来价格的担忧，已经命令特使出售一些比特币。

已经没有多少资金的 GOD 组织，不允许入网的大鱼逃走。阿尔法咬着牙下了决定：贝塔把黑杰克全部核心权限交给派，其他人动手堵塞比特币网络，滞缓转账后开始砸盘。

阿尔法之所以敢相信派，是因为派没了身体，离开 GOD 组织，派找不到更好的合作伙伴。至于奥米伽，必须打压，阿尔法心底的憎恨攀升到了极点。

在网络四通八达的今天，想要防止黑客入侵，最安全的设置就是物理断网。贝塔是个很高明的黑客，为了拥有黑杰克的研究成果，不但锁死了黑杰克的基础程序，还给作为载体的马克实行物理断网。

黑杰克的源码是 KING3.0 与 Queen 逻辑炸弹碰撞后重新组合的优选程序，并且在马克的大脑里实现了双螺旋程序源码升级，具备初级智能程序的雏形，拥有自主优化与自主学习的能力。

贝塔防备派是怕派窃取研究成果，现在面对阿尔法的命令，贝塔不得不对派开放全部核心权限，当然贝塔也准备了底牌。

能成为顶级黑客的贝塔，有一双灵巧的手，每根手指都非常修长，白皙中透着秀气。而现在这双手握着一把银光闪闪的沙漠之鹰，子弹已经上膛，也打开了保险，枪口对准马克的脑袋，只要派敢乱来，贝塔会扣动扳机，出膛的子弹会打碎马克的脑袋，摧毁所有的研究成果。

派原本心底升起的不怀好意，顷刻间烟消云散。

远处浩瀚如星空般的数字矩阵中，一抹红光闪烁，Queen 来了，派与奥米伽必将一战。

98 入侵

黑杰克的诞生源于意外，最核心的程序中不光有派编译的 KING3.0，还有奥米伽编写的逻辑炸弹。派能通过当初编写的后门找到黑杰克，Queen 也能根据逻辑炸弹中独有的程序逻辑找到黑杰克。

随着时代发展，计算机技术突飞猛进，从最初的机械到现在的电子，再到量子计算机，还会有其他形式的计算机吗？

生物计算机是可能性最大的一个。人类的大脑玄之又玄，穷极一生开发的区域也不过是十之一二，如果能把大脑完全开发了，那么人类文明也许真能触及新高度。

贝塔在阴差阳错中开启了生物计算机大幕，马克的大脑应该是这世界上第一台生物计算机，虽然使用的方式还很原始，但已经展露出了强大的运算能力。

Queen 一直在学习，特别是上次与黑杰克交手后。在这个星球上最强大的智能程序是借用比特币算力网的 Queen，现在居然遇到另一个不借调比特币算力就能够抗衡 Queen 的智能程序，所以 Queen 来了。一举入侵马克的大脑，开始疯狂地收集数据。

派面对虚空中的 Queen，低声吩咐："KING 启动防御，黑杰克攻击。"

扑克般的 KING 化为绿色的光圈把派包裹，黑色的黑杰克化为一道黑色利矛，对着 Queen 冲去。

贝塔发现马克额头上的血管一根根暴起，额头上的温度迅速飙升，然后冒出一层细密的汗珠，紧接着全身的皮肤开始发红，毛孔也开始往外流汗。

面对黑杰克的攻击，Queen 没有躲避，直接抽调腾飞矿业旗下所有矿机算力。算力从大西北呼啸而出，加持在 Queen 身上，一时间 Queen 红得发亮。

砰！黑杰克撞在 Queen 红色的光团上，火星撞地球般的震撼，冲击波在数字世界里蔓延，被 KING 保护的派感到地动山摇。

这次对撞暂时旗鼓相当，谁也没占到便宜。

Queen 核心程序中有一条是风险及评估，对派与 KING 的评估是危险，对 GOD 组织的评估是非常危险，现在有了对黑杰克的评估，是极度危险。Queen 启动一级戒备，向全世界疯狂抽调算力，打算扼杀这个危险。

派望着开始发红发亮的 Queen，高声说："KING 与黑杰克融合，攻击。”KING 与黑杰克交融在一起，相互缠绕如双螺旋般的基因，往外发散着死寂的黑光。

与此同时，Teglamer 群里西格玛对阿尔法说：奥米伽开始抽调比特币网络算力，现在网络出现卡顿，我们怎么办？

阿尔法知道派与奥米伽打了起来，接下来是旁观还是支援？阿尔法果决说：启动创神法则与奥米伽争夺比特币矿机的算力，现在我就要让他死。

有时候，两件事情可以合并成一件事来做。

99 竞价

创神法则是矿机世界中所有程序逻辑的基石法则，启用之后哪怕 GOD 组织真创造出全知全能的数字生命，也要遵守创神法则：谁支付比特币，谁抽调矿机算力；谁支付的比特币多，谁抽调的矿机算力就多。

Queen 正在全球范围内抽调算力，所有矿机都空转不出块，在比特币的区块网上，已经打包发送的交易都停止了运转，整个网络陷入停滞，不能转账，也不能接收。

拥堵比特币网络可以防止砸盘者转币进交易所，现在 Queen 把整个比特币网络堵了，GOD 组织立刻在二级市场收割。

阿尔法双线作战，一面在交易所里开空单砸盘，一面执行创神法则，燃烧一万比特币截取矿机算力，从源头上降低 Queen 的战斗力。

创神法则执行后，Queen 只有两种选择，要么同样燃烧比特币开始竞价，谁出的价格高，谁将独享这份算力；要么燃烧比特币分润算力。

把全球比特币的算力看作一个大矿池的话，GOD 组织燃烧一万比特币，Queen 也燃烧一万比特币，那么所有的矿机算力被一分为二，如果 GOD 组织燃烧一万比特币，Queen 燃烧两万比特币，那么 GOD 组织使用三分之一的矿机算力，Queen 使用三分之二的矿机算力。

现今的局面超出了 Queen 的运算范围，原本只是收集情报的简单入侵，结果却发现了威胁，Queen 尝试摧毁黑杰克但没成功，阿尔法的竞价让 Queen 运算出现了混乱。

在马克的大脑里，黑杰克与 KING 已经融为一体，闪着黑色幽光。

矿机算力被阿尔法竞价截留后，红色的 Queen 一点点黯淡。觉察到危险后，Queen 选择撤离，但一切都已经晚了！

派激动地把手往前一挥，高声喊："碾碎它！"

一秒，也许是零点一秒，黑杰克与 KING 组成的黑色钻头穿透 Queen 红色的身躯，没有碰撞，没有冲击波，Queen 红色的身躯消散在数字组成的世界里。

派诧异又窃喜地望着数字虚空说："一切结束了？"赢得太轻松，如梦似幻。

忽然出现的 Queen 又忽然消失，是泯灭还是遁逃？是胜利还是阴谋？阿尔法已经没时间思索了，他在 Teglamer 里吩咐：借助矿机算力入侵全球交易所，五十倍杠杆做空出货。

这个星球上最黑暗的组织，开始用他们最擅长的方式，入侵所有的数字货币交易所，开杠杆全力做空，尽情收割。

世商会的总裁眼睁睁地看着比特币价格腰斩后再腰斩，然后再腰斩，最后斩了还斩。价值近十位数的比特币，暴跌后还值两千万。

100 蓝屏

GOD 组织遵守交易规则并非他们高尚，而是为了让比特币达成全球金融共识。至于入侵交易所强开杠杆，拥堵比特币网络不让转币，在 GOD 组织的思维里，这些只是技术手段。

砸盘后必然会造成恐慌，正如有些人所说的那样，机会是跌出来的，财富是涨出来的，大部分人习惯追涨杀跌。当比特币往下扎了一根长长的探针后，又开始急速反弹，价格保持在巅峰时的百分之五十到百分之六十之间。

一步天堂，一步地狱，接下来币价会怎么走？一些不坚定的投机者生怕价格会再次崩塌，纷纷割肉离场。

我握着电话看着电脑屏幕，对老孙说："已经形成恐慌盘，接下来怎么办？"

老孙理所当然地回答："抄底啊！现在这个情况肯定买不到最低，但可以在低位区等着，既可以赚钱也可以赚筹码。"

金融博弈中有个很有趣的玩法，举个简单的例子，在币价上涨到十块时卖出十个筹码获得一百现金，当价格跌到两点五元时，一百元可以买四十个筹码，这时候可以选择买回十个筹码，凭空赚七十五元，也可以选择买进四十个筹码，赚三十个筹码，赢家可以根据市场行情自由选择赚钱还是赚筹码。

我对老孙说："我这边半筹码半钱，最近研发车载智能烧钱烧得比较厉害，我需要提现资金周转。"

老孙说："我这边建仓七成，如果还有超跌，再继续补。"我们约定好各自的操作，便开始挂单，这样做是为了不造成内耗。

操作完挂单后，我有些担忧地望着显示器，Queen 太安静了，以前的主动出击，总是有着不断闪烁的进度条，今天桌面上满满的进度条为什么都陷入了停滞？一分钟，两分钟，半小时，不知道怎么，我心头堆满了不安。

我伸手拿起桌上的鼠标晃了晃，还真是怪了，光标居然一动不动了！

怎么会这样？就在我诧异时，忽然听到滴的一声，原本还正常的桌面蓝屏了，蓝色的底图上一行又一行白色的英文字母，有些刺眼。

我用力地眨了眨眼睛，这台电脑居然死机了！要知道这可是这个星球上最强大的黑客 Queen 使用的电脑，而且还借调了比特币矿机的算力。

我默默地望着蓝色屏幕，鼻头忽然间弥漫着一股腥涩，很久没流血的鼻子又流血了！

101 升级中

我手忙脚乱地堵住鼻子，赚钱的喜悦一扫而空。我望着正在重启的电脑，心高高地悬起来。在别人眼中我是成功的，不管是操盘还是创业，全胜不败，如同小说里的主角，光环大开。但我却非常清醒，知道自己为什么会接二连三成功，如果没有奥米伽，没有 Queen，我不过是个宅在家里写小说的普通人。

电脑重启之后，桌面上干干净净，全部的进度条都消失了！这是主动出击成功？还是主动出击失败了？

我伸出有些颤抖的手，握在鼠标上，点击浏览器三次才把浏览器打开。我知道自己乱了方寸，这种心境不但不能解决问题，反而会把已经糟糕的局面弄得更糟。

必须把心定下来，我默默地把双手攥成拳头，然后缓缓举过头顶，再默默地把手打开，用力在脑袋上方击掌，嘴里好似自我鼓励般喊了声：“哈！”

生活需要仪式感，振奋精神也需要仪式感，这样能擦去些心灰意懒，让热血再次振奋起来。

输入 108KO.COM 后，我进入净土，望着桌面上那个正在酣睡的双马尾，我默默点开了问我，一团白色的文字忽然间弹了出来：“程序升级中，大约需要十五天。”

我瞪圆眼睛，认真地看着这行文字，悬着的心往下放了放，虽然还不踏实，但比一直高悬着好多了。

仔细想想，跟 Queen 认识这么久，升级也不是第一次，每次升级后都会变得更强大，这次应该也没问题。

我在自我安慰中完成了心理疏导，默默地打开交易网站，车载智能需要继续烧钱，先把赚到的资金提现，然后转进辉煌矿业的户头。

资本市场博弈，有人赚钱就有人亏钱，这一波拉升，GOD 组织赚了个盆满钵满，大大缓解了资金的压力。世商会的总裁成了悲剧，投资的钱全都被套牢了。

得尔塔望着对面快哭出来的特使说：“特使先生，如果你仔细研究过比特币的 K 线图就会发现，比特币四年一减半，每次减半后价格至少会飙升几十倍，用宏观的角度看今天的 K 线，这么点跌幅微不足道。”

特使红了眼眶，用颤抖的声音说：“八亿多资金跌到还值两千多万，你跟我说微不足道？！这些钱是挪用的世商会的公款！”

望着愤怒的特使，得尔塔解释说：“转变一下思维，把钱本位换成币本位，你的钱买成比特币，只要不在低价割肉，那么你的比特币就不会少，再等一段时间，我们把比特币价拉上去，不但能抹平现在的亏损，还能让你们成倍成倍地获利，毕竟比特币总量有限……”

没有办法的时候，这是唯一的办法，特使怏怏不乐地望着得尔塔：“你们什么时候拉盘？”

得尔塔说：“拉盘需要整合多方的力量，不光要用到你我，还要借助条星国的力量。”得尔塔把文件推到特使面前：“GOD 组织希望世商会能通过 6737 号提案，对华夏 13 个大行业、6737 项科技实施封锁禁运，所以……”

特使看了看文件又看了看得尔塔，面色猛地一变，这才意识到中计了！

102 发现端倪

GOD 组织赚了钱，大大缓解了资金压力，应该是件让人高兴的喜事，阿尔法却怎么也高兴不起来，他第三次望着电脑屏幕上的表格思索，比预期收益足足少了百分之三十，难道是算错了？如果没算错利润去了哪里?

操盘时一买一卖，根据资本意志画出交易 K 线，盈利多少是可以估算的，这就好比牧羊人羊圈里的羊，有多少只羊，出多少斤肉，都是一清二楚的，可是现在怎么羊没少，肉却少了呢?

滴滴！电脑桌面忽然弹出对话框，派发来一张评估图，一行行数据复盘了这次与 Queen 交手的过程，最终汇总出两个结果：造成 Queen 程序紊乱的可能性达到百分之七十五，消灭 Queen 的可能性不超过百分之二十五。

程序紊乱是个很有趣的词，每个智能程序都有自己的运行逻辑，就以电脑机箱为例，遇到 CPU 温度过高时，风扇加速旋转散热。遇到电压不稳时，机箱电源开始调压，这是机箱正常运转时运行的程序逻辑。

如果机箱内程序紊乱，在 CPU 温度过高时风扇没有加速旋转，机箱电源还加大对 CPU 的供电，那么 CPU 肯定会被烧坏的。

可惜这只是根据数据推演的结果，阿尔法并不满意。阿尔法把交易数据打包传给派，然后留言：查一查，除了我们还有谁在获利。

在马克的大脑里，派发现黑杰克与 KING 相互缠绕成 DNA 般的双螺旋结构后，运算速率比各自运算时提升了百分之六十，打开文件包，一行行数据飘荡在墨绿色的程序世界中，KING 自动完成分拣。

当数据形成表格出现在派面前时，派的嘴角浮现出一抹冷笑，思维是可以发散的，况且在顶级黑客眼中网络世界没有秘密，派顺着线索往下查，二十分钟后数据汇总出结果。

天猎币，天猎基金，来自华夏的金融团体，与奥米伽有千丝万缕的关系，阿尔法烦心地望着这些数据，怎么办？

派猜到了阿尔法烦躁的原因，他打出一行文字：在马克的大脑里，我发现双螺旋程序的编译方法，运行速度超过二进制与十六进制，现在资金充裕，研究也进入关键期，我希望建立超级实验室，一切以造神为主，不建议节外生枝。

阿尔法仔细衡量一番后，手指在键盘上敲动：好。

GOD 组织统筹发力，一批批高精尖设备装船，贝塔拿回黑杰克的核心权限，把马克装在轮椅上，踏上了北飞的航班。

GOD 组织在这颗星球上深耕多年，触角遍布世界，编织了一张大网，甚至能影响一些永久中立国的政策，其中就包括西维亚公国的执政党。

西维亚公国面积狭小，地理位置偏僻，靠近北极圈，人口稀少，金融业非常发达。在西维亚的最北端，皑皑白雪下面是坚硬的冻土，冻土之下五十米，一座现代化的实验室里各种高精尖的设备运转着，贝塔把马克推了进来，派通过私密网络进入实验室，一道道蓝色的电流链接马克的脑袋，黑杰克进入高速开发期。

与此同时，得尔塔通过特使与总裁建立了联系，已经被套牢的总裁为挽回损失，小范围地进行了6737号提案的讨论……

103 路测

我揉着有些疼痛的太阳穴，大口地喝着败火茶，平日里能清热解毒的茶水，在今天却扑不灭心头热火。

我再次打开净土，望着里面需要升级十五天的页面，我烦躁地抓了抓脑袋，十五天的时间早就过去了，三十天的时候也没有动静，现在都快四十五天了！怎么Queen还没有完成升级？

再灌下一口茶，我用力刷新着桌面，发觉净土还是没有动静，一种极为不祥的预感笼罩着我，关闭网页，深吸一口气，也许以后要试着习惯Queen不在的日子了。

我半躺在大班椅上，望着办公室内的陈设，不管是龙鱼缸里鲜活的龙鱼，还是茶几上价格不菲的紫砂壶，一切都彰显着富贵，不知不觉中Queen已经把我捧到如此高度，这一切还真是如梦似幻。

叮叮咚咚，桌上手机响起，我拿起来放在耳边，听到阿火欢喜的声音：“大顺，快递车已经得到主管部门的批准，今天路测，你有空来吗？”

心头的雾霾被扫去三分，这绝对是个好消息，我说：“等等我，马上到。”

我挂了电话后，拿着外套就往外跑，门外阳光灿烂，天空如蓝宝石般晶莹，我沐浴在阳光下满脸笑容，不知怎么了，快四十岁的身躯又焕发出了活力，虽然没有年轻时轻盈，但此刻我脚步飞快。

熙熙攘攘的街头充满了喧哗，一大群记者与看热闹的人们围在快递车旁边，阿火笑容满面，司徒信一脸红光，白色快递车，一米七高的车身，车顶上摆着三十厘米高的顶灯，启动后会发出醒目的红蓝光。车身四周安装了十六个摄像头，八个探测器，里面还有 GPS 定位系统，八块电池续航九十千米，足以应付市区的路况。

司徒信站在快递车旁边，眼中堆满欣喜，算力充满了美，未来的大数据时代，机械化会逐渐替代人力。

阿火抚摸着白色的车身，在阿火眼中，这辆快递车里里外外透着完美，要改变世界的东西就应该这样完美。

司徒信看了看阿火，然后又看了看我："开始吗？"

我与阿火相互望了一眼，把头一点说："开始！"牵出来遛遛才知道是骡子是马，相比他们两个人的乐观，我相对保守，即使这次路测不成功也没什么，发现问题后解决问题，一步步循序渐进，我相信最终会接近成功。

在记者们的闪光灯下，司徒信输入密码，喇叭滴滴两声后快递车启动，顶灯闪烁，车轮缓缓转动。

如果成功了，这一刻也许会被载入史册；如果失败了，顶多会被大家遗忘。白色的快递小车停在一栋办公楼前，车内的终端发出短信，不大的工夫一个人从办公楼里走出来，在快递车上输入六位数校检码，快递车打开车窗，快递被机器臂抓出来。

成功了！望着收件人离去的背影，我看到司徒信如释重负后热泪盈眶。

104 创新实验室

都说爱笑的人运气不会差，一直喜滋滋的司徒信，理所当然地拥抱了好运，一直乐呵呵的阿火也是成功者。快递车路测近乎完美，假以时日必然能取代快递员。

我也乐呵呵地回到办公室里，快递车只是车载智能的雏形，算是物联网落地的应用部分，按照这个方向走下去，最终必然能实现无人驾驶。

我随便瞄了眼电脑，身躯微微一僵，本来空无一物的桌面上，居然弹出一个对话框：是否启动创新实验室？选项只有一个：是。

Queen 还在？我的心跳快了两拍，全身的汗毛竖了起来，不假思索地点了是。等等，创新实验室是什么？

显示器上出现绿色的渲染图案，最终化为两道墨绿色的光团，左边是生物科技，右边是机械工程。我转动鼠标。

大段文字在屏幕上滚动，我阅读后终于明白 Queen 要做什么，生物科技与机械工程是 Queen 研究的两大方向，车载智能万物联网指向机械工程，生物科技指向生物计算机。

打开对话框，我手指飞快输入：描述的文字存在错误吗？现阶段没有技术能把数据写入人脑，人脑要想进化为高等级的计算机，根本就办不到！

我是个写小说的，自以为脑洞够大，但跟 Queen 一比，还是小了许多。就以数据写入人脑为例，我们都知道人类通过学习获取知识，通过实践验证知识，每个小小的认知都需要长时间地反复学习与实践，如果真能把数据写入人脑，人类将节省大量的时间，刚出生就开始写入，然后利用机械程序加速推演，那么人类文明将会出现天翻地覆的迭代。

Queen：不要用现有的认知去否定未来的科学。三千年前的人类想不到今天的样子，所以谁也无法否定三十年后生物计算机会不会出现。

Queen 的说辞并没能说服我，至少现阶段我是无法畅想这个未来的。但 Queen 既然要研究，我肯定是要支持的。

看了眼首期投资的金额，然后再看汇总的投资额，我慢慢伸出手指去数上面的数字，十二位数，一个 1 后面挂了十一个 0!!

创新实验室首期投资十八亿，整体投资高达一千亿！确认没有眼花后，我吸了口冷气："怎么办？"

一行字出现在我的眼前：也许可以众筹。

虽然身处区块链这个行业中，按道理说不应该抵触发币众筹，但不知道怎么，我打从心底觉得这样做不好，毕竟众筹后这些钱将用于研发，二级市场流通的币只能放任自流，总会有人亏，也会有人赚，那时亏损的人会口出恶言。

105 科技树

我底气不足地坐在凳子上，眼神有些飘忽，不敢正视对面的吕道林，我总觉得自己像个骗子，拿出一份计划书，做出几张 PPT，点亮一行科技树，就敢来拉千亿级别的投资，还敢张口要百分之四十九的股份，要知道这可是高达四百九十亿的财富。

投影仪发散出冷幽的光芒，满头银发的吕道林望着 Queen 画出的科技树，机械工程条目下包含无人驾驶、无人飞行、仿生学、万物联网等上百条名录。生物科技条目下面写的有生物电脑、基因工程、人体潜力开发、外骨骼增强……

吕道林沉默了足足十五分钟，忽然望着我问："这些都是真的？"

我很想点头，但面对吕道林没有点头的底气，只能耸着肩膀说："这些都是 Queen 要研究的方向。"

吕道林又开始沉默，忽然望着我问："肖龙呢？他怎么说？"

吕道林望着我，我也望向吕道林，眼神交汇时，我感受到吕道林眼底的纯真，仿佛过了一秒，又仿佛过去了很久，在我还没想到该如何回答时，吕道林先摇了摇头，然后说："可惜你不认识肖龙，只认识奥米伽……"

我喘了口气，用有些干涩的声音说："我知道比较唐突，如果太为难，就当我没来过，我也知道这次提的要求过分了……"

吕道林能见我一面已经是非常包容了，如果换作我面对一个忽然找上门来、只有 PPT 而没有其他成果的人，张口要一千亿投资，还要占百分之四十九的股份，肯定会把他赶出门去。

吕道林望着我忽然问："如果我不支持你，你打算怎么做？"

Queen 已经帮我设定好方案，我如实回答说："辉煌矿业的快递车已经开始上路测试，接下来烧钱的地方会陆续增多，如果得不到你的支持，我会用辉煌矿业背书，发币众筹组建创新实验室，拿到钱后收购两家配套企业，研究的方向是无人机与仿生机器人……"

我小心翼翼地说完，发觉吕道林一副有兴趣的样子，便又详细说："无人机主打两个方向，飞行摄影与农药喷洒，仿生机器人暂定为蚂蚁形态，主要用于摩天大楼外层的玻璃清洁。"

这是 Queen 帮我设定的最为可行的商业方案，我也仔细想过，如果按照 Queen 的描述，真有可能在短期内孵化落地。

吕道林却敲了敲桌子说："发币众筹的钱不好拿，首先，政策上压了红线；其次，钱来自四面八方，他们有多少耐心等你出成果？

一个月还是半年？出了成果后又该如何完成盈利？太多的不确定性掺杂在一起，弄不好会酿成不可收拾的群体事件，最终好事也会变成坏事。再说你所研究的方向只针对民用，能有多快的研发速度？又能取得多大的研究成果？”

我望着吕道林，小声问：“你的意思是？”

吕道林笑着说：“别众筹了，我帮你拉一拉投资，我也很看好创新实验室。”

106 夸父基金

黑色的红旗车轮飞转，从拥堵的市中心开向海边。车里非常安静，吕道林坐在后排双眼紧闭。副驾驶上戴着金丝眼镜的秘书怀里抱着公文包。

吕道林长长地叹了一口气，最近吕道林叹气的时间越来越多，他紧握着左手中的 U 盘。

秘书推了推鼻子上的眼镜后说：“吕叔，我觉得你是在自寻烦恼，创新实验室需要的资金太多，对股份又要求太高，科技树计划的远景虽然诱人，但执行的难度同样惊人，三家基金公司拒绝也是情理之中。”

小秘书说完，发觉吕道林并无不悦，便又继续说：“马上要见的天唐国际又以稳健著称，我觉得科技树计划很难得到他们的支持，所以……”

吕道林慢慢地睁开眼睛，望着小秘书说：“你知道天唐国际旗下有一支夸父基金吗？”小秘书点头，吕道林往下说：“夸父基金有一句座右铭：不能因为距离太远而停止追逐的脚步！既然有人想要弯道超车，并且愿意抛家舍业押上一切，我为什么不能为他奔走？”

这番话是吕道林的心声，这段时间动用一切能用的关系，是想在有生之年看到 Queen 描述的那个未来。

吕道林伸手理了理额头前有些凌乱的白发，时间不多了！

天唐国际总裁办公室里，唐忠叼着桃木烟斗，对着吕道林笑着说：“老吕，你可真是稀客，算一算我们有十多年没见了。”

吕道林伸出双手与唐忠相握，开门见山地说：“今日冒昧登门是有事相求。”

唐忠把手一摆说：“你的事我已经听说了，要拉上千亿的投资入股辉煌矿业旗下的创新实验室，帮他们点亮科技树计划，我只问你一句，有多大的把握？”

吕道林望着唐忠说：“纵观海内外，科技树计划是最有可能落地的计划，他们研发的无人快递车已经开始路测，在线翻译机可以实现同步同声翻译……”

唐忠诧异地望着吕道林说：“既然已经有了这么多突破，为什么你不早说？”

吕道林笑着说：“不管是广厦，还是宏阳，又或是金斗，资金体量上终究差天唐一级，安保级别更是无法与天唐相比。”

唐忠望着吕道林手上的 U 盘说：“老吕你是故意通过那三家放风，原来是在这里等我。”说着按动桌上的一个按钮，绿色的光在屋子内闪烁。

吕道林也拿出干扰仪，确认周围不会被窃听，才把 U 盘插在计算机上，然后打开视频播放器，开始播放 Queen 畅想中的未来……

107 点亮

桌上摆着两份早就草拟好的文件，文件上的条款清晰，天唐国际旗下的夸父基金向创新实验室注入十亿启动资金，并且对接华夏最顶尖的六所高校实验室，占有百分之三十一的股权，同时享有监管财务的权力，以及享有后续注资的优先权。

辉煌矿业向创新实验室注入八亿启动资金，负责科技树计划的硬件研发，占有百分之三十九的股权，Queen 工作室作为创新实验室的实际负责团队，享有百分之三十的股份……

把辉煌与 Queen 切割，表面上看是有利于持股分散，实际上百分之六十九的股份还是由辉煌掌控，这一点大家都心知肚明。

签还是不签？我吸了吸鼻子，伸手摸了摸眼镜腿，Queen 缓缓地给出答案，一个黑色的“是”浮现在我的眼镜中。

我觉察到了 Queen 的焦虑，忽然又想起上次的蓝屏死机，一直以来都是 Queen 碾压 GOD 组织，结果却出现意外。难道是因为 GOD 组织掌握了某些能够压制 Queen 的黑科技，所以才逼迫着 Queen 升级。一直有底线的 Queen 忽然提出发币众筹，由此可见 GOD 组织给 Queen 很大的压力。

我拿起笔，毫不犹豫地签上名，与唐忠的手握在一起。

唐忠叼着烟斗说：“大顺，以后就是一家人了。”

我笑着点了点头，然后听着唐忠继续说：“创新实验室极具野心，科技树计划远景宏大，当然实现起来难度会非常大，所以我想问一问你的近期规划？”

我早就做好了计划，轻声说：“科技树计划是未来生活基础的科技体系，会如同蛛网般森罗密布，涉及生活的方方面面，我没想过一下完成，而是打算如计划书中所说的以点为突破口，继而连成一条线，然后编织成一张网，最终点亮整棵科技树。”

点亮！唐忠感觉这个用词非常传神，笑着说：“那我就等着你点亮科技树。”

我笑着点头，生活又开始忙碌。

无人驾驶的快递车收集数据后尝试提速，无人机跌跌撞撞地在天空上飞行，仿生学的大号蚂蚁攀爬障碍物，万物联网后数据汇总进服务器，进行共享互通。无尘的生物实验室里，蓝色电波在兔子脑壳上盘旋。潜力开发与内骨骼增强虽然有大方向，但没摸到门路……

我好像陀螺般忙碌着，首期募集资金飞快减少，快见底时总算出了成果。创新实验室第一个落地产品是仿生蚂蚁，充满金属质感的家伙，真的能擦玻璃？真能如 Queen 所描述的那样可以改变世界？

108 收集

Teglamer 群里安静得可怕，所有人都在看西格玛发出的视频，一只约三十厘米长、二十厘米高的机械蚂蚁正在攀爬摩天大楼外面的玻璃墙。两根触须是探测器，一对复眼里有摄像机，复足上有吸盘，牢牢地吸附在玻璃墙上，打开的腹舱伸出各种工具，熟练而迅捷地擦着玻璃墙。

Teglamer 群里沉寂了半个小时，阿尔法说：这是辉煌矿业旗下创新实验室刚推出的仿生蚂蚁机器人，采用锂电池供电，动力不详，自重不详。根据视频中的细节推测，仿生蚂蚁的任务完成度较高，已经具备了中级智能。

智能程序分为三个等级，最初级的是指令集的响应，发送指令后激活早就编写好的程序，机械式地根据程序响应。中级的是能够根据复杂环境与即时动态，继而匹配存储的指令集响应。高级的能通过学习完善已有指令集，智能优化曾经执行过的指令。

纽：这只是民用版，这么点体积，已经具备适应全地形的能力，如果加装上火控系统，破坏力应该非常惊人。

纽还特意贴了一张图，在仿生蚂蚁两侧加装两挺冲锋枪与一门小口径的榴弹炮，就是一台迷你全地形步兵战车。

这台仿生蚂蚁可以穿梭在摩天大楼上擦玻璃，也可以深入战区收割生命。顺着这个方向发散下去，也许未来战争不需要人类，钢铁洪流与钢铁洪流碰撞，就能决出谁代表正义。

西格玛：前些日子天唐国际旗下夸父基金风投创新实验室的科技树计划，并且帮着创新实验室对接六所高校，仿生蚂蚁只是科技树计划里的第一个落地产品，接下来的日子还会有其他成果落地……

早就猜到奥米伽会搞事情，却没想到奥米伽的动作如此迅捷，拿出来的是机械蚂蚁，没拿出来的还有什么？

新奥：派与贝塔负责的实验室最近研究出了什么成果？

派最近非常忙，离出成果还差临门一脚，听到新奥的提问，派什么都没说，只是贴了一张思维导图。

贝塔解释说：经过这段时间的研究，我们发现人类的身体潜力无限，就以力量为例，以前通过训练增加力量，现在我们可以修改局部数值来开发力量，但因为人体内的肌肉纤维有限，所以需要注射一定剂量的兴奋剂，我把这个实验命名为超级战兵……

这个成果有着跨越时代的意义，却不能让所有人满意。

泽塔说：开发十个超级战兵需要多少资源？他们打得过一百只

机械蚂蚁吗?

问题的答案显而易见，生命无法再生，机械无穷无尽，再强大的超级战兵，也打不过机械蚂蚁组成的钢铁洪流。

阿尔法翻看超级战兵计划说：奥米伽的实验室已经出了成果，留给我们的时间不多了。超级战兵可以继续研究，但还要研究机械外骨骼与仿生机器人，另外要加速为阿波罗挂装神罚系统，我希望三个月内把钛金长矛安装到阿波罗上，除了网络攻击，GOD 组织还要拥有对地面攻击的轨道武器。

神罚是加装在阿波罗卫星系统上的巨型钛金长矛，通过火箭助推的方式对地面目标实施精准打击，如神罚般不可抗拒，六枚钛金长矛就能把小型岛国击沉……

109 密会

苹果城郊区的废弃厂地下 50 米，有一座冷战时期修建的秘密基地，入口处站着警卫。外来者要通过三道厚达 1.5 米的合金门，接受从指纹到声波，再到瞳孔的多轮验证，才能到达中央会议室。

站在中央会议室里，得尔塔感觉到一阵燥热，他伸手解开脖子上的纽扣，坐在六角桌边，对着满头金发的雪莉微微点了点头。

得尔塔的对面坐着总裁特使，因为比特币价格暴跌，特使的日子并不好过，眼窝深陷，整个人瘦了一圈。

雪莉见人已经到齐，便说：“大家好，我是条星情报局的代表雪莉，这边是条星调查局的鲁西、条星安全局的弗朗、条星国税局的吉克，以及能够代表巴利弗总统的代理人……”

得尔塔看了看手腕上的表，打断雪莉：“大家是谁不重要，怎么做事很重要，我建议长话短说，要知道大家的时间都很宝贵。”

得尔塔从公文包里拿出七份文件，依次分发给大家：“之所以把大家召集来，是为了在世商会推动 6737 号提案，我与特使先生已经达成初步意向，细节部分还需要大家配合。”

文件发放完毕后，得尔塔继续说：“大家翻开第三页，调查局最近打击了六家暗网，起获了三千枚比特币的赃款，但这些数额不足以让特使先生在文件上签字，根据 GOD 组织的情报，丝路暗网与菲特暗网掌握了至少二十万枚比特币，我们希望安全局与调查局携手，在三天内摧毁他们。”

鲁西与弗朗交换眼神后缓缓点头，根据目前掌握的情报，打击两个暗网非常简单。

得尔塔继续说：“封存二十万枚比特币后，国税局负责拍卖，但请注意，不管参与者有多少，特使先生都能无偿获得这些比特币，至于金融方面如何运作，需要国税局打通关节。特使先生得到这些比特币后，作为回报，将提交 6737 号提案……”

雪莉看到吉克正在点头，自己也把脑袋点动了一下。

得尔塔继续说：“这次行动由巴利弗总统的代理人全权负责，情报局、司法局、国防部、财政部及 GOD 组织全力配合，如果没有反对的意见，我们举手表决。”

雪莉先举起了手，然后是吉克，紧接着是鲁西与弗朗，然后是能代表巴利弗总统的代理人，得尔塔环顾四周后嘴角上扬，慢慢地把手举高，五个人都看向代表总裁的特使。

特使擦了擦额头上的汗水，感觉压力很大，他颤声说：“请大家翻看文件的最后一页，世商会通过 6737 号提案有个先决条件，GOD 组织要负责把比特币价格拉升到暴跌之前……”

得尔塔把头一点说：“没问题，GOD 组织有能力操控市场，帮助你们完成出货。”

特使吸了口气，慢慢地把手举了起来，只是干瘦的手掌在微微发抖。

110 无底洞

以前的阿火对数字并不敏感，作为快乐的单身汉，只要兜里装的钱够花，他不在乎银行里还有多少存款。就是这样一个没心没肺的家伙，现在却皱起了眉。

“大顺，我们需要谈一谈。”阿火的声音中透露着前所未有的正式：“科技树计划太烧钱，即使拉来夸父基金，投入的钱也不够烧。”

我走到阿火身后，望着屏幕上的表格，钱已经被烧掉大半，按照这个速度，账户内的资金最多烧三个月。

我安慰阿火说：“车到山前必有路，这几天我想法子再拉一些风投……”

不等我把话说完，阿火便摇头说：“大顺，科技树计划定的目标太宏观，是个填不满的无底洞，钱需要不停烧，短期内没有良性的造血能力，不管是机械蚂蚁，还是快递车，都不能量产变现，而且开发成本太高……”

研发与量产是两个概念，就以机械蚂蚁为例，每次设计流片都要耗费大几百万，一旦方向错了，就要彻底推倒，重新开始等于以前烧的钱全都白花了。科研就是一次次地烧钱试错，最终实验成果要承载所有的投入，单价也就自然成了天价。量产后产品产生了利润才能摊薄研发投入，随着产品热销最终形成盈利，市场需求的数量决定产品利润能否抵消研发投入。

机械蚂蚁是个好产品，但面对那些高空作业的特种行业从业者，机械蚂蚁并没有价格优势，性价比否定了市场定位，研发成果显得有些尴尬，虽然在科技上具备划时代的意义，但在市场竞争中显得有点多余。

阿火是了解我的，他从我的眼中没有看到放弃，既然节流这一条路走不通，那么只能想法子开源。

经过这段时间的磨砺，阿火已经从青涩走向成熟，他从桌上拿起一份文件交给我说："随着比特币算力不断增长，价格一步步企稳，老一代矿机因算力与电价逆差挖出来的比特币超过市场价，如果不想关停这些老矿机，就要找到更廉价的能源，西里马洛石油与天然气资源储备丰富，所以电价非常低廉，大约四分钱一度，我打算去实地考察。"

四分钱一度的电价充满诱惑，挖矿主要支出有两个部分，一个是矿机折旧，一个是能源采购，如果真能以四分钱一度的价格采购电力，成本会降低十几倍。

我低声问："消息可靠吗？"阿火点头。我忽然想到："西里马洛可不安全……"

阿火笑着说："富贵险中求，我们只是去挖矿，又不是去打仗，只要不涉足动荡区，绝对安全。况且腾飞走出去后会采用本地化经营，到时多雇些本地员工，我们可以在国内遥控指挥。"

阿火说服了我，稀里糊涂签下西里马洛拓展计划，我也不知道这次选择是对是错，总有些不安。

111 起风了

生活一如既往地忙碌，Queen 又加快了烧钱的速度，看样子最近就要拉风投，要不然研发会因没钱而陷入停滞。

叮叮咚咚，桌上电话响起，我拿起来放在耳边，听到老孙有些急迫的声音：“看新闻了吗？条星国调查局查封丝路暗网与菲特暗网，起获二十万比特币，最近会进行司法拍卖。”

我的眉头皱起，能上新闻的消息已经是九手消息。山雨欲来风满楼，如此大数额且无成本的筹码，一旦被成功拍卖，必然会对现有的市场造成冲击，二级市场必然会出现连续振荡。

老孙与我想的一样：“一旦进入司法拍卖，这些场外标物的拍价足以影响二级市场的币价，大额交易不确定因素太多，中标者选择方向也会影响行情。”

我明白老孙的担忧，拍卖价格高了，会倒逼二级市场价格拉升。中标者如果见二级市场价格高于竞标价，也有可能在二级市场出货赚差价。

老孙继续说：“我们的仓位很重，在趋势没明朗前，我不敢选方向，但唯一可以肯定的是，接下来的走势必然是起伏的，为了保住现有果实，我觉得可以做对冲。”

在没有办法的情况下，对冲也许是最好的办法。当操盘手对未来趋势不明朗时，为了保住现有利润，会把手中的筹码一分为二，一半开多，一半开空，到时如果涨了，开多的赚钱，反之亦然，这种方式适合仓位重的玩家去操作，等于为自己买了一份保险。

对冲是个好主意，不管趋势是向上还是向下，都能锁住赚到的利润，我正要点头时，忽然觉察到有个地方被忽略了。

我连忙说：“如果是正常的市场波动，对冲是较好的选择，但如果行情走极端呢？连续地插针行情，爆多后再爆空，我们将一无所有。毕竟我们并不是这池子里最大的鱼，想一想前些日子是怎样坐顺风车的。”

“极端行情出现的概率不高吧！”老孙迟疑地说：“毕竟这次消息来自条星国政府，主力应该没有联动条星国政府的能力。”

我说：“不怕一万，就怕万一，如果他们真能联动条星国政府呢？”仔细想想还真有可能，毕竟他们是操控黑暗世界的GOD组织。

老孙觉得这件事急不得，便低声说：“如果不用对冲，那还有一个办法，让天猫基金成为开放的基金，盘子大了，人多关系也多，毕竟只有我们几个，太单薄，最近有几个人想入伙，如果有时间可以跟他们谈一谈。”

我想了想觉得这样也蛮好，人多力量大，天猫基金总封闭着不好，便点头应允说：“见一见也好。”

老孙说：“正好过几天我这边有个酒会，我把邀请函发给你？”

我说：“好的！”

112 也许可以谈

在 Teglamer 群里，得尔塔喜滋滋地向大家汇报：经过这段时间的努力，特使看到了我们的实力，随着查获的比特币进入司法拍卖程序，总裁也感受到了我们的诚意，刚刚总裁在半公开的环境下，宣扬了东方威胁论，觉得必须对东方加以制裁，开始为推介 6737 号提案进行铺垫。

西格玛很高兴，随着把矛盾转嫁东方，GOD 组织紧张的资金链会得到缓解，外部压力也逐步减轻，不但给奥米伽施加了压力，也给 GOD 组织争取了发展的时间。

乐观的情绪在 Teglamer 群里传荡，仿佛看到了美好的明天，大家携手创造出全知全能的神，然后沐浴在神光下，得到永生……

阿尔法却有些许不安：不要高兴得太早，6737 号提案能否通过，还要看比特币的价格能否被顺利拉升，在总裁没有出货得利前，一切都存在变数。虽然我们是主力，但还不能为所欲为，毕竟还有一条叫奥米伽的大鱼。

不知道从什么时候开始，奥米伽成为 GOD 组织里无法回避的痛点，没有黑杰克时，GOD 组织被奥米伽压着打，有了黑杰克才平分秋色，接下来还会有冲突吗？即使让拥有基因双螺旋编程的黑杰克对战 Queen，GOD 组织也没有必胜的把握。

既然奥米伽成了变数，得尔塔建议说：要不我们跟奥米伽谈一谈，溢价买他手里的筹码，只要他不搅局，我有百分之百的把握控盘比特币。

这个提议让大家有些错愕，去买奥米伽手中的比特币，他会卖吗？一开始还感觉有些异想天开，但仔细琢磨一下也许可行，毕竟奥米伽的创新实验室很烧钱，既然奥米伽缺钱，那么就有操作空间，况且还能借助接下来的拍卖干扰场内外价格，也许还能误导奥米伽对比特币价格的预期。

阿尔法琢磨一番后问：谁去谈？怎么谈？

谈判不但要找到合适的时机，谈判人还要有足够的分量，为了表达诚意，可能还要去华夏谈。

所有人都在沉默中思索，宇普西龙说：我去谈，第一，我离华夏很近；第二，我与奥米伽有些私交。

住在江户的宇普西龙在 GOD 组织排名第二十位，当年是宇普西龙把奥米伽吸收进的 GOD 组织，算是奥米伽的引路人，的确是合适的人选。

阿尔法说：可以，注意安全。

宇普西龙回道：到华夏后我会与大家共享信息。

最近很多事情都由阿尔法抉择，GOD 组织全员投票的次数越来越少，大家虽然感觉怪怪的，但也没说什么，毕竟所做的一切都是为了造神。

113 场外交易

我穿着黑色的西装，有些局促地坐在宴会厅中，空气中飘荡着一股馨甜的味道，高脚杯里的香槟光凭气味就知道价格不菲。

老孙站在不远处，身边围满了人，这段时间天猎基金声名鹊起，盈利的速度超过印钞机，毕竟天猎基金采用币本位，内部财报没有刻意加密，有心人获悉内部财报后，在区块浏览器上稍加查询，便能查到天猎基金的盈利数额。

使用比特币进行币本位波段炒作，不但能让拥有的筹码滚雪球般越来越多，还能在比特币价格飞涨时换成法币。

大额资金跑赢通货膨胀已经是胜利，像天猎基金这样数倍收益的绝无仅有。天猎基金赚钱已经成为大家的共识，以前天猎基金封闭，大家羡慕的同时还有点嫉妒，现在天猎基金开放了，得到消息的人涌过来，生怕错过这次暴富的机会。

老孙来到我身边，看出我的局促，低声说："不管是做生意，还是交朋友，都是在织一张网。我们不一定非要在网中央，但必须要在这张网上。"

我觉得老孙说得很有道理，华夏特殊的文化传承，特殊的社交氛围，决定社交网的特性，毕竟单丝不成线，独木不成林，一个人再能耐，真做事时也需要大家的助力。

"给你介绍几个朋友认识认识……"老孙的话音刚落，我的眼镜中忽然弹出一行红字：宇普西龙。顺着红色的标记，我看到一个穿着条纹西装的男人快步走了过来。

我慢慢地站起来。

老孙诧异地看了看我，又望向正在走来的宇普西龙，低声问："你朋友？"

我耸了耸肩膀说："也许是敌人。"老孙的面色开始发冷。

宇普西龙停在我们的面前，一个标准的九十度鞠躬："我是三通财团的代表松下庆男，冒昧拜访是想跟两位谈一谈关于大额比特币场外交易的事情。"

老孙眉头微皱："大额场外交易是什么意思？"

宇普西龙看了老孙一眼，然后看着我的眼睛说："通过锚定特定时间内比特币交易的均价，通过场外现金的方式大额购买你们拥有的比特币……"

我没精力跟宇普西龙纠缠下去，开口说："松下庆男，除了这个名字，你就没有其他的名字？例如，宇普西龙？"

宇普西龙听我这样说，不但没有惊慌，反而展颜一笑说："是的，我还有个代号叫宇普西龙，在 GOD 组织排名第二十位，也是奥米伽的引路人，所以我们是朋友。"

宇普西龙云淡风轻地拿起桌上的酒杯说："现在我们能谈一谈场外交易吗？"

遇到事情必须冷静，我感觉心头有一团火，额头上却绑了一块冰，望着宇普西龙摆出一副洗耳恭听的样子。

114 价格诱导

宇普西龙笑得非常温和："我们都知道比特币不光能在场内交易，还能在场外大额交易，例如条星国即将举行的大额拍卖。而我们感觉这种方法很不错，特意前来和奥米伽先生进行询价。"

宇普西龙掌握着谈判的节奏，发觉我脸上有些许不高兴，便连忙说：“先不要拒绝我，首先，我们生活在金钱社会，不管是研发还是生活都需要金钱；其次，比特币想要达成全球金融共识，就需要经历一些特殊事件，大额换手，控盘拉涨，乃至于做空收割，一次次的冲高回落不光操盘者获利，还会达成一次又一次被迫的金融共识。”

宇普西龙亮出底牌：“百分之七十的算力在华夏，百分之七十的交易额也在华夏，GOD 组织愿意在华夏打造全球最大的场外交易所，为了表达诚意特意向两位进行询价。”

老孙有些不悦：“既然你也知道我们掌握了百分之七十的份额，那么我们为什么要跟你们合作？”

宇普西龙笑着说：“这是个快鱼吃慢鱼的时代，比特币是全球金融的产物，你我双方携手便可收割全球。况且创新实验室近期虽然硕果累累，但烧了那么多钱，就连一直封闭的天猎基金都准备开放，看来你们也需要我们。”

我摆了摆手说：“我不知道是谁给你的勇气，敢以宇普西龙的身份来见我们，前不久 GOD 组织刚刚袭击华夏，没成功且触犯了法律……”

不等我把话说完，宇普西龙便开口说：“首先谁也不能证明我的身份，其次我不光是三通财团的代表，还在国际和平组织任职，拥有一定的外交豁免权。”

我耸了耸肩膀说：“剩下的话不用说了，我明确告诉你，没得谈！”

宇普西龙眼中充满疑惑，望着我问：“为什么？天猎基金都已经准备开放了，你们需要钱，只要你们同意大额场外交易，我们就可以联手坐庄，那时不管是金融体系，还是政治体系，都将臣服在我们的技术体系之下，都将是我们的提款机……”

我深吸一口气，幻想宇普西龙描述的未来，那时比特币达成全球金融共识，GOD 组织拥有发钞权，所有的政体与金融体会被收割，画面美得不敢往下想，再想真的会动心。

我望了宇普西龙一眼，悠悠地说："不管天猎基金封闭也好，开放也罢，操盘手都是我俩，亏也好，赚也好，命运掌握在自己手中，把筹码交给你们，这样的事情我是不会做的。"

宇普西龙低声说："如果我们对场内交易价格溢价百分之三十，以现金抵押的方式获取你们比特币的使用权，然后在控盘后给予你们一定的后续分成呢？"

我看向老孙，老孙开口说："场内买卖看似很热闹，其实没有多少筹码，溢价百分之三十打动不了我们，所以在我还没有动怒之前，请你离开。"

交谈至此，算得上不欢而散，但双方都保持了极大的克制，宇普西龙离开时留下一句话，希望条星国举行大额拍卖后，我们可以再考虑一下今天的条件。

115 意料之外

老孙的神色不太平静，端起桌上的酒杯，喝光之后才定了定神说："这个说客好厉害，差点就被他说服了。"

我也喝下杯中的酒，长出一口气："这是一组由高明话术组成的心理攻势，不管我们有没有答应，宇普西龙都已经达到了目的。"

老孙疑惑地看向我，没弄明白我话里的意思。

我无比冷静："炒币操盘想赚钱，无非是消息面、政策面与资金面结合，通过综合分析后猜多空，然后选择买进或卖出。以前我们在暗，GOD 组织在明，我们可以坐顺风车。现在宇普西龙找到我们，并且透露出想与我们联手的想法，证明我们的资金体量已经进入 GOD 组织的视野，那么以后操盘的风险增加，我们已经从暗处走到了明处，毕竟资本市场博弈非友即敌，在这种情况下，我们的心境必然会受到影响。”

老孙面色一变，低声说：“难怪说上兵伐谋，攻心为上。只是简单的三言两语就能乱我们的思绪，GOD 组织不简单。”

“金融博弈本就是零和游戏，想要获利如同火中取栗，GOD 组织想要坐庄又怕与我们形成对手盘，肯定会想方设法地把我们洗出去。”我眉头皱起，忽然开了脑洞说，“宇普西龙两次提及条星国即将举行的大额拍卖，看来这里面大有文章，也许 GOD 组织已经跟条星国达成了某些协议。”

老孙也恢复了冷静：“既然政策面已经变得无法琢磨，那么我们操盘成功的概率将大打折扣，天猎基金如果开放，舆论层面上我们将非常被动，毕竟自己的钱可以任意操作，别人的钱会影响判断。在零和游戏中，不管赢多少次，只要输一次可就全输了。”

开放基金是拿别人的钱进行操作，属于放大杠杆，那时不光收益会放大，亏损也会倍增，会变得不冷静。多少操盘手都死在杠杆放大后的心理失衡下，所以天猎基金的确不适合开放。

我说：“既然不适合开放，那就继续封闭。”

老孙望着我说：“我这边倒是无所谓，毕竟留足了运营资金，你那边宽裕吗？”

我苦笑着说：“不宽裕也没办法，已经开始想法子开源节流了，前些日子阿火说西里马洛的电价便宜，他去了那边考察。”

老孙低声说：“最近很多人都说西里马洛的能源便宜，蜘蛛矿业的屠兴东好像也在西里马洛。”

“屠兴东……”在我的眼镜中 Queen 刷出一行文字：经过大数据

比对，在黑鲸暗网上的买凶人是屠兴东。

接着，一行行证据被刷出来，最为关键的证据被串联，屠兴东入住港口城时旅店房号分配的 IP 与黑鲸暗网下单委任的 IP 相同。黑鲸暗网账户上的另外两笔消费记录也与屠兴东的出行轨迹 IP 匹配。

幕后黑手就是屠兴东，现在他与阿火又都在西里马洛……

116 西里马洛

因为我心里有事，这次的聚会显得有些虎头蛇尾。拜别老孙，我坐在车里拿起手机，拨打阿火的电话。

电话响到结束，居然没人接。我原本就悬起来的心开始剧烈地跳动，一种极度不安的情绪把我包裹。

一个人的好运终究有限，阿火上次在穆卡思能躲过暗杀，这次在西里马洛还有这么好的运气吗?

焦虑中我汗如雨下，伸手敲了敲眼镜腿，低声说："Queen 帮我定位阿火，如果能联系到他，给他发一条示警的短信，说清楚屠兴东的祸心。"

Queen 开始行动，从腾飞矿业抽取百分之六的算力，一道红色的光在大西北上空腾起，而后顺着海底光缆进入墨绿色的世界，穿过纵横交错的网络，开始在西里马洛定位阿火。

西里马洛是基莫托的首都，因为基莫托临海，所以有着长长的海岸线，气候相对湿润；但土地贫瘠，并不适合耕种；地下蕴藏极为丰富的石油与天然气，却因与条星国交恶被经济制裁；再加上与邻邦关系紧张，偶尔还因摩擦产生武力冲突，所以经济并不发达。

阿火穿着黑色衣服，坐在太阳伞下，拿着汗巾不断擦汗，他对身边人抱怨：“屠哥，西里马洛的电力虽然便宜，但没想到建设如此落后。你看看咱们在市中心，手机都没信号。”

婚姻不光是爱情的坟墓，还能让男人从青涩到成熟。阿火最近就成熟许多，以前喜怒摆在脸上，遇到对脾气的笑脸相迎，遇到不爽的直接翻脸。现在成熟了，即使遇到不喜欢的屠兴东，也能摆出一副人畜无害的样子跟他聊。

屠兴东拿起桌上的红酒倒了一杯，又加了两块冰，美美喝了一口：“西里马洛的条件肯定艰苦，但换个思路，对挖矿行业来说，这里就是一块未经开采的处女地。只要能源能一直保持廉价，我打算把蜘蛛矿业一半的产能调整到西里马洛。”

屠兴东的魄力震慑到了阿火，毕竟西里马洛不是国内，各种关系需要重新协调，阿火计划从腾飞运来百分之三十的算力，但与屠兴东一比，倒是显得有些小家子气。

阿火对着屠兴东挑起拇指说：“屠老哥厉害啊！蜘蛛矿业在你的领导下，当真是蒸蒸日上，以后有合作的机会还请多多提携。”

屠兴东摆出一副老大哥的样子，笑着说：“好说，好说。相互帮助，一起发财。”

红色的光进入西里马洛的国境线内，根据阿火手机信号最后出现的区域，Queen 入侵了手机运营商的服务器，修改蜂巢内几个信号塔发射的频率，一直失联的阿火手机号，终于出现在网络上。

叮咚，阿火的手机发出短信息提醒的声音，阿火随意打开一瞧，原本云淡风轻的脸逐渐冷了下来。

屠兴东觉察到阿火的异样，低声问：“怎么了？比特币暴跌了？”

117 请君入瓮

阿火吸了口气，定了定神，对着屠兴东说："家里的琐事，无关紧要。屠哥喝酒！喝酒！"

两人相视一笑，而后，阿火拿起桌上的酒瓶给屠兴东斟酒，同时说："屠哥，咱们也认识好些年了，对你的人品、气度与手腕我是非常敬佩的……"

屠兴东笑着："不要这样说，我能有今日的成就，也少不了兄弟们的帮衬。"

阿火望着屠兴东问："最近我遇到了一些难事，最相信的人却背叛了我，如果换作屠哥，你说该怎么给他个教训？"

屠兴东的目光一凝，望着阿火问："什么样的背叛？难道是红杏出墙？"也该屠兴东误会，刚刚阿火说是家里的琐事，再加上阿火结婚前没少去浪荡，所以屠兴东猜测阿火的家庭出了问题。

屠兴东拿起桌上的酒杯，晃动褐红色的酒液说："宁拆十座庙，不破一桩婚。阿火，你现在可是企业家，能过就忍着过，如果不能过，要先妥善处理好婚内的财产。"

阿火说："这事恐怕过不去，我就想给他个教训，出一出心里的这口恶气。"

屠兴东望着愤怒的阿火说："既然过不去那就下手做，但在做之前，一定要取得不在场的证据，同时保护好自己的财产，让……"

没等屠兴东把话说完，阿火站了起来，笑着说："不用那么麻烦，现在就可以把这口恶气出了！"说完抓起桌上的酒瓶子，抡起来对着屠兴东的脑袋砸了过去。

啪！瓶子四分五裂，屠兴东抱着流血的脑袋，有些发懵地对着阿火吼："我跟你无冤无仇，没睡过你媳妇……"

阿火拽着屠兴东的衣领，望着屠兴东说："黑鲸暗网上是谁下了单雇凶杀我？"

听到阿火这样说，屠兴东知道事情败露了，他一面辩驳，一面挣扎。有些老迈的屠兴东对年轻力壮的阿火，不管如何挣扎都是徒劳的。

在异国他乡的天空下，阿火狠狠地把屠兴东收拾了一顿。

屠兴东重伤住进了医院，血流满面的屠兴东在昏迷的时候还嘀咕着：这事没完，这事没完……

屠兴东带去的小伙伴们，开始行云布雨，蜘蛛矿业与辉煌矿业一直都是竞争关系，现在出了这样的丑闻，不管是阿火，还是辉煌矿业，必须给蜘蛛矿业一个交代，如果交代得不满意，蜘蛛矿业与辉煌矿业肯定有一战。

阿火被西里马洛警方关进了监狱，罪名是故意杀人罪，不得保释，更不能引渡。监狱中的阿火还没心没肺地笑着，仿佛没事人一样。但其他人都知道，辉煌与蜘蛛的仇结大了！

118 风云再起

还真是江山易改、本性难移，所有人都以为阿火长大了，成熟稳重了，没想到他还这么冲动。

好吧！我听到这个消息时，第一个反应就是西里马洛监狱安全吗？确认西里马洛监狱戒备森严，非常安全，我悬着的心才放回肚子里，只要阿火安全就好，无非花点工夫把他捞出来。至于屠兴东受多重的伤我并不关心，因为他罪有应得，咎由自取。

我对着 Queen 吩咐：“帮我申请护照，我要去西里马洛。”

耳畔响起 Queen 电子合成的声音：“因为你的身份特殊，没有合适的理由，无法申请出国。”

这还真是个难题，当初的保护成了限制。我托着下巴说：“能找到合适的理由吗？”

Queen 检索后说：“三天后基莫托举行科技装备展，是华夏发起一带一路计划中的重要科技展，举办地在基莫托首都西里马洛旁边的昆塔克，天唐国际在那里有展台，我们可以申请一个展示席位。”

我连忙对着 Queen 说：“联系天唐国际，以创新实验室的名义申请一个展位，让司徒信打包一些装备作为展品，同时安排一些人手，我们一起走空运，如果找不到合适的飞机，那就包个专机。”

组建创新实验室后，Queen 越来越强大，也越来越人性化，很多时候像我的私人秘书，帮我解决了很多棘手的琐事。

叮叮咚咚，电话忽然响起，我一看是老孙便拿起来放在耳边，老孙诧异地问：“阿火把屠兴东打了？”

圈子本就不大，稍稍有点风吹草动，所有人都知道了。

我没隐瞒：“是的，我正在调整行程，准备去西里马洛把阿火保出来。”

老孙说：“我跟你一起，短期内天猎基金不能打开，条星国又要举行比特币的大额拍卖，我觉得一动不如一静，索性去西里马洛考察挖矿。”

老孙见我没有立刻答应，便又继续说：“阿火的事说大不大，说小也不小。因为蜘蛛与辉煌存在利益竞争，所以会让整件事变得非常复杂。问题的关键点还在屠兴东身上，如果你出面跟屠兴东谈，恐怕有些话不好开口。这就需要有个中间人来打开局面。而且我听说财神、白头翁、笑面佛与司徒霸已经到了西里马洛，这将是一场很难打的恶仗。”

有些人是真朋友，不声不响帮你谋划好一切，甚至已经做好受委屈的思想准备，有这样的朋友我感觉心里暖暖的。

一架波音 747 划过蓝色天际，向遥远的基莫托飞去，飞机的货仓里装满了创新实验室的研究成果，有机械蚂蚁、无人机、自动快递车，以及刚研制出来的代号火马的自动驾驶汽车。

119 完成组装

苍茫的大海上，三枚重型火箭耸立在海洋发射平台上。接下来三枚火箭将会依次升空，为阿波罗完成神罚系统的挂装。

阿尔法睁着血红的眼睛，望着电脑屏幕上的转播，GOD 组织动用了所有能动用的关系网，又使用了八次天神降临，强行说服周边六个国家政要，才有了这次发射太阳能电池板的机会，顺道把钛合金长矛发射到外太空。

时间到了！重型火箭点火，一道白烟冲上云霄，二十五颗心都悬着，GOD 组织能不能造神，就要看这枚运载火箭了。

重型火箭进入既定轨道，箭体开始分离，在空间轨道上，运载部张开，庞大的太阳能电池板脱离地心引力在外太空张开。

阿尔法手掌颤抖地敲动着键盘，一段指令输入，太阳能电池板开始工作，吸收阳光产生电力，无线电发射系统把电流注入阿波罗卫星，充沛的电力驱动阿波罗卫星外部的机械手臂。

持续测试十三个小时后，第一步确认成功，阿波罗向周围释放电子伪装信号。第二枚重型火箭腾空，在既定轨道上分离出神罚系统的战斗部，机械手臂抓住战斗部后与阿波罗卫星对接，对接完成后太阳能电池板向战斗部输送电力，战斗部完成自检。

第三枚重型火箭腾空，在指定区域内完成分离，机械手臂成功捕获装载有六枚巨型钛金长矛的弹匣仓，塞入战斗部的预留空间内。

地球上二十五个人都盯着电脑屏幕，望着花花绿绿、不断变化的数字，一根根进度条从 0 走到 100，当大大的 YES 出现在屏幕上时，所有人都知道成功了。

一股喜悦冲散了心底的疲惫，GOD 组织终于拥有了对地攻击手段，造神计划迈出实质性的一步，大家仿佛已经看到了造出神灵的未来。

在所有人都喜悦时，贝塔忽然问：宇普西龙，跟奥米伽谈得怎么样?

宇普西龙说：我见了奥米伽的代理人赵大顺，还有天猎基金的负责人孙庆之，虽然谈得不顺利，但成功诱导了他们，等条星国拍卖比特币时，我会再对他们进行价格误导。

得尔塔说：一周后条星国开启拍卖，我们会把比特币价格向下打压百分之二十，理想成交价是 1200 美元，打压的过程中让他们观望或者出售。

控盘就是价格拉锯战，利用手中掌握的筹码，在交易中随心所欲地画出 K 线，这时最怕的就是搅局者，万一砸到低位的筹码被人买走，会影响以后拉高时出货的收益。

宇普西龙说：大顺与孙庆之去了西里马洛，后天我也会飞过去跟他们进行二次接触。上次孙庆之有些动摇，我相信只要诚意给足，必然能说服他们。

计划制订后，Teglamer 群里的欢腾持续着，西维亚实验室里四足机械狗正在加装武器系统，人体外骨骼也有了突破性进展，GOD 组织正在一点点走出奥米伽的阴影。

120 对策

西里马洛市区正中央是富人区，在一排排低矮的别墅旁，有一栋白色的哥特式建筑，尖尖穹顶上挂着红色十字，这里是西里马洛规格最高的医院。

白色病房被打扫得一尘不染，几个人围坐在病床的旁边，屠兴东歪坐在床上，脑袋包得好像粽子，他用沙哑的声音说："阿火必须死……"

财神望着屠兴东，煽风点火："圈内大名鼎鼎的血手人屠，居然被人打成这样，脑袋肿得像头猪，以后的面子该往哪儿搁？所以阿火必须付出代价……"

不等财神把话说完，司徒霸便打断说："我觉得这事还是算了，毕竟是我们先买的凶手。不是说暗网上的数据都加密吗？怎么会被阿火知道？"

笑面佛摇头说："事情已经复杂了，不是小屠跟阿火的意气之争，而是腾飞矿业与蜘蛛矿业的竞争，最近蜘蛛矿业谋划上市，如果这时候弱了，市场怎么看我们？那些有钱人会买蜘蛛矿业的股票吗？"

白头翁盘算后说："这事如果闹得太大，恐怕不好收场，毕竟是在国外，我们国内的关系都用不上。既然阿火敢动手，估计是掌握了十足的铁证，万一他反诉兴东，兴东你经得起查吗？正所谓好汉不吃眼前亏，我建议还是先忍忍，先回国后再跟阿火算总账。"

白头翁这番话很有道理，在国外有法子把阿火弄死，但也要防备阿火临死前的反扑。

叮叮咚咚，手机铃声响起，司徒霸拿起来放在耳边，说了几句话后挂上，对着大家说："赵大顺刚下飞机，一会来医院，同行的还有天猎基金的负责人孙庆之。"

所有人都看向屠兴东，他是受害人，大顺来了该怎么谈？是战是和，都由屠兴东决断。

屠兴东心乱如麻，只好求助白头翁："我不知该怎么办，您老见多识广，帮我想个对策。"

所有人都看向白头翁，白头翁展颜一笑说："小屠，你睡在医院里吹空调，阿火关在监狱里苦熬，一会儿不管大顺说什么，你都不答应，但也不反对，拖延着就行了，要知道现在着急的是大顺，他想把阿火捞出来，我们不着急！"

这番话拨云见日，屠兴东说："既然大顺来了，肯定做好了低头的准备，我这边什么条件也不提，等他焦急的时候，再提赔偿条件。"

白头翁笑着说："孺子可教也，只要面子上能过得去就行了，不能把事做绝。虽然我们掌握主动权，但大顺跟阿火只是关系好些的同学，如果要求太过分，说不定他会舍弃阿火。"

屠兴东郑重地点头说："老翁，受教了，如果我掌握不好火候，快闹崩的时候，还请你缓和一下局面。"

白头翁说："没问题。"

121 复仇基金

长途飞行让我的脖子有些酸疼，走下飞机身边跟着两个壮硕的黑西装男，国外终究不是国内，小心点儿总没坏处。

老孙也揉着自己的脖子，望着我说："一会儿去医院怎么办？"

我耸了耸肩膀说："兵来将挡，水来土掩。既然跟他们对上了，肯定要摆事实讲道理，如果太弱了，他们会得寸进尺，以为能拿捏我们。"

老孙笑了笑，从身边拿出一个文件袋，交给我说："看一看，够不够分量。"

我仔细看罢，把头一点说："有格局，有思想，就按照这上面写的谈。"

天唐国际帮我们找的车队，车轮旋转，黑色的车队驶进西里马洛。

好像所有的医院里都弥漫着消毒水的味道，我与老孙往前走，身后跟着两个保镖与天唐国际派来的翻译。

推开病房的门，我竭力让自己笑得温和，对其他人点了点头，然后望着床上的屠兴东说："老屠，这事办得不厚道，当面称兄道弟，背后捅刀子，以后还能不能做朋友了？要知道是你们邀请的阿火，赚钱后却想要阿火的命……"

不等我把话说完，屠兴东便开口说："当年请阿火来操盘，不是让他来打架的，一场冲突毁掉数十亿的利润，这笔钱若放在小国，足以改朝换代了，我只想给阿火个教训，断他条腿，我觉得天公地道，却没想到下面的人翻译错了意思。"

屠兴东绝对够聪明，既然阿火敢动手，肯定掌握了确凿的证据，屠兴东不否认雇凶，却把害命的事态淡化，半真半假地夸大阿火的责任，减小自己的罪责，实现逻辑概念的偷换。

我笑得非常冷，把文件袋摔在床上："话不投机，我不想多说，阿火曾经立下遗嘱，以他名下六万比特币成立复仇基金，如果出现意外，这些比特币会分为六份在暗网悬赏下单。"

说到这里我无比认真地看着屠兴东问："你家有六口人吗？"

疯了！全疯了！按照现在比特币九千六的价格，这是一笔将近六亿的财富，即使分成六笔，单笔也将近一个亿，足以让人铤而走险。

屠兴东气得浑身发抖，司徒霸打开文件袋，上面有阿火遗嘱的内容，以及六个比特币地址，用区块浏览勘验后，加一起真有六万比特币，而且打币的时间是在半年前。

阿火的脑回路与众不同，这样荒唐的事他真能做出来。如果触发复仇基金，那以后的日子可就不好过了，只有千日做贼，哪有千日防贼的道理。

笑面佛与白头翁相互望了一眼，白头翁站出来说："大家都是自己人，我觉得该大事化小，兴东你退一步，大顺劝阿火也退一步这事儿就过去了。"

笑面佛也开口："没有永恒的仇敌，只有永恒的利益。大家都为求财，何必搞成这样？"

屠兴东眼珠转着说："我也想抬手放过阿火，但这顿打不能白挨。"说着望向孙庆之："听说天猎基金要开放，还要搞场外交易，只要让我们入股，这件事就可以一笔勾销，以后我们就是一家人。"

122 以退为进

屠兴东提出入股天猎基金绝非临时起意，而是蓄谋已久。

数字货币圈虽然打着区块链技术革命的旗号，但从业者良莠不齐，财富两极分化严重，能赚钱的就那么几个。

以前天猎基金封闭，大家只能干瞪眼，现在天猎基金要打开，屠兴东借着被打的由头，打算入股天猎基金。

司徒霸眼中闪烁着诧异，屠兴东的提议超出意料。财神、白头翁与笑面佛的脸上却挂着欢喜，在他们的心底，天猎基金是一只会下金蛋的鸡。

财神开口说：“冤家宜解不宜结，要不今天就把该签的合同都签了，以后大家携手发财……”

老孙与我互望一眼，我开口说：“谁说天猎基金要打开？条星国将举行大额比特币拍卖，会对市场造成巨大的冲击，我与老孙出于稳妥考虑，决定天猎基金将继续封闭。”

屠兴东面色一变，粗着嗓子说：“大顺，什么意思？拿出子虚乌有的复仇基金来唬我？难道老子是任人搓扁揉圆的泥巴？”

白头翁与笑面佛互望一眼，白头翁开口说：“且听老朽说上一句，化干戈为玉帛说起来容易，做起来需要诚意。”

白头翁见所有人都看向自己，便又继续说：“兴东，老朽要说你两句，天猎基金由孙庆之管理，如果接受入股那还能谈一谈，但现在关闭了，你要入股，这是强人所难。”

白头翁继续说：“既然条星国要大额场外拍卖比特币，场内的价格必然会跌宕起伏，这般千载难逢的机会我等怎可坐视？”

笑面佛连忙开口说：“老朽提议再成立个新基金，针对这次条星国拍卖操盘，只要大顺点头，老朽愿当这个和事佬。”

我说：“金融博弈有输有赢，天猎基金之所以封闭，是因为面对接下来的行情，我也没有把握……”

财神说：“大顺，概率的事情大家不想听，只想看到你的态度。”

我揉了揉鼻子，一时间不知道该如何开口。倒是一旁的老孙看了看腕表说：“要不今天先谈到这里，大顺还要去昆塔克。不过大家可以放心，我留下来跟大家接着谈。”

屠兴东与白头翁对视一眼，白头翁笑着说：“庆之能力出众，天猎基金业绩如虹，跟庆之谈也一样。”

话已至此，接下来无非是确认框架，敲定细节，大家各取所需，没意外这几天就能谈出结果。

123 施压

前往昆塔克的公路有些颠簸，我坐在车里望着一路荒凉，黄褐色的尘土铺在车窗上，灰蒙蒙的，我伸手敲了敲厚实的车窗问：“这是防弹玻璃？”

车上一共四个人，天唐国际的翻译叫张伟，他笑着说：“不光玻璃防弹，整车都加装了钢板。基莫托的治安比不上国内，荒郊野外部族武装偶尔冲突，虽然他们不袭击华人，但我们也要防备流弹。”

副驾驶坐着的保镖叫宇文靖，他转身望着我说：“大顺，基莫托并不和平，所以这次安保级别比较高，希望你二十四小时都跟我们待在一起，活动范围最好在展馆以内。”

我望着宇文靖慢慢地点了点头，然后问：“他们都说你退伍前参加过维和任务？”

宇文靖不轻不重地应了一声，双眼望向窗外。

宇文靖的态度让我明白他不想谈这个话题，我转头望着张伟说：“昆塔克的政权不稳吗？部族之间为什么会起武装冲突？”

张伟说：“昆塔克的位置非常特殊，地下蕴藏着极为丰富的石油与天然气，所以引来某些大国的垂涎，这些国家会以人权的名义，通过利益输送或扶持地方武装的方式干预他国内政……”

不等张伟把话说完，宇文靖便打断说：“国小民弱，经常会因大国利益而莫名流血。政权稳定时城市内安定繁荣，政权不稳时……”

我大概懂了他们话里的意思，还真是读万卷书、行万里路，不走出来永远都体会不到和平的幸福。

医院病房里，司徒霸拿着一份文件说："查清楚了，大顺去昆塔克参加高新科技展，使用天唐国际的展位，展会规格非常高，不建议对他施压。"

白头翁睁开眼睛说："大顺动不得，孙庆之也不能动，运通集团很强大。"

屠兴东气急败坏地嘶吼着："阿火动不了，大顺动不得，孙庆之又不能动，难道我们就这样被他们压着？如果不给他们点压力，他们会让我们入股天猎基金吗？向他们施压不光关乎我的荣辱，还有大家伙的利益。"

财帛总是动人心，大家不愿为了屠兴东的面子得罪人，但当关乎自己切身的利益后，大家伙的眼珠开始转动。

财神揉着脑袋说："施压手段有很多，例如，让蜘蛛矿业对辉煌矿业进行价格冲击。"

司徒霸听到这建议，连忙摇头说："不好，蜘蛛矿业最近资金链……"

不等司徒霸说完，白头翁便拍手说："我们只是摆出施压的姿态，又不是真要亏钱斗气，我觉得这是个好主意。"

笑面佛也点头说："就这么办，成本价卖矿机。"

屠兴东对着司徒霸说："降价，我们跟辉煌打价格战。"

司徒霸勉强点头，让蜘蛛矿业上市的念头越发炽热。

124 商战

西里马洛监狱守备森严，黑色的外墙高达九米，阿火被锁在最里边。

孙庆之坐在椅子上，望着阿火说：“都说瓷器不跟瓦罐碰，怎么还那么冲动？”

阿火揉了揉鼻子问：“有烟吗？”

孙庆之从兜里拿出烟盒，丢给了阿火。

阿火点了一根，深深地吸了一口，仿佛要把烟雾吸进灵魂里，然后慢慢地吐出来，悠悠地说：“老孙，其实我不是瓷器，说句掏心窝子的话，我就是个破瓦罐。去年我还只是个小写手，没背景，没技术，做梦都没想到能过上现在的生活。”

阿火说着吐出烟圈：“币圈也好，链圈也好，金融圈也好。那些人哪个不比我聪明，比我有背景，比我学历高，哪个不是老奸巨猾？如果我不表现得傻一些，冲动一些，不计后果一些，早就被这些人坑死了。”

老孙歪着脑袋，认真地打量阿火，忽然间发觉还真是小瞧他了，能爬到如此高位，坐拥这般财富，肯定不是头脑简单的傻小子。

老孙也拿起一根烟，点燃后吐出一道烟龙：“屠兴东想要入股天猎基金，大顺已经答应，只有这样做才能把你捞出去。”

阿火的眼亮得发光，低声说：“出去后我负责天猎基金，回头你再成立一个新基金，我把天猎里面的财富切割给你……”

不等阿火把话说完，老孙就明白阿火话里的意思了，求证般望着阿火问：“你还想跟屠兴东动手？”

阿火揉了揉鼻子，然后慢慢地点头。

老孙望着阿火的双眼，慢慢地说：“你是成年人，我希望你以后能用成年人的思维方式来处理问题。屠兴东雇凶没杀死你，你也没把他打死，所以这件事应该到此为止……”

老孙看着阿火，把手一摆：“对屠兴东来说，死并不可怕，真正可怕的是穷。辉煌矿业有大好的前程，蜘蛛矿业也来势汹汹，所以我希望你能听懂我的意思，以后能动脑子砸钱，不要再用拳头。”

阿火听进去了：“我懂了！出去后就开始商业狙击屠兴东……”

老孙拿起文件推给阿火："他们已经动手了，蜘蛛矿业所有类型矿机价格下调百分之三十，基本上是成本价，大顺觉得应该跟进，如果你没意见，就在降价文件上签字。"

阿火在文件上写下名字，脸上挂着开心说："还是大顺了解我，这个仇我亲手报。"

老孙收起文件说："再忍一周，打完这场价格战，就把你捞出去。"

随着条星国即将拍卖比特币的消息冷却，比特币价格稍稍稳定了一些，不安分的矿机生产商忽然发起价格战，蜘蛛矿业率先降价，辉煌矿业紧随其后，两家业内头羊打得火星四溅，其他矿机商们不管是主动还是被动，都被卷入乱战中。

125 参展

Teglamer 里阿尔法满是怒火地说：为什么辉煌矿业与蜘蛛矿业会打价格战？是不是他们觉察到了什么？宇普西龙，一切还在掌握中吗?

猎龙计划到了关键期，司法拍卖转账后，世商会将把 6737 号提案纳入审核程序。总裁每天会看两次比特币价格，幻想着比特币暴涨后的财富数额。现在拍卖还没开始，比特币因矿机价格战剧烈波动，万一有人趁机吸筹，GOD 组织控盘的难度将加倍提升，而且随着价格不停波动，总裁开始怀疑 GOD 组织有没有控盘的能力。

宇普西龙说：奥米伽查出黑鲸暗网上的暗杀悬赏来自蜘蛛矿业，双方的代理人发生冲突，现在蜘蛛矿业与辉煌矿业的高层都在西里马洛……

原本就很复杂的事情，现在变得更加复杂了，阿尔法已经失去了耐心，他手指飞快地打字：既然他们都在西里马洛，你去调停，让蜘蛛与辉煌恢复价格。

宇普西龙很想答应，但知道这件事没那么简单，不得不问：我该用什么方法？怀柔还是施压？

阿尔法沉默后回道：既然创新实验参加装备展，那就先示威再怀柔，如果他们还不停手，可以杀鸡儆猴。

所有人都遵从阿尔法的意志，没人反对。

昆塔克的天灰蒙蒙的，都说基莫托是个富得流油的国家，但亲身感受后却大失所望，最繁华的首都西里马洛，建设得跟国内二线城市差不多。至于昆塔克，就是小县城的感觉。

望着钢构展厅的穹顶，看着展台，我情不自禁地揉了揉鼻子。

司徒信步履匆匆地走来，离老远便开始说："大顺，蜘蛛矿业又降百分之五，我们的还跟着降吗？"

我点头说："只要司徒霸敢降价，我们就跟着降。这就是一场心理战，谁先亏不起，谁就先认输。"

司徒信明白这个道理，皱眉说："如果再降，蜘蛛矿业会耍花招吗？"

商业竞争，非死即生，为了获胜，各种阴谋不断。如果辉煌矿业继续向下降价，蜘蛛矿业可以下单收货，哪怕拆机卖零件也有赚头。

我明白司徒信话里的意思："降价同时开启实名限购，每个身份证注册成辉煌矿业会员后才可以购买一台。"

在没有办法的情况下，这也算是个法子，司徒信有些担忧："价格战要打多久？"

我揉了揉眉心说："最多一周，老孙正跟他们谈，应该差不多了，我们以后虽然不是朋友，但也不是敌人。"

面对狮口大张的屠兴东，老孙打起了太极，价格战中双方都在流血，当感觉血不能再流的时候，自然也就没了分歧。

126 示威

一带一路是个很宏大的倡议，千百年前东西方文明交融，商人们牵着骆驼，踩出长长的商路，用西方的宝石香料换取东方的丝绸瓷器，这条路被称为丝绸之路，商路上的每个国家都是贸易中的获益者。

天唐国际的展台很大，创新实验室分到的面积也不小，一排排的机械蚂蚁闪着冷光，一台台快递车白得可爱，黑色的无人机透着冷酷，展台中最吸引人的还是那台赤红色的火马车。

不计成本打造的概念汽车，无人驾驶只是亮点之一，一米八的车身高度。整车采用八气囊设计，前后防弹挡风玻璃，赤红色钛合金外壳能够承受 12.7 毫米口径的子弹射击，中控电脑通网络可以链接超级计算机，提高无人驾驶模式下的安全系数。

来到这里参观的人，都会围着火马车打转，还有些人挑起拇指说酷，火马不只是一台车，更像一辆游走在城市中的轻型坦克。

创新实验室展台对面，一群工人开始忙碌，一辆辆汽车拉来十几个集装箱的物资，原本空旷的展台很快就摆满了展品。

一直彬彬有礼的宇普西龙，得到示威的指令后，情绪开始亢奋，整个人变得趾高气扬。他从对面展台走出来，走进创新实验室的展台，围着火马车转了两圈后，伸手拍了拍赤红色外壳。

我望着宇普西龙问:“需要介绍一下吗? ”

宇普西龙指着火马车问:“这能代表创新实验室的最高科技? ”我点头，宇普西龙嘲笑说:“一点美感都没有，舒适性更无从谈起，你以为四个轮子加上方向盘就是汽车? ”

面对宇普西龙的挑衅，我不想说什么。

宇普西龙伸手敲了敲机械蚂蚁的外壳说：“这真是一台工程机器人？擦玻璃外墙的？”说完不等我开口，便伸手在机械蚂蚁的外壳上比画：“你们一定预留了射击口，将来肯定会加装火控系统。”

我不得不打断宇普西龙：“创新实验室只是一家民营科技公司，所生产设计的产品为普通民众服务，不具备其他能力。”

宇普西龙望着我说：“我不喜欢华夏人的表达方式，奥米伽的研发能力也让我很失望，有兴趣到对面看看 GOD 组织的产品吗？”

宇文靖觉察出宇普西龙的敌意，横跨一步站到我身边，我对他摆了摆手，然后对着宇普西龙慢慢地点头说：“看看也好。”

127 调停

资金充沛的 GOD 组织，展露出底蕴与实力。走进 GOD 组织的展位，宇普西龙指着机械狗说：“这是 GOD 组织实验室研制出的仿生机械狗，重量六十五千克，采用特殊电池驱动，最佳速度每小时能达到三十六千米，因为是四足仿生运动体，所以适应全地形……”

我拿起机械狗的介绍文件，一目十行，看后咋舌。机械狗一共有三种型号，第一种是火力增援型，加装两支 M4 卡宾枪，改装后可以携带两千发子弹。第二种是火力突击型，装备 RPG 火箭弹发射器，可以安装五枚反坦克火箭弹。第三种没什么科技含量，机械狗的腹舱里装满高浓缩的 TNT，锁定目标后会发起自杀式追踪冲锋。如果这些机械狗出现在战场上，那将是步兵的噩梦。

宇普西龙指着机械外骨骼说：“这是单兵装备的一种，头部采用远红外线辅助瞄准，四肢使用新型材质驱动，存储的能量可为士兵续航二十个小时，同时接入战地指挥系统，能提升单兵的生存概率与作战能力。”

我对机械外骨骼没有多少兴趣，而是看向手提箱里的双螺旋药剂，Queen 已经提醒了三次，这一管管药剂里藏了非常多的黑科技。

宇普西龙拿起一管基因药剂说：“我们都知道人体是这个世界上最奇妙的东西，有些人天生强大，有些人可以通过后天学习成为强者，经过 GOD 组织研究，我们发现人类之所以强大，是因为有些基因非常活跃，只要能找到激活这些基因的药剂，那就掌握了变强的钥匙。”

望着侃侃而谈的宇普西龙，我打断他：“这东西不就是兴奋剂吗？”

宇普西龙打了个响指，两个人从后面搬出一个合金铁箱，白色的钢板很厚实，一看就知道非常坚硬。

宇普西龙伸手敲了敲厚实的钢板说：“普通人能打穿这层合金钢板吗？”

我伸手敲了敲，然后摇了摇头，这么厚的钢板，普通人不可能打穿。

宇普西龙喊：“马克，给他们露一手。”

高壮的马克从后面走出来，脑袋摇摆，脖子里发出噼里啪啦的声音，眼睛盯着我，露出极为残忍地冷笑。

我感觉他眼熟，伸手摸了摸眼镜腿，Queen 给出回馈，抢过摩托车的老熟人。一种很不舒服的感觉把我围绕。

宇文靖觉察出我的不安，默默地站到我的身前。

马克不以为意地耸了耸肩膀，缓缓戴上指虎。宇普西龙拿出一管基因药剂，刺入马克的脖子。

马克原本白皙的脸开始一点点变红，肌肉中的血管一根根暴起，本就雄壮的身躯忽然间拔高三分，马克张口发出一声怪叫，手臂轮起来，拳头以不可思议的速度打向合金钢板。

砰！厚实的合金钢板被击穿了。

宇普西龙拍着巴掌说："这是 GOD 组织的研究成果，能在短期内修改基因，希望奥米伽能明白，任何容忍都是有限度的，最好少搞些小动作，例如最近的矿机大战，我建议各方能在克制中握手言和。"

GOD 组织慢慢习惯露出锋利的獠牙，用简单粗暴的方式来解决问题。

128 逐流

我讨厌被人当面威胁，但 GOD 组织强大到只能仰视，看样子我只能暂时咽下这口恶气。

"等等！"宇文靖前跨一步，伸手捏了捏合金钢板说："我可以试试吗？"

宇普西龙摆出一副悉听尊便的样子。

宇文靖戴上指虎，脚步微微分开，胸腔起伏两次后，手臂上的肌肉一点点隆起。

"开！"指虎对着合金钢板砸去，哐！一声巨响，宇文靖的手臂被高高弹起，合金钢板上留下了一个小小的凹痕。

马克伸出小拇指对着宇文靖比了比，宇文靖看向宇普西龙说："没用基因药剂我打不开这层合金钢板，给我打一针，如果我能打穿，那就证明你们的药剂真有用。"

这个要求不光让宇普西龙诧异，也让我摸不到头脑。

宇普西龙呆了呆，然后也看向宇文靖，出声问：“现在？”

宇文靖点了点头，伸出修长的脖子说：“虽然看起来像真的，但我不相信这是真的，除非发生在我身上。”

宇普西龙面色一变，高高在上的 GOD 组织，何曾被人质疑过，宇普西龙拿出一管药剂，直接刺进宇文靖的脖子说：“既然你不相信上帝，那就让奇迹发生。”

火辣辣的感觉，从脖子蔓延到全身，宇文靖感觉太阳穴突突地跳，血液仿佛烧了起来，肌肉开始膨胀，一种前所未有的力量充斥全身，宇文靖抡起戴指虎的拳头，对着合金钢板再次打了下去。

砰！厚实的合金钢板被直接击穿。宇文靖茫然地望着自己的拳头，这一切居然是真的。

通过宇文靖的验证，证明基因药剂真有用，一个崭新的时代将出现。

宇普西龙见大家都没说话，便开口：“还有疑惑吗？那些小动作能停止吗？”

我揉了揉鼻子说：“一个巴掌拍不响，华夏人讲究多一事不如少一事，我这边随时都能停，但蜘蛛矿业能放手吗？毕竟我们的人还关在监狱里。”

宇普西龙看着我，足足看了三十秒，他知道放人是最大的妥协，便承诺说：“两天内我让阿火出狱。”

我说：“辉煌矿业旗下的所有产品，现在就恢复原价。”

宇普西龙带着马克扬长而去，我也带着宇文靖回到自己的展台，坐在椅子上敲了敲眼镜腿，低声问：“真有让人瞬间强大的基因药剂？GOD 组织的研发能力有这么强大？”

Queen 刷出一行字：这些只是冰山一角。

我有些颓废地问：“差距这么大，追得上吗？”

Queen 又刷出一行字：不能因为距离而停止追逐的脚步！

不远处宇文靖撸起了袖管，用针筒开始抽取自己的血液，一管两管三管……

129
屈服

西里马洛医院里，屠兴东望着镜子，脸上的伤口虽然已经愈合，但伤疤却还没有消除，每次看到伤疤，屠兴东眼底都会闪现一抹凶光。

财神坐在沙发上，有些沉不住气："辉煌矿业已经恢复原价，老孙却没成立新基金让我们入股，大顺究竟是什么意思？僵持还是认输？"

白头翁一副稳坐钓鱼台的样子，悠悠地说："急什么，阿火还关在监狱里，只要我们不撤诉，阿火就出不来，最终大顺还是要来求我们的。"

仔细想想还真是这个道理，只要阿火还被关在监狱里，不管大顺耍多少花样，最终都要屈服。

嘭嘭嘭！病房的门很忽然地被敲响，不等人去开门，吱呀呀！门被推开了。

满脸笑容的宇普西龙走进病房，对着大家微微一鞠躬："我是三通财团的松下庆男，冒昧造访是想让屠兴东先生撤诉。"

屠兴东望着宇普西龙说："好大的口气，你以为你是谁？"

宇普西龙笑了笑，拿出一个小包说："屠先生人生圆满，儿女双全，大儿子今年十六岁，帅气阳光，是纽西分大学校队的篮球明星。女儿今年刚刚十岁，小学四年级，每天都要跟保姆一起……"

屠兴东眼睛瞪圆，整个人在爆发边缘，他伸手抓住宇普西龙的衣领说：“小鬼子，你想做什么？”

宇普西龙慢慢掰开屠兴东的手，整理了一下皱褶的西装，把包打开说：“这是你儿子的篮球帽，这是你女儿的蝴蝶结，猜猜下次我会给你带来什么？”

屠兴东有些发懵地站在那里，整个人陷入极度不安中，东西是真的？还是假的？

宇普西龙再次自我介绍说：“我的代号叫宇普西龙，在 GOD 组织中排名第二十位。”

屠兴东惊恐地说：“暗网！你们是经营暗网的 GOD 组织……”

这是个等级分明的世界，最底层的是个体，个体抱团便成为群体，有血液纽带的叫家族，没有血缘关系的叫社团，近些年都被漂白成商业集团，大一些的是跨国商贸集团，再往上就是拥有武装部队的主权国家。

GOD 组织经营暗网，最多算是跨国商贸集团，但当技术积累到一定体量后，就会发生本质变化，GOD 组织是这个星球上唯一能对抗主权国家的跨国社团。

关于 GOD 组织的消息虽然被封锁了，但没有被彻底锁禁，这反而增加了 GOD 组织的神秘感。屠兴东望着宇普西龙，错愕后恍然大悟，大顺与阿火不过是两个上不得台面的小写手，为什么忽然间发迹，拥有矿机开发的技术，还要点亮科技树，原来他们是 GOD 组织的代理人。

屠兴东吞咽了一口唾沫，惊恐地眨了眨眼睛，原本以为能捏死的蝼蚁，其实是庞然大物。

屋子里忽然间非常安静，大家都不知道该怎么开口。老成的白头翁先定下神来，开口说：“撤诉，马上就撤诉。但小屠不能白受委屈，听说你们打算开场外交易，能否让我们也参上一股？”

大家对白头翁挑拇指，闹出这么多的事情，想谋的就是利益，只要能搭上这根线，说不定能取代大顺成为 GOD 组织的新代理人，想到这里每个人的眼睛都亮了起来。

130 挖墙脚

敌人的敌人是朋友，敌人的合作伙伴呢？有挖墙脚的机会，肯定要争取一下，不成功也没损失，如果能挖到机会，只要自己表现得足够好，真有可能取而代之。

投资界的四大恶客，连着野心膨胀的司徒霸，眼底都充满了期盼。

事情有些出乎意料，宇普西龙打量着对面的人，脑袋中默默盘算，他发觉自己只注意了奥米伽，却忽略了其他的从业者。比特币百分之七十的算力在华夏，但华夏不只一个奥米伽，本以为他们是铁板一块，没想到却各怀鬼胎。

宇普西龙对着大家说：“蜘蛛矿业与我们有过业务往来，比特币 Segwit2x 升级提案时有贡献，我很欣赏诸位，也乐意与你们合作，但你们能遵守 GOD 组织制定的规则吗？”

五个人互望一眼，最终白头翁站出来说：“只要有的谈，一切皆可谈。”

宇普西龙拿出名片：“今天来得匆忙，没带详细文件，大体思路是 GOD 组织成立比特币场外大额交易平台，你们负责担保亚洲区域的交易，回头我让人把文件送来……”

白头翁点头说：“好的，好的。”然后回头看屠兴东，屠兴东立刻保证说：“马上我就撤诉，让矿机恢复原价。”

宇普西龙笑了笑说：“既然没矛盾，那我先告辞了。”

白头翁前踏半步："不知先生在哪里落脚，我们大家伙儿想请你吃顿饭，表达一下谢意。"

宇普西龙有心拉拢他们，便指了指西里马洛最高的建筑物说："我住中央酒店。"

五个人对着宇普西龙的背影挥手，激动莫名，财神亢奋地说："这可是 GOD 组织，GOD 组织！"

"别激动！别激动！"白头翁强压兴奋说："既然遇到这么一条粗大腿，肯定要牢牢地抱紧，亚洲区场外交易的合同不管有多苛刻，哪怕亏上一些短期利益，也要争取到我们手中。"

屠兴东对着司徒霸说："给国内的兄弟们去电话，让矿机恢复原价。马上撤诉，不再追究阿火的刑事责任。"

笑面佛对着大家说："淡定，淡定。既然已经认识了宇普西龙，又知道他住哪里，接下来就要和他成为朋友。"

司徒霸点头说："对！对！对！要跟他们成为朋友，说不定能取代大顺与阿火！"蜘蛛矿业与辉煌矿业斗了这么久，司徒霸想要从根子上把问题解决。

正所谓朋友多了路好走，只要能成为朋友，什么合作都是可以谈的。

逐利的人只注重利益而忽略风险，GOD 组织不是只带来利益的小白兔，还是一个能够对抗主权国家、择人而噬的大怪兽！原本没被注意的目标们，争先恐后地跳到大怪兽的嘴里。

131 星辰大海

我坐在展位上望着外面的人们，忽然一个包头巾的男人走到我面前，摘去头巾，露出一张傻兮兮的脸，对着我笑。

我望着傻笑的阿火，满肚子的话最终化为三个字："能耐啊！"

阿火抓了抓脑袋，有些不好意思："当时喝高了，做事没过脑子，稀里糊涂就把屠兴东打了……"

我对阿火摆了摆手："过去的事已经过去，人不能总活在回忆里，我希望你能放下与屠兴东的恩怨。"

阿火点头："放下，绝对放下。以后能用钱砸的人，绝不用拳头。"

望着阿火有些疲惫的脸，我说："先洗个澡去去晦气，等展会结束我们就回国。"

与此同时，西里马洛的中央酒店里，宇普西龙打开 Teglamer 群，手指如飞地汇报：蜘蛛与辉煌的矛盾已经化解，矿机恢复原价。采用示威的方式对大顺完成价格诱导，蜘蛛矿业的那帮人要求参加场外交易，经过大数据分析，接纳他们能帮我们锁定百分之十七的算力与百分之十九的比特币筹码。

Teglamer 群里很安静，所有人都等阿尔法决断，阿尔法打出一行字：两天后条星国开始场外拍卖，在这段时间盘面必须由我们来操控，既然可以分化华夏持币者，那就进行分化。

阿尔法的思路打开了，手指如飞：纽配合宇普西龙搭建场外交易平台，给予华夏持币者一定权限，尽可能把比特币筹码锁定在场外交易平台里。得尔塔与总裁特使保持联系，不光要表达出我们的诚意，还要展露出我们的实力。

纽、宇普西龙、得尔塔同时回：OK。

阿尔法开始做战前动员：GOD 组织的所有成员们，我们因同一个梦想在黑暗中跋涉，我们经历过电子时代，也经历过网络时代，在一次次的失败中曾质疑能否造神成功，现在我们终于在区块链时代找到了造神的钥匙，只要顺着这个方向走下去，必然能造出全知全能的神，我们将在数字的海洋中得到永生。

鸡血打下去，本就亢奋的 GOD 组织成员们，全都变得更加亢奋。

阿尔法：猎龙计划落地只是遏制奥米伽的第一步，最终我们的目标将会是星辰大海。

这才是 GOD 组织的终极目标，人类可以脱离身体，以数字生命的形式存活在服务器中，也可以随时重新写入身体继续正常生活。身体会被低温冷藏，科技能以数字化的形式，在服务器中继续推演。

财富、地位、使命，甚至政权都将以智能合约的形式写进区块链，采取分布式记账让人无法修改，区块链法则将成为服务人类社会的基石法则，沉睡与苏醒不会因时间流逝、人员变动而受到影响。

夜深邃，满天星空闪烁，得尔塔拿出手机给总裁特使发去一条短信：我们已经完成控盘，两日后的大额拍卖会让你心想事成。

大概过了三分钟，得尔塔的手机响起，总裁特使回复：利益与进度捆绑，我们得到多少利益，6737 号提案便会执行多少进度，相比廉价的承诺，我们更在意切实的利益。

在互联网的世界中，数以百亿级数据不断交换，Queen 出于防御目的，在关键点上对一些数据捕获分析，得尔塔恰好是关键点，侦测到异常后，大西北的矿机风扇开始爆鸣。

132 礼多人不怪

在西里马洛中央酒店顶层，白头翁满头白发特别醒目，布满皱纹的脸上笑容灿烂，手里抱着一个卷轴，他对宇普西龙招呼说：“来得匆忙，没能准备贵重的礼物，这是清末山水画家的一幅水墨画，还请笑纳。”

宇普西龙接过有些发黄的卷轴问：“我可以打开看看吗？”

“可以，可以，当然可以！”白头翁帮着把画打开，然后铺在桌子上。

宇普西龙望着有些泛黄的画卷问：“这是古董吗？”

屠兴东前走一步：“是古董，有嘉德拍卖行的鉴定书。”

送礼是门学问，投其所好只是第一步，第二步还要点出礼物的价值。书画属于雅玩，成了古董就价值不菲，能上拍卖行、有鉴定书又说明是真品。三言两语，送礼地把该说的都说了，收礼的该懂的也都懂了。

宇普西龙脸上带着笑容，接过画说：“很好，我喜欢你们的礼物。”

大家在客厅里坐下，服务员帮着斟上茶水，宇普西龙开门见山地说：“既然你们想要参加场外担保交易，那我把细则跟大家说一下。”

一份份文件分发下去，宇普西龙介绍说：“大额场外交易是帮助大额的买主找卖家，同时也帮助大额的卖家找买主，我们充当担保的角色，事成之后抽取百分之二的利润，买卖双方各抽百分之……”

文件上写得比较清楚，GOD 组织搭建面向全球的场外大额交易平台，给蜘蛛矿业留出亚洲区端口，为了保证蜘蛛矿业的交易资质，需要质押一定额度的比特币与同等金额的现金。然后亚洲区的场外交易份额属于蜘蛛矿业，交易流水的百分之二是利润，但要拿出一半给 GOD 组织。

五个人相互望了一眼，很传统的商业模式，通过抵押垫资的方式撮合交易，因为 GOD 组织负责技术，所以不存在网络风险，如果流水可观每年会有很好的收益。

五个人再次交换眼神，GOD 组织的安全技术，加上垄断玩法，这门生意注定前途无量。

财神按捺不住地问："我们需要质押多少资金？"

宇普西龙见鱼儿已经上钩，便说："六十万比特币存入开户地址，然后匹配的同等数额的资金，分别打入十八个国家的银行账户……"

这可不是一笔小钱，按照现在一万左右的价格，光比特币就价值六十亿，再加上现金匹配，足足达到一百二十亿，均摊在五个人身上，每个人至少要拿出二十四亿！

白头翁面色微变，发觉大家也都有难色，便低声说："门槛太高了，能减半吗？"

宇普西龙笑着说："亚洲区 48 个国家，价值万亿的市场，这点门槛并不高，如果蜘蛛吃不下，也许可以拉着天猫与辉煌一起。"

五个人都觉得需要回去谈一谈，不敢现在给答案。

宇普西龙也知道不可能一次谈成，这是价格诱导的一部分，大额拍卖就要开始，只要这帮人别添乱就行。

133 成功误导

昆塔克展会的办公室里，老孙对我说："蜘蛛那边的意思是按照资金配比拿下场外交易亚洲区专营权，天猫联合辉煌出资百分之五十，蜘蛛拿出另外的百分之五十，不想影响基金的正常运作的话，天猫基金需要打开，辉煌矿业可以发币众筹。从计划书上来看是个好机会，但我总觉得这里面有问题。"

我望着有些疲惫的老孙说："既然觉得有问题，那就再等等，毕竟不是小项目，资金需要的太大太多，一旦牵扯上了众筹，把这些资产抵押给 GOD 组织，二级市场怎么办？"

众筹是把双刃剑，用得好扩大利益，用不好割伤自己，所以不到万不得已，没有十成把握的情况下，天猎基金不会打开，辉煌也不会众筹。

老孙默默地点头，然后指着新闻弹窗说："明天条星国就要开始大额比特币场外拍卖了，市场观望情绪严重，很多人都担忧大额拍卖的币会在二级市场变现，开始小幅度抛压，价格下降了百分之二十，在八千关口来回波动，我们怎么办？"

我望着显示器里上蹿下跳的 K 线，端详半天后说："趋势尚未明朗，我们已经错过了最佳时机，这个时候再入场风险倍增，我建议静观其变，等大额拍卖后再看该如何操作。"

老孙说："现在入场风险与利润不成正比，再等几天趋势明朗，我们再看该如何操作。"

我把一份文件推给老孙："这是基莫托全国适合挖矿的地图，有一点我们需要注意，有些人急功近利，把比特币矿机装进寺庙与教堂里，短期内利益惊人，但放大了后续的风险，辉煌矿业不会这样做，也不建议天猎基金这样做。"

同一片星空下有不同的信仰，基莫托的人民是幸福的，他们都有着纯洁的信仰，正因如此，基莫托全国所有的寺庙与教堂用电是免费的，而且不限量。这给了投机者钻空子的机会，一些矿机开始在寺庙与教堂中鸣响，短期内看是聪明的，实际上却是愚蠢的。

因为信仰是神圣而纯洁的，谁玷污了纯洁，谁将会成为祭品，为信仰殉葬。

老孙翻看后说："出门在外还真是长见识，早就听说这行水深，这次也算是大开眼界。电价低成这样，还有人不顾风险要小聪明，早晚死在贪婪上。"

我望着远处湛蓝色的天空问："三天后展会结束，一起回国吗？"

老孙合上文件说："后天宇普西龙约我再谈一次，如果谈不出什么我也回国。"

基莫托的确适合挖矿，按照正常的商业模式，矿场可以在基莫托落地，但要找一个政局稳定的城市。

我签下建设矿场的文件后，望着窗外的天空呆呆地出神。在家千日好，出门万事难。呼吸着异国他乡的空气，有点想家了。

134 桥接与稳定

今天是个普通却又不普通的日子，阿尔法的办公室里摆了十六台显示器，其中九台监控全球主流交易所的币价，随着宇普西龙成功误导华夏的持币人，比特币的价格开始按照 GOD 组织画的 K 线走，横在 1200 美元上，下一个支撑位在 600 美元，也就是说盘面随时可能腰斩一半，这个价格让很多有心参与拍卖的人在犹豫中放弃了。

还有六台监控 GOD 组织在全球布置的安全节点，GOD 组织的所有成员已经在线上待命，只要奥米伽或者 Queen 出现，不管他们做什么，GOD 组织都会立刻出击。

在阿尔法的左手边有一个红色的按钮，只要拍下去就能让阿波罗系统降下神罚，以前奥米伽藏在华夏，即使 GOD 组织查出奥米伽的 IP 地址，也没法攻击，现在 GOD 组织有武器。只要能解析出 IP 地址，阿尔法就会精准打击。

最后一台正在播放条星国拍卖会的新闻快讯，有别于以往的拍卖，这是比特币第一次以大额标的物的形式出现在主流社会的新闻媒体中，这是对比特币的价值认可，是国家层面的金融共识。为比特币成为全球金融抵押物，继而成为金融衍生品，埋下浓墨重彩的一笔。

靠近北极圈的西维亚地下实验室里，两排椅子上平躺着十个肤色各异、发色不同的年轻人，这是 GOD 组织从门萨俱乐部搜罗来的年轻人，每个人的智商都在 170 以上，十颗大脑桥接成服务器矩阵，这是这个星球上运算力最强的服务器矩阵。

派徜徉在双螺旋结构的海洋中，对着贝塔说："Queen 与奥米伽为什么还没出现？"

贝塔对着派说："我们刚掌握桥接技术，十颗大脑桥接成服务器矩阵，会不会有 BUG？全力运算或攻击防守时会不会崩溃？这就需要我们不停地磨合，所以敌人不出现最好。"

贝塔说完，又低声抱怨："为什么抽去马克全身的骨骼，把他改造成超级战兵？要知道他是第一台改造成功的生物服务器。"

派说："马克的智商太低，限制了双螺旋程序运算能承载的上限，而且还被入侵过，已经不安全了，淘汰后改造成超级战兵也算是物尽其用了。"

贝塔有些不忿地说："运算上限很重要，但运算稳定更重要，为什么一下开十颗十核，不从两颗双核开始？如果……"

派打断说："没有什么如果，奥米伽成长得太快，我们被落下太多，只能奋力追赶，没时间试错。"

两人开始沉默，天才与天才之间，既有惺惺相惜，又有对抗。也许奥米伽与派认识的第一天结局就已经注定，这是一场只能活一个的角逐。

新闻滚动，条星国比特币大额拍卖会开始了……

135 拍卖落锤

得尔塔带着总裁特使来到国税局特别办公室，这里不光坐着巴利弗总统的代理人，还有情报局、司法局、国防部的代表。

总裁特使有些拘谨地站在得尔塔身边，得尔塔拍着总裁特使的肩膀说：“我的朋友，放松一些，手续走完就给你们转账。”

雪莉打开一份文件夹说：“GOD 组织成功打压比特币，造成市场悲观，本次大额拍卖观望的人数飙升三倍，因为支撑位等综合原因，收到的报价比市场现价还要低百分之三十五，一切都在掌握中。”

总裁特使一副失魂落魄的样子，在承诺没有落地前，他的心一直都悬着，不可能放松。

吉克拍了拍巴掌，见总裁特使看向自己，便指着显示器说：“本次拍卖共有二十万零三千枚比特币，共分为四个标的物，一到三号标的物是五万枚，四号标的物五万三千枚，我们现在一共收到来自三十二个独立 IP 的七十九份有效报价，还有三十分钟拍卖截止，我们会在最后六十秒填写四份有效且足以胜出的报价单。”

总裁特使小声嘀咕着：“但愿如此。”

按照 GOD 组织的承诺，总裁无偿得到这二十万零三千枚比特币，按照现在 1200 美元的市场单价，这是一笔价值两亿四千三百六十万美元的财富，再按照 GOD 组织承诺拉高后让总裁先出货，十倍以上的利润空间，不但能够填补挪用的公款，还能血赚一大笔。

时间滴答滴答地走着，最后六十秒吉克修改四份报价单后点击发送，毫无悬念这四份文件以一亿八千三百万的总价拿下四份标的物。

奥米伽没有出现，Queen 也没出来搅局。GOD 组织的所有黑客都松了口气，只有派愤愤不平。

砰！巴利弗总统的代理人打开一瓶香槟，对着大家说："大额拍卖圆满结束，大家喝一杯庆祝一下。"

吉克拿起酒杯说："干杯。"

本该香甜的酒，喝在总裁特使嘴里却有些苦涩，完成拍卖只是第一步。

得尔塔看出总裁特使的担忧，对着他说："把你们的比特币地址给我。"

总裁特使从公文包里拿出早就准备好的文件，得尔塔指着上面的地址说："转账！"

吉克拿起电话吩咐说："从秘密账户分四笔转出一亿八千三百万到拍卖账户，然后把拍卖标的物的币转入这四个地址。"

一切说起来慢，做起来却很快。四笔转账出现在比特币区块浏览器上，确认到账后，总裁特使僵硬的脸上终于有了点喜色。

雪莉把一份文件推到总裁特使面前："我们已经表达出我们的诚意了，你们是不是也应该把提案往前推一推？"

总裁特使先打了个电话，然后拿出钢笔，在文件上签了字。一群金发碧眼的议员开始把提案纳入审核程序，审核通过后便会表决，表决通过后立刻执行。

接下来就是拉高出货，让提案通过表决，只要 6737 号提案开始执行，针对华夏的猎龙计划便可以启动。

136 构想

随着拍卖落锤，Teglamer 群里气氛融洽，大家感觉 GOD 组织离造神的距离越来越近。

得尔塔写道：欧洲外长级会议已经达成共识，未来两年东方威胁论将取代网络安全，各国暂缓打击暗网，随着政策转向，欧洲区暗网交易逐渐回暖。刚刚巴利弗总统的代理人给出明确承诺，只要我们协助猎龙计划落地，巴利弗总统将会签署总统令，对 GOD 组织开放航空航天、电子软件、基因生命等八个大项十九个小项的合作，随着这些领域的开放，造神进度将会大幅提升。

宇普西龙：随着拍卖结束，二级市场币价逐渐企稳，没有拉涨也没有暴跌，所有人都在观望，短期来看这次拍卖等于打了一个全球范围的广告，条星国认可比特币的金融属性，利好未来比特币在全球达成金融共识。我会约谈天猎基金的孙庆之，他的合伙人是奥米伽的代理人大顺，如果能锁定他们的筹码，后期拉盘将没有多少难度。

阿尔法：拍卖落锤只是第一步，接下来要做的事情还有很多，为了赢得条星国军方的友谊，大家放手做吧！

西里马洛中央酒店，宇普西龙站起来，离约定的时间还差十五分钟，孙庆之该来了，只要能说服他，拉盘将变得非常轻松。

孙庆之推开车门走进中央酒店，正要走进电梯间，忽然听到有人喊自己的名字，回头便看到了白头翁。

白头翁满面堆笑，对着孙庆之说：“庆之，聊两句？”

老孙看了看腕表说：“还有十五分钟，最好长话短说。”

白头翁说："两句话的事情，耽搁不了多少工夫。"说完从口袋里拿出一张白纸："这是财神弄出来的众筹计划，拿出一半我们即将持有场外交易股份进行抵押，在全球范围内众筹一百二十亿美元现金，然后我们携手在二级市场进行市值管理……"

老孙看向手中的纸，财神的计划很简单，逻辑也很清晰，拿出一半场外交易份额抵押，以众筹发币的方式获取全部押金，然后大家坐庄二级市场对众筹参与者进行收割。说穿了就是先空手套白狼，用众筹的钱得到垄断席位，然后通过二级市场的价格操控，把这些投资人都洗下车去。

老孙望着白头翁说："这样做是不是有些过分？"

白头翁笑着说："量小非君子，无毒不丈夫，想要成大事，不走寻常路。"

老孙一时半会儿不知道该怎么回答，对着白头翁说："我先上去，回头细聊。"

白头翁点了点头，指了指外面说："我们在临街的咖啡厅等你。"

137 控盘计划

中央酒店顶楼，宇普西龙望着两手空空的孙庆之，本还灿烂的笑容变得僵硬。如果孙庆之想得到亚洲区场外交易的代理权，必然会在有求于人的心境下热情好客，现在他两手空空，看样子要换一套话术。

宇普西龙对老孙说："我有一瓶二十年陈酿的威士忌，我们边喝边谈。"

老孙微微皱眉说："这样不好吧！"做生意最忌讳的就是喝酒，

老孙很少在酒桌上与人谈生意。

宇普西龙却很热情，拉着老孙说：“喝杯小酒，交个朋友。”两人来到阳台上，宇普西龙指着外面：“你看这天，你看这海，再看这如黄金般的沙滩，难道不该喝一杯吗？”

水晶杯里倒上琥珀色的威士忌，一口入喉，老孙思索着该用什么借口拒绝。

宇普西龙盯着老孙的手腕，问：“这是什么表？”

老孙摘下手腕上的表，递给宇普西龙说：“这是磐石公司出品的新款潜水表，我很喜欢。”

纯铜并不适合做表壳，会掺杂一些其他合金，整块表黄得发亮，加上造型古朴，沉甸甸的，握在手里堪称重器。

宇普西龙把玩一番后还给老孙，然后说：“刚刚条星国的拍卖为比特币创下了很多个历史，第一次以场外大额方式成交，第一次……”

老孙默默听着，默默喝了口酒，放杯子时心不在焉，杯子落在桌上，声音有些重。

宇普西龙觉察到不能继续聊这个话题了，连忙换个方向：“GOD 组织要开场外交易有两个意图，帮着比特币大额流转只是其中之一，另一个还是想要携手大家联合坐庄，所有的金融衍生品，在流通中创造不出任何价值，只能在炒作时产生利润，所以 GOD 组织打算在近期操盘，如果您与大顺，甚至其他人有兴趣，我们可以联合坐庄。”

酒精燃烧着老孙的血液，他原本冷静的心泛起波澜，一直想要介入下个阶段的比特币炒作，但没找到合适的机会，面对宇普西龙递过来的橄榄枝，老孙的心动了。

宇普西龙拿出一份文件说：“上面有后续的分成细则，如果你愿意联手，我们现在就可以签约。”

老孙一目十行看完，有点儿心动，但还保留了一丝清醒，知道这件事情自己不能做主，他拿出手机说："我跟大顺聊一聊。"

叮叮咚咚，电话还没打出去，就因没电而自动关机了。

老孙抓了抓有些发热的脑袋问："有充电器吗？"

宇普西龙拍着同样发热的脑袋说："有的，就在电脑边上。"

138 疏漏

顶级酒店不光配备了阳台与会客厅，还有宽敞的办公室。为显得热络一些，宇普西龙让老孙坐在电脑椅前，然后给老孙手机充电。

宇普西龙认为老孙已经动心，由他说服大顺，就能完美误导奥米伽，现在离成功只差一个电话，必须继续说服，让动起来的心彻底燥起来。

宇普西龙继续说："随着条星国政府大额拍卖比特币，欧联区各成员国也会跟进，这是变相承认比特币拥有了全球金融共识，这是一个千载难逢的机会，面对这个波澜壮阔的大时代，不介入就是在犯罪……"

宇普西龙越说越兴奋，还拍了一下桌子，桌上鼠标被震动，原本睡眠模式下的电脑运行，暗掉的显示器亮了起来。

老孙正对着显示器，为了显得礼貌，还配合宇普西龙的动作点头，点头时目光划过电脑屏幕，老孙瞄了一眼后，神情从漫不经心到有些凝重，显示器里有个聊天窗口，里面的消息非常劲爆。

宇普西龙望着手握鼠标的老孙，心中猛地一惊。事情发展得出乎意料，宇普西龙本以为只是短暂的会面，为及时向 GOD 组织回馈，电脑是休眠待机状态。后来喝了点酒，头脑发热，才让老孙坐到电脑前，他会不会看到了什么？

宇普西龙走过来，伸手按动排线电源，啪！原本色彩斑斓的显示器黑下去，宇普西龙不客气地问：“看什么呢？”

老孙望着宇普西龙挑明说：“6737 号提案与猎龙计划。”跟聪明人不需要绕圈子，那样会浪费大家的时间，倒不如直接把话挑明，敞开谈。

最担心的事情发生了，宇普西龙懊恼地攥紧拳头，然后按动手表上的红色按钮，马克如幽灵般悄无声息地出现在屋子里。

宇普西龙默默地坐在老孙对面，望着他说：“既然看到 6737 号提案与猎龙计划，那么你觉得如何？”

“通过控盘比特币价实现合法的利益输送，拉拢总裁通过 6737 号提案，封锁禁运，帮助猎龙计划遏制华夏崛起？”老孙微微摇头后说：“很异想天开，充满浪漫主义，像小说多过像政治阴谋，如果我有儿子，他在五岁时能想出比猎龙计划更好的计划。”

酒劲上涌，宇普西龙的面色微红，对着老孙说：“既然你知道了，那就要做出选择，是成为 GOD 组织的朋友，还是成为 GOD 组织的敌人。”宇普西龙双眼寒光闪烁，冷冷地盯着孙庆之。

老孙理了理身上的衣服，慢慢地站起来，用不屑的语调说：“由始至终，我都没想过与你们做朋友。”

宇普西龙寒声说：“不做朋友那就是敌人，我虽然不推崇暴力，但不介意使用暴力，年纪轻轻的，就这样死去，甘心吗？”

老孙的面色微变，伸手去拿桌上的手机。

宇普西龙如同稳坐钓鱼台的老狐狸：“我已启动了安防系统，整个楼层的电子讯号都被屏蔽了，你联系不到外面，所以没有人会来救你。”

139 收买

宇普西龙随意把头发往后推，伸手拿起一份文件，打开后高声诵读：“孙庆之，运通集团少帅，人送外号十亿郎。因对数字敏感，擅长潜伏在低位，等待价值高升后变现，操盘手法温和，被庄家们称为助推火箭，最大的梦想是成立公益基金，免费向社会发放安全套……”

文件又被合上，一杯冰水摆在老孙的面前，宇普西龙非常温和地说：“酒多误事，让我们先冷静一下。”

老孙端起杯子默默地喝了一口。

宇普西龙继续说：“换个角度，我们同属亚裔，利益相同……”

老孙缓慢地摇头说：“你是东瀛人，我是华夏人，看似血脉相通，实则文明不同。华夏地大物博，千百年来一直都是农耕文明，东瀛土地贫瘠，所以跟一些西方国家一样，都是畜牧文明，只不过西方是牧畜，你们是牧海。”

宇普西龙按住心底的不耐烦，竭力表现得和颜悦色，摆出一副洗耳恭听的样子，示意老孙继续。

老孙放下手中的杯子说：“农耕文明注定了华夏民族在自给自足中发展，社会体系采用家长制，父亲把积攒的财富传给儿子，儿子积攒的财富传给孙子，一辈辈传承下去，愿意通过几辈人，乃至十几辈人的默默付出，实现整个民族的伟大复兴。而畜牧文明则在迁徙中野蛮发展，因食肉而强大，又因强大而充满侵略性，风调雨顺时热情好客，一旦出现天灾，没有积蓄的畜牧民族习惯以劫掠为生，只注重眼前利益……”

宇普西龙打断老孙："我们在聊切实的利益，而不是空泛的文明，要知道现在是很纯粹的商业社会，任何东西都有价格，也包括你推崇的爱国主义，不如你开个价，只要价格合适，我匹配。"

老孙耸了耸肩膀说："在商业社会要讲商业逻辑，我觉得现在不是出手的好时机，希望通过我毕生的努力，为祖国的繁荣昌盛添砖加瓦。"

不同的人听同一段话会有不同的侧重点，在宇普西龙的思维里，觉得老孙没同意也没反对，那就是有的谈。宇普西龙问："在你眼中，你的国家值多少钱？"说完摆出一副不差钱的样子："说出具体的数目，我给你加倍。"

老孙口齿清晰地说："无价！"

"你对 GOD 组织的能力一无所知！"宇普西龙伸手打了个响指："马克，把上衣脱了。"

沉默的马克伸手扯去外套，古铜色的皮肤下肌肉隆起，手臂与肩膀交接的地方能看到银色的骨骼。

GOD 组织初代版超级战兵马克，捏碎了一个合金手提箱后，对着孙庆之露出狰狞的笑容。

140 没得谈

宇普西龙竭力地让自己平静，目光烁烁地望着孙庆之说："孙桑，我现在代表 GOD 组织与你谈判，希望你能尊重 GOD 组织，也希望你能给出一个尊重彼此的报价。"

老孙默默伸出左手，然后伸出了食指。

什么意思？宇普西龙有些摸不到头脑："十亿？一百亿？"

老孙缓缓摇头："一块钱。"

“一块钱？”宇普西龙呆呆地望着孙庆之，有些跟不上他的节奏。

老孙郑重地说：“只要给曾经在那片土地上生活过的所有人，每个人一块钱，我就把持有的比特币筹码都交给你。”

华夏有十四亿人口，即使算有五亿华裔，一人一块钱也不是一笔很大的开销，宇普西龙展颜一笑说：“我给你二十亿，现在就可以开支票。”

老孙说：“二十亿即使我想答应，浩瀚的历史长河中，延续上下五千年文明里，曾在那片土地上活过的生灵们也不答应。”

宇普西龙感觉自己在被戏耍，双眼瞪圆：“十亿郎！你真以为你值十个亿？抬举你是因为你身后站着奥米伽，既然你不配合，那么只能消灭你，在消灭你之前，我们会拷问你的私钥与密码。你会看到，当市场里没有你的筹码，我们如何拉高后出货，6737 号提案必然会通过，禁运后猎龙计划也会落地执行。”

老孙喝下杯中的冷水说：“既然你知道我叫孙庆之，那你也该知道 1949 年 10 月我爸出生了，我爷爷给他起名建国，1982 年 10 月我出生了，我爸给我起名庆之，原本我想有个孩子，起名叫再庆……”

宇普西龙说：“你还没孩子，所以……”

老孙抢说：“但我有父亲，做人不光要启下，还要承上。不要把你的观念强加于我，我奉劝你们最好悬崖勒马，不要把我们逼成你们害怕的样子，那样对谁都不好！”

望着油泼不进的孙庆之，宇普西龙的眼底堆满了不耐烦：“你的意思是没得谈了？”

宇普西龙慢慢地站起来威胁道：“你掌管那么多的比特币，可不是福报，是孽缘。”

老孙站起来，打开手机后往周围看了看，然后指着马克说：“在他面前我就是这个态度，换个地方你可以再试一试。”

宇普西龙微微一呆，仿佛猜到了什么，笑着说：“了解！了解！我们去阳台谈。”然后对着马克说：“你先出去。”

再次回到阳台上，宇普西龙说：“这里没有第三者，没有监控设备，不管说什么只有你我知道，有什么要求你尽管提。”

老孙站在阳台边往外眺望说：“这事我答应了没用，毕竟大顺也是股东。”

宇普西龙说：“没关系，我可以让马克去把大顺抓来。”

老孙看了看青铜表，又看了看没信号的手机说：“大顺今天回国，这个时间他应该快登机了。”

宇普西龙笑着说：“大顺即使登上飞机，也走不了，你看那边。”

顺着宇普西龙手指的方向，老孙看到一片片的黑云，那是什么，沙尘暴吗?

宇普西龙说：“飓风来了，所有的飞机都要停飞，大顺走不了。”

宇普西龙很虔诚地在胸前画了个十字，然后亲吻自己的食指说：“连老天都保佑我们。”

141 以命胜天

望着远处黑沉的天空，老孙眼中闪着落寞，低声说：“是啊！连天都保佑你们。”颓废三秒后目光坚定，默默褪去手腕上的青铜重器，手掌握紧表带，表壳贴紧拳头。

宇普西龙得意地说：“制衡华夏已成大势，你只要顺水推舟便能坐拥荣华富贵，何必为那一点道德洁癖而……”

老孙微微一笑，而后面色一板，拳头抡起来对着宇普西龙的脑袋砸去，砰！宇普西龙被打得软倒在地。

老孙不屑地吐了口唾沫：“天佑你们又如何？我命由我不由天!”

宇普西龙躺在地上咒骂：“你跑不掉，马克……马克……”

老孙拉了拉脖子上的领带说："跑是跑不掉，但我能带你飞！"老孙把阳台上的沙发推到栅栏边，伸手去拽地上的宇普西龙。

当两个人都坐上栅栏后，宇普西龙终于意识到老孙要做什么，惊恐地嘶吼："放开我，放开我，这里是顶楼，你这个疯子！"

老孙笑着说："从这里跳下去，你肯定会死，我把你垫在下面还有一线生机，只要不死我便以命胜天。"

不管多冷血的黑客，面对近在咫尺的死亡威胁也会失去冷静，宇普西龙惊恐地说："放开我，我跟奥米伽是朋友，我可以放你走，我……"

面对宇普西龙的廉价承诺，老孙连标点符号都不会信，他从兜里拿出一根烟，点燃后吐了一道烟龙："我说过，不要把我们逼成你们害怕的样子！我们珍惜这份和平，不愿轻启战争。华夏百年沧桑，遇到侵略时，我的祖辈奋起反抗，为这片土地流过血。我的父辈负重前行，为这片土地流过汗。到了我们这一代，该为这个国家做点什么，我愿为这片热土长眠。"

宇普西龙惊恐万分，却挣脱不开孙庆之的手臂，马克觉察到不对，开始砸门，厚实的木门被砸得摇摇欲坠，老孙知道留给自己的时间不多了。

老孙一只手捏着宇普西龙的脖子，另一只手拿出手机，双腿猛得用力，从阳台上跃到阳台外，忽然的失重让宇普西龙发出绝望而高亢的惨叫。

轰！房门被撞开，即使成为超级战兵的马克，也只能眼睁睁地看着两个人往地面坠去。

老孙的手指按在手机上，高声说："大顺，小心 GOD 组织，注意猎龙计划，全力做空比特币……"当手机出现一格信号后，老孙松开手指发送。

被鲜血包裹的老孙，仿佛听到了一声嘹亮的唢呐，看到了天空中金龙飞舞，仿佛又回到了小时候，跟一帮同学坐在教室里，高声诵读：天地玄黄，宇宙洪荒……赵钱孙李，周吴郑王……

有一种鸟，天生没有脚，只有死后才会落在地上。有一种人，天生就会笑，即使摔得面目全非，嘴角依然会上翘。

血液染红土地，飓风也吹进了西里马洛……

142 神秘计划

黑云压城，狂风怒吼，昆塔克机场广播响起：因天气恶劣，昆塔克机场内所有航班延期，后续将根据天气情况……

阿火躺在候机厅的椅子上，望着机场外的黑云说："接下来怎么办？"

我望向张伟，张伟连忙说："可以先在机场旁边的酒店住下……"

大家忙着更改行程，我也拿出手机，看到老孙有新的留言，便放在耳边："大顺，小心 GOD 组织，注意猎龙计划，全力做空比特币……"这条信息爆炸般让我的脑仁疼到发木，鼻子里腥涩味弥漫。

"怎么了？"阿火觉察到我的不对，伸手搀扶我。

张伟从兜里拿出纸巾，塞在我的鼻子里。在机场的凳子上坐了五分多钟，我才消化了海量的信息，老孙死了，宇普西龙也死了，接下来 GOD 组织会控盘比特币，推动 6737 号提案，助推猎龙计划，对华夏进行禁运封锁……

一个弹窗出现在我的眼镜框中：是被动防御，还是主动出击?

我的手脚开始发冷，胸口的怒火一点点燃烧，虽然不能接受这个事实，但事实已经发生。接下来是谁？是我还是阿火？既然遇上了事，怕是没用的，与其被 GOD 组织逼死，倒不如拼个鱼死网破。

没有一排排的进度栏，只有计划书，这次不光有线上的对抗，还有线下的执行，我要在现实世界里主动出击！

拿掉鼻头里的纸巾，新鲜的空气涌入鼻腔，我打开手机把 Queen 收集的资料发给阿火，对他说：“现在你去昆塔克大使馆，把我发给你的文件转交给大使先生。”

阿火没有问为什么，把头一点说：“好！”转身就要离开。

“等等！”我拉住阿火的衣襟：“你跟张伟一起去，然后留在大使馆内，航班恢复后立刻回国……”

我压低声音，凑到阿火耳边说：“接管腾飞矿业与天猎基金的账户，准备做空比特币。”

“行！”阿火不问为什么，执行力真的没话说。

宇文靖觉察到异常，望着我问：“出事了？”

我点头说：“一点小事，我能处理，把火马车的钥匙给我。”

宇文靖诧异地问：“你要去哪里？”

我对宇文靖说：“去一趟西里马洛……”

宇文靖忙说：“我跟你一起。”

我把手一摆：“你跟阿火去大使馆，那些文件很重要，一定要亲自发回国内。”

宇文靖默默点头。

红色的火马车驶出货柜箱，我坐在驾驶舱中捏了捏方向盘，远处的地平线一片黑沉，我伸手敲了敲眼镜腿，声音低沉地问：“Queen，这样做能行吗？”

Queen 刷出一行字：只要你在规定时间，完成规定动作，就能获得百分之百的成功。

我握紧方向盘，脚掌重重地踩在油门上，火马的车轮飞转，往西里马洛的方向驶去。

大西北的矿机风扇开始爆鸣，算力穿过漫长的距离，加持在火马车中控电脑上，一排排数据投射在前挡风玻璃上，倒计时开始滚动，八小时内我要顶着飓风从基莫托跑到西里马洛。

Queen 在挡风玻璃上刷出一行字：需要自动驾驶吗?

我点头说：“当然!”松开方向盘，我调整座椅闭目养神，接下来会有一场硬仗。

143 连锁反应

黑沉的风卷起黄色的沙在西里马洛的街道上肆虐，中央酒店外不远的地方，砰！两个人砸在地上，旁边的汽车发出尖锐的警报声。

中央酒店不远处的咖啡厅橱窗里，财神端着茶杯透过橱窗往外眺望，嘀咕着：“都进入区块链时代了，怎么还有跳楼的？如果是钱的问题，那根本就不是问题，多开几次 ICO 多少钱都能筹得到……”

白头翁微微皱眉说：“也许不是钱的问题，感情或者健康的问题……”

财神打断说：“有了钱什么样的女人找不到？有了钱什么样的病治不好？”财神脑袋里有简单粗暴的逻辑，钱能解决一切问题。

屠兴东忽然指着人群中那个手脚无措的马克说：“你们看看，那个谁是不是宇普西龙的助手马克？”

大家看了过去，发觉还真是宇普西龙的助手马克，望着他焦急的神色，一种隐隐的不祥把大家笼罩。

笑面佛说：“走，去看看情况。”

西里马洛的惨案在Teglamer群里直播了。

事情发展得出乎意料，本该被误导的孙庆之居然带着宇普西龙跳楼，望着两具尸体，Teglamer群里所有的黑客都沉默了。

阿尔法竭力让自己冷静，只是手掌有些颤抖，原本十三秒能写出的字符，写了三十秒：派，在数据库中推演，如果我们与奥米伽全面开战，GOD组织有多少胜算?

这是个很笼统的问题，派回道：能具体一些吗?

阿尔法吸了口气，脑袋冷静下来回道：假如奥米伽攻击，我们防守，有多大概率控盘比特币?

全面开战牵扯太多，GOD组织不光要对付奥米伽，还有奥米伽身后可能站着的那条巨龙，所以必须先推动猎龙计划，通过科技禁运、商贸封锁的方式让巨龙低头，然后再铲除奥米伽。

墨绿色世界中上百个进度条在双螺旋程序的驱动下不断闪烁，不大的工夫结果出来了，派说：在网络上黑杰克对上Queen有百分之六十七的胜算，在比特币交易所里，根据双方能调动的筹码与资金推演，我们的胜算在百分之七十一，要知道奥米伽的两个操盘手，孙庆之已经死亡，赵大顺还在基莫托境内。

阿尔法听懂了派的意思，打字说：找到赵大顺，杀掉他。

这行很简单的文字，透着前所未有的厚重，阿尔法已经做好了与奥米伽开战的准备，孙庆之死了，宇普西龙也死了，既然已经见血，那就要抢到更多的筹码。

不怕把事闹大的派：我需要黑杰克的所有权限，同时还要延长天神降临的时间。

贝塔惊恐地说：天神降临是通过电波往人脑中输入信息，继而影响人类的意志，实验中收集的数据，半个小时是极限，延长后会对人体造成不可逆的伤害，甚至死亡。

派无所谓地回道：不可逆又怎样？死亡又怎样？他们能被我们选中，为造神付出生命是他们的荣耀。

所有人都静观其变，等待阿尔法抉择，阿尔法回道：开放权限，延长时间。

144 变化

黑云密布的西里马洛狂风肆虐，马克双眼血红，拖着两具尸体走向中央酒店。

屠兴东等人转过街角，看到了马克，也看清楚了地面上的尸体，居然是宇普西龙与孙庆之，屠兴东面色一变，挥手就要跟马克打招呼。

白头翁一把拉住屠兴东，对周围的人使了个眼色，五个人又退回到咖啡厅里，财神惊恐地说："孙庆之死了！宇普西龙也死了，究竟发生了什么？"

屠兴东望着白头翁："我也想知道究竟发生了什么？刚想找马克问清楚，你拉我做什么？"

白头翁双手用力搓了搓，然后用力揉了揉脸，说："糊涂啊！孙庆之跟宇普西龙为什么会死在一起？老夫不相信是意外，更不相信是巧合，这里面必然有阴谋！"

笑面佛的面色猛地一变，颤声说："没弄清楚事情的真相前，我们不能跟 GOD 组织接触，万一他们包藏祸心，我们会重蹈孙庆之的覆辙。"

这番话所有人都听懂了，司徒霸惊恐地说："孙庆之是被人杀的？"没有人能回答这个问题，司徒霸又傻傻地问："我们安全吗？"

华夏是全世界最安全的国家，枪械受到管制，人与人之间如果产生矛盾，大家最多用拳头解决，能用上啤酒瓶时，就已经是在用杀伤性武器了。

现在面对孙庆之的死亡，咖啡厅里的五个人才想起，此刻身处的地方不是安宁祥和的华夏，而是基莫托的首都西里马洛。

财神端起咖啡喝了一口："我们出门在外是求财，不是来卖命的。既然跟 GOD 组织合作有危险，我觉得不合作也罢。"

屠兴东立刻点头说："大家都是成功人士，不说财务自由，至少也吃喝不愁，没必要留在西里马洛，回国，现在就回国！"

孙庆之的死触动了所有人，赚钱是为了消费，如果有性命之忧，那这钱还不如不赚，毕竟人死了钱还没花完，就太可悲了！

白头翁说："现在所有的航班都停飞。我们先换个地方，航班恢复就走。"

笑面佛点头说："对，这里不能待，必须立刻走。"

"去哪里？"有些六神无主的屠兴东，半小时前还畅想垄断亚洲区的场外交易，每个月能分润多少，现在却要担忧性命之危，这人生的大起大落真是很无语。

白头翁说："搬到华夏大使馆隔壁，万一有什么不对，我们往大使馆里跑。"

一辆黑色的奔驰车离开咖啡厅，十分钟后，双眼血红的马克出现在咖啡厅里，里里外外找了一通，目标人物消失了！

马克站在咖啡厅里，左手摸着耳朵接收信号，网络之上，一团墨绿色的光团开始发散，顺着网络入侵咖啡厅电脑，通过大数据分析，从这个城市里抓到那五个逃跑的家伙，再拷问出他们掌握的比特币。

145 大使馆

阿火焦急地在屋子里走来走去，好像热锅上的蚂蚁，他望着桌子后面的办事员彭浩说："资料看完了？"

彭浩先放下手机，然后上下打量阿火，开口问："你是写小说的？"阿火点头，彭浩笑着说："创意不错，脑洞大开，小说写出来肯定畅销，我给你好评点赞，大使先生公务繁忙，这份小说就不麻烦大使先生了。"

阿火微微一愣，读懂了彭浩话里的意思，他着急万分地解释："这不是小说，里面的一切都是真的，GOD 组织、6737 号提案、猎龙计划都是真的，我要见大使，我现在就要……"

阿火为表达清楚，双手上下摆动着，整个人好像一只大号猩猩。原本条理清晰的事情，阿火越激动越说不清了。

宇文靖从后面抱住阿火："不能急，要冷静，如果你不能控制情绪，我们会被赶出去。"

张伟也拉住阿火说："光这些文件不行，想要取信于人，还要拿出证据。"

张伟这段话里的关键点是证据，阿火的思维异于常人，他发散的思维立刻梳理社交圈，脑袋中闪过一道灵光，对着彭浩说："我现在就联系网络信息安全监督委员会的负责人，吕道林可以证明这些是真的。"

彭浩耸了耸肩膀，示意阿火自便。

阿火拿出手机拨打吕道林的号码，此时华夏已经是深夜，吕道林被吵醒后与阿火开始交谈，听到孙庆之的死讯，又听到 6737

号提案与猎龙计划的概述后，便知道事态紧急，立刻联系昆塔克的大使馆。

大使确认吕道林的身份后，让彭浩把阿火请进安全室，使用特定的网络，特殊的加密方式，把这些文件发送到国内。

网络上有不同的加密方法，技术强大的组织，会在关键节点设置抓包程序，肆意对数据进行抓取，然后进行过滤筛选分析，在他们眼中网络世界没有秘密。

GOD 组织经营着除华夏以外所有的网络，数据如果没有进行加密，很容易被他们捕获，必要时 GOD 组织还可以通过篡改和删除的方式处理文件。

文件成功发送，所有人都松了一口气，彭浩有些尴尬："我看到 6737 号提案时，感觉非常不可思议，还以为是小说情节。"

有些兴奋的阿火低声说："我也希望是假的，但看起来是真的，难怪大顺让做空比特币，一场没有硝烟的战争就要开始了。"

彭浩拍着阿火肩膀说："我们没有出生在和平的年代，只是生活在和平的国家。虽然我不懂你要做什么，但希望你的背后是和平。"

阿火重重把头一点说："风停了我就回国，一定会守护好这份和平。"

想要阻止 GOD 组织推动 6737 号提案，就要在网络上狙击比特币价，在 GOD 组织掌握的网络里阿火不敢操作交易，等回国后，币交所将成为主战场，在那里阿火会对比特币价格进行狙击。

146
9 号公路

千里之外的西维亚，冻土中无数的管线纵横交错，顺着管线进入地下实验室核心区域，两排座椅上二十道硅蓝色的电流不断闪烁，十个被束缚的男人面容恬静，贝塔站在一排显示墙前望着数据，生理指标一切正常，但不知道怎么了，贝塔总感觉心绪不宁。

充满墨绿色的数字世界里，得到全部权限的派，感觉自己是全知全能的神，海量的数据顺着数据线不断被吞吐，黑杰克与 KING 缠绕成螺旋状对这些数据进行分拣。

西里马洛的城市被三维建模，街道上的监控数据被归纳后开始轨迹追踪，一辆黑色的奔驰车被高亮定位，最终归属地被标记出来。

派脸上冒出一缕狞笑："哈哈！找到了，五只调皮的小老鼠，现在我要把你们抓……"

叮咚！西里马洛的城市三维图开始缩小，基莫托的地图被放大，前往西里马洛的 9 号公路上，一颗红色的光点正以迅捷的速度移动着。

"谁？"派的眼中闪过疑惑，他伸手打了一个响指，进度条开始滚动，叮叮叮！连续三个进度条走满百分之百，分析结果出现在派的面前，望着结果派的眼中闪着疑惑："火马？赵大顺想做什么？"

拥有绝对实力的派，不再需要琢磨别人要做什么，不管是计谋还是阴谋，在绝对的实力面前都会被碾碎。

派打开两个窗口命令："马克，去 9 号公路把赵大顺杀了！现在激活西里马洛的潜伏者，抓住蜘蛛矿业的股东。"

随着命令下达，一个又一个的潜伏者被激活。双眼血红的马克，开着一辆银色的沃尔沃，沿着 9 号公路往西里马洛外驶去。

风越来越大了！黄沙中偶尔还夹带着小石子，砸在车窗上噼里啪啦，我睁开眼睛往四周眺望，周围一片黑沉，什么也看不到。挡风玻璃上刷着最新数据，离西里马洛还有六十多千米，还剩三个小时的时间。

我揉了揉太阳穴，思索着科技能给人类带来什么，以前大自然拥有不可抗拒的力量，风灾水患常常使人类文明倒退，现在……

叮咚！音响里忽然响起警示音，一行红色的文字刷在挡风玻璃上：危险警告……

不等我看完上面的文字，一直平稳的火马车忽然转向六十度，惯性带来失重的感觉，我感到一阵颠簸，我握紧方向盘，诧异地问：“怎么了？”

Queen：发现敌人，是马克！

轰！我趴在方向盘上，火马车被追尾了。我把油门踩到底，然后瞄了眼倒车镜，看到一辆银色的沃尔沃。

我有些烦躁地问：“怎么办？”

轰！沃尔沃又撞了一下，然后车窗打开，马克举着一支 AK47，对着火马扣动扳机。

砰砰砰！子弹连成串打在玻璃上，幸好是防弹的玻璃，车身也防弹处理过，短期内安全，但我不能把马克带进西里马洛。

Queen：换路转弯，找机会。

我转动方向盘，火马车从公路冲到坑坑洼洼的辅道，颠簸开始了。

147 硬撞

公路的旁边是原生态旷野，这里砂石密布，偶尔会有枯死的树木，所以高低不平，车辆行驶在上面非常颠簸。

即使火马采用四轮驱动，面对这样的路况，也是跑得非常吃力，至于后面追来的沃尔沃，那就跑得更吃力了，两车之间的距离被拉得越来越远。

马克知道不能让距离拉远，飓风肆虐，砂石飞舞，周围的能见度很低，如果现在追丢了，重新定位可没那么容易。

马克踩紧油门，丢掉了手中的AK47，从副驾驶上拿起已经装填上弹的RPG，对着火马扣动了扳机。

轰！火箭弹打在火马车的后备厢上，爆炸产生的冲击波把火马车推得横移起来。

我虽然竭力转动方向盘，却不能让车跑直线。轰！沃尔沃的车头撞在火马车的车门上。

“欺人太甚！”火气在我的鼻头上弥漫，松开油门后我踩住刹车，望着对面车里的马克，在他的脸上我看到了疯狂，那就比一比看谁更疯狂。

转动方向盘，踩上油门，我不再逃避，而是选择与马克对撞。

轰！轰！轰轰！火马车是实验室里的概念车款，不管是发动机动能，还是车身坚固度，都远远超过普通的家用汽车，马克开的沃尔沃恰恰是家用款。

轰！沃尔沃车头被撞得严重变形，所有的安全气囊弹开，车里的马克不但没有惊恐，反而兴奋地吹着口哨，他推开已经变形的车门，好似一头猎豹般对着火马车冲来。

望着冲过来的马克，我诧异地问：“他想做什么？”

Queen：他想上车！

咔吧！车门自动上锁，我也连忙往后倒车。马克冲到车边拽车门，啪！车门纹丝不动，把手却被马克拽掉。

被改造成超级战兵的马克，有着超乎常人的战斗力，五根手指如钩，顺着把手往里撕。

我一脚油门踩到底，火马车在颠簸中加速，马克好像风筝般挂在车外。

Queen：刹车！

我又一脚油门踩到底，吱呀呀！马克被甩到前挡风玻璃上，壮硕如熊般的男人，嘴角挂着狞笑，手掌成拳砸挡风玻璃。

哐！坚固的玻璃好像有些变形，弹起了马克的拳头。

“这是个什么怪物！”面对已经不像人类的马克，我再一次把油门踩到底，同时转动方向盘往公路上开。

马克半跪在引擎盖上，举起拳头再一次砸向了挡风玻璃，哐！坚固的玻璃上多了一道裂纹。

Queen：阻止他，玻璃快碎了！

我怎么阻止他？手忙脚乱地按动车内的按钮，除了车窗上可以摆动的雨刮，我没有任何办法。

马克伸手拽掉了雨刮，眼中闪烁着猫捉老鼠般的残忍，他捏了一下衣领，针管刺进了脖子，马克本就血红的眼睛变得更红，手臂好似粗了一圈，扬起来对着挡风玻璃砸来。

望着越来越近的拳头，我知道这拳不光会打碎前挡玻璃，还能把我打死。怎么办？怎么办？望着不远处的地形，我转动方向盘。

148 逃离

辅道坑坑洼洼，比公路矮了不少，土质不好的地方还修建有一条石护坡，透过黄澄澄的风沙我看到一个约六十度的护坡，平时这样的坡我肯定会绕开，但现在望着越来越近的拳头，管不了这么多！

我握紧方向盘，油门踩到底，对着护坡冲过去。

砰！车轮碾过护坡边的条石，顺着六十度的坡度飞了起来，我的身躯往一旁蜷缩。啪！马克的拳头打碎玻璃，擦着我的脸颊，砸穿座椅上的头枕。

轰！火马车重重地砸在地上，我剧烈地颠簸着，猛烈的冲撞带来巨大的惯性，引擎盖上的马克被甩了出去。

我竭力保持清醒，见马克被甩出去，立刻转动方向盘。本该向左行驶的车辆，并没有向左行驶，而是对着马克撞了过去。

“怎么会这样？”我用力踩着刹车，速度不但没有慢下来，反而越跑越快。

轰！车头撞上半蹲在地上的马克，然后碾了上去，一阵颠簸后车子才冲到公路上。

我闹不明白，高声地质问：“为什么？为什么！”

Queen 刷出一行字：对敌人仁慈，就是对自己残忍。

我明白这番话的道理，却想不通这里的逻辑，高声说：“那你也没有剥夺他人性命的权力，毕竟生命是高贵的，是不可重复……”

Queen：我没有剥夺他人的生命，只是减少了马克的战斗力。

我没懂 Queen 话里的意思，诧异地问：“马克没死？”

Queen：这种程度的撞击，杀不死被改造成超级战兵的马克。

Queen 没杀人！这个结果让我的心里乱糟糟的，像极了此时灌进来的冷风，鼻子有些难受，我拿起一个抱枕手忙脚乱地塞住烂掉的挡风玻璃。

公路边一条带血的手臂从土里伸出来，马克灰头土脸地从坑里爬出来，吐了一口带血的唾沫，左手又摸住了耳朵。

派接收到马克发来的视频，正面狙击居然失败了？望着基莫托的地图，看到红色的光点离西里马洛越来越近，派托着下巴思索着，赵大顺为什么要到西里马洛？

人终究不是神，无法做到全知全能，派高声说：“KING，大数据运算，赵大顺为什么要到西里马洛？”

十八个进度条，数百万个可执行的结果被检索，最终四个最有可能的结果出现在派的面前：

一、寻找蜘蛛矿业的领导者。

二、为孙庆之收尸。

三、寻求官方力量帮助。

四、情绪在惊恐中崩溃，无意识、无逻辑地狂奔。

四条结果摆在派的面前，按照正常逻辑，第一个的可能性最大。在派的眼中，另外三个都不能产生利益，所以也都不成立，只有第一个是成立的。

派立刻追加命令：潜伏者快些行动，抓住蜘蛛矿业的股东后转移。

一个又一个戴着面巾的男人，拿着各种各样的武器，顶着飓风把瓦西旅馆围起来，在旅馆的停车场里，一辆黑色的奔驰车安静地停着。

149 逃

屠兴东有些气恼地坐在沙发上，手里端着杯威士忌，重重喝下一口后，愤愤不平："我挨了顿打，本以为能落点实惠，结果却出了这么多意外，哥几个你们说这叫什么事？"

大家相互望了一眼，都没有开口，此时屠兴东情绪失控，谁搭腔，谁触霉头。

屠兴东望着白头翁说："老翁，你给说说，这叫什么事？"

白头翁见避不过去，只能笑着说："是好事！如果阿火不打你，大顺就不会来西里马洛，孙庆之也不会跟来，说不定宇普西龙会找上你！这等于孙庆之替你挡了杀身之祸。"

换个角度来看问题，这个因果逻辑能成立。屠兴东足足呆愣了五分钟，颤声说：“我这也算是因祸得福？”

“要不然呢？”笑面佛拍着屠兴东的肩膀：“只是皮肉受点苦，看看孙庆之，你是不是感觉幸运很多？”

屠兴东很慎重地想了想，然后认真地点了点头：“仔细想想，还真是这个道理。”

司徒霸感觉屋子里有些闷，站起来往外走，白头翁问：“去做什么？”

司徒霸说：“洗手间。”

白头翁也站起来说：“一起。”

两个人拉开门往外走，洗手间在走廊的拐角处。

这几天经历的事情有些多，司徒霸心事重重，白头翁好似看出了什么，拍着司徒霸的肩膀说：“年轻人，淡定些，做生意本就是刀口逐利……”

正说着话的两人走到拐角处，侧身往外走时，眼角的余光恰好看到了走廊尽头，七八个拎着枪的男人站在房间的门口，其中一个拧开了房门，另一个把一团好似爆炸物般的东西，丢进了屋子里。

司徒霸全身的血液瞬间沸腾了，生活在华夏的人，除了在电视上看到过这种情景，生活中哪可能遇到这个情况，他张口就要喊。白头翁伸手把司徒霸拉进墙角，然后就去拧洗手间的把手。

砰！一声闷响，玻璃被震得来回摇晃。

洗手间里，司徒霸惊恐得连一句完整的话都说不出来：“你……他们……我……”

白头翁望着司徒霸，压低声音说：“冷静！冷静！冷静！”见司徒霸依然激动，便把巴掌抡起来，对着司徒霸就是一下。

司徒霸望着白头翁说：“打我做什么？”

白头翁见司徒霸终于冷静下来，便低声说：“听声音刚才扔的不是手雷弹，应该是震撼弹，他们还没死。”

冷静下来的司徒霸，拽起一个拖把问："那我们怎么办？"

白头翁低声说："既然他们使用震撼弹，那就是想抓活的。"

司徒霸点头说："所以我们没有性命之忧，要不投降？"

白头翁用看傻子的目光看向司徒霸："现在不杀你，不代表以后不杀你。跑吧！往使馆的方向跑。"

司徒霸拎着拖把，跟白头翁走进了消防通道。

派非常不满意，狙杀赵大顺没有成功，激活潜伏者活捉蜘蛛矿业的股东们，结果五个只抓到三个！是什么让计划出了疏漏？是自己没把一切计算好，还是下面的人没执行能力？

望着西里马洛的地图，看着高亮的红点，派诧异地自语："大顺去中央酒店做什么？"

150 计划与变化

轰！火马车撞飞中央酒店停车的栏杆，冲进地下车库。转了个弯后停下来。我推开车门顺着地上的血渍狂奔，在一个停车位上看到了两团血肉。

我身躯颤抖着，眼泪止不住地往下流，有些崩溃地问："接下来怎么办？"

Queen：把后备厢里的设备拿出来，戴在……

Queen 扫描到两个人都已经变形的头颅，刷出一行字：对不起，大脑受到损伤，无法进行转化操作。

靠着衣服我辨认出这团血肉是老孙，我把他抱进怀里，看到 Queen 的文字后，我彻底崩溃，哭着说："我不管，你说的八小时内赶到，就能把老孙转化为数字生命，在网络上延续他的人生……”

Queen：对不起，头颅变形，大脑受损，无法……

我打断 Queen，抱紧了老孙，高声说：“我不管！我不管……”不依不饶的我，此时就像个无理取闹的孩子。

一个又一个的进度条不断地闪烁，最终形成一个乳白色的光团，不断地在我的瞳孔中放大，我的世界一片洁白，然后是无尽的黑暗。

啪！啪！啪啪啪！眼镜腿上淡蓝色的光流一遍遍电击着我的太阳穴，麻酥酥的感觉让我从昏迷中醒来。

Queen：人已经死了，谁也不能让他复生。

火马车轰鸣着碾进飓风里，顺着公路往西里马洛的医院冲去。

墨绿色的虚空中，派坐在数据流形成的王座上，托着下巴望着西里马洛的地图，看到火马车冲进医院后：“他究竟要做什么？”

KING 链接了医院内的监控系统，派看到赵大顺把骨灰盒与冷藏箱拎进火马车，终于猜到赵大顺要做什么。

派的表情开始狰狞，嘀咕着：“我不喜欢华夏人，他的思维与我们截然不同。为什么要把宝贵的时间浪费在死人身上？”

怒火燃烧着派的智商，派打了个响指：“黑杰克，运算这场飓风多久后停？然后再运算 GOD 组织启用所有资源，能否影响基莫托的政局？”

两个进度条一闪而逝，派得到了想要的答案，于是一行文字出现在 Teglamer 群里：飓风两天后停，我建议启用所有资源，在基莫托发动武装政变，同时狙杀赵大顺。

这番话好像往镜湖里丢了块大石头，所有人的心底都泛起了波澜，但表面上假装镇定。

阿尔法有些头疼地摸着脑袋，思索着要不要这样做？

派觉察出了阿尔法的犹豫，体内好战基因觉醒：我们与奥米伽已经不死不休，机会只有一次，如果不能杀掉赵大顺，我们就不能控盘比特币。

阿尔法默默地在键盘上按动了三个字母：YES。

墨绿色的世界中派笑得张狂，被飓风肆虐的基莫托，枪声响了！

151 天神降临

天神降临是什么？通过电流聚变的方式，强行写入人类大脑，先影响潜意识，全身放松后再强行修改固有意识，这是一门非常不人道的黑科技。

一个国家或一个政体，跟羊圈里的羊没什么区别，都是一小撮精英领导大部分民众，头羊选择的方向是大家前进的方向，只要能够控制那一小撮，就能影响整个种群。

GOD 组织在这颗星球上深耕多年，已经通过各种各样的方式，编织出了一张覆盖全球的大网，基莫托国内几个重要位置的潜伏者被激活，开始有针对性地去影响其他的掌权者。

卫戍部队的副指挥官，拿起电话打给总指挥，彼此刚刚聊上两句，总指挥就听到一阵怪异的音乐，然后不由自主地开始放松，听筒上一团蓝色电流进入总指挥的太阳穴。

墨绿色的无尽虚空中，派好像一个棋手，在他面前整个基莫托成了沙盘，一个又一个的官员成为天神降临的牺牲品。

望着沙盘中最耀眼的棋子，派低声说：“可惜总统用的电话是加密号段，无法天神降临，那只能把他赶下总统的宝座了。”

飓风越吹越猛烈，一辆辆装甲车冲出军营，撞开总统府的围墙，然后枪声响了。

带着老孙的骨灰，我坐在火马车里，正准备往昆塔克开，Queen忽然弹出一行文字：GOD 组织启动天神降临，开始颠覆基莫托政权了，卫戍部队叛变了，与国民警备军正打成一团。随着 GOD 组织不断使用天神降临，三天后基莫托的政权将会被颠覆。

我气恼得砸了一下方向盘，早就知道 GOD 组织能力强大，却没想到他们这么疯狂，颠覆一个国家的政权，这是要向世界宣战吗？

我低声说："现在就回昆塔克，然后我们离开基莫托。"

Queen：暂时不能回昆塔克，GOD 组织激活了潜伏者，抓了屠兴东、笑面佛与财神，他们掌握了比特币的私钥……

我懂 Queen 的意思，GOD 组织要推动猎龙计划，就要在比特币控盘后，向世商会总裁合法地输出足够多的利益，而蜘蛛矿业的筹码将会影响到 GOD 组织控盘。

我说："我就是个写小说的，没能力从潜伏者手中救出他们。"

Queen 刷出一行字：你有！

就在我诧异的时候，又有一份崭新的计划出现在我的瞳孔中，望着一行文字，我低声说："靠谱吗？"

Queen：成功率能达到百分之六十七，值得放手一搏。

我望着火马车碎裂的挡风玻璃，转动方向盘开向西里马洛的机场仓库，同时低声说："好，就按这个计划执行。"

我现在就去临时仓库，先给火马车换玻璃，再想法子去救那三个倒霉蛋。望着车窗外灰蒙蒙的世界，我心里嘀咕着：愿一切顺利，吉人天相。

152 恫吓

屠兴东摇晃着脑袋，从眩晕中醒来，他茫然地看向四周，发觉自己躺在地板上。这是一间不大的黑屋子，墙壁是黑色的，房门是黑色的，窗上的窗帘也是黑色的，一盏萤火般的小灯挂在天花板上，财神与笑面佛蜷缩在墙角。

“醒醒！快醒醒！”屠兴东把两个人摇醒。

笑面佛茫然地望着四周说：“这是哪里？”

财神摸着自己的身体，发觉手脚完好，诧异地说：“我没死？”

屠兴东很不乐观地说：“没有自由的日子，恐怕比死还难受。”

笑面佛说：“大家乐观点，既然他们抓了我们，就不会杀掉我们。应该是求财，只要能用钱解决问题，那都不是问题。”

财神点头说：“但愿这帮人心不贪……”

吱呀呀！房门被推开，两个端枪的男人走进来，屠兴东三人惊恐地缩进墙角，然后又走进来三个男人，每个人手中都拿着铁链，捆绑上屠兴东等人的双手，挂在屋子横梁上。

笑面佛故作平静地说：“大家好，我们能做个生意吗？我愿意花钱……”

砰！一记拳头打在笑面佛的胃上，笑面佛疼得干呕。

财神连忙说：“别打我，我有 Money！Money……”

一个戴头巾的男人，用生硬的汉语说：“我们不要 Money！我们要比特币。”

财神见可以谈，便立刻问：“多少？”

戴头巾的男人说：“全部！”

这个数额超过财神能承受的范围，如果只要一两百还是能给的，一张口要全部，接下来该怎么谈？

就在财神迟疑时，戴头巾的男人开始动手，拳头好像雨点般打在财神身上，从未受过苦的财神被打得哇哇大叫。

屠兴东嘴巴张了张，却没有发出声音，这种情况还是不开口为妙，乱讲话会引祸上身。

“别打了，我给你们全部的比特币！”财神高声求饶：“两万，我把比特币都给你。”

叮咚！投影仪把派投射到屋子的墙壁上，派的声音在屋子内回荡：“两万比特币买不了你的命，我觉得至少二十万，而且我知道你有二十万比特币。”

这番话说完，屠兴东三人猛地一惊，财神更是惊恐地问：“你们是谁？想要做什么？”

派说：“三分钟前基莫托总统说我们是叛军，但我觉得我们是革命军。不管叫什么，我们都将取得胜利，为了得到国际上其他国家的认可，还要借用一下各位的头颅……”

随着派的描述，三个人的心都凉了下来，仿佛已经幻想到自己人头落地的样子了。

屠兴东惊恐地说：“你不能杀我，我持有卜罗国的护照，我是受到西方宪法保护的……”

派故意施压说：“既然你有西方护照，那就先拿你开刀。”

笑面佛忽然想到什么，对着派喊：“我知道你是谁，二狗子曾经给我看过你的照片，你是神猫矿业背后真正的大老板，派！”

153 推诿

派望着笑面佛说："恭喜你，答对了！奖励他两拳头，打重一些。"

砰！砰！两拳把笑面佛打得直翻白眼，差点就昏过去了。

财神干笑着套近乎："其实大家也算熟人，你看能不能先把我们放了，都在一个圈子里讨生活，没必要搞得这么僵。"

派愣愣地看着财神，然后发出狂笑声，前俯后仰，状若疯癫。

笑面佛低声说："GOD组织的黑客以字母为代号，派排名十六。"

财神的脸一下就白了，这才明白自己蠢到了极点，宇普西龙的尸骨未寒，居然跟GOD组织的黑客攀交情，这是在与虎谋皮。

派说："既然你们已经知道了我的身份，那就让我们开诚布公。"说完打了个响指，投影仪分割出一半的屏幕，正在播放华夏国际电视台的新闻。

异国他乡听到字正腔圆的家乡话，本应该是件感觉亲切的事情，但当听清楚播音员说的内容后，三个人都汗流浃背。

本台最新消息，基莫托本地时间十五点整，叛军攻占位于西里马洛的总统府，基莫托总统退入洛克山脉，随着双方交火升级，本次内战中平民伤亡已经超过两万人，如果局势继续恶化……

派望着呆住的三人，阴森森地说："我们已经占领总统府，你们要么给赎金，要么被杀死，我没跟你们开玩笑！宇普西龙死了，光陪葬一个孙庆之还不够，你们也要陪葬。"

觉察到派的杀意，财神扛不住了，高声说："二十万比特币可以给你，但你要保证收到赎金后放了我们。"

派慢悠悠地说："二十万比特币只是一个人的价格，我知道蜘蛛矿业的账户里有一百万比特币。”

财神惊恐地看向笑面佛与屠兴东，想过派贪婪，但没想到这般贪婪，怎么办?

笑面佛说：“一百万比特币的赎金我可以答应，但蜘蛛矿业的私钥被加密过，密匙一共三十位，我们每个人记住六位，只有大家一起输入才能解锁钱包，所以这件事光我们答应也不行，还需要白头翁与司徒霸同意。”

财神与屠兴东松了口气，笑面佛的说辞非常好，表面上答应派的要求，实际上却把这件事推诿了。

派笑着说：“只要白头翁与司徒霸答应，你们就答应? ”望着三个人点头，投影仪上又开始分屏，派连线了司徒霸与白头翁。

坐在大使馆里听到外面乒乒乓乓的枪声，司徒霸惶恐不安地说：“如果这次能安全地回到国内，以后我再也不出国了!”

经过大风大浪的白头翁端着一杯红茶说：“富贵险中求，想赚钱就不要怕风险，这点小风浪算什么? ”

就在这时两个人手机同时响起，弹出自动聊天窗口，看清楚手机里另外三个人被挂在房梁上，两个人吓坏了。

派的脸出现在屏幕上，低声说：“你们老朋友们再见面，惊喜不惊喜? ”

154 挑拨

差点没吓出心脏病，司徒霸张嘴想说话，却被白头翁拉了一把，司徒霸立刻闭上嘴巴，白头翁经多见广，吃过的盐比自己吃过的米还多。

白头翁望着派说：“朋友，不知如何称呼。既然你抓了我兄弟，想要什么尽管说，只要老朽能满足，立刻答应你。”

派对着白头翁说：“我是 GOD 组织排名第十六的黑客，派。既然你爽快，我也不拐弯抹角，把一百万比特币交出来，GOD 组织把他们放了，并且保证以后不再找你们，以及蜘蛛矿业的麻烦。”

不等白头翁开口，财神就不乐意了，高声喊：“派，你怎么不讲信用，不是说好一个人二十万比特币？我们三个人是六十万，你怎么要一百万？”

派望着财神说：“一个人二十万比特币，你们五个人就是一百万比特币。”

财神抬杠说：“但你只抓了我们三个。”

派生气说：“那我现在就去抓他们两个……”

眼看着双方就要吵起来，白头翁连忙说：“别吵了，有事好商量。”见双方都看向了自己，白头翁望着派求证：“你要的赎金是一百万比特币？”

派把头一点说：“是的！一百万比特币。”

白头翁脸上挂满诧异：“你说什么？大声点，我听不到！我这里的信号不好……”

黑房子里，投影仪上，白头翁一动不动，司徒霸也一动一动。

派奇怪地说：“信号不好？难道是断线了？不对！数据链接正常，你们两个不动，但墙上钟的秒针却在走动。”

白头翁见派拆穿了自己的小把戏，便立刻挂断了通话，还对司徒霸吩咐：“把手机关了，不要理他们，一百万比特币的赎金！还真敢开口。”

司徒霸把手机关了后说：“这样做不好吧？”

白头翁毫无心理负担地说：“你愿意为了那么点妇人之仁交出自己毕生的积蓄？”

司徒霸很想点头，但发觉过不了心里这一关，默默地把头一摇。

“睡觉！等风停了我们就回国。”白头翁说完躺在床上。

司徒霸咬了咬牙，也把被子裹了起来，他暗地里思索，少三个人分钱那自己岂不是要多分许多！心底的那一丝愧疚在利益面前烟消云散。

望着中断的视频通话，派继续拨打，结果发现对面关机，派呆愣之后状若疯癫地狂笑，对着三个人说：“被人背叛、放弃的感觉怎么样？”

三个人交换了一个极为复杂的眼神，财神说：“要不你把他们俩也抓来，这样他们就会付赎金……”

派用欣赏的目光打量财神：“好主意！我现在就去抓他们，让你们团聚。”投影仪暗下去了，屋子内的人也都退了出去。

三个人相互望一眼，然后剧烈地喘着。惶恐的屠兴东愤怒地说：“这两个小人，居然敢出卖我们。”

财神：“人为财死，鸟为食亡！换成谁都会这样选。”

笑面佛闭上眼睛说：“都省点力气，抓不到他们，我们不用死，抓到了他们，我们一起死，但愿有奇迹发生。”

屠兴东与财神都闭上了嘴巴，虽不情愿，但祈祷着白头翁与司徒霸能逃回国，至于派的承诺，大家连标点符号都不相信。

155 撤侨

吕道林很是着急，时刻关注着基莫托的局势，当看到一伙暴徒冲击西里马洛大使馆，劫走司徒霸与白头翁，吕道林知道不能再这样干等着了。

他再次敲响了李局长办公室的门，这才几天不见，李局长苍老了许多，血红的双眼盯着桌上的文件，用沙哑的声音对吕道林说：“老伙计，你这是在给我出难题！如果这份报告是真的，你我知情不报将是千古罪人，如果这份报告是假的，你我将会犯下不可饶恕的政治错误，还有七个月，我就要退休了！”

吕道林关上房门，默默地坐在李局长的面前，声音低沉：“GOD 组织在全世界深耕多年，从五月花计划开始，到计算机革命引发科技大爆炸，经过这些年的布局，潜伏者、执行者、智者三股力量已经开始影响西方世界，世商会正在研究 6737 号提案，而且我们的情报人员也能佐证，智者曾为条星国制订过驯龙计划与猎龙计划，现在 GOD 组织推翻了基莫托政府，从西里马洛大使馆里抓走两个华夏人，他们要做什么，你还猜不到吗？”

李局长说：“通过控盘比特币的方式，对世商会总裁输送足够多的利益，推动 6737 号提案通过，对华夏 13 个大行业、6737 项科技实施封锁禁运，遏制华夏崛起，助推猎龙计划落地。”

吕道林把头一点说：“这是一场没有硝烟的金融战争，如果我们坐视不理，赵大顺会死，蜘蛛矿业的那些股东们也会死，GOD 组织完成集筹，那将意味着什么？那个局面你愿意看到吗？”

李局长眨动干涩的眼睛，慢慢地站起来说：“不管有没有 6737 号提案，不管有没有猎龙计划，在基莫托的土地上，我们的同胞正在遭受战火威胁，我们必须要为他们做些什么。”

那份报告以华夏网络信息安全监督委员会的名义，向更上一层的部门提交。

国防部的紧急会议室中聚满了人，年轻的作战参谋开始制订撤侨计划。

临时新闻发言人回答各国记者提问后说：因基莫托局势动荡，战争冲突不断升级，平民伤亡惨重，我国希望交战双方能够保持克制冷静，先停火，以谈判的方式解决争端。跟基莫托流亡政府沟通后，我国将派出正在远洋执行护航任务的两艘军舰，前往新里西港执行撤侨任务……

湛蓝色的海面上，两艘军舰拉响了汽笛，然后调整了航行的方向。

基莫托境内，华夏大使馆的工作人员，开始通知在基莫托的华侨们，三天后军舰会到达新里西港，海外华侨先在大使馆汇合，然后集中撤离。

Teglamer 群里，阿尔法好像在问别人，又好像在问自己：华夏开始撤侨了，我们怎么办?

所有人都开始沉默，沉浸在技术里的天才们讨厌政治，现在为了造神必须用战争的方式干预政治，这已经偏离了大家的初心。

贝塔说：保持克制，我们只对付与奥米伽相关的人，不牵连其他的华夏人。

派有些不屑：牵连又能怎样?

贝塔：奥米伽还在华夏。

156 改装

西里马洛机场的临时仓库里堆满了货箱，因为来的时候是包机，也没看注意事项，所以每样展品运来的数量都超了将近一倍，展位的空间有限，超出的展品全都以备用件的名义，堆在临时仓库里。

穿上还很简单的机械外骨骼，我给火马车换上新的玻璃，然后开始拆解火马车上面的 GPS 定位仪，再把芯片替换成 5G 信号发射器。

在 Queen 的指导下，我打开火马车中控制电脑的接口，看着一个又一个的进度条开始闪烁，有的一闪即逝，有的走得很慢。

接着还要拆开已经打包好的货箱，三百多架无人机，六十只机械蚂蚁，二十辆快递车，全都进入待机状态。

仓库变得有些躁动，所有的设备上指示灯光不断闪烁，Queen 开始更新这些设备的原始程序。

我拿起 GPS 定位芯片，安装进一辆快递车里，然后看着快递车自行离去，我问 Queen："接下来怎么办？"

Queen 刷出一行字：我知道派通过 GPS 定位在监视你，派也知道我知道他在监视你，所以第一步先假装离去。

这番话听起来很拗口，却不难理解，Queen 知道派监视我，派也知道监视的事情瞒不过 Queen，现在 GPS 安装在快递车上，假装离开西里马洛。

我开始拆解快递车的外壳，打通里面的小货仓，然后把 Queen 已经编好号的无人机依次放进快递车里，再然后往里面放机械蚂蚁。

做好这一切后，我擦了擦额头上的汗水，虽然有外骨骼帮忙，但还是很累。我懒散地躺在地上，望着仓库的穹顶，低声问："弄好了吗？"

Queen：临时通信系统开启，进行最后一次检索。

看完这行文字后，我听到机械合成的声音："呼叫大顺，呼叫大顺，听到请回答……"

"谁在说话？"我惊恐地翻身而起，手里还拎着扳手。

"是我 Queen！"Queen 刷出一行字，安抚我的情绪："天黑后我们要去解救蜘蛛矿业的股东，文字太慢了，所以开启语音通信系统。"

这个声音有些怪，很强烈的金属质感，分不清楚是男是女，猛然听起来不太习惯，聊上一会儿也就习惯了。

Queen：“三小时前，叛军冲击西里马洛大使馆，抓走了白头翁与司徒霸！”

我眨了眨眼睛说：“可真是太不幸了！我们本来只要救三个，现在升级为救五个，难度升级，你有把握吗？”

Queen：“按照数据库推理运算，我们成功的概率超过百分之六十七。”

我说：“五人的车拉六人可就超员了，基莫托交警……”说到一半我停下来，基莫托已经乱了，哪还有查车的交警。

跳过这个不是问题的问题，我又想到另一个问题：“把人救出来后，我们去哪里？回昆塔克吗？”

Queen：“一小时前国防部新闻发言人宣布，华夏将派遣两艘军舰从基莫托撤侨，三天后他们会抵达新里西港，所以我们可以去昆塔克，也可以直接去新里西港。”

军舰撤侨，给力啊！原本不太乐观的我，得到这个消息后也开始乐观，望着墙上的挂钟等天黑。

157 电流刺激

黑屋子里铁链叮叮当当地响着，白头翁与司徒霸也被绑了起来，挂在横梁上。财神嘴角抽搐，心口开始发疼。笑面佛面色冷白，满是无奈地跺了跺脚。

屠兴东愤恨咒骂：“你们俩可真义气，假装断线，还把电话关机，真有本事别被抓啊！”

白头翁叹口气说：“我也不想被抓，谁知道这帮家伙是疯子。”

司徒霸羞愧地低下了头，在他的价值观里，有些无法面对刚刚出卖过的三个人。

笑面佛低声说：“别嚷嚷，现在我们五个人聚齐，真把赎金交了，我们能活吗？”

屠兴东说：“GOD 组织是跨国组织，应该会信守承诺吧？”

财神说：“派只承诺不杀我们，没承诺不控制我们，这下完蛋了！”

纵横二级市场的镰刀们，开心地享受财富自由的生活，不说凌驾在众生之上，需要被他们仰视的人也不多。现在忽然要被植入心脏起搏器，成了被控制的鹰犬，仔细想想生不如死的日子，还不如死了痛快。

叮咚，投影仪把派投射在墙壁上，满脸桀骜的派，悠悠地说：“现在你们五个人团聚，有什么感言吗？”

白头翁神情复杂地望着派说：“是不是给你一百万比特币，你就把我们放了？”

派很干脆地点了点头。

财神说：“你会给我们植入心脏起搏器，控制我们吗？”

派的眼睛一亮：“是个好建议，我会考虑的。”

还真是怕什么来什么，司徒霸高声说：“你现在就把我弄死！我是不会成为你的鹰犬的。”

派面色一变，冷声说：“我喜欢硬骨头，让我看看你的骨头有多硬。”

吱呀呀！房门被推开，两个端枪的男人先走进来，然后走进来一个抱木盒的男人，木盒有手提箱那么大，上面有个铁质的摇把，木盒的下面盘着电线，男人把电线搭在铁链上。

一种极为不祥的预感在大家脑海里盘旋，财神高声问：“你要做什么？”

派坏笑着说：“这是手摇式发电机，能发出让人难受，却又不致命的电流。我会让他先摇五分钟，希望你们会喜欢。”

抱着木箱的男人，立刻摇动手柄，啪啪啪！蓝色的电流顺着铁链进入五个人身躯内，每个人都被电得嗷嗷大叫，身躯不自控地打着摆子。

五分钟后，每个人都汗流浃背，浑身上下仿佛被虫咬过一般，无法形容的疼痛刺激着肌肉与神经，如果没有铁链拉着，他们早就瘫软在地了。

派继续笑着说："游戏好玩吗？夜还很长，我希望你们每个人都是铮铮铁骨，这样我们才能多玩几轮。"

司徒霸怒吼着："杀了我，给我个痛快，要不然我做鬼都不会放过你。"

白头翁望着派问："真给了你赎金，你能放我们一条生路吗？"

派悠悠地说："刚才还可以，现在不行了！我决定给你们都安上心脏起搏器……"

望着疯癫的派，五个人的眼底闪过绝望。

158 侦测

天黑了，飓风不但没减弱，好似又强了三分，我坐在火马车里，望着前挡玻璃上不断变化的数据，忽然间有些感慨。

科技是什么？科技能让人活得更轻松，能解放生产力，能给梦想插上一双翅膀，让人类活得更加舒适安逸。但科技也让人类活得越来越数据化，越来越离不开科技，比如手机。

Queen 通过信号追踪找到黑房子，再通过入侵信号蜂巢，以电信号发射塔定位的方式，确认黑房子里有十三个手机信号，按照人均一个手机，将要面对十三个敌人。

火马车后面跟着十九辆快递车，因为采用的是电池驱动，所以动起来悄无声息。缓慢接近黑房子，我有些紧张地问：“接下来应该怎么做？”

从小到大，我没少看战争电影，那些光环大开的主角们，全都战无不胜，孤身入虎穴，力战万人而毫发无伤！

我以为今天也要开一次光环，穿着简易的外骨骼，拎着两个大号的扳手，冲进黑房子里对战荷枪实弹的十三个暴徒。结果却完全想错了，Queen 说：“在这里等着。”

挡风玻璃上，一个个的进度条开始闪烁，四辆快递车脱离编队，悄悄地驶向黑房子。

伸手不见五指的黑暗中，快递车占据了四个角，然后打开车顶上的热能探测器。紧接着快递车打开货仓，八架无人机慢慢飞起来，找到合适的位置后慢慢落下，每个无人机上都安装了拍摄镜头。

火马车上 5G 信号不断交换，挡风玻璃上出现八个镜头视角，配合热能探测器，绘制出黑屋子的平面图，数据最终汇总，里面的情况一目了然。

我望着前方玻璃上的九宫格说：“这可真是黑科技！”最上面黑屋子的平面图里，十八个人形发光体被高亮标记。下面八个视角里能看到最大的房间里有八个人，蜘蛛矿业的五个股东挂在横梁上，两个持枪的看守，还有一个正不停地摇晃着老式的手摇发电机。

剩下的六个房间里有九个人，有四个人在大厅里，全都持有枪械。其余的五个人每间房一个人，都躺在床上休息。

我低声问：“Queen，一共侦察到十三个手机信号，现在才看到十二个敌人，还有一个在哪里？又或者有人用了俩手机？”

Queen 高亮了一个画面，标记出墙壁说：“还有一个是派，他正在审讯蜘蛛矿业的股东们，逼问比特币的密钥。”

这下把十三个手机信号找齐了，我不由自主地握紧扳手问：“你的计划是什么，需要我怎么做？”

挡风玻璃上出现 Queen 制作的动态图，一共三个步骤，我只要执行最后一个步骤，开车撞墙把人拉走。望着有些简陋的计划，我情不自禁地问："如果发生意外，怎么办？"

这个世界上没有百分之百的成功，任何事情都有可能发生意外，我问完这个问题后心悬起来，生怕 Queen 没有做针对意外的计划。

Queen 说："按照程序的优先级，你的安全高于一切。次之的优先级是解救蜘蛛矿业的股东，在没有逻辑混乱的情况下，我们按照程序执行。"

我听懂了 Queen 的意思，把头一点说："行！开始执行！"

远处的快递车又打开腹舱，一架架无人机腾空，一只只机械蚂蚁开始悄无声息地移动。

159 解救

在机械蚂蚁的程序里，只要有地方安放吸盘，它就能如履平地。至于无人机则更简单，顺着狭窄的缝隙，能飞到任何地方。

创新实验室的研发能力很强，无人机已经迭代了四次，从静音无人机到超薄无人机，一共有六个大类、二十二个详细分支。涵盖无人机视频拍摄、无人机农药喷洒及无人机竞速竞赛等方面。

十架无人机两两一对，悄无声息地飞进五个房间里，无人机上改造后的喷嘴开始喷洒无味透明的麻醉剂。熟睡的人吸入麻醉剂后，进入更深度的睡眠。

四台机械蚂蚁移动到客厅里，倒悬在天花板上，钢制的腹舱缓慢打开，用来清洗玻璃的喷头开始缓缓加压。

另一边九架无人机与三只机械蚂蚁悄悄地出现在大房间里，到达最佳的攻击位置后，Queen 下达总攻的命令。

大厅中，四台机械蚂蚁对枪手喷洒夹杂着麻醉剂的辣椒水，褐红色的药水喷在脸上，浸入眼睛与口鼻，无法形容的疼痛让每个人都发出痛叫。机械蚂蚁挥动用来擦玻璃的机械手，对着枪手连续重击。

忽然遭受攻击，睁不开眼睛的枪手们扣动扳机，大厅本就不大，四个人又离得太近，盲射打空弹夹后都躺在血泊里。

大房间里，六架无人机冲向两个枪手，吸引他们转身，然后天花板上的机械蚂蚁往下坠，装饰用的触角闪烁着蓝色的花火。啪啪啪！落在两个枪手的身上，直接把他们电晕。

我也接到了 Queen 的命令，一脚油门踩到底，火马车对着 Queen 标记高亮的地方撞去。哐！哐哐！墙被撞个大洞，顶着灰尘与碎砖，火马车出现在大房间里。正摇发电机的暴徒目瞪口呆。

这一切说起来很慢，其实都在三秒内，暴徒愣愣地抱紧手摇发动机，不知道要不要接着摇。机械蚂蚁从天而降，触角上蓝色的电流把他电到昏迷。

派的面色一变，特别是看到火马车后，嘀咕：“他没有离开西里马洛？”

车门打开，我对着蜘蛛矿业的股东们说：“伙计们，有坐顺风车的吗？”

财神激动坏了，高声地说：“大顺兄弟，能见到你可真是太好了，快救我……”

派高声喊：“我劝你们投降！逃出这里又能如何？GOD 组织已经控制了西里马洛，紧接着会控制整个基莫托，你们能逃到哪里？”

面对派的威胁，蜘蛛矿业的股东们都面色一变，仔细想想派说的有道理，离开这里又能逃到哪里？

屠兴东想息事宁人：“如果我们不走，你能放过我们吗？”

派没有回答这个问题，所有人都知道派不会答应的。

我见大家情绪低落，便高声说：“GOD 组织不过是一堆见不得光的臭虫。你们能控制西里马洛，能控制基莫托，那又怎样！华夏派了两艘军舰撤侨，我们身后是强大的祖国！”

在派的咆哮中，火马车驶离黑房子。在无尽虚空里，派面容狰狞，KING 与黑杰克开始疯狂运算，天神降临继续开启。

160 执行者卫队

如果基莫托是棋盘，那么赵大顺就是不听话的棋子，至于三天后到达的军舰，那是棋局结束的时间。

派已经成为拥有主场优势的棋手，这些年一直想压制奥米伽，终于有了一次隔空对弈的机会，望着基莫托的沙盘，派先以西里马洛为中心，然后高亮出昆塔克与新里西港。

飓风两天后停，军舰三天后到。昆塔克与西里马洛，以及新里西港是个不规则的三角形，赵大顺可以退去昆塔克与阿火等人汇合，也可以直接前往新里西港。

墨绿色的数字世界里，派嘀咕：“想要赢这一局，就要把主场优势放到最大，所以撤退路线必须由我来定，而不是让他们选！”

打定主意的派吩咐说：“KING，命令各地驻军沿新里西港戒备，同时堵住西里马洛前往新里西港的所有公路，把赵大顺他们逼到昆塔克。”

Teglamer 群里，派：我需要调动执行者卫队。

GOD 组织里潜伏者激活后任务成功才能成为执行者，执行者经过多次成功任务升级，才有机会进入执行者卫队，执行者卫队里的成员是尖刀中的尖刀，是 GOD 组织轻易不会动用的利刃。如果说潜伏者对 GOD 组织忠心耿耿，那么执行者卫队已经把生命奉献给了 GOD 组织。

望着派提出的要求，所有人都习惯沉默等待阿尔法的抉择。曾经需要投票的 GOD 组织，不知不觉中完成了集权。

阿尔法问：你要做什么？炸军舰吗？

派回答说：不！我让马克率领他们，去追杀赵大顺与蜘蛛矿业的持币者，只要把他们杀了，他们持有的比特币将会被永久锁仓，到时比特币交易市场内的价格就由我们说了算。

阿尔法认真地思索了三百秒后，打出一行字：执行者卫队暂时给你使用，但只有三十个名额，我把他们纳入指挥系统，并给你最高的授权。

一个又一个的光点高亮在派的世界中，潜伏者卫队的卫兵们，因为他们把一切都献给了 GOD 组织，所以在他们身体内安装了特定的芯片。

派在西里马洛的地图上选择了一个集合地，然后开始制订后续的狙杀计划。

一管药剂又一管药剂，连续三管药剂后，马克身躯外的伤口以肉眼可见的速度愈合。在基因药剂的催动下，马克作为 GOD 组织的超级战兵，不管是破坏能力，还是愈合能力都超越了普通人。

滴滴！马克瞳孔里一团绿色的光点闪烁，马克连忙握住耳朵，信号如同潮水般涌来，在马克的瞳孔里出现了一幅三维地图，上面还闪烁着三十个光点，马克转动方向盘，前往集合地。

集合地里执行者卫队的卫兵们满脸桀骜，久经训练的壮汉，淡红的眼睛里堆满漠视，眉宇间有冷冰的杀气，望着刚刚赶到的马克，每个人的眼中都闪着轻蔑。

在前往昆塔克的车上，马克默默脱去外衣，露出身上的机械骨骼，相比献祭灵魂的卫兵们，马克不光献祭灵魂，还献祭了肉体。

161 换路走

飓风在基莫托肆虐，天地间黄沙茫茫，出了西里马洛，路灯都被飓风吹坏了，周围黑得没有丝毫光亮。为了不暴露位置，火马车没有开灯，默默行进在黑洞洞的公路上。

财神蜷缩在前座上，捏了捏脚下的手提箱，触感是如此真实，确认没有性命之忧，他整个人松了口气，望着我说："大顺，这次真是太感谢你了，回国后请你吃饭……"

我默默地点了点头，挡风玻璃上忽然刷出基莫托的地图，在西里马洛通往新里西港的所有公路上，闪烁着一个又一个光点，这些光点汇聚后，好似堤坝般横在公路上。

科技进入新时代，全球实现即时通信，每个人为联通世界，都会佩戴通信设备，这些设备在接收信号时也对外发送信号。

Queen 电子合成的声音响起："经过讯息探测，前往新里西港的六条公路上，至少聚集了三万名反政府武装，他们的装备有坦克及各种反坦克武器，建议修改行进路线。"

坏消息冲淡了车上的喜悦，三万名拥有重型武器的反政府武装，如同一块大石压在大伙心上，每个人都轻松不起来。

屠兴东低声说："大顺，别硬碰，换路吧！"

我对着 Queen 说："运算出最安全的路线。"

远在华夏的大西北，腾飞矿业内所有的矿机都开始风扇爆鸣，澎湃的红色算力穿过海底光缆进入基莫托，然后以西里马洛为中心开始扫描周围的通信信号。

飓风肆虐时普通人躲在房子里，公路上的行人寥寥，只要出现成百上千的通信信号，基本上可以断定是武装人员。

一条条道路被高亮筛选后排除，只剩下西里马洛前往昆塔克的道路。

Queen 电子合成声音响起：“建议前往昆塔克，与当地华侨汇合后，再前往新里西港。”

没得选，我转方向盘说：“开启前往昆塔克的导航。”

车上的人又都松了口气，后座上被挤到最边上的司徒霸，双眼放光：“这是人工智能吗？”

我点头说：“目前只是初级的入门版，国内还有一大群人帮着完善程序。”

司徒霸本就放光的双眼，变得更亮了。矿机的天职是运算，而运算恰好能给 AI 赋能，火马车上的系统证明这条路走得通，蜘蛛矿业必须更改研究方向，回到国内就动手。

司徒霸竭力掩藏眼底的渴望，但大家都感到了他勃勃的野心，气氛一时间有些尴尬。

财神连忙换个话题：“大顺，箱子里装的是什么？”前排的空间有限，箱子在脚边占据了很大的空间。

我望着财神说：“很重要的东西。”

财神随口追问：“很贵重吗？”

我也没绕圈子，直接说：“孙庆之的骨灰。”

财神脸上一僵，整个人呆了。后座上挤着的四个人也都愣住了。一种别样的尴尬在空气中弥漫，每个人都开始转动大脑，思索着该如何开口。

笑面佛说：“尘归尘，土归土。没想到当日一别……庆之生前喜欢热闹，回国后大家要帮着操办后世，让他走得哀荣。”

大家都答应了，只是不知道为什么，原本蜷缩的身躯，现在蜷缩得更紧了。

162 嘱托

一路上无惊无险，天快亮时火马车出现在昆塔克。随着太阳越升越高，肆虐的飓风小了一些，能模糊地看到五十米内的景物。

碾压着地上的风沙，火马车驶向大使馆。转过街角，大使馆街上停满汽车，我坐在车里往外张望，还能看到不断有人从车上下来，拎着箱子往大使馆里跑。这些人装扮各异，肤色不同。

财神嘀咕着：“他们是什么人？为什么要进我们的大使馆？”

这个问题我知道答案：“随着基莫托国内武装冲突升级，目前只有华夏派遣军舰撤侨，其他国家……”

话不用说完，大家都明白话里的意思。财神有些不乐意：“军舰是接我们的，不是接他们的，快下车去占个好位置。”

蜘蛛矿业的所有股东，都觉得财神的话有道理，纷纷推开车门往大使馆跑去。我默默地坐在车上，伸手拍了拍箱子说：“老孙，再等等，就要回家了。”

不大一会儿，阿火从大使馆里跑出来，左右张望一番后直奔火马车。

“大顺，你回来了！”阿火坐在副驾驶上，满脸骄傲指着外面的汽车说：“自从我们国家决定撤侨，不光华人来了，一些外国人也来碰运气。大使说了，我们是人类命运共同体，面对天灾与人祸时，要团结，要守望相助，所以让他们明天跟着我们一起撤离……”

面对满脸喜悦的阿火，我的心情没缘由地沉重起来。事情绝对没有想象中的乐观，GOD 组织不惜发动武装政变，付出如此高昂的代价，岂容我们顺利离开。

我揉了揉鼻子对着阿火说：“看到下面的箱子了吗？”望着阿火点头，我继续说：“里面装着老孙的骨灰，答应我把他带回去。”

阿火没多想，重重把头一点说：“一会我就找手铐，把箱子锁在我手上，跟电影里演的一样，绝不会丢。”

望着乐呵呵的阿火，我继续说：“回国后你要盯紧比特币盘面，一旦异动，立刻做空。”

阿火把头一点：“放心！不管是谁做多，我都打爆他！”

我张了张口想说什么最终却没说，而是问了句：“有烟吗？”

阿火丢给我一包，然后拎着箱子下车，望着他壮硕的背影，我的心暖暖的。

烟头一亮一灭，像极了我此刻烦躁的心情，有些事情必须要有人去做，有些结果也要有人去承担。为什么前往新里西港的路被断了，为什么能安全到达昆塔克？我并不愚笨，知道这是派故意设计的杀局。

再抽一口烟，终于积攒出足够的勇气，我对 Queen 说：“协助我，重新安装 GPS 芯片。”

Queen 奇怪地问：“为什么？”

我悠悠地说：“派知道你清楚他能通过 GPS 定位监视我，基莫托已经十面埋伏，新里西港是唯一活路，派不会放任我们离开，所以我要成为他能看到的鱼饵。”

Queen 明白我要做什么，拒绝说：“这样做违背了你的安全高于一切的程序优先级……”

我指着外面的人群说：“那就修改优先级，让他们的安全级别高于我。”车里有些沉闷，Queen 没拒绝也没答应，我开口说：“如果跟他们一起撤离，派会袭击车队，所有人都有危险。如果我们安装 GPS，那么派只会追杀我。”

大西北矿场内的风扇不断爆鸣，我的瞳孔中出现上百个进度条，净土里本该无忧无虑的双马尾，不再追逐蝴蝶而是满脸懵懂地思索。

足足等了十分钟，随着最后一个进度条走完，Queen 才回答说：“好的！优先级暂时修改完毕。”

163 断后

使馆内非常拥挤，每个角落都有人。使馆工作人员非常忙碌，要统计车辆，还要协调乘车人数，计算车载燃油，以及食物与饮用水。

彭浩走到我面前说：“大顺，明天风停后，你是编号三，到时按照顺序走。”

我忙问：“一共有多少辆车？”

彭浩看了看手上的表格：“目前统计的有八百九十七辆，五千六百四十四人。听说还有人往这里赶，明天应该会超过一千辆车，人数将近七千。”

我对彭浩说：“我最后走。”

彭浩定定地看着我，好似猜到了什么，把头一点说：“给我留个位置，我跟你一起。”

“还有我们!”宇文靖带着张伟走过来。

我开口本想拒绝，却被宇文靖挡住：“保护你是我的职责。”

从宇文靖的眼中我看到了坚持，一切尽在不言中，我把头一点：“明天风停后，我们一起离开这里。”

彭浩带着我走进安全室，在加密的通信频道对接吕道林，本就苍老的老人又瘦了一圈，他望着我问：“除了已经提交的材料，还有其他的证据吗？”

GOD 组织已经被认定为恐怖组织，世商会是纯粹的贸易组织，如果没有确凿的证据，无端猜想不会被政府采信。

这个问题真难倒我了，猎龙是智库制订的计划，6737 号提案审核还没通过，这些没执行前只能说充满恶意，我除了能确认即将拉升的比特币价，拿不出任何实质性的证据。

望着不言语的我，吕道林无奈地叹息说："先回来！剩下的事情慢慢再说。"

吕道林这声叹息，充满了农耕民族的无奈。华夏民族千百年来，面对任何恶意只有流血受伤后才被迫反击。相比畜牧民族的侵略性，农耕民族更喜欢守着自己的一亩三分地，自给自足地过日子，能给儿孙留下些家产，便感觉不枉此生。

我把头一点说："好！"我的心底明白，回国的路并不顺畅，明天尽人事，听天命，愿一切顺利。

无尽的墨绿色虚空中，派望着昆塔克的地图，三十一个亮点正在展会仓库里熟悉装备，机械外骨骼链接战地指挥系统，基因药剂与机械狗配合，战斗力已经超过一个加强营。

派的眉头忽然皱起，疑惑地看向刚刚亮起的红点。曾经被误导的 GPS 信号居然又出现了？赵大顺要做什么？继续误导还是挑衅？

派托着下巴随意地打了个响指："黑杰克，运算一下赵大顺要做什么？"

叮！叮！叮！运算结果出来了。

一、加装在其他载体上，对我们进行误导。

二、故意加装，以示威的方式对我们嘲讽。

三、吸引火力，提高其他人撤离的成功率。

派沉思后说："命令昆塔克周围的武装组织向昆塔克方向聚集，明天风停了用阿波罗锁定火马车，只要确认赵大顺在车里，不惜一切代价杀死他。”

一直没赢过奥米伽的派，迫切地想要用赵大顺的鲜血，擦拭出一份带着荣耀的胜利。

164 命运共同体

天亮了，风也停了。基莫托灰蒙蒙的天空变成蓝色。使馆街上塞满了车，各种语言汇聚在一起，好像在开万国会。工作人员已经发放一千一百多个号牌，人数超过八千三，其中华夏人达到三千七百多人。相对其他国人脸上的惶恐，华夏人脸上有着淡淡的喜悦。

简单吃了午饭，大使先生走向一号车，硕大的五星红旗在头车上迎风招展，三辆开路车先行，然后浩荡的车队按照编好的号码有序出发。

阿火离了老远对我挥手后上了五号车，箱子果然跟他的手腕铐在一起。蜘蛛矿业的五个股东，默默地上了六号车，每个人的脸上都挂着想回家的迫切。其他人也陆陆续续上车，按照各自的编号，井然有序地汇入车流中。

望着远去的车队，透过车窗能看到一张张忐忑的脸，黄色的，黑色的，白色的，原本对命运共同体只有个模糊的概念，现在忽然变得清晰。

纵观世界只有华夏保留文明传承的火种，虽然也曾被外族入侵统治过，但回望历史，入侵的外族已经被同化，然后融入了华夏民族，华夏民族为何能海纳百川？就是因为文明的传承超越了历史的更替，华夏民族早就把全人类都视作命运的共同体。

十一点，车队走得差不多了，彭浩望着火马车上的行李包，宇文靖带着张伟走过来问：“里面装的是什么？”

我说：“无人机和机械蚂蚁。”然后我把脑袋扬起，微笑着望向碧蓝色的天空，三十秒后才拉开火马的车门。

阿波罗的太空镜头分辨率非常高，加上黑杰克的算力，我微笑的照片出现在派面前。

派有些愤怒：“真要做鱼饵吗？我讨厌这种舍己为人的家伙，总在不经意间露出高贵的品质，让我感到自己黑暗而卑微。”

一团电信号顺着网络进入昆塔克，马克立刻握着耳朵接收信号，然后对着执行者卫队的卫兵们高声喊：“出发！”

三十一个穿着机械外骨骼的男人登上城市运兵车，崭新的外骨骼放大了他们的战斗力，战术通信系统、辅助瞄准系统，以及衣领上的十支基因药剂，让他们成为战争机器。

车厢里还蜷伏着六十只机械狗，全都装满弹药，具备了火力覆盖、火力突进，以及火力爆破的战斗功能。

昆塔克离新里西港的距离是三百千米，只有一条坑坑洼洼的简易公路，因为刚遭遇过飓风，路边的石头与树木被吹在路上，车队前进的速度不是很快。

临近中午时车队来到洛克山脉，靠近公路的山坡上趴着将近三千名叛军，两辆装甲车互成犄角，十门迫击炮摆成月牙形。

观察手高声地喊：“车队来了，车队来了，开火吗？”

指挥官立刻趴在山坡上，举着望远镜观察驶来的车队，看到头车上鲜艳的五星红旗，指挥官眼中充满犹豫。

观察手问：“打不打？”

指挥官拿起电话请示，得到最新的命令后松口气说：“头车不打，我们打尾车。”

165 开火

Queen 是强大的，在挡风玻璃上刷出地形图，靠近公路的山坡上，密密麻麻闪烁电信号。

彭浩诧异地问：“这是什么？”

我说：“叛军埋伏在半山腰。”

彭浩面色一变说：“他们会开火吗？”

此时头车已经驶进山口，枪没响。我猜测说：“目前不会。”

彭浩拿起对讲机说：“各车注意，加速通行。”

一路行来平安无事，所有人开始放松，听到彭浩的提醒，放松的心又悬了起来，慢下的车速开始提升。

山坡上指挥官看到车队后面的火马车，便指着火马车说：“开炮!”

迫击炮手调整角度，嘭嘭嘭！炮弹呼啸着冲向火马车。

Queen 提醒：“危险！小心炮击!”我连忙踩了脚油门，无师自通开出 S 形。

轰轰轰！迫击炮弹落在地上，炸得碎石四起、尘土飞扬。我转动方向盘，火马车冲到山坡上，褐黄色的山体上趴着黑压压的叛军。

宇文靖诧异地说：“大顺，方向错了……”

我低声说：“没有错，现在我们是吸引火力的靶子。”

指挥官看到山坡上的火马车，把手一挥说：“开火!”枪械开始喷吐火舌，两辆坦克也转动炮塔。

火马车好像大号跳蚤，在崎岖的山坡上跑出一个又一个的 S 形，子弹打在车身上噼啪作响，炮弹爆开一团团的烟雾。

我已经没有了章法，下意识地旋转方向盘，颠簸麻木了我的思维，穿过一团烟雾，一条两米来宽的水泥路忽然出现。

望着后面已经追来的坦克，我管不了那么多，一脚油门便开始往前冲，足足跑了大概十分钟，七八个由混凝土浇筑的地堡群，忽然出现在我们的眼前。

彭浩指着最大的一个地堡说："开进去，快些开进去。"

关上厚重的铁门，我们每个人都剧烈地喘息着，死里逃生的感觉充满了庆幸。

宇文靖打量地堡，忽然指着里面说："这里有武器。"地堡里堆着几堆木箱，有些箱子敞着口，露出里面的 AK47 步枪。

彭浩皱眉思索："洛克山脉，我想起来了！这是基莫托政府的军事基地，流亡的总统就藏在某个地堡里。"

基莫托国内的政权并不稳定，当权者多会给自己留些后路，基莫托的总统在洛克山脉修建了秘密的军事基地，储藏枪械弹药以备不时之需。

轰!! 坦克一炮轰在地堡上，我感到地动山摇。宇文靖拿起一支AK47，上膛后就对着外面扫射，彭浩高声喊："别傻站着了，开火!"

我知道拖得越久，撤离的大部队就越安全，也拿起一支枪，学着他们的样子，猫在射击孔后面扣扳机。

步枪的后坐力很大，顶在肩头很不舒服，弹壳在地堡内翻滚，硝烟弥漫在鼻头，让我有种想干呕的感觉。

道路的尽头坦克缓缓驶来，子弹打在上面叮叮当当，根本不能击穿坦克的装甲。大家都知道一旦坦克车冲过来，我们都将成为砧板上的鱼。

怎么办？怎么办？

166 精确打击

指挥官举着望远镜，看着地堡内往外喷吐的火舌，对手下命令说：“让坦克车冲过去，然后把地堡的门炸开，我要抓活的。”

在指挥官的眼里，这几个人已经成了铁皮罐头里的老鼠，只要砸开并不坚固的铁皮罐，就能把他们抓出来。

子弹打不穿坦克外的装甲，怎么办？怎么办？

张伟打开一个又一个的木箱，忽然惊喜地喊：“谁会用火箭筒？”

我转身看到木箱里装着火箭筒，宇文靖立刻扛起一架，装弹后扣动了扳机。嗖！火箭弹轰在装甲车正面，一团火焰爆开，装甲车毫发无伤。

宇文靖丢下火箭筒说：“麻烦了，火箭弹打不穿正面的装甲。”

装甲车正面的装甲最厚，防御力也最高，只有专业的反坦克火箭弹才能造成伤害，普通的火箭弹毫无用处。

怎么办？难道就要这样坐以待毙吗？

叮咚，我的眼镜里弹出一个进度条，Queen 绘制出一幅改装图，我看了看后，高声说：“给我争取些时间，我来改造火箭弹。”

我从车上拿出两架无人机，用铁丝交叉捆绑在火箭弹上，无人机的旋翼都对着外面，我把改装的火箭弹装填进火箭筒里。

张伟有些不解地说：“大顺，无人机不能穿甲！”

管不了这么多了，我扣动扳机，对 Queen 的计划我无条件地相信。

嗖！火箭弹从射击孔里飞出去，并没有直接加速，而是转了个 S 形，绕过装甲车的正面，直接打在装甲车的履带轮上。轰！红色的火焰升腾，装甲车的履带被炸碎后停在原地。

彭浩欢喜地说："这法子好，快把另一辆也打停。"

我如法炮制地改装第二枚火箭弹，然后又扣动扳机。在Queen 的操作下，无人机的旋翼可以调整火箭弹的飞行轨迹，无人机上的镜头能定位装甲车的位置，避让过正面坚固的装甲，专炸薄弱的履带。

失去动能的装甲车，开始旋转炮塔，对着地堡喷吐火舌，轰轰轰！一发发的炮弹打在地堡上，把我们都震得胸口发闷。

张伟望着地堡穹顶说："大顺，快想办法，再轰下去地堡会塌的。"

我能有什么办法？伸手敲了敲眼镜腿问："能干掉装甲车吗？"

Queen：应该可以。

我又改造出两枚火箭弹，然后连续扣动两次扳机，就看着这两枚火箭弹冲天而起，鱼跃般冲向装甲车炮台后面的油箱口。

轰轰！两发火箭弹打得非常准，直接引燃装甲车油箱里面的燃油，两辆装甲车成了两支大火炬。轰轰！车内的弹药爆了，炮台好像啤酒瓶盖，摔在地上不停地翻滚着。

张伟发出一声欢呼，对着我挑起拇指说："大顺厉害，百发百中！"

彭浩与宇文靖互望了一眼，若有所思。

指挥官难以置信地眨动眼睛，两辆装甲车被四枚火箭弹打爆了？这是东方的巫术，还是出现的幻觉？

指挥官把手一挥喊："冲锋！"漫山遍野的叛军冲了过来。

167

政府军

我以为炸掉两辆装甲车，没有重型火力的倚仗，叛军们会像潮水般退去。结果却是我想错了，他们不但没有退去，反而如同潮水般冲了过来。

透过狭窄的射击孔，望着外面的世界，越过两辆还在燃烧的装甲车，一大群持枪奔跑的叛军，给我一种正在玩抢滩登录电脑游戏的错觉。

宇文靖高声喊：“别发愣！开火！”说完扣动扳机，火箭弹呼啸着飞出去，化为一团焰火，炸飞了几个叛军。

彭浩也扣动扳机，AK47 继续喷吐火舌，如镰刀割麦般扫倒好几个跑来的叛军。

面对死亡，人性会放大恐惧。冲锋的势头被遏制，叛军们趴在地上，一面还击，一面匍匐前进。

四个人织不出能封锁人浪的火力网，更何况地面上的叛军还会还击。枪声连成一串，子弹呼啸，一颗流弹穿过射击孔，擦过彭浩的手臂，彭浩发出一声闷哼，鲜血喷流。

“小心！”我知道这样打下去必输无疑，抬头望向四周，看到一个又一个汽油桶，伸手敲了敲，里面装满燃油。

碉堡大概有十五米高，最上面有个直升机坪，我穿上简易的机械外骨骼，用铁链拴起三个油桶，然后拎着铁链跑到停机坪上。

张伟诧异地问：“大顺，你做什么？”

我把机械外骨骼调整到最大功率，用铁链把油桶拉上去后说：“我做投石车。”

望着越来越近的叛军，我知道时间不多了，我用铁链拴了个油桶，然后双手抓住铁链，好似扔链球般旋转，在外骨骼的帮助下，油桶飞了起来。我把手松开，油桶对着地面上的叛军砸去。

彭浩看到从天而降的油桶，便明白了我的意图，抬起 AK47 对着油桶打出个点射。

轰！油桶在快落到地面上时被打中，燃油发生爆炸，一团橘红色的火雨落在地上，把叛军烧成了火人。

我又趁机抛出两个油桶，山道顷刻间成了火焰的海洋。叛军们望着火海却步，指挥官很想再冲一冲，但看着下面的人惶恐的眼睛，便先让原地待命。

我松了一口气，坐在停机坪上往外眺望。张伟给彭浩包扎伤口，忽然火海的那边枪声响起，炮弹爆炸的声音响成一串，宇文靖跑上来问："怎么了？"

我摇了摇头，伸手敲了敲眼镜腿，Queen 在我的瞳孔中投射出外面的景象。一大帮身穿土黄色军服的战士们，正在攻击峡谷里的叛军，还有十多辆轻型步兵车，转动车上的小口径火炮，对着叛军们不间断轰击。也就是一眨眼的工夫，这些叛军们死的死、降的降。

随着火焰熄灭，我们看清楚了山谷里的景象，张伟指着土黄色军装的士兵问："政府军反攻了？"

彭浩把头一点说："是的！"

张伟满脸喜色："这么说，我们得救了！"说完就要往下跑。

Queen 却打出危险的信号，我连忙伸手抓住张伟："再等一等，确认真安全了再说。"

168 现代战争

洛克山脉里至少修建了八百个地堡，基莫托的总统带着卫队逃进洛克山脉后，一直都在等机会反攻，派调动叛军伏击赵大顺，不但减轻了基莫托总统的压力，也给了基莫托总统反击的机会。

如果没有马克，说不定总统能带着政府军打回西里马洛，重新接管基莫托。但这个世界上没有如果，因为马克来了！

六十只机械狗，三只一组，排着品字形，三十一个壮硕的男人迈着嚣张的步伐，跟在机械狗后面。

在万里之遥的西维亚实验室里，派端坐在无尽的虚空中，身边围着一圈虚拟屏幕，有马克等人的头盔视角，也有机械狗的探测视角，以及太空上的卫星视角。

派打了一个响指："KING，播放命运交响曲。马克，攻击！屠杀可以开始了！"

六十只机械狗开始加速，其中五只机械狗打开腹舱，具备反坦克功能的火箭弹呼啸而出，炸毁了一辆辆轻型步兵车。

山区地面凹凸不平，机械狗的反弧形四肢能适应全地形。二十只机械狗打开腹舱，四十挺 M4 卡宾枪开始喷吐火舌。

子弹如瓢泼一般，正在收编叛军的政府军，没想到会遭遇突袭，上百人直接倒在血泊中。剩下的人就地反击，子弹打在机械狗身上，没有丝毫效果。

马克敲了敲嘴边的麦克风说："狩猎开始，三人一组，各自寻找猎物。"说完抬枪就是一个点射，三颗子弹打爆了一个政府军的脑袋。

马克身上的装备是 GOD 组织最新的研究成果，枪械上的瞄准装备，链接到战术眼镜里，超级计算机会帮着完成动态捕捉，当目标被瞄准后，只要扣动扳机，必中。

智能眼镜与机械狗脑袋上的探测器把收集的数据传入超级计算机，周围地形图被三维建模，机械狗眼睛中的摄像机不但能够捕捉人形体，还能够根据热能进行高亮归类。

这是一种很先进的战地技术，不同温度形成不同的热源，在捕捉时把资源用在人形体捕捉上，屏蔽其他热源。在战场上早一秒发现敌人，早一秒扣动扳机，会拉开生与死的距离。

再加上机械外骨骼的战力加成，执行者卫队的成员们，不管是速度，还是力度全都上了一个台阶，三十一支枪械，成了三十一把收割生命的镰刀。

战场变成狩猎场，猎人成了猎物。政府军被火力压制，甚至已经有了溃败的迹象。

我们站在停机坪上看得清清楚楚，彭浩的嘴巴张开，难以置信地说：“这帮人是从哪里冒出来的？枪法准得不可思议。”

宇文靖指着冲锋的机器狗说：“那东西究竟是什么？全地形步兵车吗？”

我拍了拍手，见引起了大家的注意，便开口说：“战争还没有结束，而是刚刚开始，等他们击溃政府军就该杀我们了，所以要给政府军一些帮助。”

张伟望着我问：“怎么帮？冲出去吗？”

我把手往下一指说：“把所有的火箭炮与无人机拿上来，我们给政府军提供火力支援。”

张伟的脸上露出喜色说：“好主意！”

169 溃败

如果把人类战争文明细分，就会发现木棒时代打不过石器时代，石器时代打不过青铜时代，青铜时代不是合金时代的对手，合金时代与火药相遇，共建了现在战争的基座。马克等人的出现，把战争带入了科技时代。

交战双方不再比拼战斗意志，训练与身体素质、装备火力，这些要素正在被科技一点点取代，曾经想要训练出一名神枪手，需要长年累月的训练，还要耗费大量的弹药。现在科技能让一个没摸过枪的人，在战场上百发百中。

短暂的慌乱后，政府军开始抵抗，有些躲进碉堡里射击，暂时遏制住了溃败的迹象。虽然被三十一个人压着打，听起来有些魔幻，但死亡近在咫尺。

突突突！一串子弹把马克打得退了三步，望着对面喷吐火舌的地堡，马克低声说："炸掉它们！"

三只机械狗发起冲锋，反弧形的四肢在马达的驱动下，速度快若奔马，连续两个大角度变向，机械狗飞了起来，身躯蜷缩，对着碉堡的射击孔冲了过去。

轰！高浓缩的 TNT 在碉堡内部爆开，冲击波摧毁了里面所有的生命体。没有碉堡的火力压制，马克等人又开始了冲锋。

嗖嗖！两枚火箭弹飞出了 S 形，撞在两只机械狗的身上，轰轰！精钢制造的机械狗被炸成铁饼。

战争又一次升级了，这是科技与科技的交锋。只不过马克等人是为战争而生的机器，我是用民用设备提高了军用设备的杀伤力。

直升机坪上，彭浩与宇文靖再次扣动扳机，改造后的火箭弹呼啸而出，两架无人机上的镜头为 Queen 捕捉画面，Queen 寻找到最佳目标后，通过无人机叶片的转动修改弹道。

轰轰！轰轰！轰轰！连续的火力支援，不光炸毁了机械狗，还帮着政府军挽回了颓势。

连续精准的爆破，不光马克发现了异常，派也觉察到不对，经过弹道捕捉，他们终于发现了停机坪上的我们，派狞笑着命令："马克，火力压制。其他人执行 X 计划，尽快结束战斗。"

马克把头一点，打开手提箱，很快组装出重型狙击枪，瞄准，然后扣动了扳机。

砰！枪管往外喷吐火舌，子弹呼啸着冲过来。Queen 觉察到危险："卧倒！"

我对 Queen 无条件信任，直接趴到地上。砰！身后混凝土被打出篮球般大小的窟窿。

宇文靖趴下后喊："狙击手！趴下！有狙击手！"

直升机坪是不能待了，我们慢慢地爬进地堡里。与此同时，执行者卫队的卫兵们，纷纷在脖子上注射了三支兴奋剂。原本还黑白分明的眼睛，一下变得血红，他们不再顾及个人安危，开始用狂爆的打法，对着政府军发起冲击。

死亡开始飙升，战斗意志被现代科技冲击，血液不断流淌，没有了我们的火力支援，政府军溃败是早晚的问题。

宇文靖打开火马车说："搬一些武器，我们立刻走。"

张伟问："去哪里？"

彭浩说："新里西港。"

170 死亡序列

从昆塔克撤退时，宇文靖带了个背包。现在撮出撤离后，宇文靖打开这个背包，对大家说："现在开始我们执行战地法则，我是你们的临时组长，老彭是副组长，张伟是主力队员，赵大顺，你是受保护的目标人物。"

宇文靖说着从包里拿出四件衣服说："接下来的突围过程中，将执行死亡序列，我是组长先穿红衣，如果撤离途中我们跑散了，你们一定要跑跟我相反的方向。我阵亡后老彭升任组长，如果老彭也阵亡了，张伟你将是最后一个组长。"

三件红衣服分发下去，宇文靖先穿在身上，不管是在战场上，还是在其他的地方，红色都比较醒目，能够吸引别人的注意力。宇文靖穿上红色衣服跑相反的方向，是为了吸引敌人的火力。

所谓的死亡序列，说穿了就是前赴后继地吸引火力，用百分之百的牺牲去换取百分之一的生存概率。

彭浩与张伟接过红衣服，宇文靖望着我说："大顺，如果我们都牺牲了，你可以选择投降，只要你能活着，国家会想办法……"

宇文靖手里还剩下的那件白衣服，忽然特别刺眼，我感觉脑袋都快要炸开了，对着宇文靖怒吼："你什么意思？为什么你们都是红衣服，我是白衣服？"

宇文靖说："每个人肩膀上都扛着责任，保护你是我们的职责，活下去是你的责任，很多时候，死容易，活不易。猎龙计划需要你去狙击！"

我颤声问："那为什么不现在投降，我们都能活下去？"

彭浩默默地穿上红衣说："不战而降的事，我做不到。"

张伟也穿上红衣说："拼一拼，毕竟还有一线生机。向他们投降的话，我真不会翻译！"

望着红艳艳的三个人，我慢慢地解开衣扣，笑着说："既然是这样，那我们就拼一拼，从现在开始，我们是红衣军。"我脱去脏兮兮的外衣，里面还穿着一件红色的卫衣。

火马车冲出地堡，脏兮兮的地面上，丢着一件崭新的白衣。

执行者卫队发起不惧死亡的攻击，政府军的伤亡倍增，已经出现溃败的苗头。现在能靠的只有自己，火马车速度提起来后，四个车窗打开，大家开始自由射击，一枚枚的火箭弹飞出去，连续爆破，炸出了一条生命线。

派看到冲出来的火马车，嘴角浮现出一抹恶趣："KING，让所有战斗单位攻击。"

剩下的机械狗冲过来，弹雨如同瓢泼一样密集，我连忙关上窗户，一脚把油门踩到底。

轰！两只还在射击的机械狗被撞飞！另一只机械狗在车尾不远处自爆，差一点点就炸到火马车了。

望着四面冲来的机械狗，彭浩说："打开天窗。"彭浩钻了出去，扛着火箭发射器继续射击。

整个山谷已经成了绞肉机，土地被鲜血染红，火马车在并不平坦的道路上跳动着，穿过一道道硝烟，去拼那一线可能存在的生机。

171 悲歌

政府军溃败了，满山遍野地奔跑逃命，战士不再抵抗，甚至有些人已经丢下了枪。

火马车在崎岖的山路上颠簸，好消息是所有的机器狗都被打掉，坏消息是马克带着人追了上来。

经过战火的洗礼，执行者卫队还剩下九个卫兵，加上马克是十人的战斗小组，他们驱动着机械骨骼，迈开双脚狂奔。

一个人究竟能跑多快？世界级的短跑名将能把一百米跑进十秒。依靠外骨骼的马克，在电力充足的情况下，一百米只需要七秒，而且在电力没有枯竭之前可以匀速奔跑。如果使用基因药剂，成绩还能再往上提高两秒。

望着越追越近的敌人，彭浩喊着："给我装弹！"

张伟立刻把装好的火箭筒递出去，彭浩握着两个火箭筒，同时扣动扳机。火箭弹飞了出去，虽然两个卫兵竭力躲避，却没能躲过Queen的运算，在两团火焰中被炸成碎块。

彭浩已经打红了眼睛："再来！"

彭浩扣动扳机，马克端起狙击枪，在动态捕捉系统的帮助下完成瞄准。

轰轰！砰！火箭弹炸死两个卫兵，狙击枪也打碎了彭浩。鲜血溅了大家一身，本就鲜红的衣服，现在变得更红了。

张伟身躯颤抖着，抱着彭浩还剩下的腿，发出一声好似夜枭般的尖叫，不知道是恐惧，还是愤怒，张伟的动作有些变形，甚至还有些神经质，拿起两个火箭筒钻出天窗。

曾经温文尔雅的张翻译，血肉黏在他戴的金丝眼镜上，一直握笔的手举着火箭筒，五官扭曲疯魔般嘀咕："别逼我，别逼我们！"然后露出个比哭还难看的笑，扣动了扳机。

砰！枪响了！张伟没了脑袋。两枚火箭弹在 Queen 的制导下，又炸死了两个卫兵。

我感觉胸口一阵阵的发闷，一团气憋在里面，上不去也下不来。全身的血液都沸腾了，大脑却无比的冷静。

转弯，加速，再转弯，终于冲到了平坦的公路上，火马车的速度翻倍式提升。

宇文靖坐在副驾驶上，痛苦地闭上了眼睛，他望着追来的敌人问："还能再快吗？"

我看着已经到顶的码表说："已经最快了！"

马克发出一声怒啸，三支基因药剂刺入脖子里，其他的卫兵也学着马克，往脖子里刺入三支基因药剂，随着全身的血管暴起，血液加速流动，他们的速度再一次提升。

"还剩四个敌人，他们提速了，很快能追上来。"宇文靖从副驾驶爬到后座上，忽然转身对我说："赵大顺，如果打不赢，我命令你一定要投降。毕竟你还肩负着更重要的责任！"

我很想反驳，但看到挡风玻璃上的血肉，最终不甘心地说："是！"

宇文靖很小心地拿起一个火箭筒，只把手伸出去，大概瞄了个方向，然后扣动扳机。

轰！四个追兵还剩下三个，宇文靖如法炮制，再一次扣动扳机。

又打中了！就当我们都以为能够逃出生天的时候，远处路口停着一辆黑色的运兵车，把整条路都堵上了。

172 冲！

火马车虽然外壳坚固，但终究不是坦克，撞不开身躯庞大的运兵车。运兵车恰好卡在道路中央，如果不想车毁人亡，那就必须减速。

没有办法的宇文靖，双手举起两个火箭筒，马克同时举起狙击枪。轰轰！砰！马克一个急速变向，翻滚着躲避开火箭弹，另一个卫兵没这么好的运气，直接被炸成粉末。子弹也打中了宇文靖，他握火箭筒的左手臂，从胳膊肘以下都没了！

失血的疼痛让宇文靖面色发白，他撕开衣服简单地在手肘上绑了圈。宇文靖又一次打开背包，拿出冷藏盒里的针管，把鲜红的血液注入脖子，声音颤抖说："减速，一会我下车去缠住马克，你找机会开火。"

我很想拒绝，但看到宇文靖脸上肌肉不可控地抽搐着，便知道没有时间浪费在细节上了。为了逃出生天，宇文靖已经用光了底牌，就连曾经想拿回国的含有基因药剂的血液，现在都被他注入了身体里。

车速慢了下来，宇文靖把 AK47 的枪带挂在脖子上，拉开车门说："等我信号。"然后跃了出去。

嗒嗒嗒！枪声连成一串，宇文靖与马克在地面上互射。两个人的距离也在翻滚中越来越近。

如果马克注射的是正版的基因药剂，那么宇文靖用的则是削减版，虽然没有马克的效果显著，但宇文靖有法子增强。

疼痛也能激发人类的潜力，宇文靖见距离越来越近，弹夹也已经打空了，便丢开枪械，手肘往地上一按，疼痛从末梢神经传递到大脑皮层，原本就被开发的潜力再一次提升。

宇文靖借助腰腹的力量，身躯鱼跃而起，同时高喊着："开火!"

在那个瞬间，宇文靖的速度快到了极致，整个人如一道黑影般冲到马克的身前，右手五指如钩，抓住马克的枪便往一旁拉，宇文靖没想杀敌，只想创造战机。

马克跟宇文靖纠缠在一起，他看到火马车旁，我肩上扛着的火箭炮，惊恐地嘶吼："疯子！全是疯子!"

望着纠缠在一起的两个人，我知道只要扣动扳机马克会死，但宇文靖也会死。我也知道不能有妇人之仁，我的手指重于千斤，灵魂知道是正确的，肉体却拒绝了正确，我绝望地发出嘶吼。

砰！马克一拳把宇文靖打翻在地，看着我轻蔑地说："废物!"抬脚要往前走时，一只手抓住了他的脚踝。

马克愤怒地转身，却看到宇文靖嘴巴里咬着一枚拉环。马克绝望地喊："不!"手雷爆炸了，两个人被火焰吞噬。

望着那团升腾后黯灭的火焰，我发出不甘心的怒吼，如果不来基莫托，他们是不是就不用死?

在无尽的墨绿色的虚空中，派也发出了一阵不甘心的怒吼，GOD组织的超级战兵，居然失败了！难道就这样认输?

不！派的眼中闪烁着狠色："这次我要赢奥米伽！KING，锁定赵大顺的位置！黑杰克链接阿波罗系统，发射神罚！我要他死!"

一团墨绿色的电信号随着光缆传输进发射器，远在外太空的阿波罗开始充能，弹匣仓托举出一枚钛金长矛，战斗部微调后助推火箭点火发射。

"红色警告，派锁定了你，启动了神罚，立刻离开这里!"Queen电子合成的声音里，透着前所未有的焦急。

我坐在车里启动火马车，火马车顶在运兵车上，一点点把运兵车挤开，接下来是一片坦途。我把油门踩到底，火马车开始加速。

挡风玻璃上 Queen 刷出地球三维地图，从外太空正下落的武器被高亮。Queen 说："阿波罗是 GOD 组织的间谍卫星群，前段时间刚加装战斗部，可以在外太空对地面发射巨型的钛合金长矛，以火箭助推修改弹道的方式实现精准打击，撞击地面后会形成大约五十千米范围的冲击波，摧毁范围内所有的生命体，是未来对地袭击的太空轨道武器。"

三维的地图开始缩小，定位到我所在的位置，Queen 继续说："按照神罚降临的速度，以及所造成的伤害范围，你逃生的概率为零。"

Queen 的话没有影响到我，连续的死亡已经麻木了我的神经，此时我无比清醒，也无比冷静。

按照 Queen 的推演，我的确死定了！但我相信天无绝人之路，哪怕我被锁定，我也相信还有一线生机。

我对着 Queen 说："定位我与新里西港的距离，计算出按照现在速度行驶的到达时间，再计算出神罚的落地时间。"

唰！唰！两个数据出现在挡风玻璃上，按照现在的速度，我需要十三分钟才能抵达新里西港，神罚会在八分钟后落地打击。

我说："还有五分钟的时差，Queen 想办法让火马车提速。"

Queen 奇怪地问："即使能提速也逃不开爆炸的范围。"

我说："在联合国，华夏是常任理事国之一，GOD 组织敢颠覆小国的政权，但肯定不敢对常任理事国宣战。在新里西港停着两艘华夏的军舰，只要我在神罚降落前到达新里西港，我赌神罚不敢打击。"

Queen 反问："如果他们敢呢？"

我长长地出了一口气说："如果我的死能换来 GOD 组织覆灭，我接受。"

大西北的矿场里，矿机爆表的运算，Queen 终于明白我的逻辑了："你右手边有限速按钮，解除后会以牺牲发动机寿命的代价，提高火马车的速度。"

我找到了红色的按钮，按下后火马车的速度开始飙升，我嘴角露出一抹冷然的笑。

Teglamer 群里，贝塔惊恐地说：派使用了神罚，他要做什么?

一幅三维地图出现在 Teglamer 群里，从天而降的巨型钛合金长矛，正在火箭助推器的修正下，一点点地改变弹道。

派充满恨意地说：我要杀死赵大顺!

三维地图上代表火马车的红色光标被刷出来，前往新里西港的公路上，火马车速度极快，仿若贴地飞行。

阿尔法说：新里西港停靠的有军舰吗?

高清的卫星图出现在 Teglamer 群里，两艘悬挂着五星红旗的军舰静静地停在那里。

阿尔法继续说：黑杰克，模拟神罚打击的破坏力。

三维动画在 Teglamer 群里播放，火马车高速冲入新里西港，神罚落下，以火马车为轴心，五十千米以内的所有生物陨灭，包括新里西港与那两艘悬挂着五星红旗的军舰。

Teglamer 群里的气氛有些凝滞，阿尔法问：派，你做好承受核打击的准备了吗?

派回道：我需要准备至少三个月……不，六个月……

阿尔法命令道：黑杰克修改神罚的弹道，避开新里西港，留出三百千米的安全距离。

那一天，白昼流星，天降神罚，基莫托的一座小型山脉被彻底抹去。那一天，火马车冲到新里西港，发动机过热，整辆车烧成火炬。那一天，我踏上了华夏的军舰，暗暗发誓，我将会用余生去覆没 GOD 组织。

呜！军舰汽笛长鸣，回家了！

173 四个葬礼

回到国内我非常忙，不分昼夜地出行，去了天南，也去了地北。张伟、彭浩、宇文靖都已经入土为安，我也拎着箱子前往运通集团。

孙建国很老了，要给他足够的时间来消化这个坏消息，老来得子本是喜事，谁能想到最终是白发人送了黑发人。

走进宽敞的院子里，望着远处满头银发的老人，我走到他的身前，默默地一鞠躬，想要开口说点安慰的话，却不知如何开口。

“你是赵大顺？”孙建国的声音有些沙哑：“箱子里装的是庆之？”

我点头说：“除了骨灰，还有孙庆之的精液……”

孙建国接过箱子说：“很好，庆之有你这样的朋友，我很欣慰。接下来你打算怎么做？”

孙建国比我想的要坚强，听到这个问题后，我低声说：“先下葬，后复仇，如果以后您有什么需求，尽可对我……”

不等我把话说完，孙建国手中的拐杖重重磕在地上：“都说人生七十古来稀，但老夫聊发少年狂！我还不老！”

孙建国对着身后人说：“阿二，通知亲朋好友，三天后发丧。”

整个运通集团，乃至整个孙家开始忙碌，各路宾朋纷至沓来。

我坐在灵堂下面，这是我参加的第四个葬礼。泪已经流干，心中只剩下怒火，等老孙入土为安后，我会给大家讨个公道。

阿火忙前跑后，在他心底有三分羞愧，看似身大无脑的家伙，这些日子也开始反思了，如果当初没那么冲动，那么大家会不会有另一番境遇？可惜人生没有如果。

余恩培来了！麻吉也来了！这个世界上就没有不透风的墙，更何况我也没想过要遮掩，所以大家都知道孙庆之与宇普西龙同归于尽，GOD 组织盯上了天猎基金。

余恩培说：“大顺，你打算怎么做？”

我低声说：“公事公办，天猎基金中老孙的份额由运通代持，我的不动，你们的份额等老孙葬礼后我们再谈。”

麻吉说：“老孙的血仇怎么办？”

我说：“葬礼结束后我会亲自操盘天猎，在二级市场狙击 GOD 组织，同时会拿出一些资金成立复仇基金。”

余恩培与麻吉互望一眼后，麻吉说：“很好，我们支持你，天猎基金的股份不动，我们再增资六千万。”

我望着两个人，心头感慨万千，低声说：“这是一次飞蛾扑火，我没有必胜的把握。”

余恩培拍着我的肩膀说：“放手去做吧！不要有输赢的负担，老孙已经不在了，但我们还活着，不能给他报仇，我们会活在自责中。赢了如何？输又怎样？我们求的是念头通达，老孙的血不能白流。”

我把头一点说：“那就求个念头通达，让 GOD 组织为老孙殉葬。”

174 哀荣

孙建国站在灵堂前，满头银发梳得一丝不苟，脸颊赤红，穿着一身黑色的唐装，双手握着拐杖，双眼微眯，不怒不喜。

“有客到！一鞠躬，再鞠躬，三鞠躬，家属答礼……”蜘蛛矿业的股东们，穿着黑色西服，面容肃穆地走到旁边，白头翁还对着孙建国点了点头。

财神对着我招手说："大顺节哀，庆之已经遭遇不幸，你可要保重身体，毕竟还有个虎视眈眈的GOD组织。"

在基莫托的经历让蜘蛛矿业的股东们不寒而栗，生死一瞬，差点就回不来了。

我点头说："谢谢，知道了。"

屠兴东问："庆之不在了，天猎基金你打算怎么办？"一直想捞好处的人，还没有放弃。

在这个场合，这个话题我并不想多说，还没开口，屠兴东继续说："如果你想要对付GOD组织，蜘蛛矿业可以入股天猎基金，我们有共同的敌人，我们同仇敌忾。"

我低声说："回来约个时间再聊，今天的大事是送庆之。"说完我走到一边，跟阿火一起招呼宾客。

"有客到……"另一群人从远处走来，领头的男人五十多岁，对着孙建国鞠了一躬，然后才带人走进灵堂。

屠兴东诧异地说："那是鼎鑫集团的钱总吗？"

鼎鑫集团是大型工业集团，二十年前便开始拓展海外市场了，承接一些国家级基建项目，员工人数超过四十万，年营业流水能赶上一些小国的生产总值。虽然没有财务公开，但大家都清楚，鼎鑫集团富可敌国。

白头翁说："鼎鑫集团初创时，便与运通有些渊源，我听说上次金融危机，老孙总还曾帮着拆借过一笔资金，这样算下来，鼎鑫集团欠运通一个人情。"

司徒霸低声说："快看，这个人是拿督吗？"

一个穿着白袍的男人亲吻了孙建国的手背，然后带着人走进灵堂。

笑面佛说："是拿督，饮料行业的巨无霸，听说早年间是个小海员，厌倦了跑船，在温布莱茵创建了奋进集团，主打碳酸饮料，已经在世界五百强中做到第七十名了，传闻早期创业时没少受孙建国的恩惠。”

财神好似想到了什么，低声说：“孙建国执掌运通时，被人尊称为孙四海，仗义疏财，没少帮扶后生晚辈，运通鼎盛时期孙建国可谓四海之内皆兄弟。”

白头翁说：“孙建国年轻时，曾有云游高人给他批过命，说他此生无子。后来孙建国广结善缘，才改了命数，老来得子有了孙庆之，却没想到……”

司徒霸低声说：“你们看，来的是不是寒水湾黄金矿业……”

一波又一波的宾客纷至沓来，都是各大企业财团的领袖，他们都对孙建国行弟子之礼，哪怕与孙建国年龄差不多的也恭敬有加。

随着宾客越来越多，灵堂外鼓点开始响动，哀狮一步一揖，帮着答谢远道而来的宾朋。

一直闭着眼的孙建国，忽然举起手中拐杖，重重往地下一磕：“老夫有几句话要说。”原本还喧嚣的灵堂，顷刻间落针可闻。

175 复仇

“感谢诸位亲朋好友百忙中赶来参加小儿葬礼，老朽感恩不尽！”孙建国中气十足地说完，对着大家深深一鞠躬，大家连忙还礼。

孙建国继续说：“常言道，江山代有才人出，一代新人换旧人。老朽已经老了，前些年便退居二线，本以为能颐养天年，却不曾想祸事临门！”

孙建国双眼中星火闪烁：“小儿庆之，虽天资愚鲁，但明辨是非。意外夭折在基莫托，老朽详询因果，知晓我儿拒绝威逼利诱，铁骨铮铮，宁舍生而不屈，老怀安慰。”

孙建国继续说：“老朽年少时也曾纵横四海，经风见浪。对GOD 组织有所耳闻，从未想过与之为敌，未曾想到今时今日他们竟做下如此恶事。”

孙建国对我示意，我知道有些话必须要说清楚，便走到孙建国身边：“我与庆之相交莫逆，从今日起天猎基金会在二级市场狙击GOD 组织，这样做有两个原因，第一为庆之复仇，第二 GOD 组织通过操控比特币，向世商会总裁输送巨额利益，推动 6737 号提案，提案通过后会对华夏 13 个大行业、6737 项科技实施封锁禁运，包藏祸心，意图推动猎龙计划。”

孙建国双眼瞪圆：“运通集团增资六亿，注入天猎基金，将由赵大顺负责操盘，诸位亲朋好友亦可入股，若只是家仇，老朽可以释然，但这不只是家仇，老朽今日拉下老脸，愿欠诸位一个人情，他日必有厚报。”

这番话绝对是往深水里丢了一颗炸弹，所有人都一呆，没想到还有这般阴谋。商人逐利，却又讨厌政治，面对这般历史洪流，每个人都开始衡量利益。

孙建国看出了大家的犹豫，高声说：“在大家做抉择之前，老朽还要多说两句。每个时代都有自己的英雄，每个时代都有自己的图腾。曾经我看不懂庆之这代的年轻人，他们喜欢动漫电影，喜欢流行偶像，不能吃苦，安逸享乐。我担忧他们这代人会垮掉，会葬送我们这代，乃至前面几代人的血汗。今日庆之交出了一份答卷，这份答卷令我欣慰。最后我想把伟人曾说过的一句话送给大家，All the reactionaries are the paper tiger!”

白头翁听完之后，呆愣了三秒后狂喜：“蜘蛛矿业注资天猎基金，现金两亿，比特币三十万枚，总额五亿。”

笑面佛满脸平静地点头，司徒霸激动得身躯发抖，屠兴东欲语还休，神情有些不自然，财神的眉头微皱总觉得白头翁的决定有些草率。

拿督站起来："奋进集团注资五亿，首期到账三亿，半个月后再到账两亿。愿建国叔叔保重身体，能用钱解决的问题，都不是问题。"

钱总伸手说："鼎鑫集团注资六亿，如果需要还可以拆借十亿。"

一个又一个的人站出来，金额很快就破了百亿。站在灵堂前的孙建国，纵横四海时广结善缘，一不小心编出一张大网，当孙建国需要助力时，大网开始发力了。

我站在一旁，竭力不让自己激动，但手心里都是汗水。能力越强，责任越大。该吹响复仇的号角了，我会驾驶天猎基金这辆战车，对 GOD 组织发起冲击。

176 外援

无尽虚空中，墨绿色的数据流闪烁，派懒散地坐在椅子上，不远处飘荡着二十四个光点，派悠悠地说：大家喜欢这个新聊天室吗？数据经过六次加密，所有的 IP 都被隐藏，而且能视频通话，三维成像，还可以通过对等加密，进行大容量的数据交换。

贝塔：华而不实的功能，我们是隐藏在网络上的黑客，想方设法匿名，小心翼翼遮掩现实中的身份，生怕自己暴露，谁会搞视频通话？还三维成像！你以为是哗众取宠的主播吗？

基莫托狙击失利后，阿尔法并没有收回授予派的权限，这刺激到了贝塔，抑不住的火气都撒到派身上。而且说的还都有道理，隐身在网络上的黑客，不会主动暴露个人的所有信息。

聊天室内的氛围有些尴尬，得尔塔直接说正事：代表总裁的特使先生，刚跟我结束通话，他们希望在近期看到比特币拉升，否则他们会出光比特币，填补挪用公款的亏空。

阿尔法说：黑杰克，找出筹码分布图。

三维立体的柱状图出现在聊天室里，GOD 组织已经掌握了百分之三十七的筹码，剩下的百分之六十三的筹码，将近一半在华夏，光天猎基金、腾飞矿业与蜘蛛矿业三家加起来持有的比特币数量，就超过流通数量的百分之三十。

阿尔法继续说：黑杰克，推演我们强行拉盘的成功概率。

叮！一团绿色的光圈渲染，GOD 组织拉盘成功的概率勉强达到百分之六十一，但理论上失败的风险系数超过百分之五十七。

西格玛：在孙庆之的葬礼上，孙建国为天猎基金公募一百二十亿华夏币，赵大顺开出一百万比特币的额度成立复仇基金，对 GOD 组织所有的成员进行悬赏。

这是个坏消息，不仅增加了控盘的难度，还敲响了 GOD 组织所有黑客们的安全警钟。

新加入 GOD 组织的新奥说：酷！我值多少比特币？是一百万平均分成二十四份吗?

新派说：每个人多少悬赏不是问题的重点，问题的重点是，居然有人敢悬赏追杀 GOD 组织成员！

阿尔法说：安静，今天的重点是控盘拉升比特币，而不是讨论复仇基金。

伽马说：公募是个不错的法子，也许我们可以借鉴。

阿尔法有了些兴趣：伽马，说下去。

伽马：我们想拉升比特币，奥米伽肯定会做空比特币。现在我们双方的筹码与资金都差不多，奥米伽可以通过孙建国募资，那么我们也可以去金牛街募集资金。

这是一个多元化、多维度的世界，如果说 GOD 组织是偏向技术类的组织，那么金牛街就是纯粹的金融组织，而比特币又包含了技术与金融属性，联手金牛街是个不错的提议。

阿尔法仔细思索了一会儿说：是个不错的建议，我们可以借用资本的力量，但谁去游说资本入场？

得尔塔主动请缨说：我去！正好可以借助与条星国的政府关系，直接接触金牛街的高层。

阿尔法说：可以，你去联系他们。同时告知特使，比特币拉升会在近期启动。

177 金牛街

金牛街位于条星国的苹果城市中心，全长仅五百余米，宽有十三米，占地面积并不辽阔，却被视为条星国的金融心脏。又因一些跨国财团、金融机构、保险公司在金牛街办公，这里又被称为全球金融发动机。

在雪莉的引荐下，得尔塔见到灰熊基金的董事长，一个壮硕如熊般的男人，克拉克。

壮硕的克拉克面色冷淡，对着得尔塔点了点头，然后看了看手腕上佩戴的沛纳海说："我知道你是 GOD 组织的黑客，也知道你跟那些政客们关系很好，但我只给你五分钟的时间，希望你能说服我。"

得尔塔眨了一下眼睛，早就听说金牛街的这帮金融天才自高自大、目中无人，却没想到这般难相处。

得尔塔平息了一下怒火。说：“比特币已经达成了全球金融共识，成为下一代电子金融算力货币，具备金融交易与金融炒作的基本属性，GOD 组织可以通过控盘的方式，帮助灰熊基金获益……”

克拉克盯着手腕上的手表，悠悠地说：“你已经浪费了一分钟，即使比特币达成全球金融共识，市值也没有超过一万亿，相比股票、外汇、贵重金属与原油期货，还是一个很小很不成熟的市场。如果你只有这番说辞，我觉得不需要再浪费时间了。”

得尔塔慢慢站起身来，对着克拉克说：“在我保持克制的同时，希望你也能保持沉默。GOD 组织控盘比特币是为了推动 6737 号提案，实现对华夏的科技封锁与禁运，如果控盘比特币你没兴趣，那么配合猎龙计划做空华夏呢？如果你对做空华夏，继而在亚太地区制造金融危机也没有兴趣，那么我们的会谈可以结束了。”

克拉克的眼睛终于从手表上挪开，望着得尔塔问：“做空华夏？亚太地区？”望着得尔塔点头，克拉克换了一个坐姿说：“我对你的计划又有兴趣了。”

有些事情本身就存在因果，就好像已经摆好的多米诺骨牌，随着第一块骨牌被推倒，接下来必然会形成连锁反应。

做空华夏乃至整个亚太地区只是灵光一闪，得尔塔稍加一想后，发觉这是个好机会，便对着克拉克说：“首先我们通过拉升比特币，对世商会输送利益，推动 6737 号提案执行对华夏的科技封锁。与此同时我们需要大笔借出华夏币，同时利用比特币的匿名属性，如水管般从华夏封闭的金融体系中抽血，实现做空华夏的目的，然后利用从华夏赚到的资金，把整个亚太地区一起收割……”

克拉克鼓着掌说：“很棒的计划，你说服了我。但这件事情太大，还需要去说服一些老头子，要知道他们掌握着大笔资金，他们也比较顽固。”

得尔塔说：“再完美的计划，也只是纸面上的东西，不如灰熊基金先介入第一阶段，我们一起控盘比特币。”

克拉克思索后点头说：“可以投入二十亿，够吗？”

得尔塔伸出手说：“合作愉快！”两双粗壮的手紧紧握在一起。

178 吸筹

灰熊基金二十亿到账，一直蠢蠢欲动的盘面，终于开始异动，价格先是暴涨百分之十三，站稳了一万华夏币的这个关键位。

在交易中有些位置是压力位，例如，比特币曾经在八千时跌了下来，很多人铁了心不卖，死拿着等回本，即使挂卖单，也是挂在八千多的位置上，所以这个位置被称为压力位。

再往上，一万这个位置被称为关键位，大部分人的人性中，有一个凑整的潜意识。比如有些人在赌场里赌钱，运气爆棚一会儿就赢了九十五万，这时他们不会见好就收，而是想着再赢五万，凑够一百万再走，所以凑整是一种很神奇的心态。

比特币重回一万的价格，并且站稳了，这就给很多获利盘凑整的心理暗示，有些想赚钱的会想着落袋平安，交出筹码。

GOD组织在一万的位置上挂单吸筹，偶尔还会故意把价格砸到九千八，价格来回浮动，如同用钝刀子挑拨大家的神经，很多人都受不了这样的挑逗，纷纷离场。

阿火坐在我的对面，望着来回波动的盘面问：“现在做空吗？”

我把头一摇说：“现在不能，反而要配合着GOD组织做多。”

“什么？”阿火以为自己听错了，呆呆地望着我。

我指着盘面说：“如果这是一场拳击赛，那么每个人都有两个拳头，GOD 组织已经出拳，我们知道他们会把币价拉上去，所以 GOD 组织不会出全力，而是留了一手。况且现在的点位不够利益输出，所以我们不还手，收起拳头，后退一步，等机会。”

阿火听明白了：“诱敌深入，等着价格高时，一拳打倒。”

我点了点头，然后输入了网址：bijiaosuo.top。然后开始挂单，比其他的交易所都贵一点，我要吸引搬砖党。

一百二十亿现金，在价格不猛涨的情况下，足够我吃下一百二十万的比特币，况且我还拥有价格稳定的天猎币，这些形成高位积蓄的水库，一旦泄洪，GOD 组织必将被吞噬。

这是一个用脚投票的年代，哪个交易的价格高，哪个使用流畅不卡顿，哪个交易所就受用户们欢迎，况且币交所的天猎币方便全球各地的搬砖党，在用户们的要求下，又有几个交易所开通了天猎币交易区。

无尽的虚空中，新建的聊天室里，阿尔法说：奥米伽比料想的难缠，我以为只要我们拉升，他就会做空，结果没想到奥米伽居然也跟着抢货吸筹。

得尔塔说：我们向总裁承诺的是在一万五千与一万八千美元之间帮他完成出货，而现在价格在一千四百与一千五百美元之间，离承诺差得太多。

伽马说：随着 bijiaosuo.top 溢价吸筹，交易排名已经冲进全球前五，成为搬砖党的主战场，甚至倒逼一些交易所开通天猎币交易区，我们将面临双重压力。

在其他交易所购买比特币，使用的是真金白银。奥米伽发行锚定欧元的天猎币，是可以超发的，毕竟几十亿的数额只是一段几十

KB 的代码，这速度比印钞还快得多。

阿尔说：监控天猎币，同时提高价格，尽可能地多吸现货，吸不动的时候，再找机会与奥米伽决战。

179 杠杆期货

全球比特币的价格基本持平，横在一万元华夏币的位置上，能够买到的现货越来越少了，聪明人开始持币观望，等着比特币选择新方向。是一飞冲天还是横久必跌，目前来看冲高的概率要大一些。

我是非常有耐心的，毕竟搬砖党转账时会用到天猎币，我会收取千分之一的手续费，随着天猎币打通全球百分之八十的交易所，我已经有了稳坐钓鱼台的资格。

GOD 组织却没有耐心，毕竟拖得越久，压力越大。阿尔法命令：吸筹，每天往上推一百美元，一点点推到两千美元。

横在一千四百美元的比特币开始上涨，五天后涨到两千美元，萎缩的交易量又变得活跃，凑整的确是人性中的弱点，是横跨东西方的陋习。

不管 GOD 组织加多少，我都跟在后面。想当猎手就需要耐心，必须找一个合适的时机，很多时候猎物与猎手的身份转换只在一念之间，你以为自己在捕杀猎物，其实在别人的眼中，你也是猎物。

比特币横在两千美元的位置上，流通交易的筹码非常少，换手率越来越低，交易量也开始萎缩，整个二级市场充满了浓郁的观望情绪。

阿尔法感觉特别心累，操盘是一场赌局，本就充满了变数，能打的底牌就那么几张，奥米伽还知晓自己的底牌，就这样僵持着可不是好事。

克拉克坐在得尔塔的对面，一目十行地看完文件后说："我的朋友，你做得很好，投入的资金已经实现增值，接下来你们打算怎么做？"

得尔塔说："继续募资，继续拉升比特币。"

"NO！NO！NO！"克拉克摇晃着好似胡萝卜般的食指："在整个交易市场中，持有筹码的不止你们，如果单边拉升，真金白银只能换来账面财富，到时对手盘变现后如果你们守不住拉升的价位，对手盘又可以在低位回收筹码，你们怎么办？"

得尔塔说："如果不拉升，就不能输送利益，让 6737 号提案通过。"

"NO！NO！NO！"克拉克再次摇晃着好似胡萝卜般的食指："比特币只是在扮演金融标的物，可以拉升赚钱，也可以做空赚钱，只要我们确保每次交易都能获利。"

得尔塔说："如果做空，等于交出了我们在低位收集的筹码，放弃了对比特币的定价权。"

"为什么要用现货做空？可以用合约交易，也可以用指数交易。"克拉克望着得尔塔继续说："可以接受法币，也可以接受虚拟货币，还可以提供高倍数的杠杆，只要你们能确保每次交易都能获利。"

这番话使得得尔塔茅塞顿开，在不能单边拉升的情况下，合约交易成了最佳的选择，只要积攒出足够的利益，以合法的方式输送给总裁，所有的难题都将迎刃而解。

输送利益之所以要大费周章，以拉升比特币价的方式帮助总裁出货，是因为直接送钱叫行贿，低买高卖是投资。在比特币没有确切的金融定义，没有纳入法律监管之前，可以操作的空间还非常大。

180 AF32

比特币横盘在两千美元的位置上，GOD 组织不动，我也不会动，就在僵持的时候，阿火急匆匆地跑来：“战斗机交易所开网了！”

我望着阿火问：“战斗机交易所是什么？”

阿火在我的浏览器中输入 AF32.COM 的地址，然后说：“KUBN 集团收购 A 网，然后加入 F32 型服务器矩阵，搭建的期货网站，并提供比特币期货交易，最高支持一百倍杠杆。”

我揉着太阳穴，开始消化这些信息。KUBN 集团与 GOD 组织有所关联，派还是最大的股东。A 网的交易量全球能排进前三，F32 是 GOD 组织研发的服务器矩阵，百倍杠杆期货交易，这些元素汇总到一起，答案昭然若揭。

我敲了敲眼镜腿，低声说：“确认 AF32.COM 的归属权。”

一团红色光流从大西北的矿场飞出，穿过海底长长的光缆，刚接触到 AF32.COM 的服务器，一团墨绿色的光流如鬼魅般出现。

Queen 果决地退回，直接放弃了正在使用的跳板，并且在撤离跳板时引爆了逻辑炸弹。

派望着红色的 Queen 遁逃后，嘴角上浮现出一抹冷笑，KING 与黑杰克的组合，已经能正面击溃 Queen，这可真是个好消息。但派打算把这个好消息当成秘密，不会跟其他人分享。

派的出现已经可以确认，AF32.COM 交易后面站着的是 GOD 组织。我望着阿火问：“大家为什么把 AF32.COM 称为战斗机交易所？”

阿火指着屏幕说：“不管是充值，还是提现，又或者交易响应级别，都如战斗机般迅捷，再加上有的战斗机型号是 F32，所以大家把

AF32.COM 称为战斗机交易所。”

听完这些后，我的眉头皱起：“GOD 组织开始搞期货交易了，也就是说他们放弃了单边拉升的想法。”

“我们必须给予回应，要不然用户都跑到他们那里了！”阿火有些中二地说：“凡是敌人赞成的，都是我们反对的。凡是敌人大力发展的，必须是我们要下手破坏的。”

我的脑袋里很忽然地闪过一丝灵光，伸手敲了敲眼镜腿说：“我们在币交所里也开通期货交易，只提供十倍的杠杆行不行？”

Queen 还没回答，阿火先说：“十倍也太少了，AF32 可是提供了一百倍的杠杆，百分之一的波动就能造成爆仓，绝对刺激。”

我把头一摇说：“敲骨吸髓的事情我做不出，十倍杠杆已经很高了。如果开到一百倍，我怕有人输红眼后会跳楼。”

阿火想了想，然后点了点头。与此同时，Queen 给出 OK 的回馈，可以在币交所里开设期货交易，但需要重新构架服务器。

我对着阿火说：“发公告，币交所需要十八个小时的升级，提供期货杠杆交易。”

阿火满脸喜色：“这个决定真是太好了！币交所专打战斗机！”

我的心情没有这么轻松，原本只要捏住比特币就好，涨到差不多的高位后出货砸盘！现在 GOD 组织更换玩法，可多可空，原本简单的事情变得复杂起来，面对那帮专业的家伙，我还能打得赢吗？本就不多的自信，现在又少了三分。

181 深度共享

金牛街上没秘密，灰熊基金在做什么大家心知肚明。比特币在资本家的眼里，是一块尚未开垦的处女地，虽然拓荒者需要加倍付出精力，但收获同样也是加倍的。

毕竟在传统资本家的眼中，把钱存进交易所购买比特币，然后存储比特币，再到卖出比特币，把钱提出来到卡里的过程太过烦琐，远远没有期货交易多空接火方便。

随着战斗机交易所与币交所开通期货交易，金牛街的资本家们嗅到了金钱的味道。当然，他们没有下场，而是尝试撮合两家交易所实现深度共享。

深度共享有一个很有趣的东西，比如在战斗机交易所，有人开了比特币看涨的期货单。然后在币交所，有人开了比特币沽空的期货单。在没有共享深度之前，两个人是不会交叉的平行线，各自在各自的交易所里，承受投资方向可能带来的结果。但当共享交易深度后，两个人可以隔空交火。双方搏杀的资金会纳入共享沙盒，由三个方面监管，最终根据结果进行利益再分配。

深度共享等于用技术的手段，把战斗机交易所与币交所的交易深度指数融合在一起，分别面对不同的用户执行同样的价格标准，同时引入第三方监管，让交易变得更加公平。深度共享的技术难度并不大，只要交易所愿意开放端口就可以实现。

当这个提议摆在我的面前时，我是不敢轻易答应的，杠杆期货已经弱化了比特币的存在属性，如果再深度共享，会不会造成不可控的局面？Queen 抽调腾飞矿业的算力，运算四个小时后建议我答应。

因为期货交易采取的合约指数是现货交易价格，币交所同意深度共享，也就与战斗机交易所共享现货价格，等于拥有现货交易的定价权。

况且端口可以开放，也可以关闭，关闭的同时可以撤出沙盒内的资金。综合来看，选择深度共享，对我们来说利大于弊。

同样的选择题摆在 GOD 组织面前，毫无疑问，在金融领域

GOD 组织还是小学生，共享深度会带来很多不可控的因素，这让阿尔法非常犹豫。

克拉克对得尔塔说："期货交易需要有统一权威的标杆物，现在币交所与 AF32 是最大的期货交易平台，如果两个交易所的价格不能统一，我们是不敢大资金参与的。"

期货杠杆交易有些像多空资本根据现货价格对赌，现阶段的虚拟货币期货交易所，经常会出现极端的插针行情，爆完多方又开始爆空方，参与者输光了一切，都被交易平台赚去了。

得尔塔说："让我们把参与交易的资金放入沙盒中，总让我感觉不踏实。"

"第三方监管是保证所有参与者利益的方法，而你要确保的是，每单都有所获益，要知道在比特币交易市场里，币交所是你们的对手盘，开放端口等于我们与他们对赌！"克拉克露出满嘴白森森的牙齿说："拥有整个金牛街的友谊，你还犹豫什么？"

得尔塔不敢轻易答应，而是把所有的文件汇总，一起提交给了阿尔法，面对未知，阿尔法让黑杰克运算了三个小时，他望着运算结果又沉思了一个小时，才同意开放端口。

182 统一标准

随着 BIJIAOSUO 与 AF32 同意共享深度后，在金牛街财团们的撮合下，其他的交易所纷纷深度共享。参与期货交易的资金不再由交易所代持，而是进入多方监管、多方运营的沙盒。

就这样，一个遍布全球、二十四小时不间断的数字货币期货交易联盟成立了。交易所不再是单独的个体，更像提供服务的券商。

随着交易规则不断正规，沙盒监管程序不断完善，共享深度里的挂单逐渐多了起来，资金沉淀池以肉眼可见的速度膨胀。

因为交易所提供的杠杆倍数不同，所以面对的用户阶层也不同，在币交所交易的多是一些经验丰富的玩家，十倍的杠杆足够。而在战斗机交易所，都是一些比较极端的用户，畅想着一夜暴富，结果却成了被收割的韭菜。

我小心翼翼地观察，总觉得要有大事发生，这时计算机上忽然弹出一个提醒，比特币在五分钟内暴涨百分之三十，从两千美元涨到两千六百美元，将近一万七千华夏币。

在全球的期货交易所中，只要使用超过三倍杠杆做空的账户，全都被爆掉了。多军欢呼雀跃，空军哀鸿一片。

究竟是怎么了？没有明确的利好，就这样涨得不明不白，GOD组织想要通过这种方式来获利吗？

相对于盘面，消息总是滞后的，就在我诧异的时候，新闻弹窗接踵而至，金牛街的老牌基金灰熊基金，将在三个月内增持三十万比特币现货，并且会对旗下八十万高净值用户，推荐比特币期货交易。

大涨的原因找到了，来自金牛街的灰熊基金！我对着 Queen 说："复盘这段时间的交易数据，我需要知道他们使用的资金量。"

一笔笔交易数据被汇总，然后整个交易模型被复盘。深度共享后，灰熊基金开始在全球范围挂多单，并且故意与空单形成对手盘，等着资金池沉淀的资金量达到一定的数额后，在所有的现货市场里同时拉升，这才有了五分钟暴涨的百分之三十。

灰熊基金与 GOD 组织早有合作，金牛街的财团撮合深度共享，也是计划的一环。这件事不能说是阴谋，而是堂堂正正的阳谋，如果我不同意深度共享，战斗机交易所可以拉着其他的交易所一起共享深度。

共享深度其实就是价格联盟，进入联盟的交易所，现货交易价格会被采样，作为期货交易的参考。如果我退出，他们可以不用采样币交所的现货价格，这样我就失去了采样定价权的资格。

坏消息总是接踵而至，Queen：灰熊基金使用五十倍的杠杆，动用资金的数量在十五亿美元到十八亿美元。而且 GOD 组织已经在交易中获利，如果这样放任下去，GOD 组织将会募集到足够输出的利益。

不知不觉我已经被逼到悬崖边上了，在没得选的情况下，我对着 Queen 说：“找到 GOD 组织的挂单方向，然后我们跟他们做对手盘。”

一切又回到了最初的样子，只是这一次的敌人不只 GOD 组织，还有来自金牛街的财团。

183 蜘蛛入场

蜘蛛矿业的会议室里，几个股东坐在凳子上吞云吐雾。屠兴东看了一眼手机说：“比特币涨到三千美元，大顺盯上 GOD 组织，在三千美元开空，现在两边快打出脑浆子了，谁也奈何不了对方。”

财神拿出手机看了看说：“这才几天，比特币的价格就翻倍了，连一次像样的调整都没有，就这样一个劲地疯涨，给我的感觉是想拉高出货。别说是大顺，换成我操盘，我也在这个位置上开空。”

笑面佛端起茶杯喝了一口说：“大家觉得大顺说的那些话，有几分可信度？”

白头翁沉吟后说：“我觉得是真的，要不然孙庆之也不会死在西里马洛。”

屠兴东眨了眨眼睛，托着下巴说：“如果真是这样，那么孙庆之还成了民族英雄。”

司徒霸的思维没那么复杂，他望着盘面说：“比特币都涨了快一倍，矿机挖出来的币还是那么多，卖出后利润可是翻倍了，我们矿机的价格要不要涨一些？”

原本还喧嚣的会议室，顷刻间安静下来了，关乎切身利益，所有人都开始打小算盘。

笑面佛说：“比特币价格起伏，谁也不清楚能在这个位置站多久，所以矿机期货的价格不变，但削减供货量，延长测试时间，我们可以把挖出来的高价币先抛出去。”

这绝对是个让所有人都叫好的主意，屠兴东说：“我这就安排人扩建测试车间，用最严谨的方法，把即将出场的矿机都测试一遍。”

白头翁用手指敲了敲桌子说：“除了高价抛售，要不要跟着做空？”

所有人的身躯不由一僵，然后彼此交换眼神。不光财团可以左右比特币的价格，矿场主们也有左右价格的能力。

期货开空，现货砸盘。然后出货变现赚钱的同时，还通过合约交易放大收益。这可真是太好了！

笑面佛有些激动地说：“我们不光要做空，还要高调地做空，号召大家一起出货。毕竟现在做空比特币，是对 GOD 组织开火，我们不光能赚钱，还能赚声望。”

所有人的心都热了起来，白头翁嚷嚷着：“开空，让我们赚币赚钱赚名声。”

司徒霸站起来说：“我现在就去草拟公告，然后开空。”

蜘蛛矿业与腾飞矿业的出货量，加在一起占有比特币矿机总销量的百分之六十七，随着天猎基金开空比特币，蜘蛛矿业跟进。发出的公告读起来更像檄书，大体就两个意思，第一，因次品率高，产能有限，蜘蛛矿业发货时间延长；第二，蜘蛛矿业声援腾飞矿业，对比特币进行做空。

真可谓一石激起千层浪，随着蜘蛛矿业下场，代表比特币矿机行业的两个头部公司都看空比特币，原本还在观望的矿场主们也开始跟进。

比特币看似达成了全球金融共识，超脱了法币成为全球货币，但生活在真实社会里的矿场主们，还是需要法币来购买食物、缴纳电费。既然现在利润可观，大家又都开空了，为什么不增加利润呢?

184 矿霸出手

在比特币的世界里，全球百分之七十的算力在华夏。在华夏的祟山峻岭中，有一群如牧民般四处迁徙的人，他们在寻找电价便宜的水电站。

随着比特币挖矿需求增大，一些挖矿企业开始在全球寻找廉价能源。特别能吃苦、特别能适应新环境的华夏人，在海外建设了一个又一个的比特币矿场。

今日的比特币矿业，像极了战国时代，群雄并起，拥有千分之五算力的叫矿头，拥有超过百分之四算力的叫矿霸。当然矿霸也有大小之分，如蜘蛛矿业这种掌握大矿池的，被大家尊称为大矿霸。

江水之旁，一座拥有全网百分之六算力的矿场里，一个身型壮硕的汉子端详着手机，然后拿起锤子，对着一节钢管猛敲。

梆梆梆！刺耳的震鸣声盖过矿机风扇唔鸣，两个穿着拖鞋的男人从矿场里跑了出来，他们望着胖子问:“干什么？”

胖子晃着手机说："蜘蛛矿业发了公告，倡议做空比特币，声援腾飞矿业。"

两个人看过新闻，又瞧了瞧比特币的价格，同时把头一点说："先挂空单，后出货。"

千里之外，一座座风车旋转，一排现代化的车间里，容纳着全网百分之十的算力。几个男人围着餐桌吃饭，一个男人指着手机说："司徒霸发公告要做空比特币，兄弟们跟吗？"

一个男人保守地说："可以跟，但我们开空单不用杠杆。"

另一个点头说："行，开空后砸盘，空赚一倍后平单。"

蜘蛛矿业的公告，三十分钟内传遍了整个矿圈，这一天所有经营矿场的矿霸们，都选择做空。毕竟比特币涨了一倍，价格站稳三千美元，也该落袋为安了。

在墨绿色的虚空中，派说：他们已经上钩，我们要把这些空单都爆掉吗?

阿尔法说：钉死现货价格，然后执行 lightning 计划。

为了控盘比特币，GOD 组织计算出各种可能存在的意外，也包括矿工砸盘。比特币 51% 的算力攻击如定时炸弹，只要华夏矿工联合起来，他们就有掀桌子的能力。

为了拆掉这个炸弹，GOD 组织一直隐忍，等矿工们拿着挖出来的比特币做空后，才执行 lightning 计划。

二十亿美元在两千八到三千美元筑起了一道堤坝。多空交火，打得惨烈。八小时内三次攻击，都没能击破两千八的挂单。

期货市场多空挂单，犬牙交错，层层叠叠，密密麻麻地堆积着上百亿的挂单。一旦确认方向，失败的一方将会血流成河。

坚守住现货价格，lightning 计划启动，西维亚地下实验室里，六个封存的办公区开启，一排排灯柱映照在银白色矿机上，随着它们的算力接入比特币网络，全网算力瞬间暴增一倍。

假如现在每天产出五百枚比特币，五百个日薪一千五的人每人分一个，三千卖掉，他们纯赚一千五。随着这些算力接入，每天还是五百枚比特币，但挖矿数增加到一千人，这样每人只能分到 0.5 枚比特币，如果这些矿工还是以三千的价格卖出，那么 0.5 枚只能卖出一千五，勉强保本。

算力增加推动成本上涨，做空的人进退两难，是坚持还是平仓？他们如咬住鱼钩的鱼儿，不想被钓起，那就只能挣扎。

185 做空者宣言

我枯坐在办公室中，喝下一杯冷掉的茶水，苦涩从喉咙一直蔓延到肚腹，整颗心都苦透了！

这不是阴谋，而是彻彻底底的阳谋，一步一步，环环相扣。金牛街的财团与 GOD 组织早有勾结，GOD 组织发现单边拉盘不行，便开了 AF32 战斗机交易所，然后金牛街撮合共享深度，如果我不同意，他们也会拉着其他的交易所一起制定价格联盟。

然后灰熊基金入场，故意把比特币的价格拉到三千美元，爆空后横盘，在这个位置上诱惑我做空，即使我中计入场，GOD 组织依然隐忍，他们的目标是比特币算力网中的所有矿场主。等着这些矿霸都入场后，GOD 组织才把早就拥有的大批矿机接入挖矿网络，把挖矿成本价提高了一倍。

有两种原因能影响比特币的价格，一种是挖矿成本价，一种是市场需求价。算力增长一倍后，所有的矿工在三千美元这个点位上，不再有利润，反而成了筑底价。

蓄谋已久的 GOD 组织，布下这个杀局，不光要解决比特币存在 51% 的攻击问题，还要解决所有可能提出 51% 攻击的人，把所有的矿工一网打尽。

接下来大家有两条路，要么认输离场，如雪崩般相互践踏，把筹码拱手相让。要么垂死挣扎，用真金白银砸穿比特币现货价格，引爆期货多单，爆掉GOD组织。

狠辣！真是太狠辣了！拥有这么多的矿机居然可以不介入算力网，面对这么多的空单，居然能忍住不拉盘。这般心机，这般忍耐，输在他们手上，不亏啊！

阿火推开门，望着我问："怎么办？"

我声音干涩地说："要不认输离场？"

阿火瞪着眼睛望着我问："谁都可以认输，唯独我们不能认输。要知道所有力挺我们做空的人全都被套了，如果我们认输投降，这不是在背后捅他们刀子吗？而且多年的口碑一下就会坏掉，以后还有谁相信我们？"

真歹毒啊！GOD组织布下这个杀局，堪称杀人诛心，不管是蜘蛛矿业，还是其他的矿场主，都是打着声援腾飞矿业的旗号，如果这时候我认输，必将成为圈子内的公敌。

阿火看出了我的犹豫，继续说："我们与GOD组织早晚会有一战，如果这次认输，比特币的价格必然会一飞冲天，那时我们想要再找机会做空，可就没那么容易了，倒不如趁着现在与GOD组织决战。"

阿火身上总有一种能够感染别人的特质，他的思维简单，脑洞清丽脱俗，仔细琢磨，他说的还真有些道理，我点头说："发公告，用守夜人的誓言文体，我要发一篇做空者宣言。"

在天猎基金与腾飞矿业的官网上，很快就出现了这篇做空者宣言：

暴涨将至，我从此刻开始做空。目标一千五百美元以下，至死方休！我将不饮酒，不添衣，不买奢侈品。我将不计成本，不问利好，全力做空，生死不改。我是矿机的信徒，我是比特币的守卫，我是抵御暴涨的烈焰，暴跌时分的光线，唤醒矿工的号角，守护比特币定价权的坚盾，我将生命与荣耀献给所有做空者。今夜如此，夜夜尽燃！

186 一角冰山

做空者宣言还是有效的，最起码稳住了矿工们的军心，暂时没有造成踩踏。比特币交易的数据不会作假，区块链上的转账，期货交易所的挂单，都能够显示出，天猫基金正在执行做空者宣言。

比特币在两千九百五十美元的点位上振荡，拉不起来，也砸不下去，暂时给了空军们喘息的时间。

蜘蛛矿业会议室里，烟雾缭绕，前几日还眉飞色舞的人们，今天都愁眉不展。

屠兴东低声说："要不我们先平单，毕竟对手盘是 GOD 组织，而且三千已经是成本价了，我们在这个位置上做空，可不太聪明。"

大家都没有开口，而是相互交换眼神，面对利益时，必须要衡量出得失，然后才能做出决定，选取最大的收益。

财神也有些意动，低声说："要不我们平单？"

"糊涂！愚蠢！"白头翁用鄙视的眼光看向财神与屠兴东说："现在平空单我们至少损失一半。"

财神弱弱地说："但现在挖矿的成本价已经是三千美元了，在成本价做空……"

笑面佛悠悠地说："GOD 组织拥有一半的算力，抬高了挖矿的成本价，如果我们平空单，等于认输，GOD 组织在期货上赢了，会不会在矿机市场碾压我们？"

司徒霸听到这里，连忙说："不能认输，必须空下去，让 GOD 组织元气大伤，我们才有时间研发新一代矿机。"

屠兴东说："现在这个盘面，空下去我们恐怕不能赢。"

白头翁笑着说：“做事别只看表面，现在这事说穿了还是争夺比特币定价权，如果只有我们这些人是空不赢 GOD 组织的，但这个市场里不止我们。”

屠兴东说：“对！这个市场里不止有我们，还有人没出手。”

无尽的虚空中，派第三次催促阿尔法：现在动手吗？

阿尔法说：再等等，还有大鱼没有上钩。

叮咚！KING 刷出比特币网络上最新的转账图，几个沉睡很久的比特币地址苏醒了，大笔的转账进入了交易所。

随着 GOD 组织与天猎基金短兵相接后，双方都保留了余力，没有全仓全赌，毕竟杠杆期货交易时，临近爆仓线如果能追加保证金，还是有机会从山穷水尽到柳暗花明的。

现在几笔大的转账出现了，也该收网了！

阿尔法吩咐说：得尔塔，让那些人入场。

因为全球比特币深度共享，所以大家都能看到现货交易与期货交易的挂单数量，比特币在三千美元上，先多了十亿美元，然后在三千零一的位置上，又多了十亿美元，然后三千零二，三千零三，一直到三千零九，一共挂了一百亿美元的托单。

期货市场上，做多的资金也多了一百亿美元，这些大额的挂单，沉甸甸地横在了盘面上，压得空军们心头沉重。

与此同时，新闻媒体开始报道，来自金牛街的质子财团、黑水基金、金桥量化都将战略增持比特币，并且会对他们的用户推荐比特币期货交易。

阿尔法越来越喜欢用阳谋碾压，拥有大额资金却不攻击，逼着空军们相互践踏，忽然入场的三个财团，会成为压死骆驼的最后一根稻草吗？

转入交易所里，本该砸盘的比特币，全都不敢砸了。

187 巨擘

局势转变得有些快，刚宣读做空者宣言的矿场主们，还没来得及松口气，就看到上百亿美元挂单了，如黑云压城般遮天蔽日，矿场主们忽然看不到未来了，甚至有可能看不到明天。

质子财团、黑水基金、金桥量化，加上前段时间兴风作浪的灰熊基金，金牛街掌管百亿资金规模的团队，已经出现了四个。接下来怎么办？平空转多顺势而为吗？

屠兴东面色有些潮红，嘴唇颤抖着说："平吧！再不平我怕会爆仓！"

白头翁悠悠地说："急什么！两百亿就把你吓倒了！"

屠兴东有些不乐意，瞪着眼说："真金白银的两百亿！"

笑面佛放下茶杯说："兴东，淡定一些。我们都知道大资金调动会有种种限制，看似两百亿挂单，我们要想一想，他们为什么围而不打？这时必须要冷静，不能自乱阵脚。"

财神追问："为什么围而不打？有这个资金体量，早应该把比特币拉飞了！"

白头翁说："拉飞后谁接盘？账面财富不是钱！比特币现阶段只是财富标的物，还不是真正流通的法币！调动这么大额的资金，肯定要签署保本文件，这些基金想赚的是钱，不是赚比特币，这就是为什么他们只敢挂单，不敢拉盘。"

笑面佛说："淡定一些，我听说孙建国去了永兴茶楼。"

屠兴东与财神互望一眼，眼底都浮现出了喜色。

司徒霸开口说："如果真能说服那帮人，那这下我们要赚大发了！"

永兴茶楼存世三百年，木质结构，古色古香。里面还是百年前的摆设，时光给桌椅茶具包上了一层厚厚的包浆。

小小的屋子里坐着八个老头，满头银发的孙建国，穿着一身黑色唐装，端起茶碗小口地喝着茶水。

靠窗有个满脸老人斑的老者，用手理着长寿眉说："老孙头，今天是叙旧还是谈事？我可听说天猎基金快爆了！"

孙建国说："前几天我让人查了世商会，真有人提交了一份6737号提案，只要投票通过，便会对华夏禁运封锁，还有什么猎龙计划的后手！我儿为这事丢了性命，现在这帮狼子野心的鬼佬，压着咱们的后生晚辈往死里打，你们这帮当爷的，是不是该伸伸手？"

大金牙瞪眼问："当真？"

孙建国点头说："当真！"

玉扳指敲了敲茶碗说："我们不王不霸，关起门来过自己的小日子，他们为何总是咄咄相逼？都说宁为太平犬，莫作离乱人！既然不得不战，那就战！诸位回去开祠堂燃香火，通知宗族宗亲，把压箱底的财货都亮一亮，能不打最好，真要打，也要当颗铜豌豆，崩碎他们满嘴的狗牙。"

那一夜，祠堂中门大开，香火鼎沸。那一天，金融流水，汇江成海。

188 亮货

哐！我办公室的房门被推开，满脸赤红的阿火兴奋地说："期货市场上，压盘单出现了，十二位数！比手机号码还长一位，而且还在增加!”

我连忙打开网页，看到在三零一零的位置上，出现了一长串的压盘挂单，个十百千万，十万百万千万，亿十亿百亿千亿!!!

在三零一零的价位上，足足压了一千多亿华夏币的压盘单，已经可以兑付现阶段所有的多单，甚至能够击穿期货市场上的多单。

看着还在增加的挂单金额，我猜想是谁有这般财力?

蜘蛛矿业的会议室里，亢奋的财神原地跳起来，语无伦次地说着:“看看看!你大爷永远是你大爷，这下绝对稳了!”

屠兴东也嘀咕着:“赚了!赚大发了!”

白头翁刷着手机说:“快看科技版最新要闻。”

科技版头版头条上挂着加粗加红，并且高亮的标题:维护网络安全，稳定金融秩序倡议书。黑米集团、点金基金、大为科技、展讯博通……

笑面佛尖着嗓子说:“已经有六十家企业加入了，陆续还有企业加入，挂单金额超过一千五百亿……”

忽如一夜春风来，暴露在寒风中的空军们，一下子就感受到了家乡父老的温暖。虽然双方都还保持克制，只亮货没交火，但傻子都能看出来，空军可以碾压多军，还是可以按在地板上反复摩擦的那种。

怎么办?压力又重回 GOD 组织这边了，阿尔法依然智珠在握，得尔塔换上得体的西装，走进了帝国大厦。

雪莉已经等在这里了，见到得尔塔后说:“里欧先生的健康状况不太好，这次见面将由他的健康医生全程陪同，所以跟他交流时要注意控制情绪。”

得尔塔比画了一个 OK 的手势，然后跟着雪莉一起走进金色电梯，三分钟后走进一个洁白的房子里，除尘杀菌，被确认没有携带任何危险品与电子设备，得尔塔与雪莉才进入核心区，他们见到了一个坐在轮椅上、满脸老人斑、戴着面罩正在吸氧的老人。

还有一个穿着白大褂的医生，对得尔塔与雪莉吩咐："里欧先生的听力不好，但与他说话时声音不能超过四十分贝。"

得尔塔蹲在轮椅前，用崇敬的目光看着里欧，然后用恭敬的语气说："里欧先生，能见到您，我万分荣幸。您当年执行的万塔计划，一直都是我学习的榜样，现在有一个狙击华夏币的计划需要您的支持，我们称之为猎龙计划……"

苍老的里欧，手指缓缓摇动，保健医生走到得尔塔身前说："里欧先生对你说的没有兴趣，所以请你离开。"

得尔塔还想说点什么，雪莉连忙拉着得尔塔往外走，同时低声说："不要触怒里欧……"

快出门时，得尔塔不想放过这个机会，高声喊："我们 GOD 组织已经研究出让人类永生的方法了，并且可以把灵魂在不同的身躯内写入写出，我们把这个称为造神……"

里欧原本黯淡的眼睛亮起来了，他的手指蜷曲后伸直，再蜷曲后伸直，他动心了！

189 飞蛾扑火

我总觉得心神不宁，仿佛要有大事发生，三零一零上的空单已经达到两千亿华夏币的规模，换算成美元超过三百亿，足以碾压下面的多军。按道理说我该高枕无忧，但不知怎么了，总感觉坐在火山口上，下一秒就会喷发，就会被烧得尸骨无存。

叮地一声！在碧草蓝天的计算机桌面上，忽然弹出来一个写字板：是被动防御，还是主动出击？

该来的想躲都躲不掉，我的担忧成为现实，伸手移动鼠标，点动主动出击，本该出现密密麻麻的进度条并没有出现，是被动防御，还是主动出击的写字板依然停在那里。

电子合成的声音忽然响起，一直冰冷的 Queen 仿佛带着一抹温度："GOD 组织以造神为诱惑，试图说服万塔计划的执行者里欧，根据情报显示，里欧可动用的资金高达一万四千亿美元，如果里欧同意入场做多，不光会影响现阶段的多空格局，配合猎龙计划，将有可能冲击华夏现有的金融体系，重演当年罗刹国的悲剧。

而且 GOD 组织已经开始使用生物计算机，我们使用的还是电子计算机，因为算力上的差距，对上 KING 与黑杰克我没有必胜的把握，所以这将是一次飞蛾扑火般的出击，一旦失败有可能会暴露 IP，一旦被定位出详细地址，很有可能遭受神罚打击。我再问你一次，是被动防御，还是主动出击？"

听 Queen 说完，我忽然理解了电子合成的声音里为什么会带有温度，青铜时代碾压石器时代，黑铁时代碾压青铜时代，当历史车轮往前走时，任何阻挡车轮前进的东西都会被碾得粉碎。让使用电子计算机的 Queen，去攻击使用生物计算机的 GOD 组织，还要面对两个强悍的对手，真是一场奋不顾身的飞蛾扑火。

我移动鼠标问："Queen，为了守护家人，你怕死吗？"

Queen："不怕！"

我点了主动出击后说："我也不怕！"

计算机桌面上出现了上百个进度条，腾飞矿业旗下的所有矿机开始爆鸣，一团红得发亮的光团，从大西北腾空而起，顺着光纤往条星国的帝国大厦冲去。

白色的无尘间里，两个好似按摩椅般的设备摆在那里，里欧先生的保健医生躺在一个椅子上，太阳穴上硅蓝色的电流闪烁，计算机屏幕中一团淡紫色的光团闪烁，十六进制的程序链先转化为双螺旋的基因链，然后又慢慢组成保健医生的脸。

里欧的手指摆了摆，得尔塔好似猜到里欧要做什么，他对着显示器说："先生，你可以与我们对话，也可以使用里面的网络，甚至可以与家人对话，利用这些方法来进行验证，你的确是以另一种形态存活着。"

保健医生先跟家人通话，然后又访问银行账户及网络购物，神情从最初的不相信，到现在的惊奇，人类真可以用另一种形态活着，永生变得触手可及。神奇！真的是太神奇了!!

一直吸氧的里欧，呼吸忽然急促起来，他双眼放着光，盯着另外一个椅子。

190 算力不稳

网络世界上有无数的计算机、手机与服务器，也有无数链接他们的通道，局域网、光纤和 WiFi，还有红外线、电信号等。

Queen 借助跳板，小心隐藏着自己的痕迹，一点点向帝国大厦的方向渗透。在金融市场和比特币期货交易市场里，拥有海量资金的里欧是个大魔王，一旦他与 GOD 组织联手，特别在控盘全球兑付的比特币后，那将会是一场灾难级别的金融海啸。

解决难题的方法有很多，要么耗费精力正面把难题解决！要么解决掉提出难题、制造难题的人！

在金融世界里强大的里欧，在程序世界里就是一团数据，Queen 有上百种方法可以干掉这团数据。可以用删除文件的方式把里欧清空，也可以用逻辑炸弹把里欧毁灭，甚至还可以通过加大电流的方式让里欧物理消失。但有个前提，就是必须找到里欧，然后接近里欧。

一团墨绿色的光团很忽然的出现，派望着 Queen 说："又见面了！想做什么？"

Queen 没理睬派，直接舍弃了这个跳板，再次加速往帝国大厦的网络冲击。派却如鬼魅般如影随形，墨绿色的光团凝成一张充满嘲笑的脸：“Queen，你了解我就如同我了解你，如果你只有这样的运算能力，那我可真是太失望了！”

随着派的出现，Queen 知道已经没办法悄然入侵，既然如此，那就暴力入侵！Queen 更改命令集后开始执行不同的策略，开始抽调全世界所有的比特币算力，澎湃的算力从四面八方冲来，Queen 红得发亮、热得发烫。

派望着红起来的 Queen，不但没有惊恐，反而神经质般地发出一声怪笑：“开始抽调全网算力了！生气了吗？让我看一看拥有全网算力的 Queen，究竟有多强！”

嗖！派直接撞向 Queen，轰！数字的世界里冲击波开始往四周飘逸，双方交手的服务器组直接冒出了黑烟。

拥有 KING 与黑杰克的派，脸上满是狰狞：“痛快！舒服！去死吧！”说完对着 Queen 又冲过去。

轰！轰轰！连续的碰撞让赤红色的 Queen 有些黯淡，派却越战越勇。

西维亚的地下实验室里，贝塔望着十个年轻人的脑袋，他们的脸有些赤红，额头上冒出了汗水，贝塔皱眉说：“派究竟在做什么？”

滴滴滴！监控矿机的程序发出一阵提示音，贝塔看到所有的矿机都在空转后，立刻按动了重启键。

无尽的虚空里，Queen 的光芒有些黯淡。派的脸上露出思索的表情，然后有些古怪地说：“让我猜一猜在你身上发生了什么？因为没有使用创神法则，使用比特币购买算力，所以你临时窃取了全世界的算力。现在有人发现矿机空转不出块，他们重启矿机，你很虚弱。”

Queen 没理会派，而是给我发了一个弹窗。

望着 Queen 需要算力的求援信，比特币都在市场里压盘，我只能拿起电话，挨个拨打认识的矿场主们，告诉他们不要重启矿机，我要借用算力。在不能使用创神法则的情况下，我只能用人情法则。

191 全是坏消息

一个电话又一个电话，当我开始拨打第三个电话，准备开口时，脑袋中忽然闪过一道惊雷，我惊出一身的冷汗，连忙给 Queen 留言：快退回来，不能挪用算力！

我无条件地相信 Queen，Queen 也无条件地相信我，看到这条简讯后，Queen 没犹豫，不再借用算力，直接遁逃。

一道淡红色的光在网络上飞逝，墨绿色的光团紧随其后，派意识到："怎么不继续借用算力？难道发现了什么？"

在比特币算力的世界里，因为采用分布式记账，所以一直都存在 51%的攻击漏洞。也就是说，当某个矿池拥有的算力超过 51%时，按照少数服从多数的底层逻辑，这个矿池将可以任意修改比特币网络上的任何数据。

Queen 借用矿机算力时，没有采用创神法则，等于把这些算力抽离比特币算力网，剩下的矿机算力只要有人掌握超过 51%，就可以任意修改持币地址上的比特币。

GOD 组织拥有近乎全网一半的算力，经过腾飞矿业与蜘蛛矿业不断爆产能，才把 GOD 组织的算力压缩到百分之四十四点七。刚刚如果任由 Queen 抽调算力，那么 GOD 组织很快就能拥有 51%的算力，可以把参与做空的比特币全都转走，空军将被彻底打爆。

这又是一个充满阳谋的杀局，飞蛾扑火般的 Queen 没计算到，我却在一瞬间想到了。

墨绿色的光流越追越近，派对着 Queen 怒吼：“你跑不掉，不要徒劳……”原本极速流畅的数据流，忽然间出现了一秒的卡顿，派感觉自己被冲进了一块寒冰里，冻彻心扉，时间都停止了，一秒如一个世纪般漫长，等数据流恢复后，Queen 消失得无影无踪。

刚刚发生了什么？派皱起眉头说：“KING，自检索。黑杰克调取刚刚的数据。”

很快一幅图表出现在派的面前，刚刚追逐 Queen 时，第八颗大脑温度过载，出现了数据溢出。

借助监控镜头，派看到了第八颗大脑，这是一个满头汗水、满脸通红、眉头紧皱的男人，仿佛正在承受着难以承受的痛苦。

派有些失落地说：“通知贝塔，把第八颗大脑换掉。”

Queen 回来了，我们没有暴露 IP，除了这个好消息，剩下的全是坏消息。在技术上已经没办法阻止 GOD 组织与里欧联手，难道就这样坐以待毙？

不！我还要再搏一搏！

我拿起手机，拨打了一个号码，低声说：“来我的办公室一趟。”

不大的工夫，阿火跑进来，奇怪地问：“有什么事不能在电话里说？”

我站起来把办公室的门关上，然后又拉上窗帘，深吸一口气，望着阿火说：“我打算增发天猎币砸盘做空。”

阿火的思路与众不同，望着我问：“什么时候砸？”

我揉着眉毛说：“你不问我打算增发多少？万一成了亏空，无法兑付时我们怎么办？”

阿火耸了耸肩膀说：“你想增发多少我都同意，赚了最好，亏了也没什么，大不了我们还回去写小说。”

望着大大咧咧的阿火，我的鼻头有些酸涩，这个冲动的决定对吗？我已经没时间去想那么多了，放开手脚，殊死一搏吧。

192 增发砸盘

打小我就知道一句话，光脚的不怕穿鞋的。相比已经下场的基金、集团、公司，乃至GOD组织，我就是个光脚的。

为什么现在盘面僵持，大家都围而不打？竭力保持克制不是因为大家比较高雅，而是因为大家都有各种各样的限制。

现在的局面好像在一家古董店里，每个集团、基金、公司都是身价不菲的古董。大家待在古董架上剑拔弩张，都等着对方露出破绽，好一击杀之。如果不知道有里欧这个强援，我也会等下去，但里欧快下场了，平衡将会被打破！大家都是瓷器，里欧是青铜器。

与其等里欧下场收割大家，倒不如现在我动手，做个闯进瓷器铺的浑小子，伸手推到古董架，能出其不意地打败他们最好，如果不能，也能给做空的大家创造离场的机会。

当然这样做是有风险的，后果我也清楚。增发天猎币砸盘，等于用假币砸真币。如果做空成了，只要把增发的币还回去，不但平安无事，还能赚个盆满钵满，一旦做空失败，将留下一个大窟窿，必然会出现兑付危机，眼前我所拥有的一切都将烟消云散。

既然已经下了决心，那就做一把大的，我增发了八十亿天猎币，按照一比十的汇率，这是八百亿华夏币，兑换成美元高达一百二十亿。

既然做了那就无怨无悔，趁着现在脑袋热得发胀，我决定从现货砸到期货市场。

穿鞋的果然害怕光脚的，随着我往下砸，密密麻麻的挂单一下消失大半。来自金牛街的那帮大家伙，全都是中看不中用的样子货。

多军开始爆了，而且还是连续的爆单，现货爆到两千九止跌，期货从三零零九一直爆到了两千八百五，金牛街的损失不大，其他跟风的多军可就损失惨重，哀鸿遍野。

我并没有得胜的喜悦，对 Queen 说："群发邮件，让所有空军撤单，这个局面我撑不了多久。"

与此同时，在无尽的虚空中，只有二十四个席位的特殊聊天室里，亮出了第二十五个光点。紫色的里欧问：人类可以用写入的形式，以数字生命的形态存活，还能以写出的方法，重新回归社会？

派回答说：这需要使用克隆技术，如果直接用别人的身体，会出现不兼容的情况，只有克隆自己的身体，从基因上才能完全兼容，才是造神成功。

里欧继续问：什么时候才能实现基因克隆？

阿尔法说：科学研究是很严谨的，需要循序渐进，需要一步一步前行，控盘比特币是第一步，做空华夏是第二步，得到条星国技术支持是第三步。

有些话说到一半，该懂的人已经完全懂了！能够执行万塔计划的里欧，本身就是一个人精，他对阿尔法说：一百亿美元够吗？

望着"血流成河"的盘面，阿尔法说：一百亿不够，一千亿才差不多。

把财富已经活成数字的里欧，无比渴望新生，见阿尔法开了口，便答应说：可以！

鲜血淋漓的刽子手，下场了！

193 告同胞书

我是一个做事很有条理的人，不管做什么，对风险都会做预估，这次虽然冲动一些，但我还是写了一份告同胞书，随着 Queen 征集的邮件地址群发而出。

这一天很多人都收到了这份邮件：

各位亲朋好友，叔伯兄弟，以及信任我的矿场主与投资人们，刚刚得到一个不幸的消息，GOD 组织说服了里欧，将单边拉升比特币。里欧制订万塔计划，用极不光彩的手段洗劫罗刹国高达 4 万多亿美元的财富，虽然条星国政府冻结了里欧大部分的财富，但里欧能动用的资金依然高达 1.4 万亿美元。

我们将面对一个擅长使用金融武器进行攻击的敌人，我们毫无胜算！常言道：留得青山在，不怕没柴烧。我将增发八十亿天猎币，砸盘做空，会把现货与期货的价格向下打压百分之五，为大家打开安全距离，还请诸位有序撤离，保存实力。

这将是一场发生在区块链上的金融战争，我会为大家争取足够的时间，一路前行披荆斩棘，我们守望相助，剩下的路将不能与诸位同行，愿所有人余生安好。

蜘蛛矿业会议室里，屠兴东着急地说：“快撤单吧！等着多军打上来，我们可就全完了！”

白头翁与笑面佛互望一眼，然后白头翁说：“撤单后做什么？等着里欧控盘比特币，然后击溃华夏币的汇率，配合猎龙计划把我们全收割了，让华夏重蹈罗刹国的覆辙？”

笑面佛咬着牙，笑嘻嘻的脸上有三分狠色：“做空，继续加钱，接着做空。这是一场区块链上的金融战争，打赢了守住和平，打输了面对战争。我们不光要尽人事，还要抗天命。”

财神：“哥几个，没发烧吧！这可是坐拥万亿财富的里欧，我们都知道他要做多，为什么不换个方向，跟着一起做多赚钱？少谈假大空，只有真金白银才是真的，只要能赚个盆满钵满，管他洪水滔天，大不了我们移民。”

所有人用复杂的眼神看着财神，司徒霸跳起来怒声说：“你是不是跪久了，忘了该怎么站起来？别人都要把你的家给烧了，你还想着添把火！”

屠兴东拉住司徒霸说：“别傻了，你们这样做是在螳臂当车、以卵击石！不要因为一时冲动，就幻想着当英雄，这个世界上不缺英雄，只是大部分傻到连名字都弄丢的人，才会去做无名的英雄。所以我们要赚最多的钱，然后离开这个国家。”

笑面佛的眼睛里冒着寒光，他上下审视着屠兴东与财神说：“人民英雄纪念碑上有名字吗？”说着指了指胸口：“在这儿也有一座碑，天上还有一双眼，老朽做事仰不愧天、俯不愧地，赚该赚的钱。”

财神说：“我已经开始申请移民，兴东是卜罗国国籍，既然你们要跟 GOD 组织斗下去，我们不拦着，但要把账算清楚。”

司徒霸看着财神，又望向屠兴东：“你们真要退股吗？”

财神点头，屠兴东还在劝：“诸位别冲动，那可是 GOD 组织，是执行过万塔计划的里欧，我们打不赢。”

司徒霸拿起支票本，写了一行数字，拍在财神的胸膛上说：“多买点壮骨药，以后学着当个人，别总跪着当狗。”

望着支票上 250 的三个数字，财神怒红了脸说：“什么意思？”

司徒霸说：“不算一时，不谋一世，今日决定将可能影响万代千世，国你敢卖，但谁敢卖我们伟大的民族？”说着拉开门，高声吼：“保安！把这两个人轰出去。”

四大恶人分裂，财神与屠兴东被赶出门，天猎基金往下做空时，蜘蛛矿业增资跟进。

194 挤兑风波

里欧下场了，一千亿美元的埋单一分为二，挂在两千九百美元的位置上，溃败的多军止住跌势，期货市场也停止流血。

比特币交易市场终究还是太小，如果抛开期货市场，只计算现货市场，一千亿美元在两千九百美金的位置上，可以购买三千四百四十八万枚比特币，而现在挖出来流通的比特币还不到一千四百万枚，所以这笔挂单充满威慑力。

里欧仿佛在向世界宣布，哪怕是单边上涨，他也能把比特币拉起来。

在无尽的虚空中，派抓出一张图说：天猎基金增发八十亿天猎币，总量达到八十二亿，但他们在银行里只存了两亿英镑。

阿尔法说：只要散播出这个消息，天猎基金将出现挤兑。

贝塔说：那还等什么，舆论造势吧！

只过了三十秒，天猎基金增发了八十亿天猎币的消息在全球范围内传荡，所有天猎币的持有者们都急了，天猎币汇市出现动荡下行的走势。

持有天猎币的人有两种渠道变现。一种变现的渠道是通过天猎基金兑付，把持有的天猎币加上银行账户还给天猎基金，然后等着天猎基金打款，这种时间比较缓慢，一般需要一到七个工作日。万一天猎基金真的因无法兑付而破产，那么大家都将血本无归。

还有一种变现的渠道是在汇市上卖出，持有天猎币的人，可以直接卖给需要持有天猎币的其他用户，然后得到法币提现离场。

因为天猎币是稳定币，所以价格恒定为一比一，随着消息被踢爆后，汇率被砸了五个百分点，降为一比零点九五，如果没人大笔买入，汇率还会下跌，那时用户只能选择提现，一周之后没钱可提的天猎基金，只能在挤兑中破产。

运通集团，阿二站在孙建国身后说："通过区块链查询，赵大顺增发八十亿天猎币，远远超出腾飞矿业能够兑付的能力，如果任由汇率波动，天猎币将会出现挤兑。如果比特币回弹到三千美元，赵大顺还会爆仓。"

孙建国的双眼微眯说："年轻人做事冲动，考虑问题不够周全，弄出这么大的漏洞，恐怕不好收场。"

沉吟了足足三十分钟，孙建国说："与银行方面打打招呼，抵押一些不动产，我们需要大笔外汇。"

阿二问："继续做空比特币？"

"不！"孙建国把头一摇说："稳定天猎币的汇率，同时应付可能出现的挤兑风波。"

滴滴滴！阿二拿起手机："有人正在市场上吸纳天猎币，根据情报显示，资金来自国内。"

孙建国笑了，对着阿二挥了挥手，然后望着阿二的背影说："老朽欣慰，聪明人很多！"

天猎币目前全球发行的规模有二亿，按照一比三的杠杆，加上一些挂单沉淀，两亿欧元的储备，可以撬动十亿欧元的增发杠杆，只是一下增发八十亿，并且通过做空流通，市面上一下多出来这么多天猎币，肯定会出问题的。

目前天猎基金的筹码被锁定在期货市场里，无法再对市场上流通的天猎币进行兑付。这个时候必须有人愿意持有天猎币，才能稳定天猎币的汇率。帮着天猎基金应付过这场兑付危机，孙建国想到了，其他聪明的人也想到了。

195 变更

增发这件事说大不大，说小不小。往大说不负责任的增发，很有可能会造成资不抵债，最终在不可收拾的局面下破产。往小说不管增发了多少筹码，只要市场认可，只要能够顺畅兑付，那就不存在问题。

天猎币的汇市换手率很高，汇率坚挺在零点九五的位置上，随着恐慌性砸盘减少，汇率有可能回到一比一。

不知不觉中出现了一荣俱荣、一损俱损的局面。天猎基金增发砸盘，聪明人帮着守住天猎币的汇率，只要天猎基金不暴雷，就能压住比特币的盘面。

无尽的虚空中，里欧畅游在数据的海洋里，曾经单纯地以为人死如灯灭，皮囊腐朽后，人就不存在了。现在 GOD 组织给了自己另一个未来——数字生命。

GOD 组织必须强大，只有这样才能实现造神。猎龙计划可以执行，财富拥有越多越好，天知道造神还需要烧多少钱。

里欧在无尽的虚空中打开操盘账户，望着密密麻麻的红绿线，手法熟练地开始操盘。是时候唤醒大家对万塔计划的回忆了，希望多年以后，大家回忆猎龙计划时也会充满恐惧。

轰！房门被推开，阿火急匆匆地跑进来，口齿不清地说："比特币涨了，破了两千九百五，今天恐怕会涨到三千美元，我们会爆仓吗？"

虽然早就知道会有这么一天，但没想到来得这么迅捷。我有些无力地坐在椅子上，慢慢点头。

阿火打开计算机，望着天猎币汇市，汇率已经跌破零点九五，落到零点九三上了，阿火望着我问："天猎币会暴雷吗？"

如果没有奇迹出现，这局败定了，我点头说："天猎币会出现挤兑，然后在暴雷中破产。"

阿火说："留给我们的时间不多了！大顺，走，我们去工商所。"

我望着阿火问："去工商所做什么？"

阿火理所当然地说："进行股权变更啊！"

我定定地看着阿火，仿佛想要看清楚他的思维。阿火还以为我在发呆，急吼吼地说："别愣着，把所有的股份都转到我的名下，然后我再把所有的现金都转给你……"

我感觉脑瓜子嗡地一下，热血全顶进脑袋里，我对阿火说："你知道这样做的后果吗？"

阿火满脸无所谓："大不了去坐牢，又不是枪毙。只要你平安无事，我们就还能东山再起，等赚到钱后，现在欠下的账，再一笔笔地慢慢还。"

头脑简单欢乐多，这样的解决方式很符合阿火一贯的风格，我摇手说："不行，这次没你想的那么简单，会死人的。"

阿火满脸笑容，毫不在乎："这里是华夏，经济案不会死人，你想多了！就算够死刑，我们俩伏法倒不如让我一个人服刑，毕竟你活着还有改变局面的机会，我们都搭进去，那就真定局了。"

我对着阿火摆手说："事太大，容我想想。"

196 赞成票

华夏首都的天空晴朗，碧蓝色的天上飘着几朵洁白的云彩，大会堂被打扫得一尘不染，华夏金融工作会召开在即。

穿着黑色西装的唐忠，一步步走向发言席，望着台下端坐的企业家们，唐忠敲了敲话筒，然后说："大家好，我是天唐国际的总裁唐忠，今天演讲的主题是伟大复兴与金融稳定，开讲之前要插一句题外话，在座诸位有谁响应了维护网络安全、稳定金融秩序倡议书，请把手举一下。"

端坐两千人的会场上，有一百多位企业家举起了手臂。

唐忠继续说："谢谢，可以放下。我大致看了一下，举手的有科技企业的老总，也有传统制造业的总裁，还有制药及养殖方面的老板，总结一下，举手的都是民营企业家。"

唐忠的声音提高一个度："我为什么要提这个问题，因为在我们看不到的地方，在区块链的世界里，这帮民营企业家们正在打着一场没有硝烟的战争。他们的敌人是谁？是来自金牛街的量化基金，是从事金融交易的正规军，是曾经操盘过万塔计划、洗劫罗刹国四万多亿财富的里欧。这不是一场对等的金融战，这是一场即将发生的金融大屠杀！"

大会堂里的气氛有些凝滞，唐忠继续说："GOD 组织操控西方世界的政体，正在推动 6737 号提案，然后推行所谓的猎龙计划，意图分裂华夏神州。控盘比特币只是第一步，民营企业家们正在抵抗，国企的老总们，我们能安心地坐在这里开会吗？该不该做点什么？难道就眼睁睁地看着小兄弟们流干满腔的热血吗？"

本就凝滞的空气，更加干燥，仿佛一点儿火星就能引燃，唐忠高声说："老总们，华夏走向伟大复兴时金融必须保持稳定，我们没想过攻击他人，是他们欺负上门！乾坤朗朗，不容这些作祟的魑魅魍魉！既然他们敢兴风作浪，那就把他们统统碾碎！"

哗啦啦啦！掌声如潮水般响起。

大会主席敲了敲话筒，等着大家安静下来："小唐的这番话感染力很强，但我想跟所有的老总们说，党和国家培养了我们，不是让我们意气用事。在其位谋其政，政策红线就在那里，谁也不能碰。我个人不反对你们声援民企，但国企的资金一分也不能挪用，谁挪用谁是职务犯罪。”

会场里冷了下来，大会主席继续说：“但我可以建议大家，在参股但不控股的私营企业、合资企业、跨国企业行使赞成票，去打赢这场没有硝烟的战争。”

会场内安静了三秒，然后掌声如雷般响起，每个参会的人都感觉心头火热。

冲到两千九百五十美元的比特币，忽然遭受天量资金的狙击，期货市场剧烈振荡，一笔笔的天量换手，硬生生把比特币打到两千六百美元，天量的挂单出现，一万三千亿华夏币，两千亿美元就压在两千六百美元的点位上了。

197 神，一个就够了

在无尽的虚空中，安静的聊天室里，里欧好似一条欢快的鱼，从东游到西，然后从数据的海洋中钻出来，坐在椅子上说：“谁能告诉我，我们的敌人究竟是谁？一千亿美元还剩下两百亿，上面做空的压单超过两千亿美元，我想知道在遥远的东方，谁能在短时间调动上万亿的华夏币？”

这个问题很好回答，黑杰克直接抓取了资金流转图，成千上万条转账记录被不停地归纳筛选，然后具象出资金来源。

这是一张很大的图，里欧想要看清楚，还需要用上帝视角，一共三千多家企业，大部分来自华夏，或者被华夏参股的企业。

里欧摇头说：“居然只是企业，不是华夏政府！这次难道是自发的做空？商人逐利，几千家企业怎可能同进共退？为什么他们会有这样的凝聚力？”

阿尔法打出一行字：一个拥有五千年历史、文化传承没有中断的民族，凝聚力真是太恐怖了，必须战胜他们，然后分裂他们，否则他们将会成为我们造神的阻碍。

里欧有些想不明白：“他们为什么会成为我们造神的阻碍？”

伽马打出一行字：有个代号奥米伽的黑客，在华夏研究出了Queen，离造神成功还差半步。

阿尔法：神，一个就够了！

里欧呆了，一直想不明白 GOD 组织为什么要针对华夏，原来是为了打压奥米伽！正如阿尔法所说的那样。神，一个就够了！谁先把神造出来，谁将拥有绝对的话语权，可以封堵后面的追逐者。

里欧说：“这不仅是一场金融战，还是一场神战！一万亿美元恐怕不够，我要再联络一些帮手。”

长满苜蓿草的土地上，有一座褐色原石堆砌的城堡，高耸的城楼中，一个老人躺在床上沉睡。

叮咚！投影仪投射出里欧的图像，里欧笑着说：“尼亚，快醒醒，我们要发财了！”

尼亚睁开了眼睛，望着里欧说：“你是里欧？里欧万塔？”

里欧点头说：“是的，我的罗斯柴尔德兄弟，有没有兴趣联手做空一个国家？”

尼亚老脸上浮现出贪婪的潮红：“目标是哪个？”

里欧说：“东方那头快苏醒的老龙。”

尼亚皱眉说：“那可是人口大国，不太容易做空。”

里欧说：“我还会拉上小摩根与艾伦。”

尼亚说："艾伦已经成为星条联储的主席，会跟你一起疯吗？"

里欧坏笑着说："千万不要用正常逻辑去衡量艾伦的道德底线，只要利益足够多，艾伦能在办公桌上跳脱衣舞！"

尼亚把头一点说："可以，只要他们愿意做，我也愿意做。"

里欧说："老伙计，准备好欢呼吧！"

窗外挂着一轮大大的月亮，本该平静的夜晚，暗流开始涌动，几笔巨额的资金，从秘密账户里流转而出，汇聚在一起成了天文数字。

这次与上几次不同，里欧没有在盘面上亮货，而是悄悄地潜伏在资金池底，等着合适的机会，发起雷霆一击。

198 雷霆一击

相比别人的安逸，我是极度不安的，我枯坐在办公室里，望着Queen 给出的数据表，我知道这一局败定了！

曾经看过一篇报道，当我们在海面上看到一座冰山时，其实只看到了冰山的十分之一，还有十分之九隐藏在海水里。

Queen 一直在监控资金流，因为里欧的出现，大额转账会被追踪。刚刚 Queen 追踪到六笔大额转账，加一起超过三万亿美元，其他的异常转账还有两万亿美元，如果……

无能为力的感觉真是太糟糕了，我双手握紧很想做点什么，但却无事可做，力已用穷。

与此同时，首都召开金融稳定大会，金融代表唐忠提交了关于稳定金融的提案，经过多轮讨论，全票通过，然后提交给最高领导人，签字生效后，将由七部委联合执行。

我与世隔绝地望着盘面，天量的资金出现了，从两千六百美元的位置上开始做多，三十分钟换手率已经高达两万亿美元。

我躺在椅子上，长出了一口气，大势已去……

轰！房门被推开，阿火举着手机说："快看新闻……"

新闻里，端庄的播音员正字正腔圆地说：

"华夏大银行、华夏网信办、华夏工业信息部、华夏工业总局、华夏银行监督委员会、华夏证券监督委员会、华夏保险监督委员会，关于防范比特币风险的公告。

近期，国内通过炒作比特币的活动大量涌现，投机炒作盛行，涉嫌从事非法金融活动，严重扰乱了经济金融秩序。为贯彻落实华夏金融工作会精神，保护投资者合法权益，防范化解金融风险。

依据《华夏人民共和国人民银行法》《华夏人民共和国商业银行法》《华夏人民共和国证券法》《华夏人民共和国网络安全法》《华夏人民共和国电信条例》《非法金融机构和非法金融业务活动取缔办法》等法律法规，现将有关事项公告如下……"

我呆呆地看着手机，播音员的声音如同天籁，然后我对着阿火说："国家出台政策，我们赢了？"

阿火打开一瓶红酒，倒了两杯说："国家出手了，里欧万塔算根毛！今日之华夏，非昔日之罗刹！为国贺！"

我与阿火一碰杯说："为国贺！"

再望向盘面，已经冲到两千七百美元的多军，遭受到毁灭性打击，比特币价格崩了，全球的投资者开始抛售，恐慌盘出现了，即使里欧拼命做多，也挡不住已经成大势的空军。

爆仓开始了，谁也挡不住，连环爆仓，一根深深的下探针出现，击穿了一千五百美元的点位，下场做空的人都赚了个盆满钵满。

我对阿火说："发公告，平仓……"

“好!”阿火编辑公告，就在这时，播音员又说：“插播一条紧急要闻，我国强烈反对世商会通过的 6737 号提案，并……”

嗡！我感觉脑袋炸了！有些难以置信地望着手机，不是说好的不让比特币拉升，就能切断利益输送，阻止提案通过吗?

瞳孔中忽然弹出一个写字板，血红色的选项，是被动防御，还是主动出击? 我怒吼着：“主动出击!”

我的鼻子里弥漫着浓浓的腥涩，用手一摸，流血了！太阳穴突突地跳着，我的眼睛开始犯花，我对着阿火说：“不要关矿场!”然后就什么都不知道了!

199 神罚降临

一团血红色的光流，从大西北冲天而起，带着一往无回的气势，冲向了西维亚。

无尽的虚空中，大家都在庆贺，阿尔法由衷地敬佩：里欧，你可真是一个金融天才，把总裁的资金一分为二，五百倍杠杆，一半做空，一半做多，只要出现单边极端行情，不管哪边赢了，总裁都能得到足够的利益。

里欧说：比特币的盘面终究太小，容纳不了万亿级别的资金搏杀。现在 6737 号提案已经通过，我们开始做空华夏。

派欢喜的脸上浮现出一抹戏耍：今天真是个好日子，老朋友来了，我去摧毁它!

派化为一道墨绿色的光流，带着 KING 与黑杰克出现在 Queen 的旁边，满脸戏耍说：“Queen 这次自投罗网，受死吧!”

轰！火星撞地球般，在数据的世界里，冲击波往四处飘荡，被余波冲击到的服务器，全都死机。

派飘荡在虚空中，望着有些黯淡的 Queen 说：“挣扎是徒劳的，这种程度的撞击，你能承受几次？”

Queen 知道不能正面硬抗，血红色的光团往内一缩，然后剧烈膨胀。轰！自爆成无数小红团，跑向四面八方。

派笑着说：“你跑不掉的，KING，追！”黑色的 KING 化为无数个小黑团，向四面八方追去。

双方一追一逃，偶尔会有碰撞，连续碰撞三次后，Queen 又聚集到一起，有些黯淡的红又逐渐鲜艳起来。

派不屑地说：“执行创神法则！让我看一看，你有多少比特币可以烧！”黑杰克与 KING 凝成双螺旋，从墨绿色变成深黑色，带着一股死寂。

Queen 执行创神法则，借用全球所有的比特币矿机算力，红的刺眼，直接对 KING 与黑杰克凝成的双螺旋冲去。

轰！又是一次正面冲击，交手的服务器群组被数据冲击波摧毁，KING 与黑杰克被撞成了两个墨绿色的光团，Queen 身上的鲜红也黯淡了一半。

派望着 Queen 说：“不要徒劳，生物计算机碾压电子计算机……”

Queen 黯淡的身躯又慢慢红了起来，派惊奇地说：“这是哪里来的算力？”

三十分钟前，吕道林接到一封署名 Queen 的电子邮件，然后亲自电讯全国，所有工厂、学校、科研院所、闲置的商用服务器组，以及超级计算机实验室，优先应答 Queen 的算力需求。

在华夏九百六十万平方千米上，四通八达网线连接的网络上，Queen 发出算力需求，所有的计算机都给予算力应答。

腾飞矿业的矿机热得开始冒烟，小工们想要切断电源，却被阿火阻止，既然大顺不让关，那就肯定有道理。

派想通了 Queen 的算力来源，不屑地说：“再多的电子计算机的算力也没用，KING、黑杰克，碾碎它！”黑色双螺旋程序融成一柄利剑，对着 Queen 冲去。

轰！冲击波往四处逸散，黑色的利刃洞穿 Queen，红色的 Queen 一分为二，然后又慢慢聚拢在一起。

西维亚实验室里忽然响起凄厉的警报声，贝塔冲到计算机旁，看到雷达上五个国家在向实验室发射上千枚中远程飞弹。

贝塔手忙脚乱地启动反导系统，冻土里一枚枚飞弹腾空而起，半空中把飞来的飞弹打爆。

在无尽的虚空里，派的面色不断变化，他望着 Queen 说：“我明白了，你故意利用撞击瘫痪五个国家的国防系统，然后……”说到这，派忽然一惊：“我们碰撞了六次……”

外太空中阿波罗启动自爆程序，空空的弹夹舱里已经没有了钛合金长矛。

那一天，6737 号提案生效，世商会对华夏实施科技禁运。那一天，外汇市场上，一笔巨额游资忽然做空华夏，忽然又消失得无影无踪。那一天，五根巨大的钛合金长矛砸在西维亚的冻土上，引发了地震。那一天，腾飞矿业的矿机自燃，整个厂区烧成火海。那一天我沉睡不醒，好似有人在我耳边喊着肖龙。

200 科技树

在谴责声中，世商会宣布 6737 号提案生效，世商会组织内的所有国家执行 6737 号提案，将对华夏 13 个大行业、6737 项科技实施封锁禁运。

举国哗然，不管是依赖出口的企业，还是依赖进口的企业，全都感受到了山雨欲来的危机。世界早就成为一个命运共同体，你中有我，我中也有你，忽然封锁意味着很多细节需要修改。很多公司都没了主意，怎么办？所有人都默默地看向首都。

吕道林带着唐忠连开三场讨论会，重点讨论科技树替代计划的可行性，形成文件报告后，提交给相关部门。

会议室外的等待区里，唐忠叼着烟斗，双眼血红，望着吕道林问："科技树替代计划能通过吗？"

压力如山，本就苍老的吕道林，满脸皱纹，坐在沙发上声音沙哑说："应该能吧！"

唐忠又低声问："能突破封锁吗？"

吕道林忽然指了指会议室的方向，然后侧耳倾听，唐忠也伸长了耳朵。

一个儒雅的声音传来："全国各族人民同心同德、艰苦奋斗，取得了令世界刮目相看的伟大成就。今天，华夏巍然屹立在世界东方，没有任何力量能够撼动我们伟大祖国的地位，没有任何力量能够阻挡华夏人民和华夏民族的前进步伐……"

掌声如雷鸣般响起，年轻的办事员急匆匆跑出来，对着吕道林与唐忠报喜："科技树替代计划通过，全国上下将发扬大会战精神，组建超级实验室联盟，资源、科技、专利、人才共享，点亮科技树。"

接过办事员递来的文件，吕道林打开，声音颤抖地说："001 实验室，107 科研所，831 中科所，619 研究院……"

唐忠指着文件说："还有 404 基地……"

吕道林热泪盈眶："我们不能，也不会因为别人的封锁，而停止前进的脚步。"

午后的阳光穿过木质的窗子，洒在墙边的角柜上，原木色的角柜被擦拭得一尘不染，上面摆满东西，有证书，有奖杯，有奖牌，还有一份颁奖词：鉴于您在科学方面对国家特殊的贡献，特授予国家最高科学技术奖……

角柜的旁边，一个头发全白的老者，默默收拾着衣服，已经 82 岁的高龄，岁月在他身上留下了深深的痕迹。

吱呀呀！房门被推开，一个满头白发的老太太走进来，望着老者问："要走多久？"

老者认真地算了算，然后说："不回来了。"

老太太坐在床边问："能点亮吗？"

老者又认真地想了想说："点不亮，但必须点。"

老太太一面帮着老者收拾衣服，一面问："咽气前能看到它亮吗？"

老者毫不迟疑地说："我们看不看到不重要，只要孩子们能看到那就行了！"

从那天开始，科研人员们削减了休息日。从那天开始，无数实验室的灯光彻夜长明。当天黑下来，万家灯火熄灭后，这些实验室里的灯光在华夏神州的土地上绽放，连起来仿佛组成了一棵科技树，虽然现在还很弱小，但它在慢慢成长。